金縷鞋

世情小說
系列

新校版

高陽

「好了！」李煜揮一揮手說：「再緊要的事，都擱到明天再說。我要寫一兩首詞。試一試新造的紙。」

「是！」汝南郡公徐遼、文安郡公徐遊兄弟，以及清暉殿學士張洎，齊聲答應著。他們都深知國主的性情，填詞作詩是他的第一大事；而且構思的時候，窮搜冥想，獨坐如癡，除了侍奉筆墨的內監宮女以外，不容外人在旁，所以雖覺得還有好些軍國大計，亟待他裁決，亦不能不遵命退出澄心堂。

接著是硯務官李少微進謁。此人籍隸徽州，本來是個有名的硯工；李煜的父親元宗李璟，性好翰墨，特地將李少微召入宮中，專設一個硯務官的官職，位置其人。李煜接位，擴大了硯務官的職掌，造硯以外，並管上用的筆墨紙張；此刻要試的紙，就是李少微花了一年多的功夫，反覆監工試造，千錘百鍊，精益求精的成品。

一展開來，李煜便喝一聲采。紛光緻緻，滑如春冰；定睛細看，紋理細密，竟像繭子。

「官家！」李少微是用沿自五代的稱呼，叫皇帝為「官家」；他矜持地說：「御手試摸紙看！」

李煜伸手一摸，便捨不得釋手了，「厚、軟、膩！」他精確地用這三個字來形容讚美，「比薛濤箋好得太多了。」

李少微越發矜持：「官家，試捏皺了紙看！」

李煜如言照試，將紙角捏成一團，然後鬆開；李少微隨即彎腰上前，將捏皺了的那一角，用手一擄，抹了幾下，紙上微顯摺痕，但紋理並未折斷。

「好極了！」李煜十分高興，「薛濤箋太脆，禁不起這一捏！」

「原說官家是法眼。」

「可惜！」李煜微感不足地，「紙幅太狹；不堪作詔命。」

「『宣麻』另有麻紙。」

麻紙共分兩種，一黃一白——以黃麻和白麻，劈作細縷，作經緯嵌入紙中，細密堅實，紙幅闊大；用此來「宣麻」任命將相，威儀昭然，可真顯得隆重了。

「外觀盡善盡美了無瑕疵。卻不知道受墨不受墨？」

「待官家自己試！」李少微退後兩步，躬身說道：「小臣在殿外等待恩命。」

「試得好，自然有重賞。」李煜笑道：「你這麼心急，在殿外等賞，可也太難了！」

「小臣不敢！是想等官家試了紙，親聞天語褒獎；好回去轉述於出力臣工，同蒙恩榮。」

「這還罷了，我便當面試與你看。」

李煜略略沉吟，想起前一天黃昏在華林園開筵觀舞的情景，隨即提筆寫下七個字：晚妝初了明肌雪。落筆之初，便知道真是好紙，因為感覺上筆鋒流轉自如，有心手相融之樂。寫完細看，墨暈不滯不漫，恰到好處，越顯得名匠李廷珪父子所造的墨，寶光隱隱，不同凡俗。

李煜只是笑，躊躇滿志到極處，反倒無話，李少微當然了解他的心意，隨即湊趣說道：「小臣要乞賞；乞官家錫封嘉名。」

「你是說給紙題個名字？」李煜細想了一下，「紙太好了，反而無可形容，就以澄心堂為號吧！」

澄心堂是大政所出之地，整個江南最緊要的一處地方；用來作為紙的名號，足見貴重。李少微也非常得意，隨即磕頭謝恩。

「你的龍尾硯、吳伯玄的筆、李廷珪的墨，」李煜指著書案上的文具說，「如今加上澄心堂紙，真是文房四寶。來！」

他召來內監，傳諭賞李少微及他所屬的紙工，朱絹兩百匹、白銀一千兩。

「『晚妝初了明肌雪。』」李煜輕聲念完自語：「這應該是『玉樓春』的起句。對！正該用『玉樓春』！」

於是玉樓春色，如在眼前。樓是景陽樓，在臺城建康宮北面的華林園內；樓前有口胭脂井，又名辱井：是陳後主與張麗華躲避隋軍，逃遁之處。不過兩百年前的〈霓裳羽衣曲〉，都幾乎失傳；何況陳後主至今，事隔四百多年，誰還記得「商女不知亡國恨！隔江猶唱後庭花」的往事？「人間那得幾回聞」的〈霓裳羽衣曲〉，唱盡了唐玄宗在位前期的繁榮綺麗；但也唱來了驚天動地的「漁陽鼙鼓」。五代以來，兵革相尋，此象徵開元盛世的太平法曲，久已失傳；直到前年，才由李煜的愛妻——國后周氏，細按舊譜，妙造新聲。

周后是已故司徒周宗的長女，小名娥皇；十九歲嫁給比她小一歲的李煜。她盛於容貌，更富於才藝，通書史，精刺繡，琴棋歌舞，無所不能；而公認周后的絕藝是琵琶。元宗亦好音律，將一具視作寶器的「燒槽琵琶」，特賜兒婦，就用這具可以媲美蔡邕的「焦尾琴」的琵琶，周后創製了許多新曲。而她最了不起的成就，終還是根據殘譜，重現了盛唐遺音的〈霓裳羽衣曲〉。

這是所謂大曲，也是舞曲；而清歌妙舞，卻由周后一手傳授。昨天是為了歡迎一位嘉賓，周后特地在景陽樓前，傳召宮娥，當筵起舞，李煜由晚妝初罷，肌膚如雪的妙齡少女想起，一面回憶當時的光景，一面低聲吟哦：

晚妝初了明肌雪，
春殿嬪娥魚貫列；
鳳簫吹斷水雲間，
重按霓裳歌遍徹。

想到了吹簫的「嘉賓」，李煜記不起筵前醉人的是酒還是人？只記得怕酒多了出醜，為宮女所笑；必須逃席了。

於是回憶逃席以後的情形，是一個人躲到了光昭殿前，陳後主所起的「三閣」之一的臨春閣，月下凭欄，悄悄為遙度的歌聲按拍。不道有善解人意的宮女，暗暗跟了來，臨風飄下香屑，為他解醉；那番情味，倒比身在急管繁弦之中，更來得令人難忘。

於是，「換頭」的後半闋〈玉樓春〉，他也有了：

臨春誰更飄香屑，
醉拍闌干情味切。
歸時休放燭花紅，
待踏馬蹄清夜月。

用吳伯玄的兔毫筆，在「澄心堂紙」上寫了下來，李煜重看一遍，覺得語語寫實，而自然空靈，相當得意；隨即揣起詩箋，向門外走去。

侍候在廊上的內監裴穀，一見便即喊道：「備檐子。」

「檐子」就是椅轎，為貴人宮中代步之具。李煜覺得到瑤光殿不過一箭之路，而且豔陽之下穿越花徑，正宜步行，便搖搖手說：「不要！」

沿著花圃中的小徑，曲曲行來；度過一座白石平橋，便是一彎清流所迴繞的瑤光殿東面。殿前殿後，一片寂靜；只聽得「崩、崩」的輕響，是北窗下，宮女的銀針，刺破白綾所發出來的聲音。

李煜不由得便吟出舊句：「『爛嚼紅絨，笑向檀郎唾。』」

刺繡的宮女，聽得吟哦的聲音，抬頭一望；隨即匆匆起身，趕了出來，微笑著行禮。

「國后呢？」

「只怕睡著了，待婢子去通報。」

「不必！」李煜搖著手說：「我看看去！」

周后的臥處在瑤光殿西室；門關著，但碧紗窗卻撐起一半。李煜探頭內望，周后正摟著四歲的小兒子仲宣在午睡。母子倆的臉上都似浮著笑容，睡得那麼恬適香甜；他有天大的事，也不忍去驚醒，何況，也只不過是想找愛妻一起來欣賞這闋〈玉樓春〉而已。

他躡手躡足而出向階下走去；遠離窗前，才低聲囑咐宮女，千萬不可驚動周后母子。然後，繞殿而北，走完甬道，到了歧路口了。

他站住了腳沉吟；而腦際一浮起那位嘉賓的影子，心頭便沒有來由地升起一股無可言喻的興奮喜悅。於是腳步不折往東，不折往西，自然而然地一直向北。

北面是瑤光殿的別院，一帶碧瓦覆護的白粉牆，圍著一座畫堂。院門開在南面，但正屋卻是坐西面東；每天旭日臨臨，將一座施朱髹金的畫堂，閃耀出萬道霞光，一片瑞靄；真個如元宗親題、高掛在上的匾額中所說：「紫氣東來」。

元宗好佛亦好道，當年以此處為養靜悟道之處；而這時候卻安置著一位與黃冠鶴氅全不相稱的嘉賓：周后同父同母的胞妹。

兩姊妹相差十四歲，周后今年二十九；她的這個名叫嘉敏的妹妹才十五。十年前周后初嫁，嘉敏曾經隨母入宮來會過親；五歲的小女孩，了無所憶，等於未曾來過。以後，周宗病歿，她跟著母親回到揚州原籍，一直就不曾來過金陵。十年功夫，長得娉娉婷婷，幾乎連周后都認不得自己的嫡親妹子，更不用說做姊夫的李煜。

然而不過半天的盤桓，李煜對她即已異常熟悉，因為他從嘉敏身上找到了她姊姊所失去的東西——

少女的清純。李煜在周家初見娥皇時，正彷彿如今嘉敏的年歲，長髮披肩，骨清神秀，望去令人想到曹子建筆下的洛水神仙。那時他剛從有才而無行的馮延巳學詞，曾為娥皇寫過一首〈長相思〉：

雲一緺、玉一梭，澹澹衫兒薄薄羅，輕顰雙黛螺。
秋風多、雨相和，簾外芭蕉三兩窠，夜長人奈何？

娥皇的「雲一緺」，早就梳成宮妝高髻；如今正該移贈嘉敏——她那拋在枕畔的一彎黑亮的頭髮，真讓李煜看得傻了。

忽然，門上碰出聲響，倒讓他嚇一跳；定神細看，才知道誤碰了名為「珠鎖」的門飾。而這一碰，也驚醒了在畫屏下、繡榻上面向裡睡的嘉敏。

「姊夫！」嘉敏有些驚，也有些窘；一翻身用手撐坐著，首先就檢點身上的衣衫，怕睡夢中有什麼不雅的痕跡，落在姊夫眼中。

還好，一襲「天水碧」——淡綠色繡紅白荷花的袖衫，衣鈕扣得好好地，不算衣衫不整，倉卒之間，也還可以見得君王。

「小妹！」李煜襲用娥皇對她的稱呼，歉意地笑道：「擾了你的清夢！」

「本來也該起來了。」嘉敏踏下地來，定定神招呼，「姊夫請坐，失陪片刻。」

說完，她驚鴻避影似地，一閃身隱沒在畫屏後面，然後聽得衣幅綷縩。突然間，如一團彩雲飛起；那件繡衫拋搭在畫屏上，揚播出一陣非蘭非麝的異香。

李煜的詞興又來了，脫口念道：

蓬萊院閉天臺女，
畫堂晝寢人無語。
抛枕翠雲光，
繡衣聞異香。

「姊夫，」嘉敏在畫屏後面問道：「你在念詩還是念詞。」

「詞。」

「詞？」他聽到她口中似乎念念有詞；然後又聽得她用欣快的聲音說：「對了！是詞。兩句七個字，兩句五個字；先用仄韻，後用平韻，不是〈菩薩蠻〉嗎？」

「一點不錯！」李煜很高興地，「小妹，原來你也懂詞。」

「我那裡懂？剛才姊夫念的什麼，我一個字都沒有聽出來。」

人隨聲現，嘉敏已換了玄色羅衫，白紬長裙；束一條紅色絲絛。色彩奪目，吸住了李煜的視線，以至於使得他無暇去看宮女遞上來的茶鍾，伸出手來，只往一旁空抓。

嘉敏掩口一笑，接著微微瞪了宮女一眼；因為她也在為李煜的忘形而好笑。經過嘉敏眼色的警告，才有莊重的神態；謹慎地將茶鍾遞在李煜手裡，說一聲：「官家，請用茶！」

李煜喝口茶，定一定神，記起剛才中斷的話頭，接著往下說道：「小妹，我不相信你一個字都沒有聽出來。你騙我！」

「只聽出四個字。」

「那四個字？」

「『畫堂晝寢』。」嘉敏緊接著問道：「姊夫，你剛才念的是舊作？」

這表示她沒有想到他有出口成章的捷才。這倒也好；如果是即興之作，那麼「畫堂畫寢」指的是誰，不問可知。而她亦就一定會要求自己再念一遍；雖然字面並無明顯的綺語，但偷窺小妹晝寢而且比作劉阮誤入天臺，說來到底是件有欠光明的事。這半闋〈菩薩蠻〉，能不能留稿，尚待考慮，自以掩藏為宜。

因此，他這樣答說：「是，是，是舊作。這首詞不好；我另有一首詞給你看。」

於是，他的那一首〈玉樓春〉和名匠心血澆漉而成的「澄心堂紙」，是嘉敏做了第一個鑑賞者。當然，她重視的是詞；一遍又一遍地吟讀，長長的睫毛掩映著黑亮的眸子，不斷地隨著字句的換行而眨動，彷彿暗夜中的星星閃爍，在李煜的感覺中，是那麼遙遠，那麼高不可攀；而又是這樣接近，近得伸手可摘。

突然間，嘉敏一驚，驚得一陣抽搐；這使得李煜也受了驚，同時發現彼此吃驚的由來——不安地縮回了不知不覺中，伸到嘉敏肩上的手。

兩個人都有些忸怩，不過，很快地都恢復了常態。「小妹，」李煜問道：「這是寫昨夜的光景，你覺得怎麼樣？」

嘉敏定定神答道：「上半闋，我是身歷其境；如今讀了姊夫的詞，舞步歌聲，如在眼前。下半闋的情景，我就不知道了。」她抿嘴一笑，「我只知道姊夫逃席；原來是到『情味』深『切』的地方去了。」

慧黠的少女，總愛說這些皮裡陽秋的話，無須深辯。李煜只這樣說：「就詞論詞，你倒評一評看。」

「我那裡敢？不要說是姊夫寫的；什麼人的詞，我也沒有資格評啊！」

「不要這麼客氣，倒顯得虛偽了。」

這是激將法。嘉敏不願承受「虛偽」之名，自然中計；很用心地想了一會，不客氣地批評：「結尾兩句：『歸時休照燭花紅，待踏馬蹄清夜月』，想來姊夫當時有那番不願辜負月色的意思，曾經這樣吩咐過。可是，昨夜並未回宮；這兩句詞就沒有著落。這且不去說它。換頭『臨春』的『春』字犯重了——。」

「小妹，」李煜對自己的作品也是很認真的，不由得打斷她的話說：「填詞在字眼上犯重是常有的事。」

「不但字眼犯重，境界也犯重；臨春閣與『春殿』，請問，何所區別？」

「這——，對了！」李煜用指甲輕搔著頭皮說：「是有些兒不妥。小妹，你看該換個什麼字？」

「不如換作『臨風』；才顯得下面那個『飄』字用得好。再說，高閣臨風；用風字是暗寫臨春閣，與明寫春殿，前後照映，似乎韻致要好一些些。」

「豈止好一些些？好得太多了！」李煜心悅誠服得有些激動了，「小妹，你真是我的一字師！」

「姊夫，」嘉敏欣慰得意之餘，還忘不了回敬一句：「你客氣得虛偽了！」

「肺腑之言！小妹，我很高興。你竟是我的文字知己！真的，文字知己。」

看他是那樣認真的樣子，說這些話時，臉都漲紅了；使勁地做著手勢，似乎唯恐她不信他是肺腑之言似地，倒使得嘉敏困惑了！自己是真的對詞有那麼高的鑒賞力；還是只因為格外喜愛他的詞，整個心靈貫注其中，領悟得深了，才能說得出這番道理來？

在李煜的炯炯清眸逼視之下，她無法去仔細分辨自己的感想；同時也無法承受他這種視線，只矜持地微笑低頭，輕輕答了一句：「姊夫，說得我太好了。」

「你原有那麼好嘛！」李煜不自覺地又伸手過來，握住了她的手。

這回她不似剛才那樣吃驚，只覺得心跳得厲害。他那隻手溫柔而有力；手心並不算很燙，但卻燒炙得她喉頭發乾。於是，她試著去掙脫；而他卻握得更緊了。

為了解除窘迫，她要找句話來說；一瞥之下，勾起多少年來的好奇心，「姊夫，」她很快地說，「我看看你！」

是這樣一句話！李煜大為驚奇。他放開了手，微昂一昂頭，作出一個不在乎人看的姿態。

她只看他一雙眼睛，清澈而又朦朧，如薄霧籠罩的寒潭。細細看去，右眼中有她的兩個影子；「啊！」她高興地驚呼，「到底讓我弄清楚了，什麼叫重瞳子！」

原來為此！李煜有著爽然若失之感。

「太史公說：大舜與楚霸王都是重瞳子。姊夫，」她含笑問道，「你佩服大舜，還是楚霸王？」她卻又不等他開口，緊接著為他作了答覆：「自然是『力拔山兮氣蓋世』的楚霸王！姊夫，你不會以成敗論英雄吧？」

「雖不以成敗論英雄，我還是佩服大舜。」

嘉敏有些失望，而且立即表現在臉上；卻又要強作解人，「我懂了！」她說，「你想做一位聖君！」

「何敢望此？我另有佩服他的地方。」

「是什麼？」

李煜是在跟他的小姨妹開玩笑，但對話交換到關鍵上，他卻笑而不答。因為小姨到底是小姨，開玩笑得有分寸。

而嘉敏以為他是詞窮而遁，越發得理不讓人，「是什麼？是什麼？」她咄咄逼人地追問。

李煜依舊笑而不答；旋即想到，這樣的態度可能會惹她不快，便裝得真像詞窮似地說：「好了，小妹！我們不談這個。」

「是不是？我就知道你說不出來。」

她那得意的笑容，使他有微微的反感；口一滑，到底把話漏出來了，「小妹，你的小名叫什麼？」他問。

「姊姊沒有跟你說過？」

其實說過，他有意否認：「沒有。」

「那末，姊夫，你猜！」

「你姊姊叫娥皇，你不就該叫女英嗎？」

嘉敏頓時將臉一沉，再無言笑。李煜深以為悔，不敢再往下說；又略坐一坐，起身離去，抄近路回澄心堂去休息。

晝長人靜，望著裊裊爐香，李煜的遐思又起；默念著那半闋〈菩薩蠻〉，捨不得棄去，便負手閒行，回憶著當時的情景，想將下半闋也做好了它。

這首詞的寫法，在上半闋已定了格局，寓情於景；而當時眼中所見、耳中所聞、心中所想，已是豔景情濃，所以只須平鋪直敘，便是一首好詞。

這樣定了主意，靈思泉湧，不過一盞茶的功夫，便有了腹稿；李煜興致勃勃地，取一張澄心堂紙，提筆寫了下來：

> 蓬萊院閉天臺女，畫堂晝寢人無語。拋枕翠雲光，繡衣聞異香。
> 潛來珠鎖動，驚覺銀屏夢；臉慢笑盈盈，相看無限情。

寫完又看一遍；嘆口氣，念了一句李義山的詩：「此情可待成追憶，只是當時已惘然！」接著，一歪身躺在錦榻上;也想在夢鄉中作一番小遊。

無奈拋不開「翠雲光」、「繡衣香」,盈盈笑臉,脈脈情眸。想起嘉敏侃侃談詞的情形,突然心中一動;這首〈菩薩蠻〉到她眼前,不知作何想法?此情此景,身在局中的她,只怕一無所知,看了這首詞,一定會驚異,會細想;這在她,不是晝長人靜的此刻的一種絕好消遣?

這樣想著,一躍而起;在什錦槅子中,抽出一個小小的柬封,將那張詞整整齊齊摺好,封緘完固,然後提筆開了信面;只有六個字:「嘉敏大家清玩」。背後封口之處,畫上一個花押;是他的別號「鍾隱」二字。

「裴穀!」他喊。

「裴穀在。」

「拿這個送到瑤光別院去。」李煜吩咐:「面交本人。」

「是!」裴穀接柬在手,看了一下問道:「請官家的示,可要等候回信。」

「不必!你只交代清楚就是了。」

剛進瑤光別院,就聽得彷彿爭執的聲音;裴穀不便再往裡走,在庭前先站一站,細聽動靜。

他聽出來是「胖婆婆」的聲音。她是周家的「老人」——嘉敏的母親是周宗的繼配,于歸周氏時,帶來一個乳母;以後成了周后和嘉敏的保母。她在周家的身分很特殊,又生得胖,所以都叫她「胖婆婆」。

胖婆婆今年七十歲了,而精神健旺得很。平時照料嘉敏,無微不至,但也管得最嚴。嘉敏若是犯了她的脾氣,當面排揎,毫不客氣。

這時候是在責備嘉敏對李煜無禮,「家有家規,國有國法;臨上船那天,夫人怎麼交代的?」胖婆婆扯開嗓子嚷道:「不是說:到了宮裡,不比別處;要叫『官家』。私下的稱呼要收起來!你娘的話，你那裡有一句記在心裡？先是『姊夫、姊夫』的；到後來索性『你』啊，『我』啊的！難道你自己不覺得刺耳？」

嘉敏儱賴地笑道：「一點都不覺得，原是姊夫嘛；莫非倒叫妹夫？」

胖婆婆的氣急敗壞，與嘉敏的毫不在乎，相映成趣；尤其是小的逗著老的，更顯得可笑，所以在瑤光別院執役的宮女，都輕輕地笑了。

到底身分有別，而且是在宮中作客；胖婆婆有種顧忌，不便過分頂真。嘆口無言的氣，搖著頭退了出去。

於是裴穀咳嗽一聲，提醒看熱鬧的宮女；問知來意，隨即為他通報。嘉敏也知裴穀是李煜的心腹近侍，又聽說信柬要面交，便想到其中可能有些不足為外人道的話；因而拆信的時候，格外小心，不肯有一個字落入宮女眼中。

宮女們亦很知趣，都悄悄退了出去；但窗外卻另有人窺伺，正是那胖婆婆。她不識字，而且料想嘉敏亦絕不會將信中的話告訴她；但是，她自信有一雙銳利的眼，冷靜旁觀，可以看透一切。

這一切都顯現在嘉敏的臉上。起先是驚異，然後是迷茫；最後手托著腮，雙眼怔怔地望著窗外的青天白雲，口角掛著笑容——是那種連她本人都不知道在笑的傻笑。

胖婆婆幾十年閱世，看盡了千奇百怪的閨閣情態；見此光景，心便往下一沉，無聲自語：「壞了！對姊夫著迷了！」

想一想，還是要做殺風景的事；便悄悄繞道到前門，推門入戶。

嘉敏一驚，抬眼看是胖婆婆，卻放心了，欺她隻字不識，有意不收桌上的詞箋。

「可是官家有書信送來？」

「不是什麼書信。」嘉敏泰然答道，「寫了一首詞給我看。你不懂！」

「文墨上的字，我原不懂。不過，吃的鹽只怕比你吃的飯還多；總也有些懂的事。」胖婆婆四周看了一下，用低沉清晰的聲音說了一句：「你可別給你大姊找麻煩！」

「什麼？」嘉敏十分困惑，「怎麼會給大姊找麻煩？什麼麻煩？」

看樣子還是真的不懂。胖婆婆也困惑了；想來想去，總覺得是不說破的好。一說破，倒是提醒了她，反而會一個勁往那方面去想，結果是弄假成真。

如今該怎麼辦呢？胖婆婆在想，女孩子的心像快將到來的黃梅天氣一樣，陰晴不可捉摸；要時時猜她的心思去防範，是件很吃力的事。一勞永逸的辦法，莫如將她隔離開來，小姨跟姊夫難得見面，彼此淡忘，就不會有什麼麻煩了。

打定了主意，便悄悄找了她的外孫女兒來商量；她的外孫女小名阿鑾，是周后貼身的侍女。

「聽說小娘子這兩天常做噩夢。」阿鑾口中的「小娘子」是指嘉敏：「也許是別院的地方太大了，有點害怕。」

「那，」周后說道，「就讓她搬到這裡來住。」

「這不方便。官家跟小娘子都會覺得拘束。」阿鑾說道，「我倒有個主意，不知道行不行？」

「說來看！」

「聖尊后不是最喜愛小娘子？不如送了她去與聖尊后作伴，豈不是一舉兩得？」

聖尊后就是元宗的皇后，李煜的生母。李煜即位，理應尊為太后；為了她的父親叫鍾泰章，要避「泰」字的音諱，所以改稱「聖尊后」。這位老太后與嘉敏有緣，愛如己出；周后覺得阿鑾的主意真不壞。不過，她也不能擅作主張，首先要得李煜的同意；其次要看聖尊后的意思。

於是，這天晚上，閒閒談起其事。李煜聽說嘉敏常有噩夢，自不免關切；但是，要將嘉敏移居聖尊后宮中，他卻不以為然。只不知如何，好像覺得不便提出異議似的，因而咿咿啊啊地，採取了不置可否的態度。

這不是什麼很急的事，見李煜似乎不大關心，周后也就擱置下來。一連三天，不見動靜，真所謂「皇帝不急，急煞太監」，阿鑾卻沉不住氣了。

「國后，」她問，「想來回稟過聖尊后了？」

周后略想一想才知道她講的是什麼？「還沒有！」她說，「慢慢兒再談。」

夜長夢多，就這三天，李煜又到瑤光別院去了兩次；只帶一個小內侍，彷彿閒行看花似地，悄悄兒就溜了去。那正是發春困的季節，蜜蜂在百花之間穿繞，「嗡嗡」的聲音，連貓狗都被催眠了；何況是宵來儘多樂事，夜夜三更始眠的宮眷？因此，這兩次去，幾乎沒有一個人發覺——當然也有發覺的，只是些不相干的人；一見李煜示意禁聲，自然唯命是從。

兩次都是嘉敏的笑聲，驚動胖婆婆；越是笑聲響亮，越使她惴惴不安。因此，催著阿鑾來討個確實信息。

這應該找到機會順便提一句，才能不著痕跡地隱然操縱。阿鑾到底年輕，識不透其中的道理；也沒有那份才幹，不免操之過急——其實只是臉色稍顯失望，但已瞞不住周后的那雙眼睛了。

「怎麼？」她問，「小娘子這兩天又做了噩夢？」

做噩夢是假話，卻不能不承認，「是的。」她硬著頭皮點點頭。

「做了些什麼噩夢？」

這一問問得阿鑾張口結舌，無以為答，於是機關洩漏了一半。

周后向左右看了一下，「去拿茶來喝。看看閩中進的雀舌還有沒有？」她又指著另一個說：「你去要些冰來。今年天氣熱得早，送冰的日子該提前了。」

烹茶得好些功夫；取冰的路也不近。將這兩個宮女使開了，眼前只剩下阿蠻，她才問出一句要緊話來。

「是怎麼回事？」她平靜地說，「別藏在心裡，說給我聽！」

箭在弦上，不得不發了。措詞當然要婉轉，阿蠻謹慎地說：「其實也不過胖婆婆的過慮。只為官家午後多閒，有時到別院走走；小娘子到底只有十五歲，禮節上頭，或者不周，倘或落了什麼褒貶，將來回揚州的時節，在夫人面前不好交代。」

周后靜靜地聽著，聽一句、想一句，漸漸地理會得她的言外之意；然而卻不肯相信有那樣的事。

「你說禮節不周，是怎等的不周？」

「那是胖婆婆的話。」阿蠻首先作了聲明：「譬如說，小娘子只是管官家叫姊夫。」

「官家呢？」周后問道：「為這個稱呼不高興？」

「倒沒有。」阿蠻答說，「國后知道的，官家向來不計較這些細節。」

既是細節，就無關宏旨；然則胖婆婆又為何看得如此認真？周后不免奇怪了！

「你說，會落什麼褒貶？」

「怕大家背後有閒話，說小娘子沒有家教。」

「這倒也是！」周后點點頭：「我知道了。」

阿蠻的這番說詞不壞，一句「知道了」，便是會有行動的表示，原該適可而止；她卻畫蛇添足地多了一句：「國后知道就好！」

「咦！」周后那雙鳳眼一抬，顯得相當威嚴，「還有什麼我不知道的事嗎？」

阿蠻悔得要死，恨不得揍自己一巴掌。而越是那種漲紅了臉，自恨失言的神氣，越惹周后疑心。

「問你啊！」她的臉一揚，最後一個字的聲音也是上揚的。

情急智生，還是只有說嘉敏疏於禮節。藉為掩飾，「小娘子怕也真是讓夫人寵慣了。」阿蠻極力想裝出自然的笑容，「在官家面前，也是『你啊』、『我啊』的！」

「還有呢？跟官家談些什麼？」

「談官家的詞。」

「官家呢？」

「也是談詞。」阿蠻又說，「官家送了好些帖、好些新造的紙去；小娘子這兩天練字的興致好得很！」

周后釋然了。嬌憨的小姨，遇見好脾氣而喜翰墨的姊夫，教她做詞寫字，有什麼好猜疑的？細想一想，只有一層不可解：這些事應是日常閒談的話題，卻何以從未聽「姊夫」和「小姨」提到過？

嘉敏終於移居到聖尊后宮中了。

聖尊后的寢殿，規制崇宏，是李煜在聖尊后五旬萬壽那一年，特地建來祝釐的；題名就叫萬壽殿。位置在瑤光別院之東；殿後有一座佛閣，盤磴而上，高有百尺，宮中就稱做「百尺樓」，通體楠木，形製與色澤，都古雅非凡。李煜最喜登臨此處，西望長江、北挹雞籠山與玄武湖的爽氣，令人胸次一寬；但以聖尊后禮佛之地，不可褻慢，所以總是抑制著自己的欲望，只在樓前瞻仰。

嘉敏也喜愛這座經常為青山白雲所襯托的百尺樓，覺得只望一望它那挺拔的影子，便有可以倚靠信賴之感；一顆心自然而然地就會定下來。因此，當聖尊后讓她自己挑選住處時，她毫不遲疑地選定了萬壽殿後面的友竹軒。

友竹軒的北窗，正對著百尺樓，東面是一個花圃，培養著幾百盆來自閩中的「建蘭」；這就是軒名友竹的由來。

花圃的盡頭是一帶粉牆；牆上砌出各種形狀的孔竅，有方勝、有葫蘆、有如意、有書套，高與人齊，便於眺望——望出去是一片池沼，曲曲紅橋，連接著一座水榭。當然，粉牆上開著門；要想盪舟採蓮，開出門去就是。

嘉敏對她的新居，異常滿意。靜室五間，拿最東面一間作了臥室；次一間供起坐；西面兩間原是打通了的，就作了書齋。

布置剛剛就緒，聽得宮女傳報：「聖尊后來看周小娘子了！」

嘉敏急忙迎了出去，才發覺駕到的不止聖尊后，還有姊夫和大姊。他們倆正一左一右攙扶著滿頭白髮、面目慈祥的聖尊后踏上臺階；後面隨著一群手持巾櫛、唾壺之類起居常用之物的宮女。看見春風滿面的嘉敏，一齊都含笑注目，很明顯地表露了歡迎的意思。

「真不敢當！」嘉敏閃在門旁，斂衽致敬；接著又叫一聲：「官家、國后。」

「你還是叫大姊吧！」聖尊后說，「同胞姊妹，這樣叫法，倒顯得生分了。」

「是！」周后接口答應；然後向她妹妹囑咐：「你就遵慈諭好了。」

「快起來！」聖尊后一面踏進門檻，一面說，「讓我看看你的『閨房』。」

於是，嘉敏領路，從臥室看起；聖尊后看得很仔細，認為帳門舊了，要另換一個；鏡子不夠光亮，必得重磨，真像是拿嘉敏當作寵愛的小女兒，唯恐委屈了她似地。

看到書齋，便是李煜的話了，「地方太大，陳設不夠，顯得空宕宕地，坐著都不舒服。我找個人替你重新布置。」接著便向左右的宮女說：「你們去看看，黃保儀在那裡？就說我找她。」

「保儀」是妃嬪的名號之一。黃保儀本名黃鳳，世居漢水入長江之處的江夏地方；她的父親叫黃守忠，是一員武將，不幸作戰陣亡。於是黃鳳流落湖湘，當時不過七歲。

以後元宗的將官邊鎬入長沙，發現黃鳳雖幼，宛然是個美人胎子，而且秀外慧中，聰明異常，因而帶回金陵，獻入掖庭，做了元宗添香的小侍兒。元宗善書法，是學羊欣一體；歷年收藏的鍾繇和王羲之的真跡，不下數百本之多，都交給黃鳳掌管。

不想將門之女的黃鳳，在這方面的天分特高，朝夕展玩名家真蹟，手摹心追，居然亦成了一大書家；而且肚子裡也裝了千把卷書，雖不能撰製制誥文字，卻工於尺牘，文筆清麗雅緻，頗有可觀。於是，元宗便將內府圖書，亦交給黃鳳管理。

李煜即位，立后之前，要選四位妃嬪，名號就叫「保儀」；黃鳳是其中的首選。她的才貌與周后比較，各有所長，幾乎無從軒輊；吃虧在是個自幼飄零的孤女，不宜正位中宮。而周后也知道黃保儀是個勁敵，不能讓她得寵；所以利用皇后的職權，一直防制她跟李煜接近。可是這時候卻無法公然阻止國主宣召黃保儀；只說聖尊后累了，該回前殿休息，附帶將李煜也撮弄走了。

黃保儀很熱心，親自選取了一批名家書畫、有來歷的珍貴書籍，以及香爐、花瓶；指揮宮女懸掛陳設。稍不當意，取下來重新布置；忙到日色偏西，方始就緒。嘉敏頗為不安，但也相當高興，因為黃保儀胸有丘壑，不論是一瓶花、一把拂塵，都布置得十分妥貼，入眼便令人有恬適之感。

「保儀！」嘉敏盈盈下拜，「真感謝不盡。」

「不敢當，不敢當！」黃保儀拉住她的手說，「布置得不好，沒有章法。國主見了，一定會責備我不用心，辜負委任。」

「不會的；絕不會！」嘉敏顯得很有信心，「一定大大稱讚。」

「不求有功，但求無過。」黃保儀平靜地說，「做得再好，也有人會批評。」

「誰要批評這友竹軒的陳設不好，就是有目無珠。」

「不要這樣說！如果有人批評我不好，你不必替我辯白，放在心裡；我自然知道感激。」說罷，告辭而去。

等送走了黃保儀，嘉敏心裡在想，她的話很奇怪，倒像預知一定會有人批評她似地。那末，這個人是誰呢？

很快地她知道了；這個人就是她的姊姊。

「弄得這樣雜亂無章！」周后搖著頭說：「拿兩間屋子打通，原就取其寬敞；讓她左一個槅子，右一個槅子，分割碎了，好侷促！」

嘉敏默然。她覺得那些多寶槅的趣味很好，隨處流連，有餘不盡；書齋又不是客廳，要那麼寬敞幹什麼？

「天氣熱了。這屋裡，東西塞得滿滿地，看著就心煩！」說著，周后的視線，不住左右探索，倒像立刻就要有什麼行動的樣子。

這下，嘉敏不能不防備了。「等天熱了再說吧！」她說，「我剛搬來，就弄得大動干戈；怕聖尊后會厭煩。」

「也好！過幾天再挪動。不必找她了；我替你出主意。」

「好的。」嘉敏顧而言他地說：「小乖乖呢？」

宮中上上下下都用「小乖乖」稱周后的幼子仲宣。提到「小乖乖」，周后百慮全消；總是有極好的興致，來談仲宣的穎異天真的趣事。

在嘉敏看，四歲的仲宣，實在太嫌淘氣了些，與乖乖之名，根本不符；而周后卻認為「這個孩子將來會很英武。」她說，「不像他哥哥，太文弱；不能擔當大事！」

周后對長子的不滿，其實也就是對丈夫的不滿；因為她的長子像父親。嘉敏心想，將來國主的大位，或許會傳幼而不傳長。此念一動，旋生警惕；從來宮廷中的骨肉倫常之禍，往往起於繼統之爭。而無辜的人受到牽連，只為平時言行不謹，無形中表示了偏向；明哲保身，不聞不問為妙。

因此，她就不肯附和周后的看法，閒閒地又將話題扯了開去；愛新卻又念舊，提到瑤光別院的軒敞清靜，周后記起阿鑾的話，便即問道：「說你常做噩夢；倒是為了什麼呀？」

嘉敏愕然。她有過各種稀奇古怪的夢，午夜醒來，追憶夢境，常會臉紅心跳，自感羞慚，卻從未做過噩夢。然則周后的話是從何而來的呢？

一定有人在搬弄是非！這樣想著，她的臉色就不好看了；「是誰說的？」她問。

周后也覺得詫異，不過她比妹妹深沉，平靜地說：「這樣看來，沒有這回事。那一定是我聽錯了。」

「人家怎麼說？」嘉敏很關心地問：「是不是說我講夢話？」

這是「不打自招」。周后好奇心起，很想弄明白，她是講了些什麼夢話？因而詐她一詐：「是啊！說你愛講夢話。」

「我怎麼說？」

「那要問你自己。」周后微笑著回答。

「我怎麼會知道？說夢話，自己是聽不見的；不然就不是夢話了。」

周后又笑了。這一次的笑，略有些窘；不過她也很富於機智，所以仍能保持從容：「夢話你雖聽不見；夢中遇見些什麼，你總知道！」

這一下，又使得嘉敏的臉發燒了，倒像為了說中了隱私似地——夢中確有「隱私」；她夢見自己的名字改成了「女英」，在夾道綵仗迎奉之下，午門鐘鼓大作聲中，入宮做了貴妃。

這是多荒唐的夢！只怕就是在慈母懷中，都羞道其事。然而此刻又警覺到，不能不作回答；想扯個謊搪塞，偏偏意亂如麻，急切間編不出一個夢，因而越發急得面紅耳赤。

「我知道了。」做姊姊的有些忍俊不禁，「春天也快過去了。」

這是說她在做春夢；當然，她不會想到那春夢中會出現澄心堂的主人。

「亂夢傾倒，沒有什麼好談的。天快黑了，」嘉敏借故掩飾，「我喚人來點燈！」說著，她迅即轉身站起。

就在這時候，聖尊后打發宮女來請嘉敏去嘗今年初見的長江鰣魚。侍膳也是周后的本分；姊妹倆一起來到前殿，陪著聖尊后進餐閒談，直到起更時分，方始各散。

不知是擇席還是心中隱隱然有什麼丟不開的事；這一夜的嘉敏輾轉反側，直到曙色初現，方能入夢。睡得正酣時，忽然驚醒；只聽得聲聲在叫：「官家，官家！」聲音很細很尖，與眾不同；細辨時才知是掛在廊上的那架白鸚鵡在作怪。

「小東西，絮聒得人煩。」是李煜的聲音；接著，腳步聲遠了。

嘉敏自然不會再睡。一起身便有宮女告訴她，官家來過了，聽說她尚未醒來，表示不必喚醒。又問宮女，嘉敏是不是喜愛友竹軒？平時何時起身？

「你們怎麼回奏官家？」

「自然是說小娘子喜愛這裡。平時起身甚早；今天想必是剛搬來，還不曾慣，夜來睡得不甚安穩，所以失曉了。」

「說得不錯。」嘉敏很滿意，「官家還說些什麼？」

「還問起黃保儀，說與小娘子可合得來？我們回奏：很合得來的。此外又說：開出門去，就是東池；小娘子很可以去划划船、散散心。」

嘉敏心中一動。口雖不言，暗地裡卻打好了主意。梳妝既畢，又到前殿去盤桓；陪聖尊后吃過午飯，看老人家神思困倦，是該休息了，便起身告辭。先到花圃看了蘭花；然後便說：「我們划划船去。」

於是向萬壽殿的總管要了鑰匙，打開便門；豔陽之下一片明亮的水光立即撲到眼下，使嘉敏想到了家鄉，脫口說道：「揚州也有這麼一個湖；比這裡大，可沒有這裡精緻。」

「要夏天才真好！好大的荷葉，就像一把綠傘，小船躲在荷葉下面，暑氣全消；真正是人間仙境。」

嘉敏聽這宮女言語雅緻而有情趣，大生好感，便笑著問道：「你叫什麼名字？我竟忘了。」

「我叫雨秋。」她一面扶嘉敏上船，一面答道：「風雨的雨，春秋的秋。」

「名字跟你的人，跟你的話，一樣地雅。不過，太蕭瑟了。」

「是！」雨秋微笑著說，「我自己也覺得有點無病呻吟的味道，小娘子替我改一改嘛！」

「好！我好好送你一個名字。」

「謝謝小娘子。」雨秋笑嘻嘻地答說。

於是嘉敏便替她想名字。兩個字的事，偏偏思慮不能凝注；剛能專心，又忽然像是有什麼令人牽腸掛肚的東西，將她的視線拉了開去。

這是怎麼回事？她對自己發恨，索性閉上眼專心一致地思索；想起來了，自己還是惦念著李煜，朦朧意念中，以為他勸她到東池來划划船、散散心，是一種約會的暗示，所以不斷地張望的，便是李煜的蹤影。

了解了自己心神不定的緣由，也就有了很好的打算，「我們到水榭上看看去。」她對雨秋說。

不僅看看，實在是坐下來不想走了。好在水榭中有人照看，經常備著好茶和精緻的點心，江南稱為「茶食」，供國主后妃巡幸的不時之需；此時正好用來消閒等待。

等的自然是李煜。憑欄眺望，了無動靜；而九曲紅橋上卻氣喘吁吁地來了個胖婆婆。從嘉敏搬到友竹軒以後，她原以為可以放心了；那知這天午後竟不見蹤影，趕到前殿探問，說是聖尊后午睡以前，就已辭去；再到瑤光殿，也是撲了個空。胖婆婆這一急非同小可，卻又不便逢人就問，只好順著路一處一處去找，直到發現通東池的門開著，才想起可能是在水榭中流連。果然，猜得不錯。

「教我好找！」一見面她少不得埋怨，「就到這裡來逛，先回來說一聲，也不礙事啊！」

「你也是，有福不會享！」嘉敏也數落她：「自己給自己找罪受；難道還怕我迷了路，找不回去不成？」

「還真是——。」胖婆婆本想說：「還真是怕你迷了路，誤闖到澄心堂！」但到底把話硬嚥住了。

這樣的話最惹她反感，不止於覺得受了束縛；而且也因為胖婆婆總是拿她當不懂事的小孩看待。

「歇歇吧！」嘉敏看她累得氣喘不止，也覺得老大不忍，親手扶她坐下，拿自己的茶遞了給她。

「好，真該歇歇！找著你我就放心了。」

如果不是有宮女在旁邊，她一定會跟她吵；此刻只有在暗底下賭氣，心裡在說：總有一回教你找不到我，讓你急個半死！

這樣想著便懶得再理她，眼望著粼粼的水面，默念著馮延巳的詞句：「風乍起，吹縐一池春水」，自覺心湖中的波瀾，猶過於眼中所見。

李煜心中也有波瀾，他當然不會像他小姨那樣，識不透自己的心情；因此他心中的波瀾又過於嘉敏。

每一想到嘉敏，總會同時想到愛妻；於是歉疚之心與愛慕之思交織，有著作繭自縛似的那種恐懼。但是見著嘉敏的面，很奇怪地，那種恐懼的感覺，卻又並不存在。

這天早晨原有個傾談的機會；周后陪著聖尊后在百尺樓上作一月一度照例的檢點，由佛龕看到長明燈，總有一上午的逗留；他很可以跟嘉敏從容盤桓。不想時機不巧，不忍擾她的好夢。臨走時留下那句話，原本無意；那知裴穀來報，她倒真的到東池盪舟了。倘或作個無心邂逅，一船共載，四外隔絕，很可以談得深些，卻偏偏又分不開身！

既然不能做自己想做的事，那就索性拋開了她；好好處理幾件棘手的事，倒也是排遣之道。為了排遣悵惘的情懷，李煜決定找幾件麻煩的事來做；首先想到的就是行使鐵錢這件懸案。

在即位之初，鑄過一批銅錢，工精料足，鑄得極好，名為「唐國通寶」。但至今不過三年功夫，市面上已盡是盜鑄的私錢。制錢一千用銅三斤十二兩，每一文錢合六分重；私錢一千只重一斤多，不過制錢的三分之一，輕如鵝毛，擺在水面上都不會沉的。

這一來物價自然大漲。群臣集議，吏部侍郎韓熙載主張改用鐵錢。李煜也同意了，就派韓熙載監造。「錢樣」出來，相當漂亮。唐朝最漂亮的制錢是玄宗的「開元通寶」；鐵錢的制式大小，跟它完全相同。連錢上的文字亦都是用的「開元通寶」；只是改為篆字，出於與韓熙載齊名的禮部侍郎徐鉉的手筆。

但是，錢雖漂亮，到底是鐵的；鐵比銅賤，在老百姓心目中，它的價值先就打了折扣。而且鐵的來源比銅多得多，私鑄更為方便。因此，大臣中頗有人反對其事；李煜一時委絕不下，將那枚輪廓深闊，黝黑光亮的鐵錢置在澄心堂，倒像一樣小擺設似地，已經有個把月了。

現在，他決定要得出一個結果；用或不用。談這件懸案，當然要召韓熙載；問問他對反對的意見，有何辯解？

「臣不須辯解，只請官家自看。臣昧死瀆奏，請官家暫忘萬乘之尊，只當是個百姓；是喜歡用那一個錢？」

說著，韓熙載將牙笏往頸後衣領中一插，在袖子裡掏摸了一會，平伸雙手，一隻掌上是一枚沉甸甸的鐵錢；另一隻掌上是一枚輕飄飄的「沙殼子」。

李煜左看右看，終於斂手笑道：「我喜歡沒用！錢者泉也，要大家喜歡，才能流通。」

「那，」韓熙載將手掌伸向徐遊、徐遼弟兄：「請兩位郡公選擇。」

「錢當然是鐵錢好。無奈積習難破，從來都說『銅錢、銅錢』；提到鐵錢，詫為怪事。」徐遊又說：「有人說，鐵錢一出，私鑄更盛；又有人說，鐵是要爛的——。」

「這就是『欲加之罪』了！」韓熙載搶著說：「鐵器擱在那裡不用，才會朽爛；流通的鐵錢那裡會爛？果然爛了，照換新錢就是。」

「這倒是實話。」李煜說道：「我所顧慮的，亦就是怕私鑄之風更盛。」

「私鑄罪重，律有明文；臨之以嚴刑峻法，自可抑制。臣以為律法宜增一款，用私錢者與私鑄同罪。如此則私錢不能流通；私鑄不僅無利可圖，反消折了本錢，還有什麼人去做此傻事？」

李煜點點頭，轉臉問徐遼：「你看怎麼樣？」

「只怕百姓誤蹈法網。」

「這話是怎麼說？」

「如果百姓分辨不出是制錢，還是私錢，就會誤蹈法網。」

「是何言歟？」韓熙載抗聲相爭，「公家鑄制錢，選取精鐵，徵召名匠，特開大爐鼓鑄；所出的制錢，大小、厚薄、輕重，畫一不二，入眼即知。私錢安能比得了制錢？」

這番話理既直，氣更壯，徐氏兄弟無可辯駁；只說得一句：「都請官家裁度。」

「細民好惡，往往視豪門大族為轉移。臣願官家下一道勅令，文武百官，首為之倡。臣不敏，應領官俸，請官家勅下戶部，盡數折發新錢。」

「對！稱新錢，不稱鐵錢。」李煜考慮了一下，決定用折衷之道：「不妨新舊摻合併用；每十錢，以新六、舊四，配搭行使。」

「折衷至當。」徐氏兄弟同聲頌贊：「臣等不勝欽服之至。」

一個月懸而不決的一件大事，片言而解，李煜亦感欣然。接下來談第二件棘手的事。

這件事也牽涉到韓熙載。他奉命「知貢舉」考試進士，一共取了九個人。發榜以後，落第的士子，大發怨言；這本是科舉常有的事，不足為奇。可是韓熙載有個政敵，卻唆使這班落第的士子，聯名上書，攻擊韓熙載徇情營私，說九名新科進士中，有五個跟他的交往密切；特別指出舒雅其人，說他與韓熙載一同狎妓，關係不同尋常。

韓熙載的風流放誕，是早就出了名的；而且帷薄不修，老而愈甚，家伎四十餘人，妍媸不一，卻無不有入幕之賓。當然，這是韓熙載所默許的；他跟最親密的親友說：「我是故意以此自汙，避免入相。」意思是，長江北岸有趙家天子窺伺；南唐的宰相不容易做，「明哲保身」為妙。

這些最親密的朋友中，就有一個舒雅。韓熙載視他為「忘年交」；老少二人，曾經扮做乞兒，到妓院行乞，以為笑樂。這是連李煜都知道的荒謬行徑。

因此，落第士子對韓熙載的攻擊，很容易為李煜所接受。特派徐鉉為舒雅等五人覆試。那知這五名新進士，由舒雅領頭，竟申敘理由，拒絕參加覆試。金榜早經高貼宮門，人人都知他們是新科進士；倘或貿然下詔，取消他們的資格，又怕引起非議，影響民心，因而成了僵局。

李煜對這件事，自然深感不快。後來還是韓熙載從中疏導，想出一個為國主圓面子的辦法：重新下詔，御殿命題親試，舒雅等五人方始應命。覆試這天，李煜親自巡視，顯得頗為鄭重。可是又有人進言，認為此舉有損國威，大非所宜。

此輩的說法是，詔令覆試而竟拒絕，便是抗命。抗命應該下獄治罪，今反加以御試的榮寵，無異助長士子的刁風。為了正綱紀、肅根本起見，一誤不可再誤；覆試以後，一律黜落。

李煜認為這話頗有見地。他本心一向忠厚，做事一向寡斷；但有時卻會衝動，不計一切後果。在這件事上便是如此；五本卷子，一律為他用硃筆加上「紅勒帛」——一條紅槓子從頭畫到底。發榜竟是空前絕後的一片空白。

這才是一誤再誤，頓時招徠無數非議；士林中且有鬧風潮的模樣，因而接連有人上奏，希望國主為了挽回民心士氣，有所補救。這些奏章，李煜無法處置，擱置已久；這時候決心要作一個了斷。開口提到此事，韓熙載立即起身說道：「臣奉職無狀，慚惶無地；請容臣先告退。」

「不，不！」李煜做了個手勢，示意他坐下，「事情到了這個地步，不能再有浮言了。大家有好辦法，儘管說，我無不依從。」

「臣處嫌疑之地，不便建言。」韓熙載看著徐氏兄弟說：「兩位郡公，該為國主分憂才是。」

「請官家特降勒令，仍舊復了他們的進士，如何？」

徐遊不以他堂兄的意見為然，「果爾如此，則是一誤再誤又三誤。」他說，「總要歸於不誤才好。」

怎樣才是不誤？徐遊卻又說不出辦法來。李煜仍舊只有向韓熙載問計；他叫著他的別號說：「叔言，士林之中，你是前輩，他們都聽你的話；你不妨打聽一下，要怎麼樣處置，他們才不會再鬧？」

「是！」韓熙載答說：「臣盡力去疏導。」

再下來還有幾件大事商議，每一件都有難處；談到日色偏西，方始告一段落。李煜覺得十分苦惱；也十分困惑，古往今來，為什麼有那麼多人想做帝王；做帝王的樂趣到底在那裡？

在瑤光殿的寢宮中，與周后閒話時，他說了他的這番感想，希望愛妻能給他一個解答。

但是，周后卻根本不能了解他的心境，只當是國務過勞所發的牢騷；因而也就絕不會給他任何解答，只顧而言他地跟他談家常。

「今天揚州有專人來，帶來我母親的信。」周后慢條斯理地說，「我母親只惦念小妹，也關心她的婚事，我想問問官家，新科進士中可有出色的人物？」

提到新科進士，李煜報以苦笑，「九個人刷下去五個；那四個都是有妻室的。」他想了想說，「刷下去的那五個人之中，有個姓樊的，生得很不錯；英氣勃勃，像很有出息的樣子。無奈——。」他嘆口氣懶得再說下去了。

「這姓樊的是那裡人？」

「記不起來了。」李煜答道：「彷彿過江來的。」

「官家何不著人去打聽打聽？」

李煜當時允諾；事後卻忘懷了。而周后卻頗在意，因為她為妹妹的終身著想，另有一套看法，第一，李煜的眼界很高，多少朝士看不中，卻想到落第的舉子中有這樣一個英氣勃勃的青年，不言可知，必有過人之處；其次，世家子弟，襲父祖的餘蔭，浮淺囂張的居多，而且將來一定姬妾連房，撚醋爭寵，有得氣受。倒不如選取一個有出息的讀書人士，感恩圖報，必為閨中不叛之臣；至於官家選中的人，將來必然多方提拔，富貴不愁，即令眼前是個寒士，又有何妨？

因為是這樣很周全的打算，所以周后急著想知道此人的人品家世。李煜聽她催問，方始記起這件事；立刻將那親試黜落的五本卷子調了來，燈下檢點，才知道這姓樊的叫樊若水，江南池州人氏。再看他的試卷，文字異常出色；心中不免自愧，身為國主，卻有意抑屈真才，實在無以自解。

就為了這份疚歉之心，生出補過之想，便命裴穀派一個內監，渡江去訪查樊若水。

「你告訴派去的人，要暗中查訪；想法子見這姓樊的一面，看看他的志向。」李煜又說，「家世如何，更要打聽清楚。此事不急，但要訪查真確。」

所派的內監姓蘇。蘇內監曾經幾次派過江去公幹，自然知道那些取巧省事的門徑；一到池州，先去拜訪縣官吳仲舉；假傳詔旨，說國主命他來傳諭，祕密訪查樊若水的家世；而且要吳仲舉為他設法安排，跟樊若水見上一面。

這種任務不難。吳仲舉隨即交代了下去；第二日便有了回音。

「樊若水本籍長安。他的父親叫樊潛，做過本州的石埭縣令，罷官以後，宦囊蕭索，無力舉家北歸，流寓在江南，便占了池州的籍貫。」

「這樣說來，倒是清官之後！」蘇內監問道：「想必境況很窘？」

「是的。樊若水清貧自守，是個有骨氣的寒士。」

「那末，怎的能見一見他？」蘇內監又說：「官家交代，事要隱祕；所以跟姓樊的見面，要裝做無意間撞著才好。」

「只要他在池州，安排見面不難；不巧的是，三日前出門去了。那一天回來，尚不可知。內相是先請回金陵覆命，還是等一等再說？」

「我等。」蘇內監說，「官家交代，此事不急，但要訪查真確。我儘等不妨。」

於是蘇內監在池州住了下來，每天由公家供應酒食，閒下來各處逛逛。一連半個月，樊若水猶未歸來，吳仲舉不免有些著急，因為供養蘇內監的都是民脂民膏，吳仲舉是個好官，當然要替百姓心疼。

為此吳仲舉幾乎每天派人到樊家探問，總是不得要領。最後一次得到的答覆是，樊若水在采石磯一帶釣魚，說不定沿江而下，直到京口金山寺去訪高僧，不知那一天才得回家。

歸來無期，空等無益；吳仲舉苦苦相勸，才得將蘇內監打發離境，算是鬆了一口氣。可是他小事精明，大處卻忽略了；樊若水何以忽發雅興，遠到采石磯去垂釣；而且一去多日，不見歸返？他只要多想一想，就知道其中必有緣由在。

這個緣由，還是起於樊若水進士覆試的無端被黜。

他是個功名心切，而又褊狹不能容物之人。覆試發了一張空榜，大以為恨；逢人就發牢騷，而且嚴刻地批評時政，說是國將不國，終難自保。

言者無意，聽者有心。——有個和尚，年紀很輕，而辯才無礙；先隨他的師父法眼禪師，出入禁中，深為李煜所欣賞，說他是「一佛出世」。後來法眼禪師圓寂，就命他主持清涼寺，尊稱為「小長老」。

而這個「小長老」，實在是宋朝派來的間諜，他的主要任務是，利用佛法蠱惑江南。鼓動李煜，大起佛寺，廣聚僧徒，每日由官府設齋供養，食有不盡，一齊傾棄；明日再具新齋，謂之「折倒」。有心人識得此是「敗徵」；卻還未想到小長老是有意引用《華嚴經》上所描寫的「佛門富貴」，傾害李煜，虛耗國力，鬆懈鬥志。

這小長老平日亦喜結交文士，見樊若水心懷不滿，便趁勢勸他立功北歸。立功之道，就是到采石磯一帶去「垂釣」。

垂釣是假，測量江面寬狹是真——長江天塹，而金陵上下游有兩處險要之地，一是京口；二是采石。其地在當塗西北二十五里；距金陵八十五里。采石磯突出江中，是天生的一個好渡口，相傳秦始皇東巡會稽，經丹陽、至錢塘，就在這裡渡的江。其後從東晉開發江東以來，北方用兵，每每從采石趨金陵；是個江防的重鎮。可是李煜自以為江面遼闊，天險無須設防；因而樊若水得以毫無阻禁地在那裡暢所欲為。

他的測量方法很笨，但也很聰明。用一隻小船，帶一捲絲繩，先到南岸，將絲繩在巨石上繫住；然後鼓舟向北，將繩子放了出去，直到北岸，在繩子上做了記號，回來用尺細量，便知從南到北是幾何距離了。

當然，一次不夠精確；一而再，再而三地反覆測量，畢竟得到了確實的結果。等他回到池州；蘇內監已走了幾天，聽家人說是國主遣內監來傳喚，以為事機或已敗露，嚇得連夜往北逃走，直投開封，去見宋朝皇帝。

在李煜，卻是做夢也想不到，覆國禍機，已在此刻潛滋暗長；他甚至亦不太重視蘇內監的報告，也就是不甚關心樊若水的一切——他幾乎從來不曾想到過，作為一位一國之主，言出法隨；凡有任何作為，應該盡可能貫徹到底，維持威信。而他總是憑一時的好惡愛憎，想到就做；做過丟開；何況派遣蘇內監去查訪樊若水的一切，原出於周后的督促；只要有了結果，不問這結果如何，在他算是有了交代，更可置諸腦後了。

序入初夏，在宮中來說，第一件大事便是四月初八「浴佛」。

早十來天，清涼寺的住持小長老，便進宮恭請慈駕，屆期臨幸，供佛齋僧。聖尊后自是欣然許諾；周后向來亦是信佛最虔，更因為幼子最近常有病痛，不是發燒，便是拉稀，宣召了好些太醫診治，始終好一陣、壞一陣，焦急之下，稟明聖尊后，決定趁浴佛節這個好日子，祈福許願。事先齋戒，並派內監在清涼寺禪房，特闢淨室；老少兩后，駐駕宿山，預備連燒三天「頭香」。

到了四月初七一早，自臺城到石頭山這從東到西的九里路上，香車寶馬，翠羽明璫；雖不似唐明皇攜著楊氏姊妹臨幸華清池那樣，一路墮釵遺舄，隨處皆是豔跡，但那番十里錦繡，半天氤氳的繁華景象，亦已經使得夾道相看的百姓，如醉如癡了。

在這萬千如花美眷中，獨獨少一個嘉敏。因為她小病初癒，太醫切切叮囑，必須避風；所以這罕見的靈山盛會，唯她向隅。好在她不似她姊姊那樣佞佛，除了感覺寂寞以外，並不以不能隨聖尊后一起禮佛為憾。

就是寂寞也容易排遣。來自澄心堂的清詞麗句，最宜燈前月下，獨自吟味。畫堂人悄，無聲無影；而在她的心目中，卻有聲音，也有形相——李煜，只要她想到，他就會清清楚楚地出現在她的耳際眼下。

又是珠瑣潛動，驚覺銀屏。嘉敏從腳步聲中，分辨出是李煜已經進了友竹軒。她想裝睡，倒要看看他做些什麼；卻又怕他因為不忍擾人午夢，來而復去。

就這難以委決之時，忽然喉頭作癢，咳出聲來；這一下便想裝睡也裝不成了。而李煜也因為自覺形跡似乎有欠光明，便搶先發聲，「小妹！」他問，「可好些了？」

「喔，」她一翻身坐了起來；從容下地，笑著問道：「姊夫什麼時候回來的？」

「上午就回來了。」他細看了看她的臉色，「精神似乎還不錯。」

「本來就沒有什麼病，太醫一定要我避風。拗不過他，只好受他的。」嘉敏接著肅然相問：「聖尊后安好？」

「興致很好。美中不足的，就是你沒有在她老人家身邊。」

「是啊！我也很不安。」嘉敏的心思又活動了；想起清涼寺供佛齋僧，大開法會，梵音高唱，鐃鈸齊鳴的一番熱鬧，一時頗為嚮往，便提出要求：「明天姊夫上山，我跟了去。」

「還是靜養吧！山上風大，受了涼不妥。」

「我完全好了。一點也不發燒了！不相信，姊夫你試一試。」

嘉敏毫無機心地，根本不曾想到彼此之間該設「男女之大防」，牽著李煜的手去試測她額頭的燒度。李煜內心雖有些微不安；但也很快地消失了，全神貫注在自己的右手上，一按到她的光滑的額頭，不由得便想起「冰肌玉骨」四個字，捨不得將手再拿下來。

「如何？」

明明已經試測確實，李煜卻不即回答；故意一摸自己的額，再次將手撫按在她眉際，作個比較的樣子。然後，他一本正經地答道：「燒倒是退了。不過總以小心為宜。」他又說，「明天我也不一定上山。這兩天事多，也煩。」說著，微微嘆口氣，臉上有抑鬱之色。

這倒不完全是做作；李煜確有不怡之事。每逢令節，總有這樣的抑鬱；只為以小事大，委屈多端，逢年過節，必得向宋朝進貢。如今端午將到，兼以開封大內新建文明殿落成，必須上表申賀，同時進奉一筆數量很可觀的金銀。金銀在李煜是身外之物，宮中積聚甚多，不必向百姓徵斂；只是身為國主，上表稱臣，心有未甘而無可奈何，那種難宣的抑鬱，最不易排遣。

嘉敏對時事不大關心，因而就不易了解李煜的心境；但是他眼中所出現的陰黯愁鬱之色，卻使她隱隱心痛，「姊夫！」她問，「你有什麼難以解消的心事？這樣子不快活！」

李煜本想訴一訴隱衷；可是話到口邊，發現嘉敏那種由於關切而起的惶恐憂愁，便覺大為憐痛，也深有警惕，何苦讓她為自己煩心？柔弱如此，不是能替自己分憂的人；即使能夠，自己又何忍讓她蹙眉？

因而他盡力鼓舞自己，硬拋掉心事，作出眉目舒展的樣子笑道：「日子過得好好的，有什麼難解的心事？你不要瞎猜。」

「那末，」嘉敏將信將疑地，「是我看錯了。」

「你看到了什麼？看我的臉色不高興是不是？不是的！我沒有什麼不高興。」

「真的？」嘉敏張大了眼，偏著頭問：彷彿喜出望外似地。

這種稚氣的表情，純真專注，為李煜帶來了極深的感受；也是他在他妻子那裡未能得到的。周后愛她的幼子，愛她的名位；對於夫婿的愛，真而不純，深而不專。而只有嘉敏，使李煜確確實實感覺到，她心目中唯一關切的只是「姊夫」。

為了安慰她，他必須讓她真正相信他沒有什麼難解的心事；日子過得很快活。於是他看一看窗外的豔陽，躊躇著問說：「你真的可以不必避風了？」

「早就不必了。何況，也沒有什麼風。」

「對！這樣日麗風和的天氣，出去走走也不礙？」

「好啊！」嘉敏高興地笑道：「就這會出去逛逛！是不是上山？」

「不！」李煜手指東池，「我們到水榭去坐坐。你多帶些衣服。」

「是！」她馴順地答應著。

「你那個宮女叫什麼名字？」

宮女很多，但眼前只有一個；這一個已成了嘉敏的心腹，名叫羽秋。

「她本來叫雨秋，風雨的雨，我嫌它太蕭瑟了；改成羽毛的羽。姊夫，你看這個名字能用不能用？」

「怎麼不能用？改得太好了。」李煜轉臉吩咐：「羽秋，你告訴跟我來的人，我要用那隻畫舫，讓他們馬上預備；再要精緻食盒伺候。」

「遵旨！」羽秋答應著退了出去。

「你該多穿些衣服！」李煜又說，「畫舫好久未用了，從船塢中拖出來，也得些功夫；你盡可以從容。我上你書房裡看看去。」

於是嘉敏親自引導著到書齋；看李煜抽了本書，坐定下來細看，方始悄悄退出。回到臥房，羽秋已在守候，臉色顯得沉重。

「怎麼了？」嘉敏問道：「有什麼事？」

「還不是胖婆婆？」羽秋低聲答說，「官家一來，我就找人拖著她去打『馬吊』，絆住她的身子。不想裴穀從窗外經過，讓她發覺了，便要離桌來看小娘子，同桌的說她一家大贏，不放她走。此刻只在吵著要散場；等她一來，必不放小娘子出去。就放了，也一定寸步不離地跟著。」

這一說，將嘉敏的一團高興，掃了個乾乾淨淨，頹然倒在椅子上，好久作不得聲。

「我們有個計較，索性調虎離山；將她打發得遠遠的。」

「喔，」嘉敏馬上又振作了，「是何計較？快說！」

「剛才官家不是說，聖尊后只為小娘子不在身邊，覺得美中不足。倒不如寫個請安帖子，讓胖婆婆賣了去。」

「好！這一計妙得緊。」嘉敏化憂為喜，思路活潑，又想到了一個絕好藉口，「我家不正捎了蜜餞來；正好進奉聖尊后供佛嘗新。」

「這就越發調遣得胖婆婆動了。我去料理進奉的物件；小娘子便寫起帖子來。」

嘉敏毫不怠慢，提筆在手，略略構思，很快地寫成一個請安帖子，連同揚州新到、家製的一大盒玫瑰松仁蜜棗，都叫羽秋拿了，親自到胖婆婆那裡去交代。

「官家見諭，聖尊后只是惦著我；老人家這等垂愛，真正感激不盡。我要避風，不能趕上山去服侍，只有你替我去一趟！」嘉敏親手將請安帖子交給胖婆婆，「帖子收好了！見了聖尊后，說我已經好了，千萬不必垂念。這盒蜜餞不中吃，不過總比外面的東西潔淨，佛前也可以供得。」

「這會兒就去？」

「自然是這會去。坐車去！不過你得快了，太陽下山以前趕到最好。」

「那、今天就趕不回來了。」

「這要什麼緊？你也沾聖尊后的光，半夜裡燒個現成的頭香，求菩薩保佑你添個白胖孫子！」

這句話是有把握能碰到胖婆婆的心坎上的；只見她喜孜孜地站起身來，馬吊贏了一大把籌碼也不要了，走到床後換上簇新的一身出客的衣服。嘉敏和羽秋特意起鬨，替她插釵戴花，鬧著笑著，將她撮弄了出去，就開了通東池的便門，眼看她上了預先要了來在等著的車子，沿著圍牆，疾馳而去，方始回到友竹軒。

這一來嘉敏自己就沒有妝飾的功夫了。好在她淡妝濃抹，無不相宜；輕勻脂粉，加上一件綠袖繡襦，就可以出門了。

也就是剛剛料理完畢，裴穀來報，畫舫已經準備妥當；李煜便親自來迎嘉敏上船。一見之下，大感驚異；因為嘉敏彷彿換了個人，眉宇之間，蘊含著無限喜悅，似乎躊躇滿志，有了極稱心的遭遇似地。

「小妹，你的興致好得很啊！」

「是的。今天讓我無拘無束玩一玩了。」

「好！」李煜欣然答道，「只要你說得出玩的方法，我一定讓你如願。」

「我要飲酒，我要看花，我要吟詩！」嘉敏揮著繡襦的袖子，大聲地說，「凡是騷人墨客的雅事，我都要做到。」

「我奉陪。走吧！」

於是相偕出室，在宮女內監簇擁之下，上了畫舫。艙中相當寬敞；當中一張紫檀玉石的圓桌，一半陳設酒肴茶果；另一面擺著筆墨紙硯。几案上高低錯落地置放著十來瓶花，都是香味特濃的梔子、玉蘭、薔薇之類。

「飲酒、看花、吟詩都有了。」李煜吩咐：「開船吧！」

一篙輕點，畫舫緩緩向池中行去。後面還跟著兩條船，分載隨從；在畫舫上供使喚的，只是羽秋和兩名梳抓髻的小宮女。就是羽秋，亦是不奉呼喚不進艙；而且是盡量避得遠，好讓李煜和嘉敏無所顧忌地談笑。

「『尋春須是先春早，看花莫待花枝老！』」李煜微喟著說，「滿眼新綠，我們來得已經晚了！」

「有新綠可看，還應感謝天公。」嘉敏答說，「今年的節氣晚，不然，這時候已是『綠葉成蔭子滿枝』了！」

她引用這句成語，毫不牽強，而言者無意，聽者有心；李煜心頭，無端一震，不由得就浮起一個疑問：嘉敏是不是知道「綠葉成蔭子滿枝」這句詩的故事？

故事出於唐朝的杜牧。史傳上說：「牧嘗往湖州，目成一女子，年方十餘歲，約以十年後，吾來守郡，當納之。比至，已十四年，前女子從人，兩抱雛矣！因賦詩自傷云。」所賦的詩，題目叫做「嘆花」，是一首七絕：「自恨尋芳到已遲，昔年曾見未開時；如今風擺花狼藉，綠葉成蔭子滿枝。」

李煜在想，如果她知道這句詩的由來而竟引用，那就有了極可玩味的弦外之音了。

這不便問，一問不但忒嫌唐突，也忒嫌殺風景；不問呢，卻又心癢癢地不好過。就在他一個人這樣暗中嘀咕時，嘉敏忍不住又開口了。

「姊夫，你在想什麼？」她問：「可是有什麼感觸，在構思做詞？」

「感觸倒有，不過不是構思做詞。」

「那末想的是什麼呢？」

那一泓秋水似地凝注的眼神，使得李煜想到了他那首〈菩薩蠻〉的結句：「相看無限情」；這句話雖淺，但除了這樣平敘直道以外，實在想不出更好的形容。

也就是她這雙「相看無限情」的眼，銳利地割破了他心中的藩籬。於是定定神答道：「我在想你的終身大事。」

這句話太突兀了！嘉敏頓時雙頰飛紅，而驚多於羞，脫口說道：「怎的無緣無故想起這個？」

「那會無緣無故？是你大姊關心你——。」

接著，李煜細訴了經過。他的語氣很平靜，是談正事只用理智，不雜感情的樣子；不過視線卻始終沒有離開嘉敏。

嘉敏的臉上也很平靜，倒像漠不關心似地；最後聽到樊若水不知去向，蘇內監徒勞跋涉，卻有釋然的輕鬆表情。

「大姊也真是！多管閒事。」

「怎麼說是管閒事？男大當婚，女大當嫁；做姊姊的人，何能不管？」

嘉敏搖搖頭，欲語又止；終於只是看了他一眼，將頭扭了過去，幽思溶入水天遙處，無可捉摸。

「怎麼不說話？」李煜笑道，「彷彿在生誰的氣。」

「誰的氣也不生；只恨我自己。」

「恨你自己？小妹，」李煜情不自禁地撫著她的肩，「是何恨事？能不能告訴我。」

嘉敏不作聲，也沒有任何希望他將手移開的跡象；好久，帶些恨聲地說：「誰都能告訴；就是不能跟你說！」

李煜心頭又一震：「就是不能跟我說？」他問：「為什麼？」

「為什麼？」嘉敏慢慢轉過臉來，斜睨著：「你不是明知故問吧？」

話越說越玄，也越說越驚人；李煜在她那炯炯雙眸逼視之下，自己能抓得住的感想，只有一個：誰再當她是個不懂事的少女，誰就是不懂事！

而嘉敏卻又顯露了少女的本性，彷彿自覺語言和態度都太過分而感到不好意思似地，靦然一笑，低下頭去，拈弄著衣帶。

視線一移轉，李煜頓時有著如釋重負之感，定定神，理一理亂麻一般，愁喜難分的思緒，悄悄說道：「小妹，我實在得跟你好好談一談。」

她抬起眼來，矜持地答了一個字：「請！」

「這裡不是深談的地方。」

她沒有作聲，但抿著的嘴唇，不斷翕動；他看得出來，是欲有所言，而存著甚麼顧慮的樣子。

「說實話，你指我『明知故問』，我不受！」

「我覺得我沒有說錯。」

「也許你沒有說錯，而是我粗心大意；應該知道的，竟忽略了。」

話說得很宛轉，使嘉敏深為感動；即令還有怨懟，也不忍再出口了。

「小妹，說真的，為什麼你能告訴別人的話，不能告訴我？又為什麼責我『明知故問』；我應該知道的是些什麼？請你告訴我。如果是我錯了，我一定承認。」

口稱「說真的」，其實倒真的有些明知故問。經過這片刻的折衝，他就是先前莫名其妙，這時候半猜半想，也可以大致了解，她對自己的終身大事，是持有怎樣的一個看法？

然而，嘉敏卻相信他這幾句話，出自真心；想了一下，用他的話來回答他：「這裡不是深談的地方。」

「那末，」李煜遙遙望著百尺樓，「我們另外找個地方去談。佛閣上如何？那裡上下隔絕，妳說我聽，話不傳六耳。」

「不！」嘉敏搖搖頭，「那是何等莊嚴清靜之地，我們在那裡談些不相干的話，豈不褻瀆了菩薩？」

「那末，你說呢？到那裡去細談？」

那裡都不合適，她只好拒絕：「改天再說吧！」

話雖如此，她臉上的表情卻明明白白地顯示，希望有此密晤。李煜躊躇了好一會，終於下了決心：「這樣，我來另作安排。」他問，「羽秋是不是可以付信賴？」

嘉敏很快地答說：「可以。」

「那末，我讓裴穀跟羽秋聯絡好不好？」

嘉敏考慮了半天，到底抿著嘴唇，深深地點了點頭。

梧桐新月，清寂良宵；李煜在院子裡已徘徊了半個更次了。

「裴穀！」他到底忍不住要問了，「你到底跟羽秋是怎麼聯絡的？」

「聯絡得很切實，約定二更時分來。」

「不就快二更了嗎？」

「是！」裴穀聲色不動地答說，「快到了！」

「你有把握？」

裴穀有十足的把握，因為從萬壽殿到澄心堂，一路有他祕密派遣的小內侍，隨時馳報動靜，他知道嘉敏帶著羽秋已在途中了。只為行蹤極祕，不便使用宮燈；僅在花徑林間，借著掩映雲間的星月微光，摸索而來，自然就走得慢了些。

不過這情形不便也不必細說，裴穀只這樣勸道：「官家請進去暫歇；只怕一盞茶不曾喝完，人已經到了。」

「也罷！」李煜回身上階；躊躇了一下，往西面走去。

西面繞過迴廊，盡頭處有一道垂花門；進門自成格局，一片密密的竹林中藏著五楹精舍，題名夢蝶齋，最宜夏日午睡，也是澄心堂這個區域中最隱祕的一處所在。

他選中了這裡與嘉敏「深談」，就為的是取其隱祕。這裡好久沒有來住了，雖然傍晚時分，經裴穀派人仔細收拾過；帷帳墊席，完全換新，然而隱隱仍有一股陳腐的氣息，李煜一踏進去就聞到了。

「怎麼不焚香？」他向隨侍在側的小內侍聞喜說：「取那座瑞龍鼎來。」

「早就侍候在這裡了。」聞喜笑嘻嘻地回答。

瑞龍鼎是座玉香爐，整塊和闐羊脂玉，雕成一座高可近尺的鼎，蓋子是一條鱗甲飛動的盤龍。玉質既佳，雕鏤更精，是李煜心愛的一件器玩；聞喜料知這晚上有用得著它的時候，早就從書齋中，小心翼翼地移放在這夢蝶齋了。

如此善伺人意，著實可喜。李煜暫時拋卻久候芳蹤之苦，興致勃勃地親自在銅盤中調拌香屑，用迴文篆字的銅格子壓出花紋；然後取火點燃，將銅盤移置入鼎，闔上鼎蓋，只見兩縷裊裊青煙，從盤龍的鼻孔中升起，氤氳馥郁，令人心蕩。

就這時候，窗外人影閃動；聞喜搶步上前，打起簾子，有燈照處，一頭黑髮，嘉敏只以背影示人，不肯迴臉。

「聞喜！」裴穀輕聲喝道：「出來！」

聞喜將絲繩往鉤子上一搭；讓簾子半捲著，退了出去。接著，窗外閃過三條影子，消失於竹林之中；李煜可以猜想得到，另外一條人影是羽秋。

於是，他走到門外，親手扶嘉敏進門；順手放下了簾子，將她的身子扳了過來。

四目相視，彼此無語，李煜看她的臉色蒼白，不由得一驚；去拉她的手，又是一驚，「小妹，」他急急問說：「你的手好涼！」

「我怕。」

原來如此！李煜放心了，「你不要怕！」他說，「沒有人知道。來，你坐這裡來。」

他扶著她坐在錦榻上，握著她的手；輕輕地撫弄著，就像撫慰一頭受了驚的小貓那樣。

慢慢地，嘉敏恢復了常態，臉色依然白裡透紅；眼神仍似一泓寒泉，而雙手也溫潤如玉了。

「你看，我一雙鞋！」

李煜低頭望去，她的那雙用金絲縷盤出雲頭花紋，製作極其精美的新鞋，沾滿了泥跡苔痕；可以想像得到，這一路潛行而來，不是件輕鬆的事。

「只怕露水已經滲透了！溼鞋穿著不舒服吧？」

「嗯，」嘉敏點點頭，「有一點。」

「那怎麼辦呢？」李煜想了一下說，「這裡只有我的鞋，你將就著用一用。」

說著，他親自去找了一雙便鞋來，擺在腳踏上；嘉敏褪去了溼鞋，只見白綾襪子也是溼的。

「索性連襪子都脫了吧！」

嘉敏遲疑了一下，果然剝下一雙綾襪；她的動作極其迅速，那雙白得異樣的腳，不容他看第二眼，便已縮入裙幅之中，然後盤腿坐在榻上，顯得神閒氣定，十分恬適。

於是李煜將聞喜烹好在那裡的武夷茶，倒了一盞給她，悄悄說道：「此刻你可以談了吧？為何恨你自己；又為什麼對什麼人都可以說，唯獨不能告訴我？」

「因為告訴你沒有用。」嘉敏借喝茶遮眼，又加了一句：「反害你為難。」

「害我為難？是什麼事，我會為難？」

「你想呢？」

「我想，」李煜很吃力地說，「除非是牽涉到你姊姊的事。」

「是不是！我說你明知故問，一點都沒有錯。」

李煜是隱約其詞的試探，如今算是證實了。娥皇、女英的故事是自己說過的，但不過一時戲言；當初本未存非分之想，不道居然有此逾分之福！在喜出望外的同時，不免有著突兀之感，因而只站在她面前發楞，什麼話都沒有。

「我恨我自己，生不逢辰；也生錯了人家。」嘉敏低聲自語似地說，「如果不是生在周家，我沒有煩惱；如果我生在大姊前面，我——。」

突然間，聲音中止了；戛然而止，就像用一把快刀硬生生截斷了一樣。李煜定睛看時，眼中人淚如雨下，喉間抽噎有聲了。

「別哭！」他一把抱住她，「我知道你的心；等我來想辦法，一定要彌補你的恨事。」

這夜相偎相依，相憐相愛，繾綣到天色微明；嘉敏方始由羽秋攙扶，裴穀護送，悄悄地回到友竹軒。

醒醒睡睡，一整天如在夢寐之中。這神魂顛倒的樣子，落在羽秋眼中，大為不安；直到聖尊后回宮，嘉敏盛裝迎接，依舊禮節無誤，言語如常，她方始鬆了一口氣。

「小娘子，我真擔心；擔心會露馬腳。」

「什麼事露馬腳？」嘉敏看著鏡中的羽秋問道：「露了什麼馬腳？」

手握著嘉敏的一把又黑又軟的頭髮，正用牙篦在仔細梳理的羽秋，卻從鏡子中避開了臉；她怕自己好笑的樣子，落入嘉敏眼中，顯得輕佻不敬——其實令人好笑！她在想，不管是大家閨秀、還是蓬門碧玉，只要一為情絲牽纏，就會癡迷得連自己在做些什麼都不知道！若是率直指穿，還只怕羞了她；未免無趣。

嘉敏那裡會知道羽秋的為難？見她不答，便又追問；這一下，逼得羽秋只好實說了。

「我看小娘子從『那裡』回來以後，彷彿恍恍惚惚的，怕會惹人猜疑。」

「那裡」是指何處，她自然明白；想起昏燈羅帳，嬌喘細細的那番光景，嘉敏羞得夾耳根發燒。偷窺鏡中，幸好羽秋是低著頭，不曾注意自己的窘態，她心裡才比較自在些。

「喔，」她矜持著，盡力將聲音放得平靜，「我自己倒不覺得，是怎麼個恍惚？」

「無非心不在焉的神氣。」羽秋也還以平靜的聲音，「常時一個人無緣無故發笑，或者望著半空裡發楞。」

這一下，拿她剛消褪的紅暈又染上雙頰；想到這些魂不守舍的樣子，看在宮女眼裡，少不得私底下三三兩兩在談論，頓覺滿心惶恐，坐不安寧了。

「真是這樣嗎？」她顧不得害羞，轉臉去問羽秋，「大家都在笑我吧？」

看到她的臉色，羽秋不能不安慰她，「只有我才看得出來。」她說，「沒有人知道小娘子的心事。」

「真的？」

「自然是真的！我何敢撒謊？」

嘉敏長長地舒了一口氣，「羽秋，好姊姊！」她心甘情願地用這樣的稱呼，「只有你知道我的心事。」

「小娘子，折煞我了！不要那樣叫，只叫我羽秋。」

「私底下叫叫不要緊。說真的，胖婆婆老悖悔了；我只拿你當自己人。你要替我多出些主意才好。」

羽秋默然。她在宮中也好幾年了，深知周后的性情。美而多才的黃保儀；明慧可人，善於琵琶的流珠；喜簪異花，常有蝴蝶繞鬢而飛的秋水；嬌小纖麗，始創纏足，能在數尺方圓的木製金蓮上迴旋作舞的窅娘，只看這些色藝冠絕一時的後宮嬪御，都為周后千方百計地抑制著，不讓國主得有親近她們的機會；就可以知道，她能不能容忍自己的胞妹去分她的寵，實在大成疑問。

「羽秋，」嘉敏用商量的口氣說，「你能不能替我去送一封信？」

「是送給裴穀？」

送給裴穀當然就是送給李煜。羽秋深懷戒心，怕為周后發覺，是件不得了的事；因而低聲相勸：「小娘子，動到筆墨便落了個痕跡；我看，還是免了吧？」

也知這樣做法甚為不安，無奈刻骨相思須有個寄託；那一片癡情在九曲柔腸中千迴百折，想到頭來，只有老實央告：「那末，好姊姊，怎的想個法子，讓我再跟他見一面。」

這比傳書更擔干係，也更棘手；然而羽秋卻說不出拒絕的話，因為那一聲「好姊姊」彷彿有千鈞之力，壓得她非唯命是從不可。

「等我看看情形。」她很吃力地答說：「辦得成、辦不成，可沒有把握。」

「謝謝你！」嘉敏笑得很嫵媚，「一定辦得成的。」

於是羽秋退下來默默打算，想來想去，終無善策。因為這與浴佛節那天的情形，大不相同了，不但第一道關胖婆婆、第二道關周后，都難闖得過去；而且扈從的宮眷，都已隨駕返宮，耳目眾多，真有步步荊棘之勢。總而言之，嘉敏想重到夢蝶齋，幾乎是一件不可想像的事。

盤算最後，只有一條路可以去碰一碰；去跟裴穀商議。

羽秋要跟裴穀見面，就是件不容易的事；因為胖婆婆有意要隔離嘉敏與李煜，不論是進聖尊后宮裡請安，或者到瑤光殿去閒話，胖婆婆都要先派人打聽，趁李煜不在的時候，方准嘉敏前往。這一來，羽秋便難見到裴穀了。

當然，下決心要見裴穀，是沒有見不著的道理的。羽秋知道李煜每天總在日出時分到萬歲殿來為母后問安；便起個早，做完了自己該做的事，在花圃中用竹剪剪下許多開得正好的蘭花，取個粉定窯的大冰盤盛了，捧到聖尊后宮中去助妝，見機行事，私下跟裴穀見著了面。

難得一晤，只能匆匆數語，「忙不得！」裴穀這樣答說，「官家已經有話，打算搬到瑤光別院去避暑；到那時候一切都方便了。」

瑤光別院不是避暑之地；這當然是個託詞，作用是跟友竹軒的距離近了，一切比較「方便」。羽秋覺得這個消息，足慰嘉敏的相思，算是有了一個結果，可以覆得命了。可是嘉敏卻有畫餅充飢之感；幽幽地嘆口氣，只好耐心等著。

夢蝶齋之會，終於有人在傳說了。流言自何而來，不得而知。有人說是聞喜口舌不謹；又有人說，有個宮女在夢蝶齋撿得一個荳蔻盒子，不是內家形製，訪查下來，才知道屬於嘉敏所有，因而洩漏了春光。

見宮女們竊竊私議，周后自不免起疑，要問個明白。

宮女們都是一樣的性格，飽食終日，無所事事，最喜在私下談論是非；但如真的追問，卻都識得事情輕重，寧願接受一時的責罰，不肯吐露一言半語。周后雖問不出什麼；而疑團未釋，又找了阿蠻來問。

「她們那鬼鬼祟祟的樣子，想來你也看見了？必是有什麼事瞞著我！你應該知道。」

阿蠻當然知道。只以此事關係出入太大，她連在胖婆婆面前都不敢提起，更莫說周后。不過她比別的宮女聰明，不願硬生生抵賴；且先虛晃一槍，聊為搪塞。

「是啊！」她說，「我也在奇怪，不知道大家在議論些什麼？等我去打聽明白了，來回稟國后。」

「好！你去打聽打聽。我等你的回話。」周后加了一句告誡：「可不許你幫著她們瞞我。」

「我不敢！」

不敢也無法，其勢非瞞不可。阿蠻倒是沉著能顧大局的；她心裡在想，風流罪過已是鐵案如山，然而是這樣的男女兩造，這重公案從那裡去追究？如今唯一的上策，便是設法讓他們到此為止；風風雨雨的流言，自然而然就會消失。

這自然要跟胖婆婆去商議；可是也不宜揭露前因。一個人靜靜地盤算了一會，想好一套說詞，才去看她的外祖母。

「姥姥！」她悄悄問胖婆婆：「你可知道，官家要搬到瑤光別院來了？」

「我也剛聽說。」胖婆婆答道，「說是搬來避暑。瑤光別院倒寬敞，不過樹木不多，看來並不是避暑的好地方。我又聽說，澄心堂後面有個竹園，叫什麼夢蝶齋，那才是最宜夏天住的好地方。」

「姥姥也知道夢蝶齋？」

胖婆婆到底見多識廣，這話入耳，立刻便發覺有弦外之音，「怎麼？」她問，「夢蝶齋有什麼花樣不成？」

「沒有什麼。我們不去管它了。只談瑤光別院。」阿鑾放低了聲音，「這可離得很近了，幾步路就走了過來。」

「我知道。我也要搬地方了。由後面搬到前面。」

這前後方向是以友竹軒為根據而言；若就萬壽殿來說，是由前面搬到後面。不用說，胖婆婆已經起了防範之心；搬到後面，是守住友竹軒的出路，進一步監視嘉敏的行動。

「對了！姥姥，你要多勞點神。」

「我到底年紀大了，逞不得能。萬一出了什麼笑話，我那還有臉回揚州。阿鑾，」胖婆婆看一看周圍，將聲音放得極低，「你得便跟國后說一說，還是讓我們早早回揚州吧！」

「我知道了。」

嘉敏未回揚州，李煜卻很快地搬到了瑤光別院；興致勃勃地親自指揮內監宮女，陳設器玩圖書。當然，周后也要來照料檢點。而使她高興的是，李煜特為在朝東的一面，替她留下三間屋子，「這裡雖以晨曦初上的時候最好；然而空曠高爽，夜來玩月，也很不壞。」他情意殷殷地說，「你也別讓我太寂寞，有興就來陪陪我；夜太深了，懶得回到前面，也有你自己的屋子可住。」

這番話十分動聽；於是周后也忙了，親自帶著阿鑾到內府庫房去查看，選取了好些家具擺設；又製了全新的床帳衾褥，將她的那間臥室，布置得煥然一新，洋溢著無限的喜氣。

整整忙了五六天，方始就緒；正逢宜於遷移的黃道吉日，李煜便由澄心堂搬了過來。宮中不愁沒有行樂的閒暇，只怕找不著題目。國主移居，自然是個應該慶賀的好題目；所以早由裴穀作了安排，預備下精緻的筵宴，請聖尊后來盡一日之歡。

其實，這個題目之外，另有文章；公開的安排之外，另有私下的安排——是裴穀與羽秋間的事；特為請了聖尊后來，無非是為嘉敏與李煜得有見面的機會。

果然，聖尊后一早就派人來召嘉敏；陪她午膳之後，作伴同到瑤光別院。

「這裡我還真少來！」聖尊后對周后姊妹說，「當年先帝好靜，在這裡讀道書，不喜歡大家打擾。五年功夫我只來過七八回，好些地方我都記不得了。」

「娘倒去看看。陳設布置，改得人不相同，只怕更記不得當時的光景。」

「這裡就數東面那幾間屋子最好；如今是誰住？」

聽得這一問，周后得意地揚起了臉，但回答的聲音卻是矜持的：「官家一定要留給我。」

「喔，我看看去。」

進臥室一看，四壁糊著簇新的絳色緞子；再看到北面傾大無朋的一張七寶鑲嵌的象牙床上，鋪陳得花團錦簇，聖尊后笑了。

「倒像洞房！」

大家都笑了，只有阿鸞不笑。她覺得聖尊后的這句笑話，不是一個好兆。

畫堂中燒著兒臂般粗的蠟燭，紅色的光暈，照耀著酡顏，看不出周后已頗有酒意。

嘉敏沒有喝多少酒，因為她在聖尊后那一桌陪侍，不免拘束；而侍宴的妃嬪，捧酒為聖尊后「上壽」，要盡禮數，不敢放肆，使得嘉敏更缺乏喝酒的機會。

酒過數巡，一隊碧衣宮女，在紅氍毹上翩翩起舞；周后的興致越發好了，讓宮女捧著金壺玉杯，來到正中桌前，親自為聖尊后勸酒。

雖是尊卑有別，遇到這樣的情形，也須有一番酬答；聖尊后受了兒婦的敬酒，還答一杯。然後她又命嘉敏敬姊姊的酒；周后雖善飲，因為先前喝得多了，再有這三滿杯酒下肚，頓時見了顏色，起身時竟站立不住，若非宮女扶持，晃蕩著的身子，定會倒了下去。

「散了吧！」聖尊后說，「時候不早了，我也有些倦了。」

李煜興猶未央，只是老母之命，不敢違拗；歇歌罷宴，親自送聖尊后回宮。周后猶待強自支持著，想陪到萬壽殿，卻為聖尊后極力攔阻，要親眼看周后回到她所說的「洞房」休息，方始起身離去。

由瑤光別院到萬壽殿，不過一箭之路；聖尊后願意步月而歸。於是兩行宮燈前導，嘉敏攙扶著她，緩緩行去。李煜跟在後面，正處下風；環珮輕響，脂香微度，盯著可望而不可即的嘉敏的背影，他真個沉醉在駘蕩的東風中了。

回到友竹軒，已過三更；嘉敏懶懶地不想動，不是疲乏，是一種酒闌人散的寂寞淒涼以外，無可言喻的悵惘空虛使然。

閨中幽怨，羽秋深知；每逢嘉敏像這樣懨懨無言之時，羽秋總是想些消遣來為她打發難捱的辰光。但是，這晚上她竟視而不見似地任令她在妝臺邊支頤獨坐；自己忙著檢點火燭，查察門戶；直待院落沉沉，人聲寂寂，方回到嘉敏身邊。

「替我卸妝吧？」嘉敏有氣無力地說。

羽秋點點頭，不作聲；喚粗使的侍女香兒提來一銅銚子熱水，然後說道：「香兒，你們都睡去！仔細，關好了門，別讓白鬍子的狐仙闖到你們屋裡！」

香兒嚇得臉都白了。嘉敏微覺不滿；「何苦又嚇她？」她安慰著香兒：「去睡吧？別怕！你們不去惹狐仙！狐仙不會捉弄你們。」

「對了，」羽秋接口，「只關起門來睡大覺，外面若有什麼響動，只當沒有這回事！千萬別好奇偷看，那最犯狐仙的忌。」

「我知道。」香兒重重點頭，說話的聲音都有些發抖了，「我只蒙上被子睡我的覺。」

等香兒一走，羽秋立刻掩口笑了；嘉敏便問：「你笑什麼？」

「我笑我自己搗鬼。」羽秋將脂粉盒子都打開，絞了一把手巾遞給嘉敏，「重新勻一勻臉吧！」

「幹什麼？」

羽秋向窗外看了一下，低聲答道：「官家要來。」

嘉敏驚異不止；「怪不得！」她笑了，「你那樣子嚇香兒。」

羽秋笑笑不答，為她重新整妝更衣；然後收拾收拾妝臺，悄悄退了出去。

嘉敏一個人坐在那裡，心中七上八下，很不自在，卻又不敢呼喚羽秋，怕驚醒了別的宮女。

正當彷徨難耐之時，窗外一點紅燈，裴穀引著李煜，悄無聲息地出現了。

嘉敏有著如夢似幻的感覺，多少天朝思暮想，打點著無數的話，渴待傾訴，而此時隻字不能出，只站起身來，怔怔地望著一步一步走近的李煜。

李煜是一臉明朗愉悅的笑容，遠遠就伸出了雙手；那一雙紅潤的手，彷佛別有魔力，像塊磁鐵似地，吸起了嘉敏的雙手。彼此濡染著對方的溫暖，從手心暖到心頭。

「我，我好想你！」嘉敏的聲音，低得幾乎只有自己才聽得見。

而李煜還是能聽得清清楚楚；並且這正也是他想說的話，不過他的回答是欣快的：「現在不又在一起了嗎？」

這是安慰的語氣，卻反勾起了嘉敏的心事；幾許艱難，得此一會；而用朝朝暮暮，無盡的相思之苦來換取這提心吊膽的片刻歡娛，且不說值不值得，怕的是長此以往，會教人發瘋！

這樣想著，便不自覺地鬆開了雙手，迅即回身，坐向原處，低著頭，背著臉；塞腹撐胸的委屈怨恨，忍不住流瀉在兩行清淚之中。

李煜有些手足無措。不是出於意外的驚惶；只是久已擔心著會出現，而不知如何應付的情況，終於不可避免地出現，而仍然不知如何應付而已。

實在也不是不知如何應付，只是事未臨頭，畏難不敢細想；此時逼得非應付不可，便只好硬撇開一切浮思綺念，認真考慮彼此的處境，希望有一句切實的話能安慰嘉敏。

彼此的處境很難，難在要顧全她們姊妹的感情。從這一點來說，李煜有種很奇怪的感覺，覺得自己不妨置身事外。而也就是這樣的一種奇怪的感覺，使他不以為眼前的窘境是無法應付的了。

「小妹，」他低沉而清晰的聲音說：「我知道你的委屈。不過我敢向你說一句：我絕不負你！」

光是「我知道你的委屈」這句話，就讓嘉敏覺得好過得多；然而如何是絕不相負呢？她強自抑制著自己的抽噎，側著耳朵，全神貫注地等著他的下文。

「我不能昧著良心，說我心裡只有你，沒有你姊姊。我說過，我的德業不敢望大舜；可是我衷心所望、夢寐以求的是，我有大舜的室家之福。你姊姊小名娥皇，就注定了我跟你有這段因緣。你今年才十五；你姊姊快三十了，三春好景，將來都是你得意的日子！小妹，你聽我一句話：眼前你要諒解你姊姊『開到荼蘼』的苦衷，讓她一步！」

前面的話，都是嘉敏聽得入耳的，只有最後一句，不免反感；「我怎麼讓她？」她的幽恨迸發，聲音提高了，「莫非我逼她了？我那裡敢！不明不白地落入這般田地；倒像犯下什麼彌天大罪似地，到底是為了什麼？」

「你不要氣急。」李煜坐到她身邊，「萬方有罪，罪在朕躬。」

這句話並不能使嘉敏滿意；可是他的那雙輕撫在她身上的手，足以彌補一切，在她的感覺中，那雙手溫柔得出奇，小心翼翼地從髮際摸到肩頭，慢慢往下滑落，一直到腰間。這是愛撫，但亦像把玩稀世奇珍，唯恐手腳太重，碰壞了那裡似地；讓她有著一種可以清楚感覺到的尊敬與珍惜。

於是她的激動的情緒平伏了。拿他的話從頭回想一遍，才發覺自己剛才心浮氣躁，沒有能了解他話中的深意。如果說他是一架天平，那末這架天平的兩頭，雖在眼前還顯得低昂不等；可是他已經明白地表示出來了，法碼將會加到自己這一頭，總有一天會由彼此相平，而勝過另一頭。

「開到荼蘼花事了」，二十九歲的姊姊，快將進入遲暮的境況了；而自己呢，誠如他所比擬的「三春好景」，奼紫嫣紅，日麗風和，燦爛得意的日子，正待開始。

這樣想著，她不但消失了怨懟，而且惻惻地為她姊姊悲傷，「好，我聽你的話。」她不由自主地，「我讓她一步。」

李煜愉悅地笑了，「你到底想明白了。本來嘛，」他說，「以你的靈心慧質，豈有見不到此的？」

「用不著恭維我！」嘉敏答說，「你自己該有個打算。」

「我打算過了。操之過急，反會僨事。小妹，我只希望你為我做一件事。你肯不肯？」

「還不知道是什麼事，也不知道我做得到做不到？」

「你一定做得到，而且一定會做得很好。」李煜停了一下說，「你常到前面去走走。」

前面就是萬壽殿。他的意思是希望她多乞取聖尊后的歡心；將來用「懿旨」迎娶她入宮，國后就無話可說了。

懂是懂了，而且心裡亦已決定，照他的話去做。不過她在口頭，卻不願作何承諾；沉默是微帶著抗議反對的表示。因為她要讓他知道，假借這分力量才能獲得在宮中的位號，在她看來是委屈的。

「怎麼？」李煜有些察覺到了，「你不願意？」

「我不知道。」她故意這樣回答，「走著看。」

「是的。一步一步走；你有的是功夫，用不著急。」

這又提醒了嘉敏，自己才十五歲！吐蕊含苞，來日方長，急些什麼？

匆匆一會，又成隔絕。胖婆婆的監視似乎更嚴了；但是，她可以禁阻她與瑤光別院往來的蹤跡，卻不能塞斷她與李煜書札往來，暗遞相思的通路。

這條通路當然是胖婆婆所不知道的；這得歸功於羽秋的安排，與裴穀買通了一名花匠作為青鳥使，每天來換花時，總有一封密札，悄悄放在花瓶後面。

這些密札中，或者是一首詞，或者是談些瑣事、敘一番感觸，或者是幾句問候的話。其實也沒有什麼濃得化不開的情調在內；可是，倘有一天未曾接到這樣的密札，她就會茶飯無心，忽忽若有所失。

當然，一張紙、幾行字解消不得相思之苦；其間曾安排過兩次約會，卻都誤了佳期。第一次是因為周后住在瑤光別院，李煜被絆住了身子。第二次約定嘉敏前去相會，不想半夜裡風雨大作，胖婆婆特意起身探視，好意留在她臥室中陪伴；須臾雨散雲收，清光大來，正好踐約；無奈床前地鋪上有個胖婆婆在，怕她一覺醒來，發現是張空床，到底不敢造次。

這一夜輾轉反側的嘉敏，為胖婆婆的鼾聲攪得六神不安，氣苦萬狀；覺得不如沒有這樣一個約會，反倒沒有煩惱。

向晚時分，花匠又送了花來；等他一走，嘉敏如所預期地在花瓶底下取到了一封信；拆開來看，是一首〈搗練子〉。

雲鬢亂，晚妝殘。帶恨眉兒遠岫攢。
斜托香腮春筍嫩，為誰和淚倚闌干？

另外有兩行註：「知卿近日光景如此！憐痛無已。咫尺蓬山，可望而不可即，尤覺悵惘不甘。此日三更月下，畫堂南畔，猶冀雲中有仙馭下降也。」

看完這一詞一註，嘉敏心頭又酸又甜又熱地不知是好過還是難受。她現在才知道，自己的一言一動，無不在李煜關切之中；那首詞正寫的是她前一天黃昏的感觸，想娘想李煜，沒有人可以吐露一句知心話，也沒有人可以給她一句切切實實的安慰之詞，只覺得孤零零地淒涼萬狀，「為誰和淚倚闌干」，連她自己都不分明了。

不想獨自吞聲的幽恨，居然他亦會知道！自然是下了深心，暗中買了人在留心的結果。嘉敏突然感到一陣無可言喻的痛快；而想到「此日三更月下，畫堂南畔，猶冀雲中有仙馭下降」這幾句話，心中更有著一股脹滿充實的感覺，擠迫得她連呼吸都困難了。

好不容易才能抑制興奮，悄悄找了羽秋來商議，「他，」她說，「約我三更天到瑤光別院去。」

「喔，」羽秋問道：「怎麼去法？」

「我不知道。不過，他一定會在外面等我。」

「恐怕出不去。」羽秋在發愁，「天氣又熱又悶，胖婆婆怕待在屋子裡；往往三更天還坐在院子裡。門戶又都是她每天晚上親自下了鎖的；只有一道角門好走，可又非得從她窗外經過不可。」

「那——，」嘉敏沉吟了好一會，突然眼睛一亮，神情是又驚又喜，彷彿很好玩而又有些害怕似地，「我一個人悄悄兒溜了去！一點點路，一下就走到了。」

「如果遇見了人呢？」

「我只說天氣熱，睡不著，出來散散心。」嘉敏又說，「你不必跟我去，你們只裝全不知道，就沒有干係了。」

「婢子有什麼干係，不關輕重；只想迴護得小娘子周全。」

「謝謝你，好姊姊！」嘉敏握著她的手說，「正要你能脫卻干係，置身事外，才好迴護我。我打定了主意了，一個人去，見機而作；你在這裡替我看著些。」

只要她能明白，如果出了麻煩，不能一起捲入漩渦的道理，羽秋便不必再多說什麼了；密密地為她通消息、打接應，約定裘穀，至月到中天時，在瑤光別院南面的角門上迎接。

到得起更時分，嘉敏早早關了房門，看來像已睡下，其實只是熄了燈在黑頭裡坐。一會兒擔心胖婆婆深宵不睡，害自己脫不得身；一會兒又想著見了李煜該說些什麼？一顆心七上八下，只是靜不來；好不容易聽得更鼓的聲音，彷彿覺得已過了長長的一年，而細細聽去，只捱得一個更次。

二更一過，人聲漸寂。嘉敏悄悄摸到妝臺邊；沒有光亮，不敢施朱敷粉，只摸著一磁罐的百花香露，用手指蘸著，塗抹在項下耳後。然後又摸索著換上深色的衫裙、全新的白綾襪子和一雙紅紬縷金的繡鞋，坐在床沿上等候羽秋來通知。

又是一段度日如年的光陰，而且提心吊膽，不能有什麼響動；嘉敏不由得心中遙問：「你可想像得到，我為你受這樣的罪？」這樣轉著念頭，立刻發覺眼眶發熱，是因為委屈而落淚；但又即時發覺，哭紅了的眼眶，有損顧盼之間，秋波流轉之美，到底將眼淚忍了回去。

總算床後的小門有了推動的聲音，「是羽秋？」她低低地問。

「嗯。」羽秋輕聲哼了一下；走到床前說道：「胖婆婆剛睡下，還得等一會。好在時候也還早！」

三更將到，猶說為時尚早？嘉敏唯有暗暗苦笑；拉了她一把，示意她並排坐下。

「不行！」羽秋說道，「我得去把小門上的鎖拿下來；鎖就掛在搭襻上，倘有人順手拿它鎖上，可就糟了。」

「那，」嘉敏握著她的手叮囑：「快去快回！」

羽秋倒聽話，真的很快地回到她的身邊；「我想起來了，要走就得這會兒走。」她說，「一打三更，照例巡夜，不要碰上了，很不合適。」

「是啊！」嘉敏問，「胖婆婆呢？」

「沒有聽見她打鼾的聲音，也不知道她睡熟了沒有？」片刻的沉默以後，羽秋用極有決斷的聲音說，「顧不得那許多了！只要自家小心，她不會發覺。」

「好！我就走！」

嘉敏一站起來便有聲音；因為這雙金縷鞋釘著一枚小金鈴，一步一響，雖然聲音不大，亦很不妥當。

「得換一雙鞋。」

「別換了！那雙鞋都是木頭的後跟，行動就免不了有響聲；只有一個辦法，」羽秋的聲音，絲毫不帶開玩笑的意味，「將鞋子提在手裡，等出了門再穿。」

嘉敏真的照她的話做了，手裡提著金縷鞋；喉頭提著「蓬蓬」在跳的心，一步一步地經過胖婆婆臥房窗下，下了臺階。

一步驚似一步地終於出了那道小門，再不怕胖婆婆會發覺。嘉敏有著無比的輕快之感，霎時間記起許多古人脫困的故事，心裡在想，伍子胥過昭關、孟嘗君出函谷、漢高祖平城奪圍，他們當時的心情，必與自己在此刻體驗到的一樣。

一個念頭未曾轉完，腳下突然一滑；大驚之下，卻在心裡對自己說：無論如何不可以摔倒！就是這執拗的一念，使她不知從何處生出膽量與氣力？硬拿滑出去的腳收住，而另一隻腳可又站立不穩；雙腳交替著，踉踉蹌蹌衝出去好幾步，才得抱住紫藤花架的一根柱子，氣喘得動彈不得了。

驚定思驚，才覺得剛才那一滑是如何可怕？如果這一下滑倒，即令不至於摔成重傷，也一定疼得出眼淚，或許扭傷了足踝，非有人扶持，不能起身。問起摔倒的原因，何以為答？深宵潛行，以襪著地，是為了什麼？更無話可以解釋。那一來話柄流傳，再沒有臉見人了。

想到這裡，驚出一身冷汗。同時也有些意興闌珊地，不想踐約了；但一個人坐在露椅上思量了半天，總覺得這樣艱難一會，如果半途而廢，未免太對不起自己。於是等心情稍稍平靜，決定還是赴約；撿起那雙被拋在一邊的金縷鞋，穿著妥當，起身往東而去。

放眼一看，才發覺不知道什麼時候起霧了，霧中的月色昏黃，樹木朦朧；只有火紅的榴花，照眼獨明。也就憑著這幾樹榴花的指引，她能避開正路，穿越林間的曲徑，悄悄到達瑤光別院。

走近角門，裴穀閃了出來；他沒有出聲，只躬身站在門邊。等嘉敏一踏進去，門也隨即關上了。

「在那邊！」裴穀的手一指。

嘉敏定定神向前望去，霧中一條影子正迎面而來；李煜穿的一襲白袷衫，雖在霧中，仍可以看出他瀟灑丰神。嘉敏癡癡地望著，大口大口地喘氣；腳軟軟地，疲倦得只想倒下來。

「到底又見面了。」李煜也舒了一口氣，「我在院子裡徘徊到現在，總有兩個更次了吧！」

嘉敏未作聲。她不知道先說那句話好；只回頭望了一下——如果沒有人在旁邊看著，她就要倒在他身上了。

「來！」李煜扶著她的右臂說：「我備有你愛吃的東西。」

嘉敏依然不作聲，讓他攙扶著；而其實是抱持著，因為她已將整個身子倚偎在他胸前，腳雖點地，並未用力，不過著地拖行而已。

上得畫堂，燈光璀璨，李煜這才她發現她顯得有些狼狽，「怎麼了？」他指著她的裙幅問：「破了一塊！」

「不知道那裡刮破的？」嘉敏答道：「差點摔得起不來。」

「怎麼？」李煜大驚，將她從頭看到腳，「摔疼了沒有？我看看，有沒有傷？」

手伸過去，不過剛剛觸及嘉敏的肘彎，她忽然畏縮地笑了起來；李煜先不明究竟，想一想才省悟，那一部位有個「麻穴」，一碰上了，又痠又麻，滋味很不好受。

因此，他的歉意更深了，「真是！」他說，「偏偏又讓你吃苦。」

「今天合該是我吃苦的日子。不過，」嘉敏也想開了，很豁達地說，「總算不曾丟醜。」

「這是怎麼說？」李煜見此光景，料知她並沒有摔傷；心情輕鬆，語言也從容了，「到裡面來，細細告訴我。」

於是，他扶著她進了周后在瑤光別院的臥室；錦衾繡榻，依然如新；粉青磁瓶中一叢晚香玉，由於燭火的蒸薰，香味濃深令人心蕩。嘉敏進門坐下，首先就甩脫了鞋子；抬起腳就燭火細看，綠的是苔痕，黑的是泥土，髒得自己都看不下去了。

何故如此？好像難解，其實很容易明白，深閨弱質，是這樣深夜艱難地獨赴密幻；李煜既感動、又慚愧，而且還有些心疼。因此，他覺得他必須「服侍」她一番，才能心安。

於是他為她剝去白綾襪子；還好，泥土沒有滲透，依舊是一雙雪白的腳——他握在手裡就捨不得放下了。

「快放手！」她好笑地說，「也不嫌髒。」

「我是怕你受涼。」李煜答說：「這雙襪子穿不得了；我找一雙你姊姊的給你穿。」

「你不要瞎費心，聽我說！髒襪子當然不要了，可不能丟在這裡；找張紙替我包起來，回頭帶回去。」

「到底女孩兒家細心。」說著，李煜輕輕拍了兩下手掌。

靠裡的一扇小門，「呀」然而啟，走出來一雙宮女；嘉敏認得其中的一個，卻羞於招呼，將頭扭了過去。

「找一雙新襪子！」李煜在吩咐，「拿髒襪子包起來！」

「是。」宮女又說，「酒食備在小閣子裡。」

「好。」

「官家可還要什麼？」

「什麼都不要了。你們也不必在這裡侍候；只告訴裴穀別走遠了。」

宮女答應著，取來一雙周后的新綾襪，另加一雙便鞋；很知趣地不跟嘉敏搭話，只拿鞋襪放在她身邊，隨即向李煜道過晚安，雙雙退了出去。

「好了，」李煜輕快地說，「這裡只剩下我們兩個人了。」

嘉敏不作聲，穿襪著鞋走下地；拿玉釵拔下來，啣在嘴裡，然後抖散了頭髮，又伸手到後面去挽髻。衣袖褪落，露出兩截藕樣圓潤的手臂；頭是低著，雙眼卻斜著往上瞟，視線不離李煜。這副純任自然，絲毫不加掩飾做作的神態，將他看得傻了。

看得久了，嘉敏當然會發覺；這種只有在閨中密友之前可以出現的懶散隨便的姿態，不宜讓他看到，即令已有肌膚之親，亦得保持自己的一分嬌貴矜持。

於是，她立刻背轉身去，走向暗處，逃避李煜的視線；而他卻緊隨不捨，等她挽好髮髻，剛把手放下，他已從後面抱住了她，同時發覺項後有一張灼熱的嘴唇在親吻。

她閉著眼靜靜地聽自己的心跳；靜靜地體味被擁抱得透不過氣來的那種興奮而恬適的感覺；靜靜辨別男子身上有怎樣的一種獨特的氣味。

好久，她發覺胸前有物蠕動，他的右手不安分了。她有些說不出的忸怩，而幸好是背著光，他看不見她的臉。可是無所抗拒，彷彿對自己說不過去似地；而要有所抗拒，卻又不忍亦不願。

因此，她只輕輕地說：「好了，夠了。放手！」

「不！」他的回答很簡單，但很堅決，而且另一隻手也在不安分了。

「好吧！」她嘆口氣說，「出來一趟不容易，隨便你吧！」

這是公然許他恣意輕薄。李煜反倒住了手；將她的身子轉過來，面對凝視著。然後，又一把抱緊了她，臉貼著臉，左右搖晃著；輕聲在她耳邊說道：「能兩個人化作一個人多好？」

「在我，」嘉敏是同樣輕柔的聲音，「覺得已經就是一個人了。」

這是何等情深意重的想法！李煜想起白居易的詩，隨即直抒所感，「看起來『七月七日長生殿，夜半無人私語時』，說什麼『在天願作比翼鳥，在地願為連理枝』，心中還有爾我之感，不如我們合二為一，才真是生生世世，永不分離。」

提到他家明皇的往事，嘉敏心中一動，突生不祥之感；她很討厭自己的這種感覺，便亂以他語，「對了，」她說，「你的壽辰不是快到了嗎？」

李煜的生日正是七夕，「也還早。」他興致勃勃地說，「你倒想想看，到時候我們怎麼好好兒玩一天？」

嘉敏默然，國主的壽誕，自然有好些慶賀的繁文縟節；可是以自己的身分，除了隨班拜祝以外，那裡會有單獨相處，雙雙尋樂的可能？

她覺得他問的話，近乎多餘；也像是空頭人情，因而便有反感，「那時候，」她說，「我大概已回揚州了。」

「怎麼？」李煜急急問道：「你不在這裡歇夏？」

「這是什麼地方？鳳閣龍樓，豈是我這種平民女子住得的地方？」

原來又勾起了她的心事！李煜有些不安；左思右想，找到了一句比較合適的話，「你可信得過我的心？」他問。

這意思很明白，如果相信他不會負心，便得體諒他的難處，給他足夠的時間，為自己安排正式迎娶入宮之計。

事到如今，不信也得信了；何況本無不信之理。嘉敏很聰明地想到，怨責之詞固不宜有；逼得太緊，讓他覺得難以親近而漸漸疏遠，更是莫大的危險。只有以深情相結，絲絲縷縷地將他的一顆心，縛得緊緊地，才是自己唯一可採的上策。

這樣想著，便縱體投懷，雙手抱住他的身子；將臉緊偎在他胸前，顫聲說道：「我怎麼不信？我把我的什麼都給你了。你愛怎麼就怎麼！胖婆婆就像個牢頭禁子，拿我看得死死地；出來一趟可真不容易！」

她不但聲音發顫，身子也在發抖；是深夜天涼使然，還是過於興奮的緣故？李煜無法分辨；只是同樣地抱緊了她，臉兒相偎，鬢髮相磨，不知道怎麼樣才能將他的所有的憐愛，絲毫無缺地貫注到她心裡？

在李煜，這是平生所度的最短的一夜；可也是最長的一夜！夜來的一切，在腦中縈迴盤旋，無時或忘；這一個白天，等於是昨夜的延長。

他照例到萬壽殿去定省；他也照例在澄心堂接見了大臣，可是別人說些什麼，他自己又說了些什麼？了無記憶；所能記憶的，只是嘉敏所說的每一個字。

望見照眼的榴花，便想到夜來的輕霧，霧中的纖影；看到窅娘的舞屧，便想到嘉敏的金縷鞋，鞋上的苔痕泥跡。耳目所及，觸類聯想，無一不是昨夜的人和事。這樣鎮日癡迷，使他沉醉，但也使他痛苦，覺得非有所發洩，不能使自己的心定下來。

於是，他從無數美妙綺麗的片段回想中，理出來一條完整的思緒，寫景、寫時、寫地、寫事、寫人、寫情，無所不包，卻只得四十四個字的〈菩薩蠻〉：

花明月黯飛輕霧，今宵好向郎邊去。剗襪步香階，手提金縷鞋。
畫堂南畔見，一向偎人顫。奴為出來難，教君恣意憐。

寫完，算是了卻一件大事。擱筆思量，是不是要拿這首詞送給嘉敏？

這樣想著，腦中浮起嘉敏依偎在懷，任令自己恣意愛撫的情景，又像品嘗醇醪般，不盡飄飄然之快。同時有著一種片刻不可抑制的欲望，要看一看嘉敏。

於是他隨手拿起那張詞箋，往懷中一塞；傳語裴穀，要到萬壽殿陪侍聖尊后晚膳。而暗底下的打算是，到了那裡假借聖尊后的名義，召嘉敏侍膳；便有當面暗遞這張詞箋的機會了。

一切都很順利；跟嘉敏見著了面，彼此心照，盡力裝得沒事人似地。然後當聖尊后不注意時，他向嘉敏從容說道：「我做了一首詞，你帶回去慢慢看！」

探手入懷，他楞住了；再也搜索不到那張詞箋。奇怪！他苦苦思索：明明記得帶出來的；會到那裡去了呢？

詞箋是在周后手裡；她跟李煜失去詞箋是一樣的心情：驚疑困惑。

拾得這張詞箋的瑤光殿宮女，並不識字；但卻識得這種厚實滑膩、彷彿敷了一層粉似的好紙，屬於國主所專用。因而不敢造次，特地拿它送給阿蠻去處理。

阿蠻入眼便知詞中的本事；寫得再明白都沒有了，是偷情幽會的實錄。宮中有位號的嬪御，雖為周后防制得很嚴；但果然國主宣召當夕，儘可公然來去，何用如此脫下金縷鞋，作賊似地潛行？這不問可知「今宵好向郎邊去」的是誰？而且就在昨夜，昨夜有霧。

這可是紙裡包不住火的事！費思量的是，先稟知周后；還是先告知姥姥？阿蠻反覆考慮利害關係，覺得不但不應該先告訴胖婆婆，而且最好瞞著她，因為怕她年紀大了，聽說嘉敏作出這等不知輕重的醜事來，氣惱憂急之下，會激出一場大病。

就是回稟周后，措詞和神態，也得加意謹慎。「國后，」她說，「官家做了一首詞；未必有那樣的事，卻不可不防。」

「喔，我看看！」接到手裡一看，神色陡變，聲音也不同了，「是那裡來的？」

「地上撿到的。」阿蠻答道，「幸虧不曾讓不相干的人撿著；不然，流傳出去，可是很不妥。」

「這指的是誰？莫非——？」周后竟不忍言了。

「國后不必再問！」阿蠻用平靜而有決斷的聲音說：「只看『剗襪步香階』和『出來難』這兩句，就可以知道我姥姥的苦心。她也可憐；求國后瞞著她吧！不然，一條老命不保。」

胖婆婆是周后的乳母，自然深知她的性情；不能不順從阿蠻的要求——其實，阿蠻另有作用；借瞞著胖婆婆為名，就好把這件事壓了下來，遮蓋了大家的面子。

周后半晌作聲不得，心頭像倒翻了一個沒有糖的五味瓶，酸鹹苦辣，不辨是何難以消受的滋味？而在此之外，猶有些微希冀；怕阿蠻太武斷，詞中所寫，別有其人。

於是她說：「你把友竹軒的宮女去叫一個來；等我親自問一問。」

「國后，」阿蠻跪了下來，「我就受責罰，也不能不說。這件事關礙著聖尊后的心情、國主的聖德、宮中規紀、國后姊妹的感情；一張揚開來，舉國視聽所繫，非比等閒。請國后當機獨斷！」

「哼，『姊妹的感情』！」周后深深吸了口氣，強抑著悲痛問道：「你說我要當機獨斷；該怎麼處置？」

「什麼話都不用說，只說揚州有信來，夫人想念；將小娘子送了回去。」

「也好！」周后深深點頭，「就傳我的話，通知他們備船。」

胖婆婆倒信以為真，真以為周夫人想念嘉敏。這一離金陵，自己的千斤重擔可以交卸了；因而不辭勞累，欣然收拾行李。而嘉敏卻如晴天一個霹靂，震驚之外，還有滿腹的疑慮。

事情發生得太突兀了！最使嘉敏懷疑的是，並無家書，亦沒有揚州來的專人；雖然周后有解釋，說是有位官員，也是她家的世交，公幹揚州，曾去探望她母親，特為帶來的口信，就算這話實在，想來也不過母親在閒談之中，隨口應對的一句話；果然思念愛女，渴望相見，又何不遣人來接？因此，她不能不疑心這是一種「驅逐」她回揚州的藉口；只不知這個主意出自何人！

滿腹心事，唯有向羽秋密語；她當然比嘉敏看得更透徹，而且從瑤光殿的宮女口中，得知有國主失落詞箋一事，料想是白紙黑字上洩漏了機關，起的風波。然而真相卻不便向嘉敏說破；不然就變成誹謗國后，萬一事發，是場大禍。

這一來，嘉敏所能聽到的，便只是些勸慰的話；雖然懇切，卻不中聽。她也很機警，聽出羽秋的語氣是有所避諱，越發疑心；終於將她一直橫亙在心頭，始終不消、遲疑著不願說出口的一句話吐出來了。「我怕是官家的授意！男人的心變得快。」

羽秋大感意外，而且相當驚駭；不知她怎會有這樣想法？「不是！絕不是！」她斬釘截鐵地說，「國主絕不會始亂終棄。」

「何以見得他不會？」

「何以見得他會？」

一句反問，將嘉敏問住了。想想也不至於。燈前枕畔，幾許溫存，幾許誓言；就算薄倖，也不是那樣容易忘得掉、拋得開的。

於是她的心思又熱了；也更苦惱了。「那，」她很吃力地說，「總得有他一句切實的話才好！莫非我就這麼不明不白、委委屈屈地回家。回家，這懸著心的日子又怎麼過？」

羽秋點點頭，臉色異常凝重；好半天才一字一句地說：「要想在上船之前再單獨見面，是一定辦不到的了。我想，官家必也是跟小娘子一樣難過，應該會有一張半張字來。如果沒有，小娘子親筆寫封信，我一定想法子面遞官家。」

這使得嘉敏略略寬慰了些。於是暫拋眼前，想到回家以後，多少心事，待向慈母訴說；而要說又實在羞於出口。最好能有一個人為自己代言。

眼前不就是最適當的一個人？她心中一喜，毫不思考地說：「羽秋，你陪我回揚州！」

羽秋一楞；想了一會，搖搖頭說：「這不好——。」

「我也知道你在宮裡是有職司的，身不由主；不過不要緊，這歸我來想辦法。」

「不是。我的意思是，在這裡可以替小娘子打聽打聽消息。」

不錯，總得有個「自己人」留在這裡。嘉敏改正了她原來的想法：「你只陪我走一趟，玩些日子再回來。」她央求著說：「好姊姊，我一個人怕回去。」

羽秋細細體味著她的話，終於想懂了她的意思，慨然允許：「是！我陪小娘子走一趟。」

羽秋猜中了一半，李煜沒有信來，卻派裴穀悄悄送來一個錦盒；盒中是一串三個鎖在一起的玉連環。

燈下把玩，嘉敏愛不釋手——光是從玉連環本身來看，便是一樣稀世奇珍。

這套連環自然是用一塊玉雕琢而成，但顏色不同，中間一個是潔白溫潤的羊脂玉；左右環套著的兩個，卻是蒼翠欲流的碧玉。是天生有那麼一塊綠白相間的美材，遇著眼光卓越的良工，因色制宜，細心下刀，才成就了這麼一件妙造自然的珍玩。

不過，宮內奇珍異寶，比這兩色三套連環更名貴、更好玩的還很多；不選取更名貴的，或者更好的相賜，而獨獨以此物贈別，莫非有什麼用意在內？

只要能想得到這個疑問，便不難體會到李煜的用意。如果說，中間白玉一環是他自況，那末綰合著的兩個碧玉環，自然是比作她們姊妹。照此看來，這個玉連環也就等於是他表示絕不相負的信物。轉念到此，嘉敏越覺得這件珍玩的貴重；愛不忍釋地把玩了好久，才用吳棉一層一層裹好，密密收藏在首飾箱內。

周后激動而抑鬱的心情，漸漸平服了。她覺得阿蠻說得不錯：姊妹總是姊妹；別讓外人看出來，姊妹之間有意見。因此，在嘉敏臨行之前幾天，她顯得格外親熱，每天總有一半的辰光在友竹軒盤桓，不是為她檢點回鄉分贈親屬的土儀，便是絮絮叮嚀旅途的飲食起居，應該如何當心。在外人看來，真個姊妹情深，依依難捨。

只有嘉敏和羽秋，別有領會；周后這樣子做，除了遮人耳目以外，還有監視姊夫與小姨，不得單獨相會的作用在內。也因此，使嘉敏越發感到需要一個可共心腹的幫手；早悄悄為羽秋安排好了揚州之行。

「大姊，」她向周后說，「我想讓羽秋給我做個伴，一起回揚州。」

「喔！」周后頗有突兀之感，一時無法作任何肯定的答覆。

嘉敏不需要她有任何答覆，只不過告知她有這一回事而已，「我已經當面求了聖尊后。」她說，「老人家許了我了。」

周后聽得這話，頗為不悅。宮中「當家」的是國后；而況是這樣一件小事，何必還要驚動聖尊后？如今要打消此事，當然不可能；就可能也不必，反顯得自己小氣。因而很勉強地點點頭：「既然聖尊后許了你了，我沒有話說。」

事後想想，覺得不妥。將阿蠻找來密談計議，認為羽秋此去，會幫著嘉敏說話；倘或慈母不諒，有所責備，那時再來道破真相，於事無補。於是針鋒相對地，加派了一個人去抵制羽秋。

「你一個人回去，我總不放心。胖婆婆照顧不到；羽秋又從沒有出過遠門。我想派阿蠻送了你去。一面照應你，一面也照料她姥姥。」

嘉敏自然沒有拒絕的道理；相反地，表示非常歡迎——她早就聽羽秋說過，阿蠻之於大姊，就像羽秋之於自己，因而存著戒心，不敢過分接近。如今她遠離金陵，孤立無援，正是一個可乘之機；大可好好下一番功夫，將她收為己用。

於是，嘉敏的心境又開朗了些。拜別聖尊后，居然能瀟瀟灑灑地出宮。

等到車出宮門，回頭望去，送行的竟無一個親人，嘉敏才覺得滿懷淒涼。不過就這幾天的情事來說，在她十五年錦衣玉食，扶抱提攜的歲月中，已經歷了極大的波瀾；通過了極大的磨練，所以能夠強自抑制，將眼淚往肚子中流；「他們是金枝玉葉，體制上沒有出宮來相送的道理。」她唯有這樣不斷在心中自語，自己為自己找譬解的理由。

沿大江東去，官船在第三天就轉入隋煬帝所開的邗溝；一路榆柳夾道，風景宜人，憑窗閒眺，令人忘倦，揚州不知不覺地在望了。

嘉敏的心境，卻是「近鄉情更怯」。金陵已遠，思緒縹緲，雖是不多日以前的往事，已有如煙雲，如夢幻的感覺。但來時身已非去時身，有個阿蠻在，即令想瞞母親也瞞不住。不管以後的結果如何？就眼前來說，大乖禮法，怎還有臉去見堂上？

她的心事瞞不住羽秋，悄悄相問，嘉敏自然坦率以道；同時向她問計。

「我探過阿蠻的口風，她像是有些裝糊塗；支支吾吾的，不知道打著什麼主意？」羽秋又說，「照我看，與其讓她先說，不如自己先說。」

「怎麼說法呢？」嘉敏懊惱地，「怎麼說都不合適。」

「只有說得含蓄些，夫人自然明白。」羽秋放低了聲音說，「如今唯一的關鍵是在國后。我猜，阿蠻一定奉了密命；有極關緊要的話，向夫人稟告。」

「那，那是些什麼緊要的話。」

「自然是關連著小娘子終身的話。」羽秋的神色顯得極沉重，「我有兩句話，不知道該說不該說？」

「你說！我拿你當姊姊，還有什麼不能說的？」

「就是嫡親姊妹，也有不能說的話，反倒是像我這樣的外人，可以實說。小娘子，女人生來就是會妒嫉的，尤其是二女共事一夫；娥皇、女英的故事，照我看，亦不過說說而已。」

話像是扯開去了。彼此所談的是要探索阿蠻所奉的密命是什麼？與羽秋所說的女人善妒，彷彿毫不相干。但細想一想，才知不然；羽秋的話，正是在推測密命的內容——阿蠻可能奉了國后之命，來密稟周夫人，反對嘉敏入宮。

意會到此，嘉敏不覺憤然，「要反對，也反對不了的。」她說，「第一有聖尊后；第二有國主。」

「不錯。但是，小娘子，你別忘了；夫人或者會聽從國后的意思。」

「我母親不會偏心的。而況——。」

「而況更寵愛小娘子是不是？」羽秋的聲音越發冷靜了，「以我看，唯其夫人寵愛小娘子，反會捨不得你進宮。」

這話是可以理解的；一進了宮，母女睽隔，不能隨時見面。何況周家已有一個女兒當了國后，富貴榮耀，無以復加；用不著再希冀第二個女兒，得承恩寵。

「小娘子，宮中的規矩嚴，行動不自由；依我來說，不貪圖這個位號也罷！」

「這是怎麼說？」嘉敏不但困擾，而且頗為著慌，「你必是看出來什麼，我絕不能再進宮！好姊姊，你老實告訴我，不要有一個字的隱瞞。」

羽秋頗為失悔，自己是太魯莽了！想想也難怪，正當她情熱如火的時候，何能平心靜氣地接受老實話？如今是造成了很難解釋的誤會；要怎麼樣才能使她了解：進宮並不見得是難事，可是進宮受封，並不見得是好事？

這解釋很難，她的思路已經偏了，從正面去講道理，越扭越擰；或者走一走偏鋒，反倒有糾正的希望。

羽秋也讀過《戰國策》之類的古書，對於遊辯之士如何逞其口舌，聳動聽聞，亦略有所知；這時凝神思索了一會，針對嘉敏爭強好勝的性格，想得了一套激她的話。

「我是替小娘子委屈！一母所生的同胞姊妹，論容貌、論才情，妹妹那一點輸給姊姊？為什麼姊姊做國后，妹妹就該當妃子？」

話說得緊湊有力，一字一句都打入嘉敏的心坎；越想越不是滋味，終於流下了眼淚，「莫非，」她著急地問，「莫非我就此罷手不成？」

羽秋默然。而眼中透露的回答是一句反問：不罷手又待如何？

「羽秋，」嘉敏怔怔看了她好一會，方始問道，「你是不是也奉了國后的密命？」

「我？」羽秋愕然，「我何曾奉了國后什麼密命？小娘子，我不明白你的意思。」

「既然如此，你何以幫國后說話？」

羽秋啞然失笑。覺得嘉敏真是異想天開，竟疑心自己暗中受了國后的收買，來作說客。不過想想也難怪，人到情癡，患得患失之心特重，就難免有這種怪想法。她是鑽牛角尖了，唯有等她自悟；不宜多作辯解，否則她會越鑽越深。

「小娘子，我一切都是為你打算。俗語道得好：當局者迷，旁觀者清；小娘子，你自己細想去。」

說完，羽秋悄悄退了出去；踏進後艙，就嚇一跳，只見阿蠻倚著船窗，似笑非笑瞅著，神情詭祕——顯然的，中艙的對話，她都聽到了；而且她此刻的神態很明顯地表示出來，她並不想掩飾她曾做了「聽壁腳」的不光明舉動。

「羽秋，」阿鑾低聲說道，「受了冤枉了吧？」

話中帶著些幸災樂禍的嘲笑意味，羽秋不免反感，冷冷地答道：「不與你相干。」

「是的，不與我相干。可是與你又什麼相干？我們都是局外人，犯不著捲入漩渦。我跟你的心思一樣，只望她們姊妹和好，平靜無事。」

語氣和話中的意思，都顯得很和平、很理智；羽秋的反感和戒心都消除了，雖未開口，但也未走，有那種不妨談談的意味。

這一來，羽秋覺得必須好好想一想了。本來各為其主，彼此較量，在暗中鉤心鬥角的形勢，似乎已不存在。就周家姊妹來說，到底同氣連枝，不應該有什麼難以解消的深仇大恨；而況就算有仇恨，也不過潛滋暗長，絕沒有到公然破臉的程度，正該及早解消。

她很清楚，保全周家姊妹親情的關鍵，就握在她跟阿鑾手裡；只要阿鑾肯開誠布公，和衷共濟地商量著辦，一場骨肉之間的衝突，必可避免。但是，阿鑾是不是也像自己這樣，能從顧全大局這一點上去著想？她還不能無疑。因為就從眼前看，偷聽了他人的祕密，而竟能出以行所無事的姿態，那末，此人的深沉，也就可想而知了。

為此，她不知道自己該採取什麼態度？想是想爭取阿鑾的合作，卻又怕自己受騙，說了實話，會陷嘉敏於不利。她覺得無論如何，先要將阿鑾是否跟自己一樣有誠意這一點，摸清楚了，再作道理。

於是羽秋深深地看了阿鑾一眼；她那雙眼中，有著與她同樣的戒備的神色，這使羽秋更生警惕，慢吞吞地問道：「阿鑾，你今年多大？」

「我還有兩年就可以出宮了。」

這是說，她今年二十三歲——宮女照定制，年滿二十五歲，擇配出宮。阿鑾這樣回答，是想羽秋知道，她在宮中的日子不會太長；但是羽秋卻不關心這一點，她問她年紀的用意，是要明瞭阿鑾與嘉敏曾經相處過幾年，測出她們的感情如何？

因而她第二句話，便問的是：「那末，你幾歲進的宮？」

「你不知道？我是國后的『陪嫁』。」

「我不知道。」羽秋平靜地說，「你陪嫁的時候，小娘子還小得很。」

「你是說，我跟小娘子不太熟是不是。你錯了，周家是我舊主；周家每一個人的禍福，我都是關心的。」

這正是羽秋所期待她表露的誠懇。雖然禍福二字聽來刺耳，但她語氣中的誠懇卻相當明顯。

羽秋便進一步率直探問：「那末，我們打開天窗說亮話；阿蠻，你這趟來，是為了什麼？是不是周后有話，要你代稟老夫人？」

「你不是明知故問？」阿蠻笑道，「說實話，我此來是專為對付你的。」

羽秋一驚，旋即釋然，報以同樣輕鬆的笑容：「那很好。我們私下先講和。」

於是這一夜，兩人聯床共話，直到天明，望見了綠楊城郭，方始結束。

嘉敏這一趟回揚州，也就彷彿做官的衣錦還鄉那樣，頗受親友的歡迎和重視，登門探望的女眷，絡繹不絕；周夫人喜歡熱鬧，殷勤接待，興致極好。客人們告辭時，每一位都帶回了一分豐腆的儀物，自亦是皆大歡喜。唯有嘉敏在旅途勞頓之外，還有心事，所以不時流露出意興闌珊的模樣。

白天忙著應酬親友，到晚來便都聚集在周夫人起坐之處，由嘉敏細說探親的情形；胖婆婆大談宮中的富麗繁華。丫頭、僕婦、小廝都站在走廊上聽，深宵不倦。

當然，周夫人私下要找胖婆婆探問，嘉敏在宮中有沒有失儀之處；還有，最要緊的事，作為姊姊的周后，可曾提起過嘉敏的婚事？

「怎麼沒有提過？」胖婆婆答說，「有個姓樊的，池州人。進士複試不知怎麼落第了。不過，官家很賞識這個人，說他一表人才；特為派了人到池州去訪查，打算為阿敏做媒。那知道姓樊的走得不知去向了。」

「喔，」周夫人問道，「既然官家賞識這姓樊的，為什麼又不取中他成進士？」

「這我就鬧不清了。」

「那，姓樊的就不去談他。此外呢？」

「此外就沒有再提過。」

這就使得周夫人不解了。金陵多貴人、豪族大家的俊秀子弟甚多；何以國主就不關心小姨，國后亦不關心胞妹，竟不肯為她的終身，多盡一分心力？

「我想另外總提過吧？」周夫人說，「十五歲也不小了；她姊姊一定會替她留意。或者阿敏眼界太高，私下問過她；看她挑剔得太厲害，暫且擱在那裡，慢慢物色。」

「這也作興有的。」

「一定有這樣的情形，不過你不知道而已。等我來問阿蠻。」

胖婆婆不以為她不知道的事，阿蠻也會知道；再說，阿蠻知道有這樣的事，一定也會來告訴她。因而她提議周夫人，與其問阿蠻，不如直接問嘉敏。

這個建議有道理，周夫人決定聽從；當天晚上，就親自到嘉敏的臥室中，借故遣走了侍女，悄悄地探問其事。

話從「姓樊的」談起，周夫人剛提得一句，嘉敏立即搶過話來說，而那答話是做母親的萬想不到的。

「我不嫁！」

這三個字就像斬釘截鐵的那樣堅硬決絕；加那她那凜然的神色，使得周夫人不但吃驚，而且困惑異常，楞在那裡，好半天說不出話來。

這一下，將避在屏風後面的羽秋急壞了。嘉敏這種態度，大成疑問；如果往下追究，便會底蘊盡露，完全破壞了她與阿蠻祕密取得的成議，招來極大的麻煩。

可是，她此時無能為力。甚至咳嗽一聲，作一個暗號，示意嘉敏莫再失言都不能；因為那一來便是欲蓋彌彰。

無可為計，無可為力，唯有屏息靜聽，期待著嘉敏能夠善自掩飾；或者周夫人當她戲言，付之一笑。

所希望於周夫人的是妄想，她豈有不追問之理，「男大當婚，女大當嫁。」她聲音中彷彿很生氣似地，「你那裡來的怪念頭，說什麼不嫁？倒講個道理我聽聽。」

「沒有我看得上眼的，不如不嫁。」

「你是說，那姓樊的配不上你？」

「誰知道那姓樊的，是個什麼酸秀才？」

不是指姓樊的，便是不講理了！周夫人冷笑著說：「我只當你看不上姓樊的，那猶有可說；倘以為天下之大，竟沒有一個能中你眼的，我卻不信。」

嘉敏默然——這沉默在羽秋是能理解的；她不明說，她看得上眼的只有一個人，就是她自己的姊夫。

周夫人那裡會猜得到她的心思，「你說啊！」她催問著，「大概你跟你姊姊也是這樣子說話不講理，所以人家氣得懶得管你的事了。」

「我不要她管！」嘉敏多少天所受的委屈，一下子迸發；喊嚷的聲音又高又尖，「她也管不了！」

與女兒的態度恰好成對比；做母親的卻沉著得出奇，只見她坐在一旁，雙手相交，擱在桌上，靜見？」

靜地看著嘉敏。好久，她用那種一點不帶感情的聲音問道：「怎麼回事？你跟你姊姊生了什麼意

「我那知道？那知道她對我存著什麼心眼？」

「越說越奇了！」周夫人站起身來，「問你大概也問不出什麼來；等我找阿蠻來問。」

走得三五步，嘉敏突然上前拉住，但卻只喊得一聲：「娘！」便怔怔地望著，欲語不語。

「莫非，莫非有什麼——。」周夫人將「難言之隱」這四個字嚥了回去；改口說道：「跟我還有什麼不能說的話？」

「娘！」嘉敏吃力地答道：「我給你看樣東西。」

於是周夫人在原處坐下。等嘉敏親自開了箱子，取出一個錦盒，雙手捧到面前；她揭開盒蓋一看，不免有些失望。

「我當是什麼希奇古怪的東西，不過一個玉連環！」周夫人說，「你也很開過眼界，不至於拿它當絕世的寶貝吧？」

「東西原沒有什麼了不起！」嘉敏的聲音低得幾乎只有自己聽得見，「是官家給的。」

周夫人聽出意思來了；顧視盒中，也看出意思來了，「官家給的！」她問：「他怎麼說？」

「什麼話都沒有，就只叫人送了這個連環給我。」

「喔！」周夫人兩指拈起玉連環，細細鑒賞了一會又問，「那末，你自己總明白其中的用意囉？」

嘉敏默然——這一次的沉默，周夫人完全能夠理解。她將玉連環放了回去，蓋上盒蓋，對著燈光不住眨眼；是遇到了極大的困擾，與絕大的為難的神氣。

「在我們周家，再沒有比這個更大的事了！我得好好想一想。」周夫人抬眼喊道：「阿敏！」

喊女兒的聲音，異常柔和；眼中所流露的慈愛的光輝，連局外旁觀的羽秋，都深為感動——在這

慈愛音容籠罩下的嘉敏，消除了一切的煩躁和抑鬱，伏身在母親膝下，滿足而恬適地仰望著，親熱地喊一聲：「娘！」

「阿敏，我問你，你相信不相信我？」

「當然相信。」嘉敏很快地答說：「我不相信娘，還相信誰？」

「你相信我的是什麼？」

「什麼都相信。」

周夫人滿意地笑了；但笑容隨又收斂，平靜地問道：「你相信娘的見識比你高，做的事一定不會錯？」

嘉敏有極短片刻的遲疑，然後重重地答一個字：「是！」

「那好！你把這個玉連環交給我；你最好忘掉它！不要自尋煩惱。」周夫人又說，「你不是說要替我繡一部《心經》嗎？我在等著呢！」

嘉敏許過願心，明年母親五十歲整生日，要繡一部《般若波羅密多心經》，作為壽禮；那是一個月以後的事，動手還早。不過，她體會慈母的深意，是希望她藉此消遣長夏；心有寄託，就不會去自尋煩惱——心底的煩惱，豈是一針一線穿刺得破的；只為不願讓慈母勞心，因而裝得興致勃勃地，在北窗下安排繡具，終日埋頭，將全副精神放在細針細縷上面。

這在羽秋看來是件很費解的事；她真不明白嘉敏怎能這樣靜得下心來刺繡？當然，困惑之外，更多的是欣慰；她非常佩服周夫人齊家有道，看來會演變得很嚴重的一場感情糾紛，居然能如此輕易地消弭於無形。她在想，那一串玉連環，已整個兒道破了三方面的關係；以後如何安排，有智珠在握的周夫人在，又何須局外人費心？

既然如此，沒有再留在揚州的必要；找個機會，她向嘉敏從容提起，是該回金陵的時候了。

一聽她這麼說，嘉敏頓現悽悍之色，「羽秋，」她哀怨地說，「你不能撇下我一個人在這裡！」

「小娘子這話奇了！」羽秋笑道，「是在自己家裡，怎說是一個人？何況，老夫人這等慈祥；凡事有老人家做主，小娘子絕不會受委屈。」

「不！有些事我娘還不知道，不知道那一天會問起？沒有你替我出主意，壯我的膽，我一個人怎麼辦？」

平心靜氣想一想，羽秋不能不承認她說的是實話；「剗襪步香階，手提金縷鞋」的那一重公案，如今還瞞著周夫人。一旦事發，嘉敏的處境很尷尬，不能沒有一個人替她分憂。

「好吧！我就再住些日子。」

住不到一個月，正當流火爍金的二伏炎暑，金陵派了專差到周家來接阿鸞回宮。

當然，另外有信給周夫人。信是宮內女官出面所寫，相當簡略，只說周后召喚阿鸞，特派專差迎娶，希望周夫人放她動身。

這就不但周夫人，連阿鸞都深感突兀。而周夫人則在突兀之外，還頗為不快；「這是怎麼回事？」她向阿鸞說，「你原是周家的『家生子』，雖說陪嫁入宮，到底跟羽秋不同。回家來多住些日子也不要緊；莫非我就不放你回宮了？」

聽得這話，阿鸞大吃一驚；不想周夫人竟有此誤會，以為是她不願在舊主家中多住，在金陵臨行之前就安排好的，到時候假託周后之命，專差迎娶，便好脫身而去。這是那裡說起？

因為心中有無限的委屈，阿鸞的神態顯得很激動，她雙膝跪倒發誓：「老夫人，我不知道專差是怎麼來的？我如果有半點忘恩負義的心思，天打雷劈，教我死在老夫人面前。」

周夫人是極明達的人，察言辨色，知道冤枉了阿鸞，倒覺得老大過意不去，便親手扶起她來，訕訕地笑道：「我不過隨便一句話，你何苦這樣子認真？」

「也難怪老夫人誤會，連我都在納悶。」為明心跡，阿蠻堅決地主張：「請老夫人當面問一問專差，到底是怎麼回事？何以國后自己不寫家信，要由女官出面？又是為了什麼，非要接我回去不可？」

她的疑問，也正是周夫人心中的疑問；因而便將專差召到廳上，就照阿蠻的話相問。一問令人吃驚：「國后違和，病了好幾天了！」專差答說。

「什麼病？怎麼起的？」

「聽說是由中暑而起。什麼病就不知道了。」

「病得不能動筆嗎？」

「那就不十分清楚了。」專差慢吞吞地說，「只聽說聖尊后為了國后的病，天天到佛閣子裡去燒香。」

這是乞禱上蒼垂憐、佛菩薩保佑，看來病得不輕！周夫人母女至情，幾乎流下淚來，揮揮手說：「好吧！你請先下去休息，回頭再商量。」

這沒有可商量的。情況已經很明顯，周后的病勢甚重，恐將不起；而阿蠻是她的心腹，自有許多後事要交代。專差召回的緣故，如此而已！

「怎會一下子有這樣的變化。」周夫人流著淚說：「我的方寸都亂了，阿蠻你趕快回去吧；我派人跟你去，看看到底是怎麼回事？你千萬給我詳詳細細寫封信，好讓我放心。」

「是！」阿蠻也是驚疑滿腹；隱隱然覺得專差說的不是實話，只怕宮廷中起了什麼意料不到的劇變，也急於想趕回去看個究竟，因而說道：「船太慢了！我想坐車走；明天一早就走。」

於是即刻準備車馬，打點土儀貢禮；同時派了一名老管家同行，既以護送，亦是坐候消息。巨家大族，諸事方便；到了黃昏時分，行李都已捆載齊全，竟可星夜上路。

雖然心急如焚，周夫人到底還不忍讓阿蠻的行色倉皇到如此；而且臨走以前，也還有些話，必須交代，因而特地吩咐，備下一席盛饌，要為阿鑾餞行。

「想來居上座是阿鑾絕不肯的，可也不准推三阻四，講什麼名分。」周夫人指著方桌東首向阿鑾說：「你替我乖乖坐在這裡！」

所指的座位是次席；阿鑾便陪笑問道：「小娘子呢？」

「不必管她。」周夫人含含糊糊地答說。

「那末，」阿鑾指著另一副杯箸，「這又是誰的？」

「我順便請一請羽秋。她倒真是我們家的客，不過今天是替你餞行，只好委屈她作陪了。」

阿鑾十分機警，見有羽秋而無嘉敏，心想，這正應著俗語所說的「會無好會，宴無好宴」了。看此光景，主母必有須避著愛女方便於開口的話要問，應該讓羽秋有所警覺。

轉念到此，自告奮勇，去邀羽秋來入席；走至僻處，悄悄說知究竟，相約將嘉敏與李煜的幽期密約，隱瞞到底。若是提到玉連環上頭，由阿鑾相機應付，羽秋看她眼色行事。

果然，阿鑾有先見之明，「官家送過小娘子一副玉連環。」周夫人問羽秋：「想來你見過？」

「回老夫人的話，」羽秋慢吞吞地說，眼角斜掃，只見阿鑾的那支「金步搖」在左右晃動，便即會意，接下來答道：「我竟不知道有這回事！」

「小娘子也不曾跟你說過？」

「從未說過。」羽秋硬著頭皮撒謊。

這就使得周夫人真的要鄭重考慮了。看樣子是姊夫與小姨之間，暗中授受的「私情表記」。其中的原委，只有私下向嘉敏盤問，才能知道。不過，眼前有一句可以問。

是問阿鑾：「國后可知道這件事？」

「從沒有聽見提起過。」

這話讓周夫人吃驚，但亦並非意外。知女莫若母，如果娥皇竟能容許李煜送小姨這樣一件禮物，反倒是件不可解的事了。

於是周夫人不肯再提這件事了，怕言多必失，惹起猜測，關係不淺。而阿蠻和羽秋卻隱隱有不安之感，覺得這位老夫人太深沉了；深沉得令人害怕。

第二天晨光熹微中，阿蠻辭別周夫人、嘉敏與胖婆婆，就在府前上車，直奔金陵。一到宮中，先不向瑤光殿報到，逕自去找裴穀——這是在揚州啟程的前夕，與羽秋話別時，商量出來的結果，認為周后病得蹊蹺；而得病之因，怕只有裴穀才會知道。

裴穀對阿蠻是存著戒心的。因為就在阿蠻到揚州的這段日子中，由於那首「花明月黯飛輕霧」的〈菩薩蠻〉，流傳宮禁內外，傳說紛紜，真相漸出；大家都知道瑤光別院與友竹軒之間的蜂媒蝶使，一個是裴穀，一個是羽秋。而阿蠻是周后的心腹，裴穀當然要防著她來意不善，先就存下「逢人只說三分話，未可全拋一片心」的念頭。

因此，當她問起周后的病因時；他不即開口，先將她從頭看到底，然後答非所問地說道：「大妹子！你看你，一朵花似的人，弄得這麼狼狽！先去息息，我們回頭再談。」他又問了一句：「你見過了國后沒有？」

「還沒有。事情沒有弄清楚，我不敢去見她。」阿蠻已看出他的心意，不容他閃避；開門見山地說：「后家都在詫異，國后這場病來得奇怪。羽秋叫我一到先來找你；問明白了，我再去見國后。」

這讓裴穀也詫異了，「羽秋跟你說了些什麼？」他問。

羽秋是有保留的，阿蠻對於姊夫與小姨如何祕密往來，並不深知；只是這一點不能明告裴穀，便含含糊糊地答說：「你別管！你只答我的話。」

裴穀對她的話，將信將疑，反問一句：「你要明白些什麼？」

「國后的病，說是中暑而起？」

「是的。」

「沒有別的緣故？」

「別的什麼緣故？」

這種假裝糊塗的語氣，反倒證實了她的猜測不錯；阿蠻一路為風塵烈日所侵，因頓不堪，沒有耐心跟他細磨，便沉下臉來說道：「我勸你最好放明白些！我是來料理麻煩，不是來找麻煩的。羽秋跟我走在一條路上了，都想保全大局；你如果唯恐天下不亂，也隨你！」

神色凜然，話風如刀，裴穀雖一向知道阿蠻能幹，卻不道是如此厲害；然而也是如此爽脆！心中的感想是既畏且敬，算是領教了。

「大妹子！」裴穀將舌頭一伸，陪著笑說，「你這句『唯恐天下不亂』，可沒有誰吃得消！你說保全大局，我可實在看不出來，大局是怎麼壞了？這且不去說它；你問國后的病因，我只說兩個字，你就明白了，是心病。」

「心病！」阿蠻追問：「心病中來已非一日，為什麼突然發作？」

「為了聖尊后一句話。」

「什麼話？」

「我也是聽來的，不敢胡說。反正中間夾了一個人在那裡；這個人是聖尊后很寵愛的——那句話就關乎著那個人的終身；以至於勾起了國后的心病。」裴穀頓了一下，問道：「大妹子，我的話說得夠明白了吧？」

這確是說得夠明白了。阿蠻雖不知道李煜的打算，即是設法由聖尊后降一道懿旨，迎娶嘉敏入宮，賜以位號；但聖尊后最寵愛的人是嘉敏，而所談又有關此人的終身，那麼是怎麼一回事，亦就可以想像而知了。

「怪不得說聖尊后天天上佛閣子燒香，求菩薩保佑國后；原來是她老人家一句話惹出來的禍——。」

「不然！」裴穀打斷她的話說，「聖尊后並不知道國后的心事。」

原來聖尊后並不知道周后不願嘉敏入宮！既然如此，也就不會知道周后得病，因她的一句話而起。然則當聖尊后提及此事之時，周后是怎麼個表示呢？

這話無須再請教裴穀，回到瑤光殿一問便知。於是，她站起身說：「多謝指點；我該看國后去了。」

「慢著！」裴穀急忙問道：「你說你跟羽秋走上了一條路，倒是條什麼路？說給我聽聽。」

她與羽秋取得的協議：絕不做任何可能使嘉敏入宮的事。而這是違反聖尊后與李煜的心意的；倘或裴穀搬弄是非，可能構成妄行干預宮闈的罪名，殺身有餘。所以阿蠻不肯說實話。

然而，這又少不得裴穀的合作；同時她對自己說過的話也要有個交代，因而不能不答。想了一下，只有用冠冕堂皇的措詞：「封妃封嬪是件大事，我們何敢亂出什麼主意？只不過從眼前的情勢看，多一事不如少一事。宮闈靜肅，上下之福。」

裴穀一面聽，一面點頭，「說得不錯！說得不錯！我也跟你們走一條路子。」他很清楚地說：「靜以觀變。」

「多一事不如少一事」與「靜以觀變」，在態度上是有些不同的。阿蠻覺得他的想法比較聰明；然而她不忍去設想，宮中將會有怎樣的變化？

「你總算回來了！」周后的聲音微弱，但語氣中充滿了欣慰，「我好想你噢！」

阿蠻心酸酸想哭，但這對病人是最不相宜的，所以強忍著眼淚，硬擠出笑容，「一時中暑，不要緊的！」她說，「國后如天之福，十天半個月就可以康復了。」

「那有那麼容易的事。病來如山倒，病去如抽絲。只有今天才覺得好些。你們扶我坐起來，我聽聽揚州的情形。」

於是扶起周后，倚床而坐；阿蠻先為她拭臉梳髮，略整容光，周后自覺精神好得多，居然腹中微飢，想進些食物了。

照御醫的叮囑，只能喝些米湯，周后未饜所欲；便由宮女去問過御醫，為她添補了半碗藕粉。一面進食，一面聽阿蠻談她娘家的情形。食罷，額上微微見汗，越覺得神清氣爽；誰都看得出來，就這頃刻之間，病勢已大有起色了。

於是阿蠻向她的同伴們使個眼色，各各會意，都悄悄退了出去，好容她與周后密談。

「這裡的醜事，你跟老夫人稟報了沒有？」周后開門見山地問。

「沒有。」阿蠻緊接著說，「我跟羽秋商量了好幾次，還是不說的好。」

「你怎麼跟她去商量？」周后有不悅之意。

「羽秋其實不壞，很識大體。」阿蠻答說：「國后付託我的大事，我那敢疏忽；想了又想，看了又看，總覺得先要拿羽秋收服了，辦事才會順手。那知道羽秋跟我也是一樣的心思，所以很容易的走在一條路上了。」

「你們是什麼一樣的心思？」

「她也不贊成小娘子進宮來。」阿蠻答說：「已經勸過小娘子了；說宮中的日子太拘束，不必貪圖這份榮耀。她那張嘴很能幹，心思也靈活；日久天長，一定能勸得小娘子死了這條心。為此，我們覺得多一事不如少一事；不稟告老夫人是上策。」

「老夫人是怎麼個意思呢？」周夫人的心意，深不可測；但為了寬病人的心，阿蠻不能不撒謊，「老夫人關心小娘子的婚事，」她說，「可又捨不得小娘子遠離膝下。」

周后不作聲，眉目卻漸漸地舒展了，「一等我能起床，第一要辦的就是這件大事。」她說，「你先替我留意著，看就在揚州一帶，有名望的人家，可有什麼出色的子弟？」

「是！」

「這件事要快！」周后叮囑：「你見了聖尊后，說話要留神；我這場病——，唉！」她搖搖頭不願多說，「真叫『家家有本難念的經』。」

退下來找同伴去打聽，阿鑾才知道周后的這場病，是有苦難言，內鬱適逢外感，交迫而成——不知道是聖尊后自己的意思，還是出於李煜的要求，她已經向周后透露口風了，想將嘉敏接進宮來「待年」，等滿了十七歲，封為妃子。

周后豈能說個不字？為了仰體慈懷，而且要表現姊妹深情，反裝得很高興地。不過，她說嘉敏剛回揚州便又接了來，恐傷親心；最好讓嘉敏在母親膝下，多盤桓些日子，早則秋末冬初，晚則來年春天，再派專差去迎娶。

聖尊后欣然許諾！大讚周后賢德。為此，聽說周后中暑病倒，在親臨看視之餘，常到百尺樓上去燒香，為賢德兒婦禱求菩薩默佑。她做夢也不會想到，周后真正的病因是什麼？

然而，周后的這場由中暑觸發而轉為暑溫，來勢相當凶險的重症，終於日見好轉；阿鑾覺得可以告慰周夫人了。

由於李家父子雅好翰墨，所以宮女亦多知書識字；阿鑾腹中的墨水雖不如羽秋來得多，但寫給周夫人的信，平鋪直敘，並不為難；為難的是另一封信。

這封信是寫給羽秋的。為了信中要談的事，是宮中，也是整個江南的第一等機密，她不能不格外慎重，覺得使用隱語最好。——表面上談一件不相干的事；其實字裡行間，另有唯獨羽秋才能會意的文章。這樣，就算這封信落在外人手裡，也不要緊了。

想是想得很好，無奈要找一件能隱射周家姊妹的情形，又能表達她的看法的事，卻是苦思冥想毫無著落，不能不放棄這個念頭。

給羽秋的信卻是非寫不可的；寫完了傳周后之命，召老管家入宮，親手將兩封信鄭重交付，密密叮囑：「這封信，我不開信面，你記住了就是；私底下交給羽秋，千萬不可教第二個人看見。」

「我知道了。」

「更不可失落。」阿蠻神色凜然地說，「不然，會闖大禍；你我的性命都會不保。」

這一說，老管家疑慮大起，「姑娘，」他問，「是什麼不能讓外人知道的大事？你不要害了周家！」

「如果你當心些，照我的話做到，是救了周家；不然，就是害了周家。」

老管家無法再問，唯有聽她的話，格外小心。當下領了盤纏，攜著宮中頒賜后家的禮物，仍由陸路回到揚州。

一到便請見主母，呈上書信；周夫人拆信看完，雖覺欣慰，卻也不免失望，因為阿蠻的信太簡略了，只知道周后病勢日輕，可占勿藥。到底是場什麼病，因何而起？以及周后的心境如何？信中隻字未提。

「你見著國后了沒有？」周夫人問。

「不曾傳見。」老管家答說，「不過病確是好得多了。」

「你怎麼知道？」

「宮裡的人都這麼說。」

「阿蠻還說了些什麼？」

還有些話是不能告訴周夫人的。老管家只能編些不相干的話敷衍著，等退了下來，卻正好遇見羽秋，便使個眼色，示意有事跟她私下談。

於是羽秋便先溜了出去，在僻靜之處等著老管家，收到了阿鸞的密札；一個人躲到後房去看信。看到一半，聽得嘉敏的聲音，急忙將信箋往竹蓆下一塞，迎了出去。

「老管家回來了，你知道不知道？」

「我知道。」

「我奇怪。阿鸞的信，為什麼不寫得詳細些？莫非，還有許多不便寫的事？」嘉敏吩咐，「你倒找老管家去問問宮中的情形。」

羽秋答應著，回自己屋裡轉了一下，隨即欣然而去——她的欣喜與老管家見面無關；是借此機會可以將才看到一半，疑問重重，心癢癢地不好過的那封信看完。

看完了信，疑問盡消；阿鸞的信寫得詳盡明白，完全可以了解她的心意。然而了解並不等於同意；羽秋認為情勢已有了很大的變化，聖尊后既有迎娶嘉敏入宮的「待年」的明示，要想如阿鸞所說的，用拖延的手段去打消，怕是件辦不到的事。

然而辦到了又如何呢？姊姊是國后，妹妹是妃子，名分上無論如何不能比肩並論；即令有聖尊后寵愛，國主迴護，而國后到底是後宮之主，要跟任何一位妃嬪為難，都是輕而易舉的事。

這樣轉著念頭，又回到她一貫所持的想法上面，嘉敏入宮非福。同時也就不能不同意阿鸞的第一個要求，必須瞞著這個消息——阿鸞的第二個要求，希望她能夠相機進言，勸嘉敏死了入宮的那條心；也勸周夫人早早物色高門大族的佳子弟，為嘉敏擇配，在羽秋便覺得可聽可不聽了。

打定了主意，依照阿鸞的囑咐，將信燒毀。然後虛應故事地去看了看老管家，為嘉敏轉述了一些不相干的宮禁瑣聞；開始認真考慮，秋涼賦歸，因為她覺得已沒有再留在周家的必要了。

「不，羽秋！」嘉敏悽惶而固執地，「你不能拋下我一個人回去。我不能沒有你！」話一出口，嘉敏自己也發覺了，這樣說法，近乎憊賴；不是挽留她的好辦法，因而改口說道：「你陪我過了年再走，好不好？」

感於情義，羽秋實在無法說個「不」字，終於默默地答應下來了。

十月初，傳來一連串令人驚愕不安的消息。

第一個消息是，四歲的小王子仲宣夭折了。有正式的詔書，仲宣由宣城公追封為岐王，諡號是「懷獻」，證實確已去世。而死因極其意外；有一天在瑤光殿新設的佛堂中遊戲，那知高掛在上的一盞大琉璃燈，爬上去一隻大狸貓；而琉璃燈又不曾掛得牢靠，一下子掉下地來，砰然大響，將仲宣嚇得大哭，就此因驚得癇，幾天功夫就夭逝了。

仲宣是神童，三歲就能隻字不遺地背完《孝經》；音樂中有不合律的，往往亦能指出來。周后愛如性命；而如今竟以這樣的意外摧折，自然痛不欲生。

於是，第二個壞消息跟著傳來；周后復又病倒在床，而且病勢比夏天更見沉重。

周家當然驚憂不安；可是周夫人卻相當沉著，雖然整天難見笑臉，卻並未垂淚，只是經常獨坐沉思，不知在想些什麼？

不久，周后病重的消息，傳遍了揚州。周家的宗親關切異常，因為她一身的安危繫一族的榮枯。周家這幾年成了皇親國戚，地方官另眼看待，欠糧欠稅，不敢催索；與人發生訴訟，不論是原告或被告，上得堂去，先占三分便宜。這都是看在周后的面子上，但「人在人情在」，周后一旦化去，則冰山既倒，何所倚恃？

為此，周家的族長特地去看周夫人，坦率表示，這是宗族的一件大事；無論如何該盡心盡力，使周后早日康復。接著，便舉薦了兩位名醫，跟周夫人商量，是用怎樣的一種方式，能讓這兩位名醫得以入宮侍疾？

薦醫一事，周夫人亦想到過。考慮下來，覺得此舉似乎魯莽；國后違和，自有御醫盡心會診，未曾有詔徵醫，而貿然舉薦，御醫先就不高興。倘或暗中較勁，只待舉薦的醫生來診脈處方而眼前採取敷衍的手段，豈非耽誤了病人？

經過這樣一解釋，周家族長亦覺得不妥，自動撤銷了建議；不過，他認為后家應該表達深切關懷之意，或者派人去問安，或者進奉藥物。這不但是體制所必需，而且對周后來說，亦是一種安慰。

「說得是！」周夫人欣然接納，「我想兩樣都要，也要派人，也要進藥。族長，你老看，應該進些什麼藥？」

「自然是清補之品，霍山石斛、於潛野百合，都是江南的名物。」

「只怕採辦費時。」

「分頭採辦，也費不了多少功夫。」族長說道，「這件事就交給我了，儘半個月之內去採辦；辦到幾樣是幾樣。夫人以為如何？」

「是！都聽族長主持。這費用方面——。」

「這不必夫人費心。」族長搶著說道，「自然是由祭田收入項下開支；作為闔族對國后的敬禮。」

「闔族的大事，我沒有意見。就請族長費心了。」周夫人又說，「至於派人，我想，只有讓阿敏去走一趟。」

「是，是！」族長深以為然，「至親探病，理所當然。請夫人交代阿敏，在國后尊前，代達闔族虔祝康復的心意。」

「是！一定會轉達。」

等族長一走，周夫人立即吩咐，為嘉敏備辦舟車，收拾行李。胖婆婆聽得這話，大為緊張；幫著嘉敏打點行裝以外，自己也忙著檢點箱籠，預備再度擔負起護送的重任。

「你年紀大了！」周夫人這樣對她說，「我不放心你；也不忍讓你再吃一趟辛苦。而且秋風已起，你的氣喘毛病到了復發的時候，還是在家的好。」

胖婆婆愕然，「那，那派誰護送呢？」她問。

「路上有管家照料；到了宮裡，有羽秋，又有阿蠻在，很可以放心！」

胖婆婆默然無語，而心裡卻有濃重不安和悔恨。不安的是嘉敏此去，形跡如果不檢點，會鬧出很大的麻煩來；而悔恨亦正在此，初回揚州時，便該將姊夫與小姨間親熱得稍嫌過分的情形，和盤托出。那時不提，此刻就不便再提；而不說明原委，周夫人不會知道嘉敏必得有人看管著；僅有阿蠻，未必能看得住她；而羽秋是她的羽翼，更只會壞事，不會規人於正。

悔恨徒然，唯有私下囑咐嘉敏，務必謹言慎行，不要替周家「丟臉」。

「丟什麼臉？」嘉敏頗為不悅，「什麼話到你嘴裡就難聽了。真正老悖悔！」

「好！好！我悖悔！」胖婆婆氣得說話都不俐落了，「但願你風風光光回來。」

「當然會風風光光回來，你看著好了！」

動身的前一天，嘉敏由胖婆婆陪伴著，到親長家去辭行。這在周夫人是久已期待著的一個機會；她早就想跟羽秋作一次深談了，只為有嘉敏在，直到此日，才得其便。

「羽秋，」周夫人執著她的手說，「我跟你雖是初次相見，說實話，從你第一天到揚州，我心裡就喜歡你；常在想，我有你這樣一個女兒就好了！不知道你的意思怎麼樣？」

這是周夫人願認她為義女的暗示。羽秋真有些受寵若驚了。不過，她的心思很快；立即想到，平日從無表示，而當嘉敏臨行之際，有這樣的口風，可能便是一種「賄賂」。這分「賄賂」不輕，周夫人必有所欲；如果是自己所不能勝任的，而貿然接受了這分「賄賂」，豈不搞成彼此難堪的僵局？因此，她斂容答道：「多蒙夫人垂愛，實在不敢當。」

「只要你知道我的心就是了。」周夫人也很機警，一聽話風不妙，不再勉強，「這一次阿敏上金陵，我要重重託你，多多照應。」

「是！」羽秋答說：「夫人就不叮囑，我也不敢不盡心的。」

「我知道你心思靈巧，又持重識大體。所以我叫胖婆子不必去；有你，我放心得很！」

這表示是將原要託付胖婆婆的監護重任，改託了她。這使得羽秋又生警惕，有些答應不下去了。

「羽秋，」周夫人注意到她的神色，進一步重託：「我這小女兒不懂事，你此去就當她是你的妹妹；應該勸她的，要老實告訴她，不必顧忌？該為她做主的，你就代我為她做主。」

這責任太重。但羽秋同時有感激知遇之感，便覺得不宜輕易諉避。臉色凝重地想了一下，問道：

「夫人這話，我有些不明白。什麼事該為小娘子做主？」

「我先給你看樣東西。」

周夫人親自打開箱子，取出一個盒子來；雖未打開，羽秋已知道盒中所藏何物。

果然，打開來一看，正是那副晶瑩玲瓏的玉連環；羽秋只靜靜地注視著，等待周夫人發話。

「你想來見過此物？」

「是！」羽秋的答語是早就想好了的，「見小娘子取出來玩賞過。」

「你總也知道它的來歷？」

「不知道！」羽秋故意問說，「不是府上的家傳之寶？」

「不是！是官家所賜。就是我小女兒這次在金陵，官家賞賜的。」

「喔！小娘子不曾跟我說起。」

「她不好意思跟你說。官家特意賞賜此物的用意，盡在不言之中。羽秋，你聰明過人，應該解得其中的意思。」

「夫人太誇獎我了。」羽秋笑道，「我一時還想不透。不過——。」

「怎麼？你說！」

「我怕說出來讓夫人見笑，我是瞎猜。」羽秋慢吞吞地說，「這三套的玉環還不足為奇；奇在一個白玉環，套著兩個翡翠環，只怕其中有個說法。」

「是不是，我說你聰明！」周夫人說到這裡，突然站起身來，走到門口，探頭出去，左右張望了一下，看清楚了沒有人在，方始轉身關門，回到原處說道：「這兩個翡翠環，都是我的女兒。」

這樣的說法，聽來不通，而意思是可以明白的，羽秋覺得不便也不必再裝糊塗，略想一想答道：「原來官家是想學大舜，拿小娘子也迎娶入宮；這玉連環便是定情的信物？」

周夫人顏色大變，雙眼睜得好大地問：「『定情』？」

這一下，羽秋才知道說溜了嘴，失言了！「定情」二字豈是隨便可以出口的？幸而她沉著機警，作了個說錯了話的慚愧表情，「我說錯了一個字。」她不好意思地笑著，「是定聘。」

聽這樣解釋，周夫人的臉色方始恢復正常，「對了，是定聘的信物。」她點點頭說，「羽秋，我把我的想法告訴你，周家出一位國后，儘夠了；不必再出一位妃子，不過，國后是周家的！你懂我的意思嗎？」

這話就很深了，羽秋凝神想了一下，終於了解；同時由衷地佩服周夫人的深沉與精明。

「我想，你一定懂。我要拜託你的就是這一點；倘或國后不諱，你要幫我再掙一位國后回來。羽秋，」周夫人搶著說道，「你不要推辭！我知道你怕責任重；可是我相信你。萬一不成功，我絕不怪你。皇天在上，我不說一個字的假話。」

「夫人！」羽秋莊容答道，「我盡力，我一定盡全力。」

中秋剛過，正是江南一年之中最宜人的季候，天青雲白，橘綠楓丹；溯江而上，一路有著觀玩不盡的好風景。然而，嘉敏憑窗閒眺，眼中所見與心中所見的，卻全不相同。

心中所見的幻影，有回憶也有想像，但能想像畫堂南畔，小別重逢，有多少輕憐蜜愛，喁喁細語；卻不能想像病榻存問，姊妹之間是如何難堪的情狀？

這個念頭不斷縈繞在她心頭，始終不能求得解答。實在悶不過了，只好問出口來：「羽秋，你看我這一趟到金陵，是應該高興呢，還是應該傷心？」

羽秋不但無以為答，且有啼笑皆非之感。暗暗嘆口氣：問得出這樣天真的話來，那像能母儀天下的人？

嘉敏卻又說了：「我的話，恐怕不夠清楚；我是說，我的態度應該怎麼樣？總不能見了什麼人，都是傷心的樣子吧？」

「可也不能見了什麼人都是高興的樣子。」

這話帶著些搶白的意味，而嘉敏卻不以為忤，反覺得啟示甚深。她認為羽秋是在告訴她；只有跟一個人，而且是在私下相處時，才能表示高興；除此之外，都應該顯出因為關懷姊姊的病勢而憂心忡忡的神情。

「我懂了。」她的聲音欣快，「我知道我何以自處了！」

這種充滿了自信的語氣，在羽秋來說，是一種安慰。從接受了周夫人的付託，她一直覺得雙肩沉重，有不勝負荷之感；主要的憂慮是怕嘉敏太不解事，變成扶不起的劉阿斗。因而一直在盤算，怎麼找個機會，好好跟她談一談？看起來，此刻就是機會。

但是，談些什麼？怎麼談法？卻仍費思量。她知道周夫人的打算，是連嘉敏都不知道的；本來事在未定之天，一切要看機遇，唯有憑一心妙用，見機而作，無法預定步驟，強使未來的情況，必須適合自己這方面的希望。這一來，就以不讓嘉敏知道為宜；不然，她心裡擱著那樣一件大事，患得患失，無法出以嫻靜自然的姿態，先就輸了一著了。

這樣想著，羽秋愈生警惕，絕不可在言語中透露周夫人的打算。不過，自己的使命，卻不妨稍微說些給她聽。「小娘子，」她用很懇切、很負責的聲音說：「臨走之前，老夫人囑咐我，務必格外照料小娘子。我說，照料是我分內之責，卻不知什麼叫『格外』。老夫人告訴我說：除了飲食起居以外，要我勸小娘子兩件事：第一、言語舉止，總要穩重；讓人家知道我們周家的家教好。第二、待人接物，總要寬厚體恤；那才是有福氣的樣子。當時我斗膽答應了下來，小娘子要成全我。」

「成全！怎麼成全你？」

「請小娘子聽從老夫人的囑咐，讓我將來好有交代。」

「是這個！」嘉敏毫不考慮笑道：「我一定能讓你有交代！」

羽秋覺得肩頭輕鬆了些。心裡在想，果然能夠謹言慎行，給人一個端莊賢淑的印象；而又能寬厚體恤，廣博人緣，大事就可望成功，自己對周夫人也就真的可以交代了。

船到金陵，裴穀親自來接；入宮仍舊住在友竹軒，略略安置了行裝，第一件事是朝見聖尊后。

聖尊后也在病中，雖能起床，卻不出宮；因為稍微勞累，或者冒風感寒，就會氣喘不止。加以心境拂逆，精神亦大不如前；見到嘉敏，感傷多於喜悅，嘆息不止。

「唉！不過半年不見，出了多少想不到的事。你大姊的病都快復元了，忽然又翻覆。仲宣是她的命根子，偏偏就拿她的命根子奪了去。真不知是前世造下的什麼孽？連菩薩都難庇佑。」聖尊后略停了一下問道：「你娘身子好？」

「多謝聖尊后惦著。」嘉敏站起身，恭恭敬敬地答道：「託聖尊后的福，倒還健旺；只是為了大姊的病，這一陣子急得睡不著。」

「天可憐見，讓你大姊快好吧！不然不知道要拖累多少人！」

「一時的年災月晦。請聖尊后也不必太著急，不然大姊心裡不安。」

「是啊！為此，大家勸我不要去看你大姊，就因為她一向孝順，看見我這樣子，沒的倒替她添了病。」

說到這裡，聖尊后的氣喘病又發作了，宮女們替她抹胸搥背，取藥拿水，亂過一陣，扶入寢宮；嘉敏也就悄悄退了出去。

回到友竹軒，只見阿蠻在那裡等著；行過了禮，顧不得敘路上的景況，嘉敏便即問道：「國后可好些了？我看看她去。」

「好些了！」阿蠻慢條斯理地答說：「此刻剛服了藥睡下。小娘子先請更衣休息。」

「好！你別走。等我換了衣服再細談。」

就這時，阿蠻已背著嘉敏向羽秋遞了一個眼色；因此羽秋將嘉敏送入臥室，趁她更衣的當兒，悄悄溜了出來，隨著阿蠻到了僻靜的角落去密談。

「是誰的主意？」阿蠻一開口便是埋怨的語氣，「將小娘子送了來幹什麼？」

羽秋心想，一到便有麻煩，得好好應付。因此，雖對她的態度有反感，仍舊很沉著地回答：「周家闔族都說，應該派人來探病；還有一批清補的藥，隨後貢進來。這也是人情之常，有什麼不妥？」

「太不妥了！」阿蠻黯然答道：「國后的病是心病；從小王子一死，精神竟有些錯亂了，見不得不順眼的東西、不順眼的人。」

「她們到底是姊妹——。」

「唯其是姊妹，心病更厲害。」阿蠻搶著說，「別人不知道，你應該知道。」

「是的。」羽秋不能不承認，「那末，你說怎麼辦呢？」

「只有瞞著國后，不讓她們姊妹見面。」

「這，」羽秋想了好一會，沒有善策，「小娘子面前怎麼說法？同胞姊妹，不容相見；換了你，心裡會怎麼想？」

「所以說，不來最好。」

「已經來了，莫非讓她馬上回去？」羽秋的聲音漸漸高了。

「輕點，輕點！」阿鑾急忙警告，「既來之，則安之，我們來商量一個辦法。」

阿鑾是想好一個主意來的，此時不過要求羽秋如計而行。主要的是要使嘉敏相信，周后見不得親人；一見親人，情緒激動，不能自已，最是大忌。因此，聖尊后至今不曾到瑤光殿去探病，連國主亦絕少跟周后見面。如果讓周后知道嘉敏已到，必然會想起娘家，思念慈母，於病體無益有害。不見周后的面，嘉敏當然不能釋懷；所以安排她到瑤光殿去探視一次，是必不可少的。但只能在周后熟睡的時候，遙遙一望。

「路遠迢迢地趕了來，探望親人的病，就這麼話都不能說一句！」羽秋問道：「換了你可能甘心？」

「羽秋，你好傻！」阿鑾平靜地答說：「我們都是局外人，何苦動感情替局內人去設想。我們有過約定，合力維持大局，請你不要忘記。」

羽秋無話可說——她心裡明白，如今又變成各為其主了。但如周后大限已到，終將一病不起；阿鑾亦會見風使帆，另打主意。那時很需要她的助力，不如此刻先賣個人情給她，為將來留個餘地。

於是羽秋說道：「阿鑾，我們的約定，我自然沒有忘記；不過大局是不是靠我們兩個人的力量，就能夠維持得住，實在大成疑問。誰叫我們倆好呢？你怎麼說，我怎麼做就是。」

「照我的話沒有錯。」阿鑾欣慰而自信地，「錯了你問我。」

「如果你錯了，就該我來拿主意了！那時候你怎麼說？」

「自然聽你的。」

「好！」羽秋也是欣慰而自信地，「一言為定！」

「怎麼？」嘉敏怫然不悅，「阿鑾怎麼就悄悄走了？我不是讓她等一會，等我換了衣服有話要問她嗎？」

「是的！是我叫她走的。國后又在鬧了，非她去，不能讓國后安靜下來。」

「鬧？」嘉敏愕然，「鬧什麼？」

羽秋略作沉默，是一副黯然的表情，然後嘆口氣說：「唉！我剛才聽阿鑾說了才知道，國后的病很麻煩；為小王子憂傷過度，精神有些錯亂，竟像是心疾。見不得孩子，見不得貓；尤其見不得親人，見了就一定發作。病是發作一回重一回，唯有多多靜養，才有逐漸康復之望。」

「那，」嘉敏不安地問，「見了我，不也要發病嗎？」

「是！」羽秋輕輕地答說：「阿鑾剛才跟我商量的就是這件事，真正為難！」

嘉敏知道她們所感到為難的是什麼？默然半晌，無可奈何地說了句：「這樣說，一時竟不能見面？」

「去看一看總不要緊。就別讓國后知道，免得觸動心境。」羽秋緊接著說，「等我再跟阿鑾去接頭，看什麼時候國后睡了，讓她趕緊來通知；我陪小娘子到瑤光殿去一趟。」

嘉敏無奈，唯有默默聽從。但就是這慰情聊勝於無的看一眼，一時也還不能；等到傍晚沒有消息，也沒有人來探望，只有聖尊后送來的食物，大盤大碗，擺滿一桌，嘉敏看著就飽了。

「多少吃一點。」羽秋勸她，「這不比在家，半夜裡餓了，要湯要水很費事。」

「一點都吃不下。」嘉敏有著無可言喻的淒涼與委屈，「這算是什麼？大老遠的跑了來，冰清鬼冷，沒個人理。什麼皇親國戚？小戶人家投親訪友，也還有些人情味！」說著便掉下淚來。「這一次與上一次不同。」羽秋取塊綾帕為她拭淚，「千萬忍耐，人家不是有意冷落至親。」

嘉敏的牢騷是因為一個人而發；默然半晌，到底忍不住問了出來：「官家呢？知道不知道我來了？」

「想必知道。」

既然如此，就再有一問：為何一無表示？這句話已到口邊，到底又嚥了回去。

羽秋當然猜得到她的心思。卻不願對她作何譬解，以當安慰。因為她覺得事在未定之天，情緣牽惹，形跡不謹，都該極力避免；所以提到這上頭，以裝糊塗為妙。

「裴穀呢？」嘉敏旁敲側擊地問，「只照了個面，就再不見他的影子了。」

「小娘子是有話要跟他說？」

「沒有。」嘉敏言不由衷地回答。

於是羽秋又不作聲了。她認為這話無須答覆；裴穀有裴穀的職司，無緣無故到友竹軒來幹什麼？

「羽秋，」嘉敏突然問道，「我該不該寫封信，讓老管家帶回去？」

「當然要的。」

「信該怎麼寫？」

這句話將羽秋問住了。細細想去，這封信很難著筆，照實而敘，一定會讓周夫人憂慮；如說到了尚未能見著周后，更不成話。

「我看暫時不寫吧！根本無話可說。」

「老管家明後天就原船回去了；如果沒有一封信帶回，他怎麼在老夫人面前交代。信還是要寫的，好歹編幾句吧！」

「你來編，我來寫。」

於是羽秋在書齋中點上了燈，鋪排紙筆；讓嘉敏坐下來聽她的意思編寫。其中最費酙酙的是談周后的病，只說思念愛子，憂慮過度，因而成疾；向來病去如抽絲，好得慢些，請堂上不必惦念。

信寫到一半，阿鸞來了；來通知周后已經熟睡，如果嘉敏要去探望，正是時候。這一來，自是收拾未完之信，匆匆跟著阿鸞而去。

一進瑤光殿便聞見濃郁的藥味，殿庭中燈火悄然；人來人往，為怕驚醒周后，躡手躡足地，如幢幢鬼影。見此光景，嘉敏的一顆心，不由自主地懸了起來。等進入寢殿，阿鸞搖手示意，不讓她走近床前；揭起一重羅帳，再揭起一重紗帳，容她遙望。

定睛凝視之下，嘉敏不由心頭發酸，眼眶發熱。這那裡是平日所見的大姊！面黃如蠟，髮枯如草；身子雖看不見，但一床紫羅夾被只微微穹起，就可以想見她消瘦到什麼樣子？

突然，喉頭發癢，失聲一號；嘉敏趕緊捂住了自己的嘴。同時，羽秋已挽著她的臂，半拖半拽地，將她很快地扶到外邊。

而屋中的周后已驚醒了；但聽有氣無力地在問：「什麼聲音啊？」

「沒有什麼？」是阿鸞在回答，「值夜的人睡著了，在發魘！」

「什麼時候了？」

「三更天。」

「不早了，你們都去睡吧！」

在窗外屏息靜聽的嘉敏，只覺得窗內傳出來的語聲，迷離虛幻，不像是聽慣了大姊的聲音；不由得掙一掙身子，而羽秋卻拉得很緊，並且不由分說地推著她就走。

「羽秋！」嘉敏小聲央求，「讓我進去！」

「不！」羽秋只答得一個字；很輕，但硬得像鐵一樣。

「你沒有聽見我大姊的聲音，好好地，神智清楚得很嘛！」

「見了親人就不清楚了。希望她一天好一天，就別見她的面；見面替她添病。」

這句話很管用。嘉敏除了悲痛以外，再無一句話可說；由羽秋扶著，一腳高、一腳低走回友竹軒，頹然倒在床上，只覺得內心有難以言宣的悲苦抑鬱，眼眶一熱，淚如泉湧，再也無法抑止了。

羽秋這回不勸她了。只要她不哭出聲來；流淚可以讓她心裡好過些，儘不妨聽其自然。

果然，眼淚中瀉出了心中的苦水；嘉敏的心境漸漸平伏了。自己起床坐到鏡子前面；從羽秋手中接過一塊熱毛巾，擦一擦臉問道：「我大姊到底是什麼病呢？總有個病名吧！夏天生的是『暑溫』；現在呢？」

「聽說是因為受驚經閉而起；是血分上的毛病。」羽秋答說：「我也問過阿鑾他們，誰都說不上來；女人血分上的毛病，最麻煩，最難治。」

「你能不能找張脈案來讓我看看？」

「那一定可以。只怕看不懂。」

「我只要知道，大姊的病到底有沒有危險？」

「這還用說？當然是險症。」羽秋換了副很鄭重的臉色，「小娘子，你可千萬不能著急憂鬱；倘或自己不加保重，也鬧個病痛，那可是件不得了的事。」

「怎麼呢？」嘉敏覺得她有些言過其實，忍不住問說：「我自然不願意生病。但如真的有了病，也不見得是件不得了的事。你的話，我倒不懂了。」

「生病也要看時候、看地方。小病生得不是時候、不是地方，就是件不得了的事。」

「你的話，聽起來像有些道理。」嘉敏想了一會，歉然地搖搖頭：「可是，我還是想不明白。」

「再也明白不過的事。小娘子倒想，第一、宮內許多不如意的事，夠煩人的了，偏偏又添一個病人，時候趕得太不好！第二、在這裡病了，自然是請御醫來看；他們有他們的一套規矩，輪著班來，不能想請誰就請誰。運氣好來了個醫道高明的，可又沒有人跟他打交道；『望、聞、問、切』四個字，首先『聞』字上頭就欠缺——。」

「這話不對。」嘉敏打斷她的話，「你不能替我說嗎？」

「是！我當然要說。不過人微言輕，聽不聽全在人家。倘或在家，老夫人說了，醫生自然字字記在心裡；『問』也問得格外仔細。在這裡，御醫可就沒有那份耐心來聽來問了。」

「話倒也說得不錯。」嘉敏瞿然驚覺，「我可真不能在這裡害病！讓御醫耽誤了，小病變成大病；大病就會送命。」

「正是這話！小娘子到底明白了。」羽秋又說：「只要心境開朗，起居小心，百病不侵。」

「心境是開朗不了的。」嘉敏嘆口氣說：「唉！我也真不知道怎麼好了？不該來這趟的——不來呢，惦念得慌；來了反更憋得慌。」

「不要去多想了。上床看看書，吃點零食消消閒；等倦了，拿書一丟去尋個好夢，最舒服不過。」

說著羽秋裝了一果盤的杏乾、桃脯之類的茶食；又雜抽了幾本唐人的詩集，一起都安置在她床前。只待她上了床，便好去尋相好的姊妹，細敘別後光陰時，不道裴穀來了，指名相訪。

羽秋心知他此來所談，必與嘉敏有關，防著有些話是必須隱瞞的，所以有意將裴穀引得遠遠地，在迴廊盡頭站著交談。可是嘉敏已經發覺，掀開窗帘，目不轉睛地注視著，苦於隻字不聞，只能在心頭納悶。

等裴穀離去，羽秋回轉；她推開房門先迎了出去，喊住羽秋問道：「裴穀來幹什麼？」

裴穀來傳宣旨意：明日上午，國主邀嘉敏相晤。羽秋心想，這話要實說了，她一定魂牽夢縈，整夜不得安寧，以瞞著她為妙。

於是她隨口編了個謊：「裴穀來問，老管家什麼時候回揚州？好好打點官家頒賜的儀物，讓他帶回去。」

「喔！」嘉敏有些失望；隨手帶了一本李商隱的詩集，悄然上床。

矇矓中，嘉敏被喚醒。夜來噩夢連連，餘悸猶在；所以驟聞呼喚，驚出一身冷汗，一挺身坐了起來，急急問道：「國后怎麼樣了？」

羽秋一楞，旋即省悟，「國后沒事！」她平靜地說。

「小娘子請起身吧！我有好消息。」

「好消息？說吧！」

「官家請小娘子會面。只怕快著人來召請了。」

聽這一說，嘉敏很著急，因為晨妝費事，光是梳頭，就得好些時候，勻臉講究細致，心急不得。倘或妝飾未就，已來宣召，豈不誤事？

「你看你，」她不由得埋怨，「怎麼不早叫醒我？」

羽秋倒是好意，因為看她睡得沉酣，不忍斷了她的好夢；但此時無暇分辯，要緊的是能讓她保持從容沉著的心情。

於是她說：「時候也不算晚。按部就班地，一定來得及；只別亂！就稍微晚到一會，也不要緊；官家莫非還為此生氣？」

最後一句話很中聽。嘉敏的心思立刻改變了，不但不急，反而有意慢條斯理地：存心打算晚到，倒要看看等人的是如何焦急？

果然，如羽秋所估計的，按部就班地洗臉梳頭，插戴完畢，正在換衣服的當兒，裴穀來召請了，說官家在瑤光別院等候相見。「你先回去！」嘉敏隔著簾子發話：「就說我知道了。」

羽秋很詫異，不知她這樣回答，是何用意；裴穀也聽出話風不妙，隨即答說：「官家面諭，命我陪小娘子一起去。備得有檐子在這裡。」

「好吧！」嘉敏矜持地答說，「你就等著吧！」

這一下，羽秋知道了她的用意。這樣做法，可以抬高身分，也不算錯；只是宮廷體制，官家威嚴所關，絕不可過分，因而輕聲說道：「略坐一坐，就走吧！讓官家久等，到底也不好。」

嘉敏點點頭；起立之先，又照一照鏡子問說：「似乎不該用胭脂？」

羽秋明知她輕染雙頰，因為胭脂用得恰到好處而得意，才有這樣其詞若憾的一問，卻不便點穿，笑笑答道：「就是這樣不濃不淡最好！」

「羽秋！」嘉敏突然收斂笑意，輕聲問道：「見了官家，我臉上該是什麼樣子？」

這話也只有羽秋才懂，「當然不能愁容滿面；可也不宜有笑容。就像小娘子胭脂一樣，不濃不淡最好。」

「對！我懂了。」

於是出簾上檐子，裴穀前導，羽秋後隨，緩緩向瑤光別院行去。一箭之地，在嘉敏一個念頭還未轉完，檐子已經停下來了。

掀開窗帘，一眼便看到李煜；是如此逼近，使得嘉敏有措手不及的窘迫之感。唯有退後一步，低頭喚一聲：「官家！」接著，便待下跪行禮。

「羽秋！」李煜很快地說：「你扶住小娘子，不必行禮了。」

「是！」羽秋扶著嘉敏說，「應該到裡面再行禮。」這是暗示嘉敏，從容應付。

嘉敏省會得她的意思，便索性隨她擺布；扶入殿中，按照覲見國主的儀節，行了大禮，一切都隨羽秋的暗示行事。

等她站起身來，李煜正待吩咐為嘉敏設座時，裴穀疾趨兩步，躬身說道：「啟奏官家，西屋已伺候下了。」

「好！就在西屋坐。」

瑤光別院的畫堂，坐西朝東；所以西屋實在就是後廳。不知是有意還是無心；一桌酒果就設在嘉敏當時住過的後廳北軒。「潛來珠瑣動，驚覺銀屏夢」的往事，似乎是那麼遙遠，卻又如此清晰，嘉敏說不出自己的感覺是悵惘還是親切？

「小妹！」

為這一聲所驚，她定定神環視眼前，方始發覺屋中只有她跟李煜兩個人。久別重逢，不免有由陌生的感覺而來的羞澀；可是，在他那種柔和得如煙籠寒水般的眼光撫慰之下，那一分羞澀，也就很快地消逝了。

「我沒有想到你會來！」李煜緊接著說，「你來得正好。」

「怎麼？」嘉敏直覺地問。

「你想，我這幾個月以來的遭遇！真正無復生趣。聽說你來了，就好比在窮陰凝寒的千仞谷底，突然發現陽光。你不知道我心裡的感激！」

感激的是嘉敏。她真不能相信自己對他有著如此深重的關係，此行在他會受到這樣大的鼓舞。也許他只是說得好，但就是假話，也不是隨意能編得出來的。光是他用心編這兩句假話的情意，便令人感激不盡了。

「不要傷心，千萬不要傷心！一切都會變好的。」

聽得他的慰勸，嘉敏才發覺自己的雙眼已經潤濕，「我沒有哭！」她背轉身去，用手背拭去淚水；想到有句話，正好在這無意中避開了正面的時候說：「請你也千萬珍攝！上有聖尊后，下有黎民百姓，一身繫國之重，絕不能讓大家失望。」

「是的。我聽你的勸。」李煜停了一下喊說：「小妹，你回過臉來，讓我看看你！」

她回身容他細看；自然而然也抬眼平視——李煜又瘦又黑，失去了平日俊朗的神采；但一雙眼內，正從抑鬱中透出喜悅的光芒。對她來說，這是心痛之中唯一的安慰。

「你憔悴得多了！」

「你也瘦了些。」李煜問道：「你母親好？」

由此開始才敘家常，敘旅途的景況；然後李煜談仲宣如何夭折，周后如何驚痛成疾。

「可惱庸醫！」他恨恨地說，「至今說不出一個究竟。說什麼你姊姊的病，叫做『鬱症』，脈案中都是些教人不懂的話：『陽失陰戀，絡中空隙，陽化內風，鼓動不息，日就消爍』。不知說些什麼？」

嘉敏亦聽不懂他所背誦的脈案；只問：「該當怎麼治法呢？」

「治這種病，非藥石所能奏效，貴乎摒絕憂煩，開懷頤養。」李煜深深嘆息：「唉！你姊姊就是心胸不開朗，所以難！」

這話與所謂「心疾」的說法，大致相符；嘉敏對周后的病，到此時才算有了一個大致的了解。可是對那句「心胸不開朗」，她卻不知道他話中有話。她唯一感到困惑，也可以說委屈的是，仍然是她為什麼不能走近病榻，跟周后說話？

「他們說，大姊的病，是因為仲宣夭折，憂傷太過而起；精神有些錯亂，見不得親人，一見病就會重。所以，昨晚，我只是遠遠望了一眼，可憐！瘦得不成樣子了！姊夫，」她很吃力地問，「連你也不能去看她麼？」

這是編出來騙嘉敏的話；李煜也知道。他是聽裴穀所說；其實騙嘉敏的這套話，就是裴穀與阿鑾商量出來的。周后致疾之由，李煜也是最近才知道；起因於聖尊后宣示要迎嘉敏入宮，而加重於愛子的摧折，她本來就有氣血不調的毛病，經此七情六鬱的連番打擊，越發血氣錯亂，經脈不行，釀成幾於不治的重症。

他很清楚地記得裴穀的話：「國后如今見不得的有兩個人，一個是岐王的保母；一個是后家的小娘子。一見勾起心事，病就越發不得好了。」追封岐王的仲宣的保母，照看不周，是個禍首；拿她來跟嘉敏相提並論，唐突太過，使他很不高興；可是他不能不承認裴穀的說法，絕非無稽之談，因而也就不能不勉強同意他所提出來的，將嘉敏與周后隔離的辦法。

既然如此，這時候不能不幫著圓謊；而內心對嘉敏有無比的歉疚，便含含糊糊地答說：「我很少去看她；讓她靜養。」

「靜養！」嘉敏怔怔地望著鋪在磚地上的猩紅「地衣」，好久才自語似地說，「早知如此，我不該來的！」

「這是怎麼說？」李煜的聲音中，失望多於疑惑，「你就只為看你姊姊一個人？」

嘉敏發覺自己失言了！無論如何有聖尊后在，專為問安，亦當不辭跋涉；何以說是「不該來」？而況撫心自問，此行原非只為探病；然則那樣的說法，豈不是當面撒謊，顯得太矯情了？

「原來你心目中只有你姊姊──。」

「姊夫，」嘉敏搶著說，「不是這話！我本來就要替聖尊后來請安的。」

「這才是！不枉聖尊后對你的愛護。」李煜又說：「除聖尊后以外呢？」

這明明是在問：莫非全不念我？嘉敏了解他的意思，苦於不便承認；有意這樣回答：「還有黃保儀。」

「還有呢？」

「還有？」嘉敏看著他那咄咄逼人的眼色，鼓起勇氣答道：「還有個隱於鍾山的詞客。」李煜笑了。那親切而瀟灑的笑容，在嘉敏並不陌生；可是與記憶中比較，微有不同，唇角下垂，笑中有愁苦之容，使得嘉敏隱隱心痛。

「姊夫，你真的要保重。」她忽然想到，「不要嘔心瀝肝去作詞！那是最耗心血、最傷精神的事——『語不驚人死不休』，那句詩真害人。」

李煜又笑了。這是無話可說，而又不能不有所表示的表示。談到詞中甘苦，他覺得她畢竟還隔著一層；她只能解得詞意，卻不解詞中的好言語，有時無須苦吟，自然會奔來心頭腕底。

嘉敏也看出他這一笑，彷彿有著無可與言的意味，便即問道：「怎麼？我說得不對？」

「那裡？」李煜急忙分辯，「你說的是好話，怎麼不對？從今以後，我倒要聽你的勸；作詞只是寄情遣興，犯不著太認真。」

這是泛泛的安慰敷衍；嘉敏有些不高興，看了他一眼，將頭扭了過去，望著別處。神情顯得很落寞。

在沉默中，隱隱聽得「噠、噠、噠」地一聲又一聲，忽高忽低，而極沉著、極有韻律的聲音；驟聽不解，細聽才知究竟。正要動問，李煜卻先開口了。

「你聽見沒有？是宮女在東池擣練。」

「聽見了！」每到秋天，江南水鄉，處處可以聽見貧家婦女在河邊用木棒錘搗練綢，除去雜質的聲音；嘉敏所奇怪的是，宮中居然亦有這樣的情形。但細想一想，也就不足為奇；宮女既可自己染絲，創出「天水碧」的新色；自然亦可以自己搗練，千錘百鍊成柔軟潔白的好熟絹。

正在這樣想著，李煜說道：「我念首詞你聽！」接著，他用清朗的聲音，慢慢念道：

深院靜、小庭空，斷續寒砧斷續風。
無奈夜長人不寐，數聲和月到簾櫳。

這首詞，渾成自然，嘉敏一個字、一個字聽得很清楚；眼前就彷彿看到李煜深夜不寐，輾轉反側；聽西風斷續傳送搗練的砧杵之聲，煩躁而無奈的情狀。不言愁而愁自見，嘉敏又為他隱隱心痛了。

「這是為什麼？」他問，「小妹，你總該知道。」

是為什麼「夜長人不寐」？當然是念遠。唐人詩中，多用萬家砧杵之聲示懷念征人之意。如今兵革不興；江南亦無派在邊塞的戍卒，那末這「斷續寒砧斷續風」中所引起的念遠之情，自然是在揚州了。

意會到此，她只報以深情的一瞥。李煜當然亦不必再作追問，拉著她走到陳設著酒果的圓桌前，扶她坐下，斟酒相勸。

「這算是為你洗塵！」

就這一句話，又引起嘉敏許多感觸。回想春天第一次來探親，大姊喜不自勝，處處抬舉，特為設盛宴接風；傳召教坊，雜陳百戲，自中午直到深夜方罷。都說：「宮中好久沒有這麼熱鬧過了；是沾后家小娘子的光，才得如此盡歡。」以今視昔，當時的風光，恍如一夢；嘉敏借袖障面，將那一杯酒和淚吞了下去。

為了不願讓李煜看到她的淚痕，她裝著酒嗆了嗓子，轉過臉去，假咳兩聲；等李煜遞過一塊羅巾來，她順手先拭去淚痕，然後才回臉相看，強笑著一聲：「這酒真衝！」

「是新酒。」李煜答說，「今年的官酒做得不好。唉！」

這也奇了！嘉敏問道：「官酒做得不好，又何用嘆氣？」

「你不懂！」

「原是不懂。懂了我就不會問這傻話了。」

話中有怨懟之意，李煜不免歉然，「不是我不肯告訴你，只為這不是什麼可以高興的事。」他低聲下氣地說：「公家賣酒，雖不是一本萬利，卻是官庫一筆大收入。百官俸祿，半從官酒中來；酒做得不好，沽的人就少了，官庫收入當然也少了。所以嘆氣。」

「原來如此！我竟不知道小民買醉，關乎百官俸祿。」

「你們長在深閨，嬌生慣養，那裡知道民生疾苦，稼穡的艱難？」

這讓嘉敏不服氣，因為在她聽來，話中有笑她幼稚無識之意；她自以為對世務經濟，亦非一竅不通，倒要道一番見解出來，讓他知道自己不是懵懂無知的人。

「說官酒不好，沽的人就少了，這話我卻不信。酒癮來時，不管酒好酒壞，總要喝夠了量才罷。官酒不好，不過背地裡挨罵而已。」

「挨罵還少得了？『皇帝背後罵昏君』，最好不聞不問。」李煜接下來又說，「少沽不是少飲；只飲的不是官酒。」

「莫非是私釀？」

「當然。」

「私釀犯法。不會依法處治嗎？」

「唉！」李煜嘆口氣，無奈地說，「我又不忍。」

見此神態，不知怎麼讓嘉敏激動了，「姊夫，項羽也是重瞳子！」她冷冷地說，「你倒像他！」

李煜愕然，「我何敢望西楚霸王？」他看一看自己身上說，「我怎麼樣也看不出自己有一點西楚霸王的味道。」

「有的。」嘉敏便念一段韓信批評項羽的話：「『項王見人，恭敬慈愛，言語嘔嘔。人有疾病，涕泣分食飲。至使人有功，當封爵者，印刓敝，忍不能予。此所謂婦人之仁也！』」

李煜有些窘，但並無不快，大笑說道：「好熟的《史記》！小妹，我為你在澄心堂設一個位置，你看如何？」

「那可不敢奉詔。澄心堂是平章軍國大事的地方，那有我插足的餘地。」嘉敏略停一下，凜凜然地加一句：「君無戲言！」

這話在李煜聽來刺心。因為他自知對她是有虧欠的；彌補這份虧欠只有一個辦法，實現自己的諾言，迎娶她入宮，冊封為妃。他疑心她所說的「君無戲言」，即是在提醒他要記住自己說過的話。於是他想告訴她，聖尊后已經有過這樣的表示，無奈是她的同胞姊姊陽奉而陰違，甚至為此致疾；如今病成這般模樣，自然不便再提。

話已到了口邊，驀地裡省悟，大為不妥。他聽裴穀說過，聖尊后願迎娶嘉敏入宮的意思，當事的本人並不知道；此時揭破，周家親姊妹就永難和好了。而況，嘉敏或許會追問一句：萬壽殿的慈諭，到底算不算數？又將何詞以對？

因此，他覺得話以說得籠統些為妙，「你說得不錯，君無戲言。」他這樣回答，「我說過的話，會記在心上。你放心好了！」嘉敏將他這兩句話，細細體味了一會，心裡熱辣辣地又怎麼樣也靜不下來了。覺得這樣勉強坐著，不但是一大苦事；而且神思不專，應對之間會說錯話，十分不妥。於是她趁勢答道：「姊夫叫我放心，我自然放心。今天還沒有給聖尊后去請安；只怕會著人來召喚，我該回去了。」

回到友竹軒，第一件事便是關緊房門，將李煜所說的話告訴羽秋；當然，接下來是徵詢她的意見。

「官家勸你放心，你就放心好了。」羽秋慢吞吞地答說：「一個人的一生，在前世就注定了的，誰也不能強求。逆來順受，聽其自然最好。」

「你倒是說的什麼呀？」嘉敏嗔怪她說，「婆婆媽媽，倒像七老八十的口氣。」

羽秋笑笑說道：「那教我說什麼呢？我又沒有那麼大的法術；能讓國后跟聖尊后一下子都康復。宮裡平平安安、高高興興的，才是辦喜事的時候。」

嘉敏默然。她聽懂了羽秋的話，老少兩后，特別是國后的病，一日不好，就一日不能議封妃嬪。這樣想著，對她大姊又關切異常了。

「明天，」她似乎下定決心，「明天我還要到瑤光殿去看看。」

一聽這話，羽秋嚇一跳；但如公然阻攔，反會引起她的疑心，越發堅持己見。因而改換了一個說法，「小娘子果真巴望國后早日痊癒，不如上佛閣去燒燒香。」她說，「光到瑤光殿去看看，無濟於事。」

嘉敏與她姊姊不同，不甚佞佛。但此是無計之計，不妨一試；便稟明了聖尊后，帶著羽秋上百尺樓去燒香。未曾禮佛，先作遠眺；憑欄向揚州方向望去，不由得便想起杜牧的詩，輕聲念道：「『青山隱隱水迢迢，秋盡江南草未凋！』」

這首杜牧懷念揚州友人的絕詩，她只念了半首；因為想到後面兩句：「二十四橋明月夜，玉人何處教吹簫？」如果在這莊嚴佛地中念出聲來，便太褻慢不敬了。

口中無聲，心底有思；思量的是風流杜牧在揚州的那些詩篇，因而勾起濃重的鄉思，便隨口問道：「羽秋，你覺得揚州如何？」

「好地方！自古繁華之地。」

「我倒看不出；也許是看不到。」嘉敏答說，「『春風十里揚州路，捲上珠簾總不如。』我就不知道是何光景？只覺得揚州處處親切；不像在這裡，孤零零地，心裡老是發慌。」

「小娘子是想家了。」

「是有那麼一點。上次沒有。」嘉敏轉臉問說，「羽秋，這是什麼道理？」

「大概，大概是秋天的緣故吧！」

「也許是。」嘉敏嘆口氣，「秋天，唉！那年秋天，都比今年好過。」

「境由心造。」羽秋相勸，「莫想秋天的蕭瑟，只想秋天的高爽，心裡就好過些了。」

「對！」嘉敏想了好一會，深深點頭：「對！凡事朝好處去想，就不會有那麼多的煩惱。我們進去吧！」

於是繞過迴廊，由正門進入佛堂；入眼是一尊高手所塑的觀音大士的立像，手拈楊枝，恬然下視。嘉敏不由得雙手合十，默默垂眼，心裡在想，應該禱告些什麼？

等伺候佛堂的老婆子，燃爇了線香，遞到手中，她已打好禱詞的腹稿；上香下跪，輕聲念道：「廣陵信女周嘉敏，虔求大士慈悲。一願聖尊后康強，國后早占勿藥；二願闔家大小平安；三願得如所願。」她的聲音更低了，「信女私心所願，必蒙菩薩洞鑒，垂憐默佑！」說罷，伏身在地，必恭必敬地拜了幾拜。

拜完起身，又前後左右瞻視了佛堂；抬頭看到那盞長明燈，不由得深深注視。

「瑤光殿的那間佛堂，我不曾見過。」她問那老婆子，「怎的長明燈會掉下地來；想是不曾安牢？菩薩也不保佑？」

「阿彌陀佛，罪過、罪過！」那老婆子合攏了手，誠惶誠恐地說，「小娘子休這等說，當心菩薩嗔怪！小王子與國后原是前世一劫；莫看今世做了母子，其實是來討債的。國后一條命不曾討了去，全虧平日信佛虔誠。不然就是子剋母，不會母剋子。如今不過吃了驚嚇，有些病痛，算不得什麼。可憐，國后想不開；有朝一日想開了，看小王子不過鏡花水月，原該轉眼成空，那病也就好了。」

「你的話倒也有些意思。」嘉敏感慨地，「人，就是這個情分上不容易想開。『欲除煩惱須無我』，善哉，善哉！」

那老婆子能言善道，裝了一肚子因果報應的故事，隨便講了幾個，就讓嘉敏聽得入了迷；直到近午時分方始下樓。臨行時少不得有所賞賜；而且邀她得空到友竹軒坐，閒談破悶。

到吃過午飯，照例小睡片刻；醒來時，但見淡淡的秋陽，已上西牆。獨坐無聊，望著裊裊茶煙，心思飄飄蕩蕩，又有無所著落之苦。東思西想，想起羽秋的話，與自己許了羽秋的話：凡事只往好處去想。頓時有了計較。

「我們看看黃保儀去。」她站起身來，高高興興地說，「樂趣原是要自己去覓的。」

羽秋當然湊她的興。好在周后臥病已久，宮中的規矩，鬆弛了許多；本來無事不准亂走，此時自由往來，在所不禁，說走就走，無須通知掖庭總管。

黃保儀與嘉敏投緣，接待得很殷勤，在她那裡看畫吃螃蟹，玩到二更已過，方始歸來。自覺是這一次入宮以來，心境最開朗的一天。

從此，嘉敏知道如何打發日子了；不是陪聖尊后閒坐，便是到各宮去訪相熟的妃嬪。只為聖尊后與周后違和，不敢弄簫吹笙；但就是娓娓清談，亦足以使她暫拋憂煩了。

走得熟了，就不必一定有羽秋同行；有時羽秋不得閒，隨便那個宮女都可以陪伴，反正只要有人使喚就行了。

這天到黃保儀宮中，嘉敏連個跟隨的人都沒有。原帶了一個宮女小鸞，行至中途，她記起許了黃保儀的，拿自己的窗課給她看，卻忘了攜帶；因而命小鸞回友竹軒去取。她自己一個人便踏著花徑上黃葉，慢慢地走了去。

那裡的路徑，她已經非常熟悉了，知道進北面側門，穿過宮女閒坐待命的那間板屋，再進一道垂花門，就是黃保儀寢室的後院。這比從正門進去要近得多，便毫不考慮地取了捷徑。

一過迴廊，聽得有人在談話；而入耳的第一句話就不能不讓她止步：「周家小娘子倒住得下去！」有人在說：「換了我，早就回揚州了。」

聽得這話，嘉敏既驚且愧！「怎麼？」她在心中自問，「做了什麼不自愛、不知趣的事，惹人厭惡？」

想是這樣想，一時卻不暇深思，因為另一人開口了：「為什麼？人家來探望至親骨肉，至少要等國后病勢有了轉機，才能回去。」

「既是探望至親骨肉，何以到現在都不能見面？她根本不該來的！」

「這是怎麼說？」

「我聽說國后就討厭她這個妹妹。來了是自討沒趣！」

聽到這裡，嘉敏心如刀絞；忽然覺得天旋地轉似地，身子搖搖欲倒。可是畢竟掙扎著扶牆站住，要聽她們再說些什麼？

「說話別那麼刻薄！」這個宮女的口吻，帶著點教訓的意味，「做姊姊的，憑什麼討厭親妹妹？」

「對了！你問得好！」另外一個彷彿振振有詞似地，「你以為國后不知道姊夫與小姨明來暗去——。」

語聲突然中止，但有悶著吭氣的聲音；嘉敏很謹慎地張望了一下，才明究竟——年長的一個宮女，將年幼的那個的嘴掩住了。

「你要作死啊！」年長的呵斥，「說話這麼不知道輕重，還大呼小叫的！」

「我說的是實話。」年幼的不服，小聲咕噥著，「誰不知道半夜裡打光腳板溜出去的那個笑話？」

「笑話是笑話，正經是正經。你以為做姊姊的妒嫉妹妹？那叫胡猜！你有什麼證據？」

「你是說，做姊姊的就絕不會妒嫉妹妹？可又有什麼證據？」

「自然有。也許你那天不在萬壽殿，不知道；我可親眼得見。聖尊后說：『把你妹妹也接進宮來吧！你是國后，又是姊姊，她自然聽你的話。』這是做婆婆的體諒兒媳婦；國主三宮六院，另外封一位妃子，倘或得了寵，國后心裡不舒服；自己妹妹就沒話可說了。所以當時國后滿面堆笑，還給聖尊后磕頭謝了恩；聖尊后也不住誇讚國后賢德。這些情形，不知道有多少人親眼看見。莫非是我編出來的？」

竟有這話！嘉敏大為詫異。聽她言之鑿鑿，沒有不信之理；而欲待相信，又有疑問——她的疑問，年幼的那個為她說出來了。

「我沒有說你編謊。可是，我倒問你，既然如此，怎麼又不到揚州去接人呢？」

「原說是秋涼以後派人去接，國后一病，這件事自然就擱下來了。」

「那末我再問你，國后是怎麼得的病？」

「不是中暑嗎？剛好一點，偏又遇上小王子驚風；奪了她的心肝寶貝，病勢才沉重到這地步。」年長的那個緊接著說，「好了！我們不必再抬槓了。你看著吧，等國后病好了，對她妹妹是怎麼個情形，你就知道你胡猜得多麼可笑了！」

說完，便有腳步移動的聲音。嘉敏深怕讓她們撞見了，大家都覺得不好意思。趕緊往後轉身，悄沒聲息地退出側門。迎面一陣西風，讓她打了一個寒噤；而臉上反覺得火辣辣地發燙。

自知神色有異，不宜跟黃保儀見面，便循原路走回友竹軒。

「小娘子！」

嘉敏又嚇得一哆嗦，抬眼看時，才知是小鸞；手裡拿著她的詩稿，正蹙眉凝視。

「小娘子，你怎麼了？那裡不舒服？」

「沒有啊！」嘉敏摸著自己的臉，強自保持平靜，「你看出什麼來了？」

「臉紅得像火，走路一溜歪邪地，倒像喝醉了酒。」

「是嗎？」嘉敏一時找不出掩飾的話，只好硬賴，「我自己倒不覺得。」

「那末，」小鸞問道：「是回去，還是仍舊到黃保儀那裡？」

「回去吧！」嘉敏答說，「我想起來有封要緊的家信要寫。」

回到友竹軒，她攏著詩稿自回臥室；小鸞卻疑慮莫釋，悄悄將剛才所見的情形，告訴了羽秋。她也覺得確實可疑；最明顯、也最難解釋的是，嘉敏既然到了黃保儀那裡，何以又匆匆而回？莫非真的有封要緊家信要寫？

掩進去一看，何曾寫信？是坐在妝臺前面，對鏡垂淚——在羽秋面前，嘉敏就無須掩飾了；轉過臉來，淚汪汪地發怨言：「羽秋，你騙得我好！」

「怎麼了？」羽秋一驚，但出以沉著，平靜地問道：「我怎麼騙小娘子了？」

「聖尊后曾有話，要接我進宮；你怎麼不告訴我？」

「喔，是這個！」羽秋答說：「我也是到了這裡才聽人說的；只為第一，不知真假，不敢瞎說；第二，就算有這話，國后違和，一時也不能辦這件喜事。告訴了小娘子，沒的牽腸掛肚，反而難受。」

「誰牽腸掛肚來著？」嘉敏漲紅了臉說，「我也不希罕做妃做嬪！」

羽秋知道自己的話太率直，變成失言；也知道她的話無非臉皮太薄的違心之論，當不得真。當了真與她分辯，把話說死了，將來便難轉圜；所以默然不答。

嘉敏也自知出言不誠，當然不會再提此事；便問到最緊要的關節上頭：「有人說：我大姊不願我進宮，也不願見我的面。這話離奇得緊！可是我倒不能不相信，不然你們為什麼總是擋在中間，不讓我去看我大姊的病？」

「沒有這話！」羽秋直覺地否認，「國后是什麼親人都不能見。所以聖尊后這等關切國后，都不去看她。」

「官家呢？」

「官家——，」羽秋略一遲疑，然後答說：「也難得一見。」

「難得一見，總也見了。夫婦能見，姊妹就不可見？我就不相信世界上有這種大乖常情的事。羽秋，」嘉敏站起身來，挺著腰，揚著臉，表現出從未有過的有決斷的神情，「你跟阿蠻去說，我要見國后！如果不讓我見，就證實了真有其事。我也不必再待在這裡了；收拾行李回揚州！」

事態嚴重，羽秋暗暗心驚；而眼前唯有撫慰，「也不知在那裡聽人嚼舌頭！」她恨恨地說了這一句，作出很負責的姿態，「好，我與阿蠻去說。可是，小娘子也別誤信人言，自己先就氣急。本來沒事，有了，反倒生出誤會，那可是太不聰明了。」

嘉敏接受了她的忠告，點點頭說：「我不氣急！我沒有成見，我也不相信我大姊會對我有成見。」

羽秋心中雪亮，嘉敏對此事的態度，比她所說的更為堅決。倘或不如所願，證實了國后對胞妹有著不可解的成見，那時不會是樸被買舟，敗興而回；羞憤交攻之下，可能會激得她走上絕路。

這後果太可怕了！羽秋想起周夫人的付託，不由得眼冒金星，背流冷汗；毫不考慮地去找到阿蠻，細訴其事。

「這得找裴穀來商議！」阿蠻懍然答說。

裴穀倒還沉著，靜靜聽完，久久不語。這一來更顯得情勢嚴重；羽秋與阿蠻面面相覷，都將嘴閉得緊緊地，屏息等待，還希冀著裴穀有什麼「絕計」想出來。

「這可是沒有辦法的事了！唯有奏請聖裁。」

「你是說，請官家的示？」阿蠻問說。

「是的。只有官家能拿這個大主意。」

「我看無用。」阿蠻搖搖頭，「官家也拿不出主意。」

羽秋卻贊成裴穀的想法，「就聽裴大哥的話吧！」她勸阿蠻，「官家真的拿不出主意；大家再來商量。」

「既然你們倆都認為可以這樣做，我也不反對。不過，裴大哥，」阿蠻極鄭重地說，「你可千萬把話說清楚；見了面會出什麼事？得前前後後，細想一想。出了亂子，可是什麼人都難挽救的了！」

這話聽在羽秋耳中，覺得不是味道。說好大家同走一條路，理當和衷共濟；而阿蠻卻似乎仍是只為周后設想。既然如此，各為其主，自己也該有番表白。

於是她說：「裴大哥，阿蠻的話不錯；你可千萬把話說清楚了！不讓見面會出什麼事？得前前後後，細想一想。出了亂子可是神仙難救。」

裴穀聽她這針鋒相對的說法，不由得笑出聲來；但這一笑隨即轉為苦笑，「好了，好了，兩位大妹子！」他說，「這是什麼時候？你們還鬥氣賣弄利口！」

「不是我鬥氣。實在是關係不淺！」

「我也是這個意思。關係不淺！」阿蠻學著羽秋的話說，「病勢剛剛有點轉機，萬萬生不得氣！那一氣說不定就氣死！」

「我這面還不是性命出入的事！」羽秋立即接口，「那面就算受了氣，御醫細心診治總還有希望。我這面又羞又惱，不知道什麼時候一個想不開，半夜裡拿條繩子上了吊，真叫防不勝防！」

她越想越怕，說話不由得氣急：「裴大哥，話我先說在前面；阿蠻是證人，萬一出了這樣的事，我可擔不起責任。」

「不會有那樣事！」裴穀安慰她說，「我一定小心安排，讓誰都過得去。」

「但願如此！」阿鑾了解到羽秋的苦衷，覺得難怪她焦急，倒有些同情了，「好妹子！」她說，「我們都是為顧全大局，自己先別生意見。」

「我話說得太急。你也別生氣。」

「這才是！」裴穀表示欣慰，「原該彼此體諒，有事好好商量著辦，才能替主分憂。你們都先不用著急；等我奏明官家，看是如何說法，再作道理。」

說完，裴穀就先走了。羽秋卻還留在阿鑾那裡；她內心的感覺是「意有未盡」，總想跟阿鑾再說些什麼？但在這混沌曖昧，一切都無從把握的局勢中，說話真個很難。措詞過於含蓄，容易引起誤會；說得太實在了，可能就變成授人以柄，應了「多言賈禍」這句古訓。

阿鑾的心思也約略相似。她一直縈繞在心頭的一個疑問是：嘉敏此行真正的目的是什麼？探病呢，還是醫她自己的相思病？這話想問，卻不知如何問法；就跟羽秋想說什麼而不知說什麼好一樣。

終於還是羽秋打破了沉默，「阿鑾，」她用一種聊閒天的語氣說，「有件事我想不通。你家三代在周家；周家大大小小，都應該是你關懷的，何以心目之中，獨獨只有周后？」

這句話問得很厲害。阿鑾楞住了！好久，才不安地說：「你不會以為我是勢利吧？」

此是反問，一樣也很厲害；不過羽秋比較容易回答：「不！我從沒想到過勢利這兩個字；我倒覺得你癡心得很。」

「你又何嘗不是？」阿鑾嘆口氣說：「唉！我們都一樣，只為他人打算。」

羽秋覺得她承認了自己的看法，彼此的心就拉近了，話也好說了。「阿鑾，」她很謹慎地試探，「既然如此，你也該為自己打算打算。」

「沒有什麼好打算的。」阿鑾搖搖頭，「過兩年我就可以出去了。那時候會怎麼樣？此刻亦無從想起。」

「不然！出得宮去，無非配親。你這門親事的好壞，要看誰與你作主？」

聽此一說，阿蠻將兩眼睜得很大，顯然是很重視她的話，「我懂你的意思，如果是國后與我作主，就可以找一家好人家——。」

「不是什麼找一家好人家，是抓一把好人家來揀！國后為你主婚，你想誰不來巴結？」

「這話也是！」

「所以你此刻心心念念，只望國后康復，實在也是為你自己打算。可是，萬一——，」羽秋突然頓住，停一下又問：「你懂了吧？」

阿蠻當然懂。她是說萬一國后崩逝，又將如何？不過懂是懂，卻無以為答。她抑鬱地說道：「我亦不知道怎麼樣才好？事情到了那地步，還有什麼好說的？」

「你是鑽到牛角尖裡去了！」羽秋望著阿蠻只眨眼，好半天才說了句：「你就認定了只有這位國后才能替你主婚嗎？」說完，她掉頭就走。

「羽秋，羽秋！你怎麼話沒有說完就走了呢？」阿蠻急急追上去，將她拉住，「你剛才說的話，再說一遍我聽！」

「我說什麼來著？我什麼都沒有說？」羽秋匆匆四顧，然後用手指一指她的心。

阿蠻矍然而驚，急急四面張望，雖有宮女內侍行過，但並未發現有人窺伺，方始放心。定定神再細想羽秋的話，不免慚愧；宮中都說瑤光殿的阿蠻能幹，她亦自以為才具不讓鬚眉；如今看起來，像這等大事，要論眼光、魄力、心思，須遜羽秋一籌。

於是她說：「你不必這樣子先作預備將來抵賴的退步；我姓楊，我們家是『四知堂楊』，你放心好了，你的話天知、地知、你知、我知，再不能有別人知道。如果你不信，我可以起誓。」

如此輸誠，羽秋感動而欣慰。但此時卻還不到深入細談的時候；處大事、應劇變，要從容，等阿鑾午夜夢迴，在枕上通前徹後去想過，那時候再作商量，才有穩穩當當的做法籌劃出來。

因此，她報以愉悅的一笑，「這一下，我們才真的走到一條路上去了。」她說，「這原是急不得的事。你先多想想；我也還沒有想透徹。找一天大家都閒的日子，我跟你到東池水榭上去好好商量。」

「好！」阿鑾又問：「你看這個意思，要不要透露給裴穀？」

「如果有什麼變化，當然少不得拿他拉緊了。不過，此刻還是先不要提的好。」

「說得是！將來如果要拉裴穀在一起，他一定也樂意的；因為我此刻由你的話，想起他的一句話，覺得很有意思。」

「是怎樣的一句話？」

「他說：『靜以觀變！』」

「對！」羽秋大為讚賞，「這句話說得太好了。你我只記住這四個字，遇到任何大事，腳步就都不會亂了。」

果不其然，如阿鑾所估量的，「官家拿不出什麼主意」；只是緊鎖雙眉，徬徨躞蹀，彷彿根本沒有看到鵠候回音的裴穀似地。

裴穀站得腳都痠了；可是他不肯悄悄退出去，也不願催問一句。因為他最了解李煜的優柔寡斷的性情，一退了出去，就難望能獲得確實的回話；若是催問一句，所得的答覆，必是「讓我想一想！」這一想亦就不知道什麼時候才能想好？唯有這樣無形中的催逼，才能迫得他不能不作決定。

好久，好久，李煜才站定了腳，「這件事，我本來就覺得難以交代。」他說，「不讓她們親姊妹見面，情理上似乎說不過去。」

「是！」裴穀平靜地答應著。

「你看，應該怎麼辦？」

裴穀沒有自己的意見，以官家的意志為意志，因而這樣答說：「照情理說，應該讓周家小娘子見一見國后。」

李煜又不作聲了，沉吟久之，說一聲：「你下去吧！」

「是！」裴穀亦無多語。

這便是領受了決定了。帝皇作何決定，是不需要明白宣示的；只照他的意向去辦就不錯。而李煜的意向，就在他跟裴穀交換的問答中，已可窺知；是不忍讓嘉敏失望。至於姊妹見面以後，周后的感觸如何？經過那麼久的考慮，他自己充分了解；當然，他絕不是不顧一切後果，更不是故意要刺激周后，而是覺得不能不冒這個險。所希望的是，周后的心疾不如御醫所說之甚；姊妹相見，縱不能期望她執手歡然，但亦不至於白眼相加。

為了做到李煜的這個希望，自須先作一番細心的安排。裴穀第一件要做的事是說服阿蠻，「姊妹到底是姊妹，何況，人亦總有見面之情。」他說，「只要時候挑得好，見一見亦不妨。」

「怎麼叫時候挑得好？」阿蠻問道，「你說，該挑什麼時候？」

「這還用問？譬如有人有『被頭風』，一早起來跟他說話，準碰釘子；像那種時候，就得避免。」裴穀笑道：「有人說你也有『被頭風』；必是前一天晚上胡思亂想，沒有睡好，以至於肝火旺了。大妹子，你倒是在想什麼呀！」

「啐！」阿蠻紅著臉嗔道：「誰在那裡嚼舌頭？到了你們嘴裡就沒有好話！少教我罵你。」

「跟你鬧著玩的，別生氣！我知道你事情多心煩，肝火旺是免不了。」裴穀收斂笑容，正色說道：「這是官家的意思，我們只有盡力去辦；你看怎麼樣呢？」

阿蠻仔細想了一會說：「這兩天，看樣子是好得多了。如果這一天胃口還不錯；睡得又香，醒過來的時候，心境就很平和。如果照你的話，就只有那個時候見面，比較合適。」

「對！就是那個時候好！」

「到時候怎麼樣？通知羽秋？」

「是的。直接通知羽秋好了。」

這一天很快地到來了。就在第三天午後；阿鑾派人到友竹軒，請嘉敏即刻到瑤光殿等機會。

事先是已經談好了的，見面以後，嘉敏應該持何態度？所以羽秋得到通知，一面伺候嘉敏上妝；一面有幾句話囑咐。

「國后到底是病人，又是心病；說話也許顛三倒四，甚至有什麼不中聽的話。小娘子可得忍耐！」

「我知道。」她說，「我還能跟病人一般見識？」

「這就是了！」羽秋又說，「臉上總要帶點關切的樣子——。」

「那是一定的。」嘉敏搶著說，「我能不關切嗎？」

「小娘子知道就好了。總而言之，小娘子只記著，國后有心疾；不管怎麼樣，都不必認真！」

「這——，」嘉敏有些疑惑，「你說，見了面會怎麼樣？」

這是只可自己領會反省的事，如果要讓羽秋細說，不但會使她無以自容，就是說的人也會覺得難堪——羽秋所斷斷續續聽到的話，實在不像出自國后之口，她罵妹妹「丟周家的臉」；又恨父親早死，嘉敏「沒有家教」，竟是連堂上慈母都在怨恨之列了。這些話只要說一句，就能引出嘉敏傾江倒海的眼淚！

然而，如今卻要將她推入可能當面受辱的位置了！一念及此，羽秋不寒而慄，更忘了應該答話；也就更使得嘉敏驚疑。

「到底怎麼回事？」

「小娘子絕頂聰明的人，不問也罷！」

「我何能不問？」嘉敏一下子衝破了多少天來混沌鬱塞的思路，侃侃然地說，「我也可以猜想得到，不就是為了我們回揚州的時候，在船上所談的事嗎？你說『就是嫡親姊妹，也有不能說的話。』我一直不肯相信，到現在也仍舊這樣。究竟是你說得對，還是我的想法不錯？今天可以分曉了。如果你說對了，我不會跟病人認真！」

「這才是！」羽秋極其欣慰，「小娘子畢竟想通了！我亦但願我的話說得不對。」

「這一切都看今天！」嘉敏照一照鏡子，「行了！又不是去作客，不妨馬虎些。」

探病原不宜濃妝豔抹；但即令淡掃蛾眉，亦自別有一番令人越看越心醉的天然丰韻。羽秋心裡在想，亦難怪國后對她懷著極大的戒心；論顏色真能壓倒群芳，一旦備位後宮，「三千寵愛在一身」是必然之事。

在更衣的時候，嘉敏忽又問道：「羽秋，上次我們在船上深談；有句話你說到我心坎裡，總該記得？」

「話很多，我記不得是那一句。」

「你說你替我委屈！」

羽秋記起來了，自己當時是這樣說的：「我是替小娘子委屈！一母所生的同胞姊妹，論容貌、論才情，妹妹那一點輸給姊姊？為什麼姊姊做國后，妹妹就該當妃子？」而照如今的情形看，如連妃子都當不成，豈不是更加委屈？

「你記起來了吧？」

「記起來了！」羽秋突然增加了信心，「只要小娘子如剛才所說的，自己克制、忍耐、冷靜，機會來了就能抓得住，就不會受委屈了！」

嘉敏看了她一眼，慢慢回轉身去；從窗口遙望著百尺樓，神態沉靜，盡脫稚氣，看來像變過一個人了。

到了瑤光殿，阿蠻守在院子裡，迎上來一面替嘉敏行禮，一面卻與羽秋目語。

羽秋不但報以一切妥帖的眼色，而且微微頷首。這下阿蠻放心了，「請進去吧！」她說，「國后又有些倦了，剛剛躺下。」

「喔，好！」嘉敏深深吸了口氣，跟著她進入周后的臥室。

掀帷一看，羅帳深垂，而且微微聞得鼾聲；嘉敏不由得躊躇，正想張口喊時，發覺衣襟牽扯，回頭看時，羽秋輕聲說道：「國后睡熟了！」

病人最難得的，就是能夠熟睡；所以探病萬無喚醒病人之理。嘉敏所躊躇的，亦正是覺得出聲不妥；所以聽羽秋這樣一說，立即放手作罷，退出病房。

病房在瑤光殿的西室；東室是周后的起坐之處，阿蠻請嘉敏在那裡休息。「小娘子請寬坐！」她說，「國后這幾日愛睡，常時說著話就慢慢拿眼睛閉上了；御醫說這是心靜神安的好徵兆。我再看看去，如果醒了，就請小娘子過去；不然，便是枉自勞駕了。」

「你不必跟我說客氣話！」嘉敏從容答說，「我在這裡坐一會。你幹你的正經去，別管我。」

於是阿蠻退了出去，羽秋因為不是在自己的地方，得守宮中的規矩，只在廊下侍候。屋中的嘉敏，獨坐無聊，少不得東看看、西摸摸；紫檀多寶架上的擺設，一摸一手灰；壁上所懸先帝御賜，周后珍愛的燒槽琵琶的蜀錦套子，接縫之處，竟已綻線。這些情形看在她眼裡，心中有著說不出的淒涼；輕聲自語：「物猶如此！人何以堪？」

一面感嘆，一面走向窗前，想開窗透口氣，一吐心中的抑鬱。窗下就是書桌，只見玉尺下壓著一張紙，拿起來一看，一筆遒勁如寒松霜竹，名為「金錯刀」的行書，入眼便知是李煜的手筆，寫的卻不是詞，而是一首五律：

永念難消釋，孤懷痛自嗟。
雨深秋寂寞，愁引病增加。
咽絕風前思，昏濛眼上花。
空王應念我，窮子正迷家。

後面還有幾行小字的題跋：「天奪我宣兒，其母又有二豎之厄；此心欲碎而恐重傷后心，不敢言也。數日來默坐飲泣，幾無復生人之趣；為詩寫志，聊當長號。」

看到這裡，嘉敏的心頭酸楚，雙眼也昏蒙生花，彷彿看到形容枯槁的李煜，就坐在對面的那長椅子上，不斷拭淚。

「小娘子！」

這突如其來的一聲，將嘉敏嚇一跳；定睛看時，是阿蠻和羽秋，雙雙站在進門之處。

「怎麼傷心了？」阿蠻問。

「沒有什麼！」嘉敏很快地擦乾了眼淚，「國后醒了？」

「是！請過去吧。」

「到那裡，可別掉眼淚！」羽秋提醒她說。

「我知道。」

其實這樣略帶些悲戚之容，也正是探病應有的神態；羽秋便不再多叮嚀，陪著她到西室。阿蠻掛起重帷，銀鉤碰擊，鏗然作響；周后從病榻上回過臉來，嘉敏的視線接個正著，清清楚楚地看出來，病人的臉色如黃梅天氣，一下子變得陰沉可怕了！

「你！」周后的聲音急促，夾雜著喘息，「你怎麼在這裡？」

「我來了好幾天了。」

「你怎麼來的？誰叫你來的？」

一句急於一句，一聲高於一聲！那種出於震怒的嗔責，頓時使得嘉敏血脈賁張；阿鑾和羽秋相顧失色，不約而同地悄悄伸手去拉嘉敏的衣服提醒她必須克制。

嘉敏的眼淚將奪眶而出，一隻腳已提了起來，便待重重一跺，掩面而啼；只為阿鑾和羽秋的雙雙示警，強自將滿懷憤怒，硬壓了下去。然而，憤怒可制，委屈難忍；而在周后面凝寒霜的凌逼之下，其勢亦不能不為自己辯解。所以大口大口地喘了一陣氣，終於還是擠了兩句話出來。

「娘叫我來的！」她盡力將聲音放得平靜，而掩不住悻悻之意，「到了這裡，我才知道我不該來的！」

周后喉間「嘓」地一聲，雙眼上插，臉色發白，隨即翻個身，面朝裡床，不願再理嘉敏了。

見此光景，誰都知道，再多說一句，多逗留片刻，皆是不智之事。羽秋伸手挽著嘉敏的左臂，嚴肅地以目示意，提醒她從從容容地退出。費躊躇的是阿鑾，不知道自己該做些什麼？是慰勸周后，還是安撫嘉敏？

就這手足無措的片刻，嘉敏已出了西室；時機上不容她多作考慮，唯有乘嘉敏未離瑤光殿之前，先去敷衍一番，然後來全力應付周后。

於是，她踏著輕捷的步子，追到廊上；疾趨到嘉敏身邊，輕輕說道：「小娘子！千不念、萬不念，念在國后有病。」

嘉敏的心境倒反而開朗了；因為這多天以來所積的抑鬱牢騷，在那兩句話中發洩淨盡，隱隱然有著一種報復的快意。所以很豁達地答道：「沒有什麼！國后有病，又是我大姊，我還能跟她認真嗎？」

「這就是了！羽秋，你好好伺候小娘子回友竹軒，回頭我去看你。」說完，阿鑾站住了腳；等嘉敏略略走遠了，方始回身，急急趕往西室。

走到門口，與一名叫做鳴鳳的宮女撞個滿懷；彼此相扶，定睛細看，但見鳴鳳滿臉驚惶。阿鑾不由得便感到背上發冷。

「不好了！阿鑾姊姊！國后的樣子怕死人！」鳴鳳張口結舌地說。

阿鑾不暇細問，一把推開她，奔向病榻，未見其人，先聞其聲，喉頭「呼嚕，呼嚕」地上痰。掀開帳子一看，國后直挺挺地躺著，白眼上望，四肢僵直，而且微微抽搐，是正在生死邊緣掙扎的樣子。

「趕快！」阿鑾大聲說道：「召御醫！」

於是頃刻之間，國后昏厥的消息傳遍了瑤光殿內外。首先趕到的自然是御醫，撩起官袍的下襬，奔到殿上，已經氣喘如牛；這樣心粗手顫，無法診脈，必得先息一息。而周后的形勢，經此耽擱，越顯危殆；偏偏有醫而一時不能發揮作用，將個阿鑾急得搓著手團團轉不知如何是好？

就這當兒，裴穀也趕到了；一見是他，阿鑾略略放了些心，因為無論如何是有了一個可以商量大事，分擔責任的人。便急急迎上前去問道：「你想來知道了！情形險得很；御醫還不能進去請脈。真正『急驚風遇著慢郎中』，急死了人！」

「你別急！急也無用。」裴穀比較沉著；他也懂些醫道，知道昏厥該如何急救：「趕快預備紅炭、酸醋！」

說完，他丟開阿鑾，踏入殿中；御醫經過這片刻休息，心已經靜了下來，正好與裴穀一起，由鳴鳳引導，進西室為周后診視。

此時已顧不到禮節，入室便奔床前；一伸手先去掀周后的眼簾，看瞳仁散未？然後單腿跪下，捧起周后的右手切脈。三指在「寸關尺」上一按，立刻便有驚憂之色。

「怎麼樣?」裴穀問說。

御醫不答;回身看到宮女捧進來一盆熾熱的紅炭,搖手說道:「不用。快取溫水來!」

「不是氣閉住了嗎?」裴穀問。

御醫知他問這句話的用意,卒然中惡,一時氣閉,用酸醋澆在紅炭上,那一股熾烈的酸熱之氣,衝入病人鼻孔,可以通關開竅,氣血復行。而周后的昏厥,卻不宜用這樣的方法;不過此時無暇細說,只答一句:「不光是氣閉。這時候要扶住元氣。」

說著,他開藥箱,取出一丸大如龍眼,金衣包裹的藥丸,用手擘碎了;指示阿蠻和鳴鳳,扶起周后;他親自動手,用銀筷撬開牙關,將藥和著溫水灌了下去。然後又取一服藥粉,用吹管吹入周后鼻孔中。只見周后一陣抖顫,口張目動,終於悠悠醒轉。

病榻前面的人,不約而同地舒了口氣;只有御醫不敢絲毫怠忽,「取唾盂來!」他大聲吩咐。

床頭邊就有個金盂壺,阿蠻一伸手取到,接在周后口邊;只見她連咳帶吐,吐滿了一唾壺,繼之以兩行眼淚——這是好徵兆,表示她的神智完全清楚了。

「請你墊高枕頭,扶國后躺下。」御醫對阿蠻:「不要緊了!」

這是有意說給周后聽的安慰之詞;到了外面,御醫跟裴穀又另是一套話。

「險得很!」他用低沉的聲音說:「棘手之至!」

「怎麼呢?不是厥證嗎?」

「厥證有好幾種,脈動而身靜,氣閉於外,血氣不亂,謂之『尸厥』,通其陽則生;國后這一厥,脈氣太不好,是『大厥』。」

裴穀只知道病來如中暗箭,猝然發作,暈倒不省人事,即是厥證,又名「卒中」;卻不知厥證還有「尸厥」與「大厥」之分。一時不暇細問病理,只問安危:「要緊不要緊?」

了。

「怎麼不要緊？」御醫答說，「如今雖已甦醒，未脫險境；而且——。」他搖搖頭，不願說下去

裴穀估量情勢，須有對策，便又問道：「大夫，三日之內，可有不測之事？請下斷語。因為冬至『南郊』祭天，官家正在齋戒；如果三日之內，可保無虞，便等大典過後再奏，省得這時候攪亂了官家。」

「很難說！我看，須將脈案、藥方，先送入齋宮。官家祭天時，虔誠默禱；或許上蒼垂憐，保佑國后，得能化險為夷，亦未可知。」

說完，御醫拈毫在手，聚精會神地診斷病情，斟酌下藥。裴穀等他寫完脈案，先取了來看，寫的是：「病起於情懷失曠，肝膽鬱勃，陽氣直上無制；而又憂思傷脾，無以奉心化血，遂致心神失養，怔忡不寐，神明錯亂。今驟遇拂逆，厥而脈亂，氣血併走於上，如天地之鬱，則沙飛水湧，莫之可當，謂之大厥。謹按脈象：根蒂空虛、三陽並羸，措手實難；而為臣子者，不敢以不敏辭，勉擬一方，猶冀天佑。」

看到最後這幾句，裴穀大驚失色。這寫得再清楚都沒有了，病已不治！照行醫的例規，說到「敬謝不敏」，是連方子都不肯再開了；只為是國后，才「勉擬一方」，其實毫無把握，無非盡人事以聽天命而已。「大夫，」裴穀覺得還須問一句：「果真不救的了？」

「脈案上已說得很明白。」

「你看還有多少日子？」

「冬至不出年外。」

這意思是說，就能拖延，日子亦總有限。於是裴穀便不去注意藥方了；心中所盤算的是周后身後之事。等御醫將君臣佐使，細心參酌的八味藥開好，逐一標明分量，重新再看一遍，然後遞過來時；

他卻接而不看，反將脈案交回御醫。

「大夫，」他說，「這上頭有句話，拜託費心，要改一改。」

「那句話？」

「喏！就是這『騾遇拂逆』四個字。」

「這，這怎麼能改？『騾遇拂逆』是此番『大厥』之由；一句極要緊的話。」

「請問大夫，有這句話跟沒有這句話，與國后的病勢可有關係？」

「脈案不是藥方——。」

「這就是了！」裴穀搶著說，「多一味藥、少一味藥有出入；脈案上多一句話，少一句話，其實無關緊要，何不刪去？」

御醫有些困惑，深深看了他一眼說：「裴內相，你說個道理我聽。你有道理，我遵命。」

這御醫的性子耿直，是裴穀所深知的。看樣子不說明緣故，他不會肯遷就；但這個緣故卻又萬不能說。他已經在替嘉敏入宮鋪路了——這「騾遇拂逆」四個字，指的是姊妹相見；果然周后不治，談起致命之由，或許會有人說：「周后是讓她胞妹活活氣死的！」這樣的批評，會妨害嘉敏的前程。而民間巷議，可以不理；倘有大臣反對嘉敏入宮，據此四字，作為罪狀，就很難設法辯解。所以裴穀決意要去掉這種大不利於嘉敏的字樣。

他這番盤算，除卻阿蠻和羽秋，不可跟任何人透露。因而此時在御醫咄咄相逼之下，頗感窘急。誰知一急倒急出一個計較；心想「君子可欺其以方」，話說得冠冕堂皇些，不愁他不就範。

「我本來不想說，既然大夫一定要問，我就實說；我也是盡臣子之道。」裴穀略停一下問道：「這『騾遇拂逆』可是指的國后突然見了她不願見的親人？」

「正是此意。」

「大夫據實而言，原本不錯。但如有人探究這四個字，意何所指？我們為臣子的，可又怎麼說？說國后不願見胞妹，一見竟成『拂逆』！莫非國后的天性，竟是如此涼薄？」

「啊，啊！」御醫卻真是君子，被欺以方，惶恐萬分，「倒是我失言了。這四個字實在有傷懿德。我改！我改！」

「改也不要改了。索性刪去，倒也乾淨。」

「見教極是！」御醫前倨而後恭，「謹遵臺命！」

說著，坐下來提筆伸紙，將脈案刪除四字，重新抄過一遍；覆閱無誤，捧交裴穀。

「大夫！」裴穀蹙著眉說，「禁中劇變，國家不幸。我輩須為尊者諱，方是顧全大局的人臣事主之道。」

「是！應有所諱。」

「那就多費心吧！請趕快伺候湯藥。」

於是御醫持著藥方去配藥；裴穀將脈案揣在懷中。一直去見掖庭總管。

掖庭總管姓何，是先朝老人，年逾七十，精力早衰；總領掖庭，不過掛個虛銜，大權都落在裴穀手中，獨斷獨行，本不須向何總管商量。但此時情形不同，國后倘或崩逝，無論如何是件大事，一切應變的措施，有何總管同意，萬一出了紕漏便有推託的餘地，所以要去看他一看；表面尊崇，其實不懷好意。

而何總管卻有些受寵若驚了，「裴老穀，你怎得閒來看我？」他滿面堆笑地說，「來！來！我得了一餅福建的『雀舌』，一直捨不得享用；今天正好請請你！」

「不敢當！我平日沒什麼孝敬老人家，如何反來叨擾。」裴穀取出那張脈案，「再說，今天也不是享用好茶的時候。總管，你且先過目。」

看完脈案，何總管也著慌了，「裴老穀，」他愁眉苦臉地說，「若是出了『大事』，你看我這精神，如何對付得下來？少不得要仰仗大力。」

「要動手的事，自然我來；不過，主意要你拿。」

「我那裡拿得出主意？請你不必客氣，你怎麼說怎麼好；你的主意就是我的主意。」

裴穀就是要討他這句話；點點頭說：「水大漫不過橋去；總要先跟你老商量過。如今且談正事；聖尊后那裡怎麼樣？我看先要瞞著。不然，急得添了病，越發不得了。」

「說得是！聖尊后聽不得壞消息。」

「小公爺的姨母是誰啊？」

「小公爺須有人養育。我看託付給他姨母最好。」

「不就是住在友竹軒的，后家的小娘子嗎？」

「啊！啊！」何總管不好意思地笑道，「我真是老糊塗了！」

糊塗得想不通的，還不止此——「小公爺」是指周后的長子，封為「清源郡公」的仲寓；從周后病後，一直是由黃保儀監督保母，照料他的生活。要說「養育」，原本有人，何須特為提出來，當作一件待辦之事？而況黃保儀極其盡責；仲寓無病無痛，平平安安，更何須改弦更張，送到友竹軒去養育？

話雖如此，何總管卻不求甚解；依舊持著欣然同意，表示信任之專的態度。裴穀所求既遂，更不怠慢，隨即轉往竹友軒去看羽秋。

羽秋正在六神無主的當兒。對於嘉敏的瑤光殿之行，她原就防著會搞得不甚痛快；卻沒有想到會出這麼一個大亂子。倘或周后由此劇變，以致不起，追論責任，嘉敏成了罪魁禍首；那一來，什麼打算都不用談了！

因此，她異常關切瑤光殿的情形，不斷派人去打聽消息；消息傳來，周后已經甦醒，眼前雖保無事，日後卻又不知如何？欲待去訪阿蠻細談究竟，亦知她正忙得不可開交，此去多半徒勞。想要暫且拋開不想；偏偏到處都在談論周后的病情，聽得心煩，不知那裡是耳根清淨之地？

就這時候，聽說裴穀來了；這一喜非同小可！急急迎了出來，極親熱地喊一聲：「裴大哥！」然後問道：「國后怎麼樣了？」

「這裡不便細談。」

羽秋剛要回答，窗內嘉敏問道：「羽秋，你在跟什麼人說話？」

「裴穀！」裴穀自己報名，彎著極恭敬地說，「小娘子請寬心！不必著急，更不必著惱。」

他那神態和語氣的謙恭，都是以前所不曾有過的，不獨身受者的嘉敏，有異樣的感覺；在羽秋更有妙悟，一直動盪不定的一顆心，頓時覺得寧貼了。

這時的裴穀，已經奉召入殿，她也接踵而入，侍立在嘉敏旁邊，一起聽裴穀報告周后的病情。重病輕報，純粹是為了安慰嘉敏；等退出來與羽秋密談時，裴穀又是一樣說法。

「國后只是拖日子了。」裴穀學著御醫的口吻說：「冬至不出年外。一旦出了大事，如何應變？大妹子，你是怎麼個看法？」

在羽秋的感覺中，剛才裴穀已儼然以未來的國后視嘉敏；既然如此，說話何須顧忌？不過，她很謹慎；知道當此緊要關頭，必須多方面為嘉敏取得助力，語言中最忌惹人反感，所以還是仔細考慮過了，方始答話。

「我不懂什麼！當然一切都要看裴大哥的。」羽秋又說，「我原是宮裡的人；雖然官家派了我來侍奉周小娘子，說起來還是該聽裴大哥的分派。」

這幾句話說得裴穀心中熨貼異常，「大妹子，你果然聽我的話，少不得將來有你稱心如意的日子。」他停了一下說：「不過，我的一番苦心，周小娘子也該知道。」

「早就知道了！何待你此刻來說？」

「噢！」裴穀很注意地問：「是怎樣知道的？」

「一半是聽我說的，一半是她自己看出來的。」

「嗯，嗯！」裴穀又問：「她可有什麼話提到我？」

「有的。」羽秋只揀好聽的說：「她說你忠心能幹，著實是個了不起的人才。只恨她不便過問政務，在官家面前還說不上話；不然，一定保薦你，請官家重用。」

「果然不負我一番苦心！在官家面前說得上話的日子，也不遠了。大妹子，你看我的手段——。」於是裴穀誇功，第一，是將脈案中「驟遇拂逆」的字樣消除；第二，將「小公爺」由黃保儀宮中移到友竹軒。就這兩件事，裴穀自認為已替嘉敏鋪好了正位中宮一條大路。

「裴大哥，我真要佩服你！到底比我們女流之輩來得強。」羽秋心誠悅服地說，「這一切，我回頭就跟小娘子說；不能沒你的大功。」

「不必，不必！」裴穀亂搖著雙手，「辦這等大事，全在心照不宣；反正只要你知道就好。眼前最要緊的一件事是，等我將『小公爺』送了來，你須幫著小娘子全力對付。小公爺越是片刻離不開他這位姨母，大事越容易成功。你可懂我的意思？」

「懂，懂！」

「我想你這麼聰明的人，一定也懂。好了，我不能再耽擱了！」

等他站起身，羽秋又喚住他問：「裴大哥！你剛才跟我說的這些話，跟阿鑾可曾說過？」

「還沒有說，不過一定也要告訴她。做這件大事，萬萬少不得她。」

「說得是！」羽秋完全放心了。

就在裴穀的這句話中，裡應外合，擁立嘉敏為后的形勢，便已確定了。羽秋的滿懷鬱悶，一掃而空；代之而起的，卻是患得患失，時喜時憂的心情。但不管怎麼樣，總有了可以措手著力之處；比起既不知消息如何，又不知可做些什麼，坐困在愁城中的光景，強過萬倍。

因此，當她送走了裴穀，出現在嘉敏面前時，神情便大不相同了，眉目舒展，步履輕快；在華燈映照之下，臉上的喜氣竟似春色。一時使得嘉敏驚異不止。

「是誰啊？」

「怎麼啦？羽秋！你看你，倒像是有人給你說媒，快做新娘子的神氣。」

「是嗎？」羽秋摸著臉笑，「做新娘子的，只怕不是我！」

嘉敏聲音有點冷，因而使羽秋有所警惕；這是件無大不大的大事，絕不可出以輕佻的態度。於是斂容答道：「是一句戲言，小娘子休當真。」

「我也知道你是開玩笑。」嘉敏問道：「到底你是什麼事高興？」

「我高興的是，萬一有變，大致可以不負老夫人的付託！」

「喔，」嘉敏越發注意，「我母親託付你什麼？」

「這——，」羽秋莊容答道：「我請小娘子暫且莫問；只求小娘子鑒我的忠心。」

「你的忠心是我早就知道了的，何待你說？」

「我的意思是，小娘子既知我的忠心，就會諒解我有此時不便細說的苦衷。但望小娘子相信我！」

嘉敏不作聲，只將她的話翻覆考量著，終於突破思路上的障蔽而有所意會；隨即心頭一震！

「你不要白費心思！那，那是不可能的。」

這話讓羽秋大吃一驚，「何以見得？」她急急地問。

「我——，」嘉敏忸怩而吃力地說：「我自己都覺得不大像！」

羽秋鬆了一口氣，也有些好笑；但亦因此而獲得啟示，「關鍵就在這裡！」她說：「小娘子一定要做得像！事到如此，除非不出大事；一出，小娘子勢成騎虎，只怕由不得自己。所以說來說去，不如及早準備，到時候就做得像了。」

「這要用心學！」嘉敏將頭昂了起來，「你教我？」

「不敢說教！只能拿我所見過的，跟小娘子說一說。」

「好吧！你說，我聽聽；要怎麼樣才做得像？」

在沒有做一個像樣子的國后以前，嘉敏先要學做一個好姨母。

這倒不難。因為她自己只有十五歲，童心猶在；視七歲的仲寓只如弟弟，教他識字念詩，在她本身便覺得是一種極好的消遣。這一來，沒有嚴厲的督責，沒有望之令人生畏的「道貌」；有的是不厭其詳的講解，親切的勉勵和時時會有的笑聲，自然就會使仲寓覺得她是一個好姨母。

赤子之心，最純真不過；七歲的仲寓那裡會知道母親與姨母之間，有著扭擰得難分難解？就在第二天一早，循例由保母領著到瑤光殿去定省時，高高興興地說：「阿姨好！我一直要跟阿姨住。」

「阿姨？」周后詫異地問阿鑾，「我聽錯了吧？」

阿鑾不作聲。這就不但答覆了周后，而且表示有難以解釋的苦衷。於是周后的臉色變了，氣惱以外，似乎還有著為左右所出賣的傷心的表情。

可是她並未即刻發作；直到仲寓由保母帶走，方始命所有的宮女退出，只留下阿鑾有話說。

「那是誰的主意！」她的聲音嚴厲，毫不掩飾她對阿鑾的不滿，「黃保儀不至於不願意帶孩子吧？」

「與黃保儀無關。」阿鑾因為仲寓不在眼前，撒謊不怕當場出彩，便從容答道：「小公爺偶爾到友竹軒去玩，玩到高興了，不肯再走；便隨他住在那裡。回頭我關照羽秋，將小公爺騙回黃保儀那裡就是了。」

這樣一解釋，周后倒覺得錯怪了阿鑾；同時也覺得遭遇了一個難題。為孩子著想，既然願意住在友竹軒，則嘉敏以姨母照料外甥，一定比黃保儀來得盡心，豈非適得其所？但仲寓與姨母投緣，卻又成了羈絆嘉敏的一條繩子，也是自己要攆她回揚州的一重阻力。

想來想去又想到從厥而復甦以後，一直盤踞心中不去一個念頭：嘉敏此來的真意何在？最使她忘不了的是嘉敏回答她的那句話：「娘叫我來的！」由此又觸發了她一直想求得解答而不得其便的一大疑問，此時正好要阿鑾說個明白。

「阿鑾，」她說，「打你從揚州回來以後，一直沒有好好跟我談過我交付你的事？你到底拿我的話說清楚了沒有？如果說清楚了，老夫人怎又會叫阿敏來看我？這裡頭一定出了差錯。你說呢！」

阿鑾很用心地聽完，也很用心地回答：「這都是意外。事情原已辦妥了的；我跟羽秋商量，已勸得小娘子死了那條心，永絕金陵之路。既然如此，為了不教老夫人傷心；為了仰體國后保全姊妹感情的至意；也為了怕激出意外的緣故，所以國后的意思，就不必轉稟老夫人了。」

她的話沒有完，周后就氣急了，「阿鑾，阿鑾！」她喘息著說，「你誤了我的大事！不管你怎麼說，人總歸是來了！如果不是你自作主張瞞著老夫人，老夫人絕不會叫她再來的！」

「是我的錯！」阿鑾委委屈屈地說，「可是，我又那裡想得到國后會有這場病？」

「唉！」周后長嘆一聲，轉面向裡；枕頭上很快地濕了一片。

「國后千萬寬心！」阿鑾勸她，「大事原不曾誤；國后自己莫誤了大事！」

周后仍然不答，也仍然不肯回面。阿鑾不辨心中是何感覺？有些失望、有些傷心，也有些氣憤。她也知道這句話說得太重了些，但不能不提這樣的一個忠告；從古以來，善妒之后，往往落得個悲慘的下場，先害人、後害己、甚至害了國家。而周后之妒，及於骨肉；結果卻只害了自己，真是最傻不過的事！

她希望周后能接納她的忠告，放寬胸懷、去憂祛病。即令嘉敏進入後宮，位列妃嬪，而且深得愛寵；但是，國王不能不尊重她的地位，嘉敏更不敢有任何越禮的行為，國后仍然是一個有權威的國后！

「大事未誤」，唯有她這樣不納諫勸，抵死不悟以胞妹為情敵的妒念之非，才是「自誤大事」。二十年主僕的情分，阿鑾覺得自己的這句話，不能不說，卻不能多說；因為話已說到頭了，多說一句，反會減弱了原來那句話的力量。

她悄然站立了有一盞茶的功夫，一而再、再而三地確定了不可能得到任何回答時，方始嘆一口無聲的氣，離開了病榻。

冬日的黃昏，西風勁急，氣象蕭索。阿鑾忽然有天地不仁，以萬物為芻狗的悲憤，不自覺地臨風零涕了！

「哭什麼？」

這突如其來的一聲，嚇住了阿鑾的眼淚，回身看時，是羽秋在她面前。

「為什麼？哭得這樣子傷心？」

阿鑾不答她的話，一面拭一拭眼淚，一面環視周圍，空庭寂寂、落木蕭蕭、暮靄沉沉，彷彿捉得出鬼來似地；心裡便沒有什麼顧忌了。

「你來幹什麼？」

「想看看國后，也看看你！」

阿鑾定睛打量了她一番，「你倒像是無憂無慮，一點心事都沒有！」她帶著些羡慕的語氣，「比我的運氣好。」

「什麼你我？你不就是我，我不就是你！」

這兩句話，使得阿鑾的心頭溫暖了，「我倒沒有想到，」她執著羽秋的手說，「你待我這樣子的好。」

「我們本來應該好的嘛！我們倆無怨無仇，為什麼不應該好？從前是各人幫一個人；現在是一起幫一個人。也不是幫一個人，是幫一家人；這家人家，你能不幫嗎？」

指的是周家。阿鑾三世舊主，休戚相關；一想到這上面，憬然有悟，莊容答道：「羽秋，我不如你！你看得比我深、比我遠。我應該慚愧！」

「話不是這麼說，在周家，我到底是局外人，旁觀者清。」羽秋接下來說：「如果就周家來說，你沒有什麼好傷心的。這話是嗎？」

這一問，也是提醒；提醒她撇開從小相伴的周后，就舊主家的全局去考慮。

衝破內心的蔽境，阿鑾便很容易地看清了全盤情勢；點點頭自語似地說：「就算周家喪了一位國后，有人遞補，依然無損。」

「到底想通了，」羽秋欣快地說：「你的話，跟周老夫人的話一樣。」

「老夫人怎麼說？」

「她，」羽秋考慮了一下，決定說實話：「老夫人私下對我說：『周家出一位國后，儘夠了！不必再出一位妃子。不過，國后是周家的。』」

阿鑾震動了！有著大夢初醒，爽然若有所失、若有所得的迷離茫惑之感。「原來老夫人是這樣一個打算！」她悔恨而怨懟地，「羽秋，你為什麼早不跟我說？早跟我說了，就是國后的一服不死之藥！」

這話驟聽費解，細想卻是情理中事。周后疑忌的就是她妹妹，若有老母作主，只要她在國后之位，就絕不會放嘉敏入宮；這正是對症發藥的一服定心丸，周后的心疾，可以霍然而愈。

可惜，雖有靈藥，置而未用。

在阿蠻來說是痛惜，而羽秋的想法不同；她所感到的只是歉疚，「我也是此刻才想到，老夫人的話，對國后的病有用。真的！我是此刻才想到。」她遲疑了一會，終於將那句不願說的話說出口，「此刻跟國后去說，似乎也不晚！」

「晚了！沒有用了！」阿蠻十分懊喪地；但忽然將臉一揚，似乎使勁摔開了心底的煩惱，用一種斷然不顧一切的口吻說：「算了！過去的過去了！只為周家打算吧！」

到這時，羽秋才能確定，阿蠻是整個兒倒向嘉敏這邊了！於是，她問：「你今天晚上能不能睡在我那裡？我要給你看一樣物事。」

「是啥？」

「官家賜與那位『主兒』的，」羽秋伸小指一比，意指嘉敏，「一個三套玉連環，有意思得很！」

「喔！是什麼時候所賜？」

「上次回揚州之前。」

「那，」阿蠻問道，「『手提金縷鞋』之後？」

「對了！」

「這樣說，是定情的物信？」

「我看，不止於此！」羽秋湊到阿蠻耳邊說道：「我們要把它看做立后的詔書。」

阿蠻又一次震動了！將雙眼睜得好大的看著羽秋。

「怎麼樣？你當我是在說夢話？」

「不是。」阿蠻問說，「老裴知道這回事不？」

「就是他經手送來的。」

於是阿鑾想起裴穀在周后昏厥以後，所採取的兩項舉動，至此方始完全了解其中的深意。形勢迫人，莫可自主；唯有死心塌地朝著這條路上走了！

「既然如此，諸事要格外謹慎。今晚上我不能睡在你那裡；不然引人起疑，背後瞎猜瞎說，會誤了大事！」

「說得是！不過，我們總得要細細到到談個妥當才好！」

「明天找個機會談。」剛說了這一句，阿鑾忽然想到，「有個地方最好不過。我每天為國后上百尺樓去燒香；那裡等閒不得有人去，明天一早，你在那裡等我。」

「這倒是個好地方，那麼高的樓，上不巴天，下不著地，要計議什麼，再不能有人聽見。就一件不好，伺候佛堂的老婆子喜歡管閒事，喜歡嘮叨，須避開她。」

「不要緊！那老婆子最貪；我吃得住她。明天我拿她支使開就是。」

「那好，」羽秋問道：「什麼時候？」

「越早越好。我每天五鼓時分，上第一爐香。」

「那不太早了些？那時候你能拿那老婆子支使到那裡去？」

「這還會沒有辦法？」阿鑾想了一下說：「你就別管了！反正你明天一早到百尺樓來；別忘了拿官家所賜的那個三套玉連環帶來我瞻仰瞻仰。」

言罷分手。羽秋回到友竹軒；嘉敏正在看仲寓吃晚飯。只為零嘴吃得太多，仲寓手扶著箸子，只是發愁；保母在旁邊又哄又騙又威脅，費了好大的勁，仲寓只扒了兩口飯，便拿箸子擱下了，用求援的眼色看著嘉敏。

「好罷！不想吃就算了。」

得她這一句話，仲寓立刻綻開了笑容；從椅子上一跳而下，保母便白了他一眼，輕輕喝道：「沒規矩！」

這一聲喝掉了仲寓的笑靨，嘉敏頗不以為然，「孩子也別管得太緊了！束縛天機。」她又和顏悅色地對仲寓說：「去玩一會來溫課。別走遠了！剛吃過飯，別跑、別跳！」

她說一句，仲寓應一句，馴順異常。保母的臉色卻不大好看，因為她覺得嘉敏不該干預她的職司；更不該當著孩子說她管得太緊了，傷她的威信。

羽秋很機警，一把拉著她往外走，沒話找話，敷衍了好一會，說嘉敏常誇讚她忠心盡職；等國后病好以後，一定會將她辛苦照料仲寓的功勞，據實奏陳，必有極厚的賞賜。

「不過，周小娘子，年紀到底輕些，又因為當你是自己人，話說得比較直，你不要介意！」

「哎呀！你這是什麼話？周小娘子是什麼身分？就話說得重些，我還能記恨嗎？那是絕不會有的事。」

「你明白最好！」羽秋又說，「周小娘子待人最寬厚不過；你跟她處長了，自然知道。」

「不必處長，也可以知道。你不就是現成的一個榜兒。」保母答說，「你本來是宮裡的，自從跟了周小娘子；大家都在說：羽秋倒像周小娘子從家裡帶來的人。若非她待人寬厚，你也不能這樣子一心向著她。你說是不是呢？」

「對了！你看得很透徹。」羽秋沉吟了一下，深怕言多必失，便籠籠統統說一句：「總而言之，你待她一分，她會報答三分。」

經過這一番撫慰，羽秋料想她不至於再對嘉敏記恨；但如希望她死心塌地，人前人後，到處說嘉敏對仲寓如何慈愛、如何視如己出，還得好好籠絡——籠絡人心，消除嘉敏入居中宮的障礙，是當今要做的第一件大事；如何著手，都待第二天一早，與阿蠻細細策劃。

百尺樓頭侍候佛堂的老婆子，在前一天便為阿蠻調遣出宮了。她假傳國后之命，派這老婆子到淨德尼院去查點人數；淨德尼院的比丘尼，都是年長宮女，或者蹉跎了青春、或者看破了紅塵、或者為了報恩、或者為了懺悔，凡是自願削髮皈依佛門的，周后無不允許，而且特加優禮，供養無缺。阿蠻告訴那老婆子說：天時將近嚴冬，國后垂念淨德院的女尼；打算致送棉衣，人各一套。過去類此舉動，常有虛冒浮報情事，所以這一次特為派她去逐一查點，務必求得確數；限期第二天中午覆命。須連夜趕去，方能如期畢事。

於是那老婆子交了百尺樓的鑰匙，自去公幹。第二天五更未到，阿蠻就已到了百尺樓上；樓上自然還有執役的雜差，但身分低微，不奉呼喚，不准進入佛堂周圍。因此，靜悄悄地只有她一個人，爇香供佛。

她代周后禮佛，已不止多少次了，每次都有禱告；但這天卻不知該禱告些什麼？如說祈求菩薩默佑，藥石有靈，讓周后早日康復；可是禱告以後，隨即便要談周后的身後之事，這樣的禱告，不獨是違心之言，而且明明欺騙菩薩，是莫大的罪過！

因此，三枝清香雖已供奉在香爐中，人卻立在蒲團面前躊躇，要等想好了禱詞，方始行禮。

忽然，身後有聲；回頭看時，但見纖纖一影，從身材上去猜想，必是羽秋，等走近了，長明燈映照之下；阿蠻大吃一驚！失聲喊道：「是小娘子！」

「是我，」嘉敏靜靜地答說，「羽秋陪我來的，她在廊上。」

「喔，」阿蠻困惑萬分，急切間只能抓句話來敷衍，「小娘子這麼早！」

「我來拜佛，也來看你！」嘉敏很仔細地看了她一眼，「我來了一會了！你怎的只上香、不磕頭？」

這一問使阿蠻窮於應答；定一定神想，說實話也不礙，便即答道：「我在思量，該向菩薩求些什麼？」

「對了！我猜想你也是為此為難，菩薩不可欺！待我來禱告，如何？」

「是！應該小娘子先行禮！」說著，阿鑾閃開兩步，垂手肅立在一旁。

於是嘉敏親手在燭火上爇了香，高舉過頂，然後交給阿鑾；等她在香爐中插好，方始整一整衣袖與裙幅，跪倒在蒲團上，一面下拜，一面念念有詞地禱告。

聲音很低；但屏聲息氣的阿鑾，起先聽不清她說些什麼，到後來便隱約可辨了。

細細聽去，卻又不似禱詞，只是細訴衷曲。她說她與國后雖是一母所生的嫡親姊妹，而年齡相差十四歲之多；姊姊入宮時，她方五歲。以後雖然隨母會親，到過禁中，但兒時光景，已不甚了了。直到今年初夏，姊妹才算是真正見面；卻想不到竟以自己的行跡不謹，惹起姊姊的猜忌，釀成心疾，推原論始，都是自己的罪過；可是畢竟是無心之失。

這段話是懺悔，自道「行跡不謹」，見得她敬佛不欺的誠心；使阿鑾相當感動，越發凝神屏息，側耳傾聽，一個字都不肯錯過。

「菩薩在上，弟子一瓣心香，虔求兩事。」她聽嘉敏說道：「第一，請菩薩施大法力，賜心藥治國后心疾。弟子如今不知何以自處？望菩薩慈悲指點迷津。第二，國主曾賜弟子三套玉連環一副，其間深意，盡在菩薩洞鑒之中。娥皇女英的佳話，若能重見於今日，求菩薩在籤中明示；果然良緣無分，弟子必遵菩薩指示，回鄉侍母，丫角終老；待老母百年之後，長齋供佛，懺悔宿業。」說罷至至誠誠地磕下頭去。

這一來，阿鑾盡知嘉敏的心事；心中更為感動，覺得她情甘退讓，本心實在忠厚之至。怕的是菩薩雖有大法力，卻無療妒之藥可以治周后的心疾；想娥皇女英的佳話，重見於今日，到頭來終究成為虛願。

正在這樣想著，嘉敏已站起身來，「阿鑾！」她說，「請你將籤筒遞給我！」

阿鑾陡然醒悟，她這支籤求不得！求得好還則罷了；如果籤詞不吉，「回鄉待母，丫角終老；待老母百年以後，長齋供佛，懺悔宿業。」不就遁入空門做了尼姑，從此斷送一生？

「小娘子改日來求吧！」

「為什麼？」

「伺候佛堂的老婆子，奉國后之命，到淨德尼院公幹去了；沒有鑰匙，取不來籤條，求了也是白求。」

「沒有這話！喏，」嘉敏向東壁一指，「籤條不都掛在那裡？」

撒謊拆穿，阿鑾再無話說；遲疑了一會，心生一計，便依言將籤筒遞了過去；嘉敏接在手裡，先當胸頂禮，然後拿籤筒搖了幾下，往上一聳，掉出一支籤來，阿鑾手快，一下就在地上撿到；隨即向東壁急步而去。

她的一計是，不管那是一支什麼籤，反正走到東壁之下，見是「上上」籤條，便取了來交與嘉敏。那知嘉敏一步不捨地跟了過來，伸手說道：「我看，是第幾籤？」

這下，阿鑾真是技窮了，只能照實行事。求到的是第十八籤；見到籤條橫端「中下」二字，心頭便是一沉。

嘉敏卻很沉著，接過籤條看了一下，便塞在袖中；踏著從容的步伐向外而去。

「小娘子，」阿鑾在她身後問道：「籤上說些什麼？」

「我還不曾細看。」

一出佛堂，迴廊四面，霜風勁急；嘉敏不由得打了個寒噤。羽秋正急步迎了上來，搓一搓手說：

「外面太冷。小娘子進佛堂去吧！我已經喚人回去取衣服了。」

「不要緊！」嘉敏從袖中取出籤條，「等我先看籤。」

那籤條製作得極其講究，用上好箋紙刷成綠色；依照字數多寡，打成格子，選取精於六法的書手，正楷繕寫；上端鈐一方朱印：「百尺樓靈籤」。籤詞更為名貴，出於李煜親製，或用詩、或用詞、或用楚辭、或用南華；或則集句、或則自撰。詞意迷離惝怳，非慧心人不能索解。

這第十八籤是一首七律，嘉敏迎著晨曦剛看得一句，立刻雙淚交流！左右的羽秋和阿蠻，大驚失色。

「怎的？」羽秋急躁地問。

阿蠻伸頭過去一望，明白了嘉敏何以流淚？那首詩的第一句便是「自剪芭蕉寫佛經」；恰恰道破了她失意以後的歸宿。

於是，她拉一拉羽秋的衣服，示意她只看莫問——看籤詞全文是：自剪芭蕉寫佛經，金蓮無復印中庭。清風朗月長相憶，玉管朱弦可要聽？多病不任衣更薄，宿妝猶在酒初醒。隔年違別成何事？臥看牽牛織女星。

「真正是靈籤！」嘉敏噙著眼淚說。

羽秋不知她有那一番禱告，不明究竟便不能贊一詞；阿蠻則驚異困惑，多於一切；竟有那麼巧的事，心思遁入空門，偏偏就抽中了這一籤，什麼「自剪芭蕉寫佛經」，真正活龍活現！

「罷，罷！」嘉敏突然昂起頭來，朝陽影裡，一張豔如春花的臉上，神色間是一種絕望的豁達，「羽秋，我們回去吧！」

「是！」羽秋用徵詢的眼光看著阿蠻。

「我也陪小娘子回去。」

「也好！」嘉敏轉臉問道，「你剛才聽見我的禱告了？」

「稍微聽到些。」

「那，你就應該知道這支籤真靈。」嘉敏停了一下又說，「當著菩薩在上，我不敢打誑語；我信佛的心，不如我姊姊虔誠！從今以後，我可是真正死心塌地，做一個佛門弟子了！」

阿蠻和羽秋的心，都往下一沉；也都想到，此時如作慰勸，說什麼年紀輕輕，何必作出家之想；必不能入嘉敏之耳，反倒越說越擰，不如暫且不言，慢慢見機行事，設法挽救。

「你們都來吧！我講給你們聽，這支籤是如何靈法。」

「我的心事，也不必瞞你們。這支籤說的就是我日後的歸宿。第一句容易懂，不必再講；第二句『金蓮無復印中庭』，金蓮是窅娘創出來的典故，現在外面有『步步金蓮』的說法；金蓮是指女人的足。所謂『無復印中庭』，就是說我從此閉門不出，青燈黃卷，了此一生。」

只講到這裡，嘉敏便停住了。彷彿是因為遙想青燈黃卷、形單影隻的淒涼歲月，連自己都不忍再說下去；而其實是由於「清風朗月長相憶」，只可意會，羞於開口。她在想：既然塵緣情斷，清風朗月之夜，還不免夢魂飛越，心繞澄心堂中，那又何苦出家？如果阿蠻和羽秋以此相問，似乎無話可答。

她想得大致不錯。阿蠻和羽秋止是同樣的心思，打算找漏洞駁倒她；讓她自己知道「百尺樓靈籤」並不靈。因此在她感到困擾，形於神色時，她們已悄悄交換眼色，取得默契，由阿蠻開口質疑。

「小娘子，『清風朗月長相憶』是容易懂的。『玉管朱弦可要聽』怎麼講？莫非吃齋念經的人，還有吹彈歌舞那一套？」

「你誤會了！這是菩薩在教訓我。只為玉管朱弦，經歷了宮中的繁華綺麗，以至於今日之下，清風朗月，徒然相憶。其間因果，歷歷分明；真如俗語所說，早知今日，何必當初？佛家教人『慎毋造因』，那裡面的精微奧妙，一時與你們也說不明白。總而言之，菩薩問這一句，便是當頭棒喝！好似小孩不聽教訓，貪玩走得遠了，迷失路途，急得要哭；為大人尋了回來，喝問一句：以後你還敢胡行亂走不敢？是一樣的道理。」

「是了！小娘子辯得有理。」阿蠻又問：「可是下面那兩句呢？『多病不任衣更薄』且不談；怎麼叫『宿妝猶在酒初醒』？又妝扮又喝酒，那有這樣的出家人？」

「這我還沒有參詳出來。」嘉敏老實答道，「禪機微妙，原在可解不可解之間，不過最後兩句是極明白的；你倒想想牽牛織女的典故，再想想那是什麼日子？」

這一說，將阿蠻和羽秋都愣住了。七月初七，牽牛織女，鵲橋相會；而那天是國主的生日。

「臥看牽牛織女星」，不就是觸景生情，眼中所見的是迢迢銀漢；心中所想的是宮中如何為國主上壽？

「真有這樣子靈嗎？」一直不曾開口的羽秋，有些情急的模樣，「我就不相信！」

「罪過！」嘉敏雙手合十，告誡她說，「心動神知。你千萬不能說這樣沒輕沒重的話了！」

羽秋見她一改常態，有似做作的神情，越起反感，大聲搶曰：「那要我說什麼？已經有一位犯心疾了，可禁不住第二位再犯！」

這在羽秋是失禮，可是嘉敏卻不以為忤，平靜地答說：「你的意思是，說我庸人自擾，會鑽到牛角尖裡？不會的！我很看得開。」

「那好！」阿蠻接口，「請小娘子暫且將這件事拋開。縱然會有那麼一回事；可是老夫人的百年還早得很，此刻又何必去想它？」

「這倒是很實在的話。我依你就是。」嘉敏轉臉向羽秋說：「今天起得太早，我有些兒倦了，想息一息。」

等羽秋和阿蠻退出，嘉敏掩上房門，焚香獨坐，重新細參籤詞。

費解的是詩中的第二聯。平心靜氣地去想，「宿妝猶在酒初醒」這一句，確成疑問。阿蠻所說：

又妝飾、又喝酒，算什麼出家人？這話不能說她沒有道理。

反覆吟哦，發覺「隔年違別成何事」，亦有疑義。此時別去，來年七夕相憶，才是「隔年」；但慈母康強，承歡膝下，明年此際，一定還不到「自剪芭蕉寫佛經」的時候。這籤詞中所預示的境況，應該是在十幾二十年以後。然則，既有「隔年違別」的字樣，可知將來還有相見的機會；而且不說數年，只不過「隔年」便常時「相憶」，更可知相見的時候甚多。

身在空門，情緣未斷，每每相見；而清靜禪房中不摒金粉與金尊，這是怎麼樣的一種生涯。

嘉敏苦苦思索，想起一個故事，不由得驚出一身冷汗！

這個故事，她曾聽她母親說過，語焉不詳！上次入宮，結識了黃保儀，才備知始末，當時由於這個故事神祕非凡，聽得十分出神，所以至今回憶，黃保儀所談的一切細微末節，都還能記得。

故事中關連著三個人：先主元宗、元宗的生母宋太后，還有一個「耿先生」。

「耿先生」是個女道士。

她是將門之女。生來國色，能詩善畫。據說，不知是何因緣，她曾得異人傳授，精通法術，能點鐵成金；也能拘禁鬼魅，任意驅遣。以後就做了女道士，自稱為「天自在山人」。

元宗即位後，「天自在山人」經人舉薦入宮。元宗佞佛好道，將她安置在別院，稱之為「耿先生」。這位耿先生綺年玉貌，雖著道服，不廢綾羅；一雙春筍樣的手，養得極長的指甲，長得使她的那雙手無法運用，所以飲食起居，無一樣不是宮女的代勞；她又不喜走路，行動都要人抱持。宮中提起「耿先生」，都說她是個「怪人」。

可是元宗卻很欣賞這個怪人，因為她論事常有獨特的見解，而且言詞暢順風趣；元宗覺得跟她相處可以忘倦。當然，她也為元宗試過她的法術。相傳有一天大雪，元宗相訪，圍爐小飲；耿先生一時興起，叫人用金盆貯雪壓緊，她持一把刀，取一團雪，削成銀錠的形狀，隨手丟入炭爐中。不到一頓飯的時候，夾起雪團，一個個通體紅熾；等置在磚地上冷卻，竟化成爛然銀錠，而削雪的刀痕猶在。

過從既密，耿先生得承雨露，而且有孕。她對左右表示：「我的兒子，非比尋常；出世時，定有異徵。」問她是何異徵？就不作聲了。

據說懷胎將到足月之際，有一夜大風大雨，雷電繞室；耿先生亦就在此時臨盆。而第二天風收雨止，竟失去了嬰兒。

元宗失驚相問，耿先生回答他說：「在雷電中生了一個兒子，已為天上神靈收了去了。」

怪事還不止此！不多久，忽然發現宋太后失蹤，深居禁宮的老太后無緣無故地找不到了，這不能不說是曠古奇聞。在元宗，失去了兒子，不過付之嘆息；失去了老母卻不能不著急。可是搜遍宮中，連東池水底都找過，卻無蹤跡，而就在這時候，耿先生亦失其所在。

這一來宮中的疑雲更深。老太后與耿先生的同時失蹤，是巧合，還是有關連？如果有關連，是耿先生將老太后「拐」走了，還是度化她去修仙成道？倘無關連，那末耿先生又到那裡去了？這一連串的謎，引起無數不同的猜測；而謎仍舊是謎。

大約一個月以後，謎底有揭破希望了。有人說，宋太后可能在寶華宮中。

寶華宮是個有名的道觀，在金陵東南五十里的方山上。元宗得報，遣「太弟」齊王景達，到方山奉迎；一到寶華宮，齊王駭異失色，宋太后居然與一群道士在笑談酣飲！

於是，太后還宮；一群道士被捕。他們當然不會得到老太后的庇護，為元宗祕密處決。而太后卻似有了心疾，問她如何到了方山？茫然不知所答。是不是耿先生幹的好事？始終是個謎。

這樁異聞，宮中當時諱莫如深；歷年既久，除掉黃保儀這種掌管禁中祕笈的人，能道其詳以外，已很少人知有其事；而且鍊雪成銀的傳說，荒誕不經，令人難信。不過，耿先生曾得元宗寵幸，卻是毫無可疑的。

嘉敏之所以驚出一身冷汗，即是因為籤詞中似乎暗示著，她會成為耿先生第二。所不同的，只是釋與道的區別；此外，耿先生當年的別院，是在禁苑之中，而自己他年被安置之處，是在宮外，不然，近水樓臺，往來甚便，何至於「隔年違別」？

這是什麼身分？是不明不白的「外室」！不但辱及父母，而且玷瀆佛門。嘉敏怎麼樣想，也不能甘心於這樣的結局！

「不是！絕不是！」她是從牙縫中擠出來的自語，「籤詞一定另有解釋。」

「壞了！」一直在門外窺視的羽秋，悄悄將阿鑾拉到一邊，愁眉苦臉地說，「讓你說中了，又一個快得了心疾。」

「唉！」阿鑾大搖其頭，「這樣子下去，煩得我都快要瘋了！」

「你看怎麼辦？」羽秋問道，「我看還得去勸一勸。」

阿鑾想了好一會，很有決斷地答說：「不！這時候不勸，越勸越擰。照她的語氣，彷彿自己又不相信她自己的說法了！那倒不是壞事，正要她不信自己所想的那一套。緩一緩，看情形再說，我們還是照舊安排，別亂了自己的腳步。」

這番話使得羽秋的心定了下來，「聽你說得倒像是很有道理。」她點點頭說，「上我屋裡談去。」

「對了！那樣東西在不在？」

「你是說那副三套玉連環？在！在我那裡。」

於是羽秋引著阿鑾到她臥室，關緊門窗，又叫個打雜的老婆子守在廊上，見有人來，趕緊通個消息。這樣部署停當，方始打開箱子，取出一個重重封固的錦盒，交到阿鑾手裡。

不知是因為內府奇珍、國主所賜，格外名貴；還是因為盒中之物，真如羽秋所說，好比「立后的詔書」，別具嚴肅神祕的意義？總而言之，在宮中多年，不知摩挲過多少寶物的阿鑾，此時接盒在手，竟不知如何，別有一種戒慎敬畏之感。她很小心地將盒子放在桌上，莊肅而緩慢地打開盒蓋；先俯身細看了一遍，然後才取出來，一手高懸、一手下承，將那副三套玉連環，前後左右都賞鑒到。

好一會，依舊細心地將玉連環歸入錦盒，蓋上盒蓋，仍未開口。一直在注意她的表情的羽秋，畢竟忍不住了！「怎麼？」她毫不掩飾她的感覺，「阿鑾，你的樣子，有點教人莫測高深。」

「官家錯了！唉！」她長嘆著：「大錯特錯。」

羽秋覺得詫異，但不願即時發問。相處日久，她覺得自己與阿鑾的才智見識，不相上下；她見得到、想得透的，自己必也了解；所以不妨先想一想，官家是怎麼錯了？

可是，她怎麼樣也想不懂阿鑾的話，正待發問，阿鑾有了解釋：「國主的心願，盡在這副三套玉連環中表達了。自古以來，姊妹共事一位天子，亦不是什麼稀罕的事；漢成帝的飛燕、合德，不就是一個例子？再說以國主之尊，原該有三宮六院，如果想冊封一位妃嬪，又何必瞞人？倘或早有此意，何不明說？」

「你是說，官家在玉連環中所隱託的意思，是瞞著人的；瞞誰？瞞國后？」

「是啊，」阿鑾答道，「倘或跟國后明說，亦不是不可以商量的。」

「哼！」羽秋冷笑，「『手提金縷鞋』的新聞，暗中流傳，知道的人也不少；國后如果不知官家的意思，又何必遣你到揚州？」

「你只知其一，不知其二！」阿鑾平靜地答說，「只為官家偷偷摸摸，竟不知他心裡打的是什麼主意，才惹得國后猜疑。國后善妒多疑，我們亦不必諱言其短；但既知她的短處，偏去惹她的短處，自然逼出事來，好比一個人膽小，終日疑神疑鬼；而偏有人鬼鬼祟祟，甚或故意裝神弄鬼去嚇她，怎的不要嚇出病來？」

這番解釋，羽秋覺得不無道理，可是「聖尊后說要迎娶小娘子入宮，這是揭明了，」她問，「何以反而引起國后的心病？」

「這不是揭明；是她心裡所怕的事出現了。疑心有鬼，偏偏有鬼！當時官家索性說了實話，也還好些；可又假撇清，說什麼『我也不知道聖尊后是什麼意思。其實，小妹才十五歲，不勝禮服。此舉實在多餘！』這是國后清醒的時候，親口對我說的話。羽秋，你想，官家不是一誤再誤！怪來怪去，怪我早不知此事；早知此事，我不會跟到揚州，留在國后身邊，慢慢勸解，又何至於鬧成今日之下，無法化解的局面？」

聽得這番話，羽秋覺得心裡異常不是味道，怔怔地看著阿蠻說：「那要怪誰呢？莫非怪我？」

「當然怪不上你。誰也不能怪，只怪官家。」阿蠻答說，「十年恩愛夫妻，難道他還不知道國后的性情？凡事說明白，慢慢商量，總可以辦得通；越是這樣暗地裡使花巧，越惹她疑心。」

「也許，因為恩愛夫妻，有些話反難得出口。」羽秋將閒話丟開，拉入正題。「如今在國后面前想法子化解，慢慢將話說明，亦似無不可！」

「太晚了！」阿蠻指著玉連環說，「好比這連環，如果碎了一個，就再沒有辦法換上一個，變成原樣。照我看，三個連環之中，等於已碎了一個。」

「到底也還有兩個！」羽秋脫口答說，神情矍然，「這剩下的兩個，可得好好護持；莫讓它再碎了！」

阿蠻深深看了她一眼，只點點頭不作聲。但眼神閃爍似乎另有想法似地。

「阿蠻！」羽秋再一次拉緊她，也是提醒她，「我們三個人，一直是走在一條路上。」

眼前兩個，另一個是裴穀；阿蠻想到了，「對啊！除了官家，還該怪一個人，裴穀！」她說，「這件事一直是他經手，他也最明瞭官家的意向，應該及時諫勸。」

又回到原先談了半天，並且已經有了結論的那件事上頭來了；羽秋微感不耐，「我想不必再去追究了！既然連環已碎了一個，就只有珍惜剩下的兩個。」她很誠懇地說：「阿蠻，以後該怎麼做法？你倒說與我聽聽！」

兩個人的心情不同，說來說去還是各為其主；阿蠻自然要為周后惋惜，而羽秋只為嘉敏著想。雖然已走在一條路上，羽秋勇往直前，而阿蠻不免時時回顧——回顧無益！到此時她才算真正警悟；定定神想了一會，慢條斯理地說出一番話來。

「萬一不幸，官家不立后則已，立后不會選別人。這一層，你大可以放心。如今一切在小娘子自己，第一，要她自己看得開，不要去鑽那個『自剪芭蕉寫佛經』的牛角尖。你在她身邊，要十分小心；勸要勸，卻不可操之太急，最好不當它一回事，抓住機會，有意無意說兩句。須知『言者無意，聽者有心』，最容易打動；尤其是裝做『言者無意』，更有效驗。」

「是！我知道了。」

「第二，立后必出於太后懿旨。聖尊后雖喜愛小娘子，可是立后與冊妃到底不同。國后位居中宮，就好比當家的兒媳婦那樣，責任不輕；聖尊后或許會想：年紀太輕，那副重擔子恐怕挑不下來！這是體諒小娘子的好意，卻是很難去得掉的障礙。是故最好先下一番功夫，不教那個障礙出現！」

「見得真透徹！」羽秋衷心佩服，「該照你的話去做！」

「第三——。」

一語未畢，只聽守在廊上的老婆子，連連咳嗽；阿蠻住口不語，羽秋便推門張望，只見匆匆奔了來的是瑤光殿的宮女鳴鳳。不言可知，是來找阿蠻的。

鳴鳳足跡匆遽，語言卻有條理，簡單扼要地將來意說清楚：裴穀特地派人到瑤光殿通知，官家祭天禮畢，由南郊祭壇回宮，便要來探視周后的病情；囑咐阿蠻準備。因而她趕來告知。

「我知道了！」阿蠻知道官家出祭壇，必在天明以後；回宮總在近午時分，為時尚早，儘可從容，便這樣答說：「你先回去，告訴姊妹們各自檢點！這一陣子，大家偷閒躲懶，散漫得不成樣子，也該振作振作了。不然，官家看不入眼，說兩句重點，大家臉上都不好看！」

打發了鳴鳳，重續未完的話題；阿鑾說到第三點不利於嘉敏的情形是，「花明月暗飛輕霧」的豔詞，已經漏出禁宮，流傳於士大夫之家。將來立后，少不得要諮詢大臣的意見，不知道會不會有人以此作為嘉敏不足以母儀天下的口實，提出反對？

「有這樣的事！」羽秋大驚，「我倒沒有聽說。」

「你的消息不如我多。因為，」阿鑾略停一下，畢竟說了出來，「你原是宮裡的；可是大家都拿你當外人了！你如今也不必難過；也許有一天你會揚眉吐氣，那時候大家奉承你，你也不必高興。人情勢利，你是聰明人，想來總看得透。」

聽得這話，羽秋心裡當然會難過；但也有安慰，「我不難過！」她執著阿鑾的手，感激地說；「只要你不拿我當外人就行了！」

李煜在祭天大典既畢，方始由裴穀的面奏，知道周后曾經昏厥；再看脈案，讀到最後「根蒂空虛、三陽并羸、措手實難。勉擬一方」的話，心知周后不救了！十年夫妻，情深義重，不由得便掉下淚來。即刻命駕，親臨瑤光殿探視。

本想騎馬急馳回宮，無奈祭天大典，全副鑾駕；一舉一動，都要依禮行事。偏偏這天風沙大作，車駕走得極慢；直到正午，方始到達宮門。他連禮服都顧不得換，便先來到瑤光殿。

周后正服了藥睡下，朦朧中聽得隱隱的步履呵喝之聲——這是聽慣了的；知道李煜來了，隨即回面向裡。

阿鑾知道她是負氣。想勸而不知如何措詞？就這躊躇之間，聽得鳴鳳在窗外輕喊：「阿鑾姊姊，接駕。」

於是她匆匆奔了出去，只見官家已經上階，當即隨眾跪了下來；李煜停步問道：「國后是睡了還是醒著？」

「剛服了藥。不知睡著也未？」阿蠻答說：「請官家腳步輕些個！」

李煜聽她的話，放輕腳步；自己揭起門簾，進入西室，直到病榻前面，輕輕喊道；「娥皇，娥皇！」

周后不作聲，但放在錦衾外面的右手，忽然牽動了一下，這便看出她是醒著而不願理睬。

李煜卻只以為自己語聲太輕，她不曾聽見，便提高了聲音喊：「娥皇！我從南郊回來了！」

起先還是沒有反應；在室中的宮女，無不緊張。可是，周后終於回過臉來了。阿蠻防著他們夫婦有些話，不願當著不相干的人出口，便使個眼色，示意大家悄悄退出。

「娥皇！」李煜看著懨懨無復生氣的愛妻，不由得就聯想到枯萎的瓶花，一時哀痛交併，失聲而號；一路上想好的許多慰勸的話，都梗塞在喉頭，無法出口了。

周后卻無眼淚，但神氣真比哭還難看——那是一種非常奇怪的表情，彷彿自知死期將至；而雖戀人世，卻負氣不肯說一句還想求生的話。她斜睨著李煜，似乎不信他會有此一副眼淚；垂下來的嘴角，帶著嘲笑的意味，好像笑他「貓哭老鼠假慈悲」。這些神情，在淚眼模糊的李煜看不見；反倒是窺探於屏風縫隙之中的阿蠻，看得清清楚楚，覺得十分可怕。

但可能是哭聲的感動，也可能是念著夫婦的情分，而更可能是一下子看開想通了，阿蠻發覺周后的眼神和臉色，忽然變得平靜柔和了，「重光！」她叫著李煜的別號說，「你別哭！我有話說。」

「嗯！嗯！」李煜答應著，忙亂地拭去眼淚，強抑哽咽之聲。

「趁我還說得動，要好好交代你幾句話！這怕是我最後的話了！」

「娥皇，娥皇！」李煜又傷心了，「你千萬不要這樣子想，你要振作——。」

「重光！」周后吃力地搖手，「你不要攪亂我，也不要攪亂你自己，細心聽我說完。忍不得此時片刻，你會遺憾終生。」

「是，是！」李煜硬屏著氣，俯下身子去傾聽。

「身為女子，有我這樣的身分，實在也心滿意足了。可惜我福薄，連個心愛的兒子都留不住；如今眼看我的日子也近了！我自己覺得可憐不足惜；耿耿於心的是，『死者已矣！生者何堪？』第一位是聖尊后，不能服侍到她老人家壽老歸山，已經有虧子婦之道；如果老人家再為我傷心，更教我在泉下都不安。所以，等我一死，千萬勸聖尊后不必難過。」

「是的！」李煜噙著淚答說：「倘或有此大不幸，我一定照你的話做。」

「我想這也是你應盡的人子之道。」喘息了一會，周后接著又說：「第二個不放心的是仲寓。原來——。」

「原來如何？」

「原來，」周后抑鬱地說：「我打算託付給黃保儀。也不知道怎麼回事；仲寓住到友竹軒去了！俗語說的：『有了後娘，就有後爹』，只望你將來想到，仲寓是我唯一的親骨血！」

「娥皇！娥皇！」李煜不安地說，「你想到那裡去了？」

「也許我想得太多，想得太遠！不過，你要原諒我，我能想的日子已經不多，不能不為身後好好想一想。只是，雖想到了，卻說不出口。十年夫婦，一場大夢，還有什麼好說的。唉！」說著，周后深陷的眼眶中，滾出兩顆晶瑩的淚珠；臉一側，又是背向李煜。

李煜黯然無語。病榻之前，空氣僵硬得令人透不過氣似地；阿蠻忍不住從屏風後面閃了出來。

「官家！」阿蠻高聲說道：「祭天大典過勞，請更衣休息。」

一面勸，一面向廊前伺候的宮女招一招手；不由分說地將李煜扶了出去，裴穀亦就迎了上來，與小內侍前後包圍，將他硬納入軟椅，抬到了澄心堂。

人雖離了瑤光殿，李煜的一顆心卻仍在周后病榻之前；將她那番訣別的遺言，一個字、一個字地回憶，十分驚愕地發現：竟無片詞隻語及於她在揚州的老母；更莫說對近在咫尺的妹妹，有所顧念。這是神智昏衰，不曾想到呢？還是另有深意？

這樣想著，內心異常不安。到底嘉敏跟她姊姊見面，作何情狀，說了些什麼話？他渴望著有個透澈的了解。這不便問嘉敏，須問羽秋。

正待吩咐裴穀，到友竹軒傳諭宣召；只見專管承啟的內侍在簾外奏報：「兵部韓尚書請見。伏乞示下。」

韓尚書就是韓熙載，新拜兵部尚書，充任「勤政殿學士承旨」不久，專責掌管軍令。他來求見，多半是為了軍情變化、兵馬調遣，須請旨裁決。這是耽擱不得片刻的緊要事務；李煜唯有勉強拋開私情哀思，即時召見。

「武昌軍節度使林仁肇，奉准述職，前天就已到京。因為南郊大典，不能陛見。」韓熙載說，「林仁肇有軍國大計，急待奏聞，請官家即時召見。」

「喔，」李煜定定神才想起來，林仁肇是自己上書，請求陛見的；便先問一句：「可是隔江有何動靜？」

隔江是指武昌的對岸；江北便是宋朝的天下。疆土雖以長江為界，但百姓原是可以往來的；不道八月間，宋朝天子下詔，禁止商旅過江，亦不准沿江樵採漁獵。這個跡象不妙；李煜深恐宋朝用兵，威脅江南，所以這樣問說。

「是！」韓熙載答道：「宋朝不斷在調兵遣將，修造戰船——。」

「怎麼？」李煜大驚失色。

韓熙載知道他誤會了，急忙安慰他說：「官家請寬心。宋朝的兵馬，非為江南而調動。」

「那麼，是向那裡用兵呢？」李煜問道：「西蜀？」

「是！」韓熙載答說：「林仁肇就是專為此事，有所陳奏。請官家命駕勤政殿。」

李煜實在懶得動。但是勤政殿是專門講解軍務的地方；一切輿圖兵書，軍馬冊籍，都存貯在那裡，取用甚便。換個地方沒有輿圖作參考，指點形勢，決定方略，就有茫然不知所措之感。因而勉強點頭說：「好！你先到勤政殿等著。」

「是！」韓熙載走近兩步，彎腰說道：「林仁肇忠心耿耿，為國家的重臣。請官家召見時，特賜溫諭，以為激勵。」

「我知道。」李煜答說，「我知道國家少不得他！」

五代以來，最重方鎮，何況是戍守國境，防敵南下的大將，更當以禮相接。但李煜此時的情緒，做什麼都打不起興致；怠於更換衣冠，只以輕裘緩帶的便服駕臨勤政殿，聽取林仁肇的陳奏。

作為江南第一大將的林仁肇，是福建人；因為他曾文身為虎形，所以外號「林虎子」，人如其名，年輕時便是一員虎將，由福建輾轉投入江南，當元宗在位時，就已擢居節度使的高位。這年春夏之交，移鎮武昌，擔當隔江拒宋的重任。

這一次，他的自請入覲，是因為得到一個極機密的情報，不便形諸奏牘；即令能用書面奏報，筆墨之間，難盡曲折，必須當面陳述。等國主了解了整個情況以後，他還有一個異常重要的計畫，要請求即時裁決。

「宋朝決定要伐蜀了！」他指點著地圖為李煜講解，「兵分水陸兩路。名義是親征，所以水陸兩路的指揮官都稱『行營前軍兵馬都部署』。陸路是由汴梁出兵西進，過函谷、入潼關，由鳳翔經棧道，出劍閣南下，直撲成都；水路是以江陵為兵站，溯三峽西上，經歸州略取蜀中膏腴之地。這三四個月，禁止商旅渡江，就是因為宋朝大造戰船，徵集兵馬，不欲人知的緣故。」

「喔，」李煜問道：「這兩路的指揮官，派的是誰？」

「忠武軍節度使王全斌，派充『鳳州路行營前軍兵馬都部署』；武信軍節度使崔彥進，派充『副都部署』。」林仁肇答道：「『都監』是樞密使王仁贍。」

宋朝連掌管舉國軍政的樞密使，都派出去「監軍」了，使得李煜深為訝異，「看樣子，他們是志在必得了！」他說，「水路呢？」

「水路是由寧江軍節度使劉光義，以行營副都部署的身分指揮。樞密承旨曹彬當都監！」

「連曹彬都派出去了！」李煜越發動容，「真正是大張旗鼓！」

「是！」林仁肇答說，「這是有意大張旗鼓。其實出兵不過六萬！只為蜀主風流自賞，自道偃武修文；無非文恬武嬉，以致自召外侮。宋軍看起來預備大張撻伐；內裡呢，根本不拿蜀軍看在眼裡。」

「輕敵如此，何來取勝之望？」

「是又不然。」林仁肇說，「蜀主遠賢親佞，信任妄人王昭遠，必不能抵禦宋師。這一次宋軍征蜀，起因即在王昭遠既無自知之明，亦無知人之明，以致自召其禍。」

「喔，」李煜問道，「是怎麼回事？」

「王昭遠出身微賤，憑小聰明，因緣時會，竟能執掌蜀中大政。有人勸他，說：『相公素無勳業，一旦高居相位，倘不自建大功，何以對蜀中清議。不如通好太原，請北漢發兵南下；蜀中出兵響應，使宋朝表裡受敵；則潼關以西的三秦之地，可以傳檄而定。』」

「這，只怕是紙上談兵。自古以來，出蜀而定關中者，只有一個漢高。」

「聖諭高明。」林仁肇答說，「今昔異勢，而且漢高有蕭何為輔、韓信為將，方得略定三秦；王昭遠妄人而已！其妄言之可笑，他不但自比為諸葛武侯，而且自以為能竟武侯未成之功——。」

諸葛武侯六出祁山而無功，王昭遠居然想彌補武侯的憾事，力勸蜀主孟昶，遣派諜使，由間道赴太原，約北漢一起舉兵。孟昶為他朝夕絮聒，到底被說動了，照王昭遠的主意行事。

遣派的諜使一共三個人，為頭的叫趙彥韜，身藏蠟丸；經汴梁轉河東。另外兩人，一個姓孫、一個姓楊；留在宋朝京城，刺探機密。等趙彥韜由太原回汴梁後，一起歸蜀。

那知這個為王昭遠所信任的趙彥韜，竟出賣了王昭遠；一到汴梁，便向宋朝的宰相趙普自首告密，不但獻上蠟丸，而且指陳蜀中形勢，兵備虛實，極力建議：西川可取。

宋朝開國的皇帝，本有伐蜀之意，只為孟昶亦跟李煜一樣，以小事大，禮數無虧；若興無名之師，有失懷柔之旨。既然蜀中有這樣的密謀，西征便有名了！

聽林仁肇講完，李煜同意他的看法：「果然是王昭遠愚妄，為主召禍。」

「然而宋朝天子的本心，亦顯露無遺。『臥榻之旁，不容他人鼾睡』；借故興師，不過遲早間事。」話到這裡，林仁肇先看一看韓熙載，然後極嚴肅地又說：「因宋朝興兵伐蜀，臣深有所感；心所謂危，不敢不告。不然，非人臣事主之道。只是臣愚魯；深恐言語質直，未能為官家鑒納。」

聽他這段「引子」，便知他有骨鯁之言。韓熙載因為讀過那一首〈菩薩蠻〉，覺得李煜在兒女私情上，花費了太多的功夫，心中微有不滿，所以決定鼓勵林仁肇犯顏直諫。

「林將軍！」他說，「官家最仰慕太宗皇帝，自然能如太宗納諫，以成貞觀之治。如有所見，不妨直奏。」

「是的。」李煜也只好表示納諫的雅量了，「有話你儘管說。是該做的，我一定採納；不然，亦不會介意。」

「是！」林仁肇略停一下說道：「養僧太多，近乎佞佛。側聞官家親為僧人削廁簡，將士都不信此說。如果外傳非妄，足令軍民寒心。」

李煜為和尚削廁簡，確有其事；削好了還用手細細摸過，怕有竹刺，刺痛了和尚的屁股。但此時在林仁肇面前卻不便承認，笑笑答道：「耳食之言不可信！」

「但願傳聞失實。」

接下來，林仁肇極力建議整軍經武，認為非此不足以自保；而且認為本身的力量，也能夠整軍經武——江南人文薈萃之地，人才並不難羅致；招兵買馬，修繕戰具，需要大量的經費，以江南的富足，亦不難籌措。

「臣愚，竊以為今日之事，如果不能腳踏實地，從頭省悟；沓沓泄泄，但求苟安無事，則西蜀之禍，不旋踵間，將及於江南。」林仁肇漸漸激動了，「官家仁厚，萬民感戴，誠為國家之幸。但是——。」說到這裡，林仁肇忽然停住了。彷彿是言語太急，打了個噎，以致中斷；但也好像是關礙著什麼，不便出口。見此光景，李煜亦有些感動，便用極溫和的聲音安慰他：「有話慢慢說。我知道你有膽有識，見解甚高。只是性子不可太急！」

「臣不能不急！」林仁肇是噎了一下，緩過氣來，依舊慷慨激烈，「官家佞佛太過，以有用之財，養無用之人；不獨無用，而且有害。江南民性，原本柔弱，再聽從僧人的話，講慈悲、講感化、講與人無爭，就益無作為了！」

這些話使得李煜有些著惱了，只為說信佛有害，未免過分。但他還是強忍著，只跟林仁肇辯理：「講慈悲、講感化、講與人無爭，這也合乎聖賢垂訓；化民成俗，裨益治道，有何不好？」

「只有一樣不好，人為刀俎，我為魚肉！」林仁肇接著又說：「臣唯願宸衷獨斷，大振乾綱；即日下詔，不以官帑養僧。養僧不如養兵，事急時，可為官家出死力。」

只為有後半段的話，才將李煜的憤怒壓了下去，想一想答道：「官帑養僧，亦非得已；你如換了我，一定亦不願違逆慈命。」他抬出聖尊后作擋箭牌，無形中作了拒絕；接著放下諾言：「整軍經武一事，我一定支持你的計畫。要募兵、要請款，等你奏報了來，我總批准就是。」

有此結果，林仁肇總算不虛此行。可是他在不知不覺中卻得罪了韓熙載；整軍經武是兵部尚書的職權，韓熙載覺得他不該越俎代庖。即使有所建議，應該事先取得聯繫，何可冒昧上奏？

因此，等林仁肇退出，李煜向他徵詢意見時；他一反原先支持的態度，淡淡地答道：「臣對其人，只得四個字的感想：剛愎自用；臣對其言，亦是四個字的感想：危言聳聽！」

「你的考語很恰當，我有同感。」李煜深深點頭，「長江天塹，只要防守得力；宋軍插翅難飛；整軍經武，徒然招忌，反而自速其禍。我看林仁肇的建議，要慎重考慮。」

「官家見得極是！」韓熙載躬身答道：「老臣承旨。」

這就是說，韓熙載將李煜「慎重考慮」的話，視作否決的表示；林仁肇只落得一場空歡喜。

他本人當然不會知道，不過俄頃之間，事情便有了這樣的變化；只覺得李煜雖然文弱，但有納諫之量、知人之明，遠勝於蜀主孟昶。回想殿廷慷慨，不免違禮；而李煜居然不以為忤，並還溫言慰撫，這也就是人生難得的遭遇了。

由此一念，林仁肇激起感激圖報、鞠躬盡瘁之心；因而內心又浮起那個常常在轉的念頭，作了很認真、很徹底的考慮，決定盡忠建言。於是，他請求「獨對」——只容他一個人進見面奏。

「宋朝伐蜀，雖只出兵六萬，但河東有北漢、百粵有南漢，不能不置重兵，分拒南北。因此，原來戍守淮南諸州的宋軍，多已抽調在外；而且因為我朝委曲求全，吳越主錢鏐最為恭順，不虞有變，防務異常空虛。此是大好的可乘之機；臣有奇計，籌之已熟，竊願官家鑒納！」

聽說是「奇計」，李煜欣然答道：「說來看！」

林仁肇的謀略是，調精兵數萬，過長江北上，以淮南重鎮的壽春為根據地，攻取兩淮；此一帶本是南唐的疆土，耆民念舊，必然支持。然後就地徵取軍糧，直取汴梁。

奇計之奇，在南唐須否認其事；當他進入壽春後，李煜應該立即通知宋朝，說林仁肇竊兵叛亂，請宋朝遣大軍痛剿。「臣願將家屬移送到京；事起之時，請收捕臣之家屬下獄，可使北朝相信，臣是真的竊兵叛亂。事成，則臣歸國受賞；事若不成，」林仁肇用極其堅決的聲音說：「請盡誅臣之家屬，以見官家事宋不二！」

是這樣一條奇計！李煜大驚失色，「你不要輕發這樣的話！宋朝伐蜀，便是眼前的教訓！」他說，「照你的話做，傾國之禍，可以立見。」

一盆冷水澆得林仁肇心灰意冷，嗒然無語；不過，他還是不信李煜這話，出於本心。他在想，前一兩天曾聽人說起，國后病勢凶險，危在旦夕，國主心情灰惡；此時當然無法從容深思，還識不透這條奇計的妙用。且等一等，有機會再剴切陳奏。於是他說：「臣之建言，出於血忱——。」

「是的，是的！」李煜搶著說道：「我完全知道。」

「官家能鑒臣愚忠，必能恕臣冒昧。」林仁肇躬身說道：「再請鑒臣請求獨對的微意。」

這在李煜自然明瞭，「這裡只有你我二人。你剛才說過的話，聽過丟開，我不會跟第二個去說。」他轉而囑咐：「倒是你，亦該留意；最好絕口不談！」

李煜不說，林仁肇不談；可是自有人在說、在談——宋朝潛伏在南唐宮中的間諜，是一名內侍；當天就去訪小長老，對林仁肇兩次進見所說的話，源源本本和盤托出。

這內監姓顧，有個專門職司，就是奔走於宮廷佛寺之間，以此因緣而為小長老所收買。這天是假名為周后祈佛賜壽，到清涼寺來訪小長老；延入方丈，少不得有一番可以堂皇公開的門面話——因為小長老廣結善緣，來求教的善男信女，絡繹不絕，不得不然。

敷衍完了那批錦衣玉食的施主，小長老吩咐掩門，不放閒人入方丈；然後離座，走到東壁偏北，回頭一望，使個眼色，隨侍的兩名小沙彌，將一幅「頂天立地」，寬可八尺的大畫「達摩渡江圖」掀開；小長老親自動手推開一扇活絡門，引顧內監穿過一段漆黑的通道，向左一轉，推開另一道活絡門，頓時別成天地了。

這是個與外隔絕的小院落，顧內監來過十多次，始終不知道除了走過的這路以外，還有什麼通路？他只知道，一到了這個地方，就說什麼、做什麼都不須顧忌。唯一的例外是酒。喝了酒，臉上掛幌子，諸多不便；所以小長老不備此物。但濃妝豔抹的婆娘，於顧內監無用；徒然惹得他面紅耳赤，萬般無奈，所以招待過一次，亦就下不為例，只以極好的茶、極精緻的果餌相待。

「國后到底病成什麼樣子？」小長老問說，「外面傳言不一，有的說，日有起色；有的說拖日子了！照我想，不至於一病不起吧？」

「靠不住了！家家有本難念的經；帝王家這本經更難念。」

「這話倒有些意味。」小長老又問：「倘或中宮缺位，誰個候補？黃保儀？」

「大概不會。」顧內監答說，「有一天我無意中聽裴穀吩咐手下：『友竹軒如果派人來送信，接頭事情，格外要小心，萬萬不可疏忽。不然，教你們吃不了兜著走！』你想想這話！」

「這話我就不明白了。友竹軒是怎麼回事？」

「周家小娘子，住在友竹軒。」

「啊，啊！」小長老恍然大悟，「就是『教郎恣意憐』的那位？」

「是啊！」顧內監答說，「揚州周家快成『鳳凰窠』了。」

「年紀還小嘛！」小長老說，「望之不似國后。」

「這倒不要緊！只怕那首詞害了她。你想想『教郎恣意憐』那副輕狂樣子，像不像能當國后的？我就見過韓尚書掀著白鬍子，批評那首詞，連聲：『不像話，不像話！』」

「啊！說起韓尚書，我倒記起一件事來了；宮裡可有一幅他家的『夜宴圖』？」

「有的。」

「畫的是怎麼一個情形？」

「那我就不知道了。我只知道有這麼一幅畫，由黃保儀收藏著，我沒有見過。」

「能不能偷出來幾天？」

「這，」顧內監問：「幹什麼？」

這在小長老就不便說了，因為其中緣故，也是一大機密；但那一來就會使顧內監不悅，當然也就不會盡力去辦這件事。考慮下來，覺得竟不能不說。

「若問為什麼，不妨先問這張『韓熙載夜宴圖』的來歷。內相，」小長老微笑著說，「你總知道？」

「這，這我倒還不知道。內府名家的手蹟甚多，張張問來歷，那記得這麼多？」

「這張畫的來歷，與眾不同——。」

不同的是，其他名家手蹟，不過是為滿足元宗父子的翰墨之嗜；而這幅「夜宴圖」，純然是為了李煜想了解韓熙載的燕居生活——韓熙載風流放誕，帷薄不修；李煜惜才念老，眾勿不問，但總想看一看他接待賓客時，尊俎燈燭之間，觥籌交錯之樂。以他的身分，自然不便夜臨韓家；就去了也一定看不到他想看的東西。

因此，他派一個畫工去寫生；這個畫工名叫顧閎中，官居「待詔」，善畫人物。奉命以後，假託一樁事故，登門求見；將韓府夜宴的情景，目識心記，回來連夜動筆，費了十日功夫，才畫成一幅工筆的夜宴圖進呈。圖中韓府家伎勸酒，併肩攜手，眉花眼笑，描寫得生動異常；而且屏風後面，隱約可見賓客解衣登榻的放浪形骸。李煜看了，亦只如韓熙載讀到「教郎恣意憐」那首詞似地，嘆口氣說：「不像話！」

聽小長老講完經過，顧內監依然不能了解，為何他要這幅畫，須先問這幅畫的來歷？

「是這樣的，」小長老答道，「趙家天子，也是想看一看這張畫；好知道這裡的君臣們，如何宴安逸樂？」

「那就是了。不過這張畫又怎能送到汴梁？如果只是偷出來三兩天。看一看就送回去，還不打緊；不然，沒有人敢擔這個干係。」

原只要三兩天，仿摹一幅，送到汴梁，原件仍舊歸還。

「可以！」顧內監答應下來，「十天之內，我拿畫送來，就怕三兩天不夠；聽說那幅夜宴圖精緻非凡，臨摹不易，要仿得逼真，非高手莫辦。」

小長老點點頭，站起身來，指著壁間一幅橫披問道：「你看看，這幅畫如何？」

顧內監抬頭一望，大為驚異；走過去不看畫，先看字，題的是兩首〈漁歌子〉：

浪花有意千重雪，桃李無言一隊春。一壺酒，一竿綸，世上如儂有幾人？

一棹春風一葉舟，一綸繭縷一輕鉤。花滿渚，酒滿甌，萬頃波中得自由。

字是所謂「金錯刀」；題款又是「鍾隱」，確是李煜親筆。然而奇了；「內府之物，怎得在此？」

顧內監不解地問。

「你再看畫，這張『春江釣叟圖』可像內廷供奉衛賢的親筆？」

「畫我認不出來。字可是燒了灰我都認得的。」顧內監問，「莫非也是摹本？」

「這樣說來，仿官家的筆跡，竟可以亂真了？」

顧內監大驚，「什麼！」他還是不信，「這官家的筆跡是假的？」

「不是假的！怎得在此處。」

「長老！」顧內監提醒他說，「仿冒御筆，是一行不得了的大罪。此畫如果落入外人眼中，大有未便。」

「外人怎得到此？」小長老說，「這些話不必提它了。我請你看這張畫，是要你放心，我自有不輸畫院供奉的高手，專精臨摹，不但好，而且快；你只將『夜宴圖』悄悄取了來，擺個三四日，仍舊拿回去；包你原封不動，不會有人知道動過手腳。」

「好！」顧內監毅然應承。

他倒是說得到，做得到；也因為黃保儀身邊，專管書畫的宮女為人老實，禁不住他花言巧語，一番哄騙，居然就將那幅在收藏畫箱中的〈韓熙載夜宴圖〉，私下交了給他，約定借用五天歸還——當然，顧內監絕不會透露此畫的用處；只說他有個至親，也是那天夜宴中的賓客之一，要看顧閎中此圖，可畫得有他？

五天交還，果然封識如舊，彷彿竟不曾打開來過。而摹本卻隨著小長老細奏江南近事的密書，送到了汴梁。

不過十天功夫，覆信到達。是宋朝皇帝左右，一個親信內侍出面，轉達諭旨，除了嘉勉以外，囑咐小長老打聽林仁肇的家世、性情、才具、嗜好等等，詳細奏報。如有林仁肇的圖像，一起寄去更好。

這番小長老不必找顧內監了。他也有在樞密院埋伏下的幫手；對於林仁肇的一切，很容易打聽。難的是林仁肇的圖像，一時卻無覓處。

「其實這也容易。」小長老的「智囊」，清涼寺的知客淨明和尚獻議，「林將軍好下圍棋，又喜與方外往來；照此看來，一定常與太無老法師在一起盤桓。那就容易下手了。」

小長老一想不錯，武昌寒溪寺方丈，太無老法師精於弈事；林仁肇如果喜下圍棋，又喜結交方外，則無有不與太無老法師投緣的道理。當他拈子沉思時，心無旁騖，神動形寂，最是寫生的好時機。何妨直截了當地派人去畫影圖形。

這太無老法師，在小長老來說是師叔；很可以修書存問，相機行事。但淨明認為以不必驚動為妙，只悄悄派了那臨摹好手去，裝作遊客，到處隨喜；在林仁肇與太無對弈時，一旁作壁上觀，悄悄記住容貌，私下寫生。一次不夠，二次再去；就是三番五次，亦不要緊，因為這原是不急的事。

小長老採納了他的建議，立即照辦。不過一個月的功夫，便已竣事；拿出畫稿來一看，果然酷肖林仁肇的形容。

小長老喜不可言，急急催促趕工，早早細勾細勒，施朱敷彩，畫好裱好，可以送到汴梁報功。但等完工，派定了送畫的人，卻一時不能成行，因為宋軍伐蜀，已有正式詔令，調發水陸兩路大軍出征，兩淮一帶，羽書飛馳，道路戒嚴；林仁肇防江有責，亦絲毫不敢疏忽，關隘津梁，盤查特緊，如果搜查這幅畫來，詰問究竟，會惹出一場了不得的大禍。

正在焦思無計之際，禁中飛騎到清涼寺，來召小長老進宮去念「倒頭經」——周后薨逝了！

禁中白漫漫一片，瑤光殿中連樹木都蒙上白布，為周后服喪，裡裡外外，哭聲不絕；小長老——也是所有大喪中的執事人，所注意的只是兩個人，一個是李煜、一個是嘉敏。

嘉敏看不見；易見的是李煜，白靴白袍，襯著他那張形神俱枯的臉，越顯得蒼白可怕。每天午奠，必定蹣跚地策杖親臨，哭拜在地，必得裴穀等人，苦苦相勸，方始勉強收淚，而猶自哽咽不絕；臨去之時，一再回顧靈前。這樣子的伉儷情深，使得所傳周后病歿之前的情況，無人不信以為真了。

這個說法是，周后到死，神明不亂；她向李煜留下的遺言是，自覺竊冒華寵，已過十年；女子之榮，莫過於此。所不足者，子殤身歿，無以報德。又喚阿蠻取來元宗所賜的燒槽琵琶，以及所御的珍飾，親手付與李煜作別。

死前的第三天，她強自撐持著，親手作了遺書，但只寫得一條「請薄葬」，便無法再往下寫。卻又吩咐阿蠻為她沐浴梳妝，換上布服練裙；口中含玉，不言不動，到第三天方始嚥氣。

死得如此從容，有人說是仙去了。

然而這並不能減少李煜的悲傷；他也沒依照周后的遺言治喪——喪事踵事增華，有人說禮節上雖不能逾越規制，但論實際上的規模，超過元宗之喪。大殮之日，他親手將那面燒槽琵琶，置入梓宮，為周后殉葬；殮畢致祭，他一字一淚地讀了一篇親製的誄詞，自稱「鰥夫」。

這篇六朝豔體的誄詞，很快地傳抄於仕宦之家，最為人所傳誦的是，他描寫周后的風姿與共處遊宴的樂事：

> 追悼良時，心存目憶；景旭雕甍，風和繡額，燕燕交音，洋洋接色；蝶亂落花，雨晴寒食，接輦窮歡，是宴是息。含桃薦實，畏日流空；林彫晚籜，蓮舞疏紅，煙輕麗服，雪瑩修容；纖眉範月，高髻凌風，輯柔爾顏，何樂靡從？

結句是用〈長恨歌〉中的典故：杳杳香魂，茫茫天步，抆血撫櫬，邀子何所？苟雲路之可窮，冀傳情於方士。嗚呼哀哉！

念母及子，由於悼亡而勾起傷明之痛，李煜無可排遣，唯有宣洩於翰墨之中，又寫了兩首五律，兼悼愛妻與愛子。

珠碎眼前珍，花凋世外春。未銷心裡恨，又失掌中身。
玉笥猶殘藥，香奩已染塵，前哀將後感，無淚可沾巾。

豔質同芳樹，浮危道略同。正悲春落實，又苦雨傷叢。
穠麗今何在？飄零事已空。沉沉無問處，千載謝東風。

這兩首詩，雖由他親筆謄正，焚化在周后靈前，但底稿卻流出禁中，爭相傳抄。韓熙載、陳喬、徐氏兄弟徐鉉、徐鍇這一班為士林許為〈通人〉的大臣，卻多不以李煜的這兩首詩為然。悼周后的誄詞，哀豔靡麗，文體有欠莊重，結句用長恨歌中「臨邛道士鴻都客，能以精誠致魂魄，為感君王展轉思，遂教方士殷勤覓」的故事，說是「苟雲路之可窮，冀傳情於方士」，將周后比擬為楊貴妃，身分有屈；這兩首五律，索性將周后之逝，譬如狂風暴雨，摧折花落，更欠莊重。「穠麗今何在？飄零事已空！」這樣的詩句，怎麼樣看，也不像一個丈夫悼念賢德妻室的話，更莫說是國主之於國后！

於是「手提金縷鞋」的那一重公案，又被掀了開來。由此推究，有好些看法與主張，有人說，周后去世，李煜不免內疚，因而哀悼的文字之中，有意要表現出過深的悲痛，好遮掩他的行跡；也有人說，國主春秋正盛，少不得還要立后。立后論德不論色，如果繼后仍舊出在周家，應該據理力爭，一致反對。

這些論調，很快地傳入宮廷，讓裴穀聽到了；於是阿鑾和羽秋也都知道了。

這使得嘉敏的處境，越發困難。因為她二度入宮的原因，誰都知道，是為了探病；周后既逝，原因消失，沒有再留在宮中的必要。何況風風雨雨在傳說：周后是讓她妹妹給氣死的！嘉敏就更該遠離這是非之地。眼前周后尚未下葬，固然不妨暫留一時，但周后已有謚號，稱為「昭惠」；葬期亦已選定，就在明年初春。延到那時，便非走不可；這一走，能不能三度入宮？就非常難說了。

因此，他們三人就在周后入殮的第二天，密商定計；以聖尊后因為昭惠后之死，憂傷過度，必得有人陪伴勸解的理由，將嘉敏由友竹軒移到前殿，朝夕侍奉聖尊后。這是未有名分之前，先盡子婦之道；等到來年春天，昭惠后既葬，聖尊后也頤養得健朗了，便可以振振有詞地稱許嘉敏的賢惠孝順，用懿旨立后。

然而，這個計畫，此刻看來不容易順利實現；更可慮的是，這種反對的論調，如果不及早疏通化解，就會日囂一日，不待昭惠后下葬，或許便有人多事直諫，針對嘉敏的形跡不謹與年齒尚幼的弱點，主張繼位中宮的賢媛，應該具備怎樣的品德年貌，藉以變相打擊嘉敏；甚至公然倡議，她不宜留在禁中，應該送回揚州。

這是裴穀的看法。聽他說完，羽秋和阿蠻無不憂愁滿面，心中浮起這樣一個疑慮：倘或如此，為之奈何？

面面相覷之下，是最關心嘉敏的羽秋，打破了沉默；斷然決然地說：「絕不能有這樣的事！」她有力地揮著手，「那一來，一定會拿她氣回揚州；就算有聖尊后的懿旨，也別想把她迎入宮來。而且，也許真會應了『百尺樓靈籤』上的話！」

「那，」阿蠻懷念舊主，悚然心驚，「周家可是太不幸了。」

「當然不容到此地步。」裴穀安慰著她們，「慢慢想法子化解。」

「化解要趁早，可不能『慢慢想法子』。」羽秋看著阿蠻說，「我倒有個主意。不過周家的情形，我不熟，不知道那個主意行不行？我在想，周家去世的老相公，當年與韓尚書他們，同朝為官，總應該有交情吧？」

「倒不知道他們交情如何？」阿蠻答說，「不過老相公為人寬厚，氣量最大；至少不會跟韓相公有什麼仇恨。」

「那就行了！」羽秋很興奮地說，「我想我的主意可以用。」

她是這樣一個主意，預備修書一封，專遞揚州；請周夫人備辦重禮，專差餽贈宴無虛日而經常鬧窮的韓熙載。當然也有一封書信，隨禮送達；信中不必多說，只說「小女在京，望念先夫在日相知之雅，多加照拂」，那就盡在不言中了。

「此計大妙！」裴穀深深點頭，「韓尚書其實是好相與的人；只是想不出一條路子，可以搭得上話。如今由老夫人出面，以照拂愛女相託，名正言順，不落痕跡，再好不過。大妹子，妳就寫起來，我找人專送。」

阿鑾亦贊成羽秋的作法，認為事不宜遲，應當即刻動手。這使得羽秋更為起勁，起身離座，待去寫信的當兒，只聽有個聲音，發自門外：「不必！羽秋，你們不必這等費事！」

語聲一出，群相驚愕；誰也想不到竟是嘉敏。羽秋卻還不信，急步上前，將緊閤的雙扉，一拉而開，門外不是嘉敏又是誰？

「小娘子，你，」羽秋張口結舌地問，「你什麼時候來的？」

「我在門外站了好一會了！」容顏慘澹，但卻顯得很沉著的嘉敏說：「你們的話，我大致都聽見了。多承你們關心，我，我很高興。」

這「高興」二字，似乎言不由衷，但誰也沒有去追問。只一起肅立著，將她迎入屋內，聽她還說些什麼，再作道理。

「不過，你們實在不必這麼費事。我有我的辦法；我的辦法很簡單，可是，」她停了一下，歉然地說：「此刻卻還不能跟你們說。」

裴穀與阿鑾不約而同地將視線投注在羽秋臉上；是問她意下如何？羽秋當然也詫異；只能報以會

意的眼色，意思是說：我知道了；我會問清楚了來告訴你們。

於是裴穀首先退出；接著是阿蠻的腳步移動，卻讓嘉敏喚住了：「阿蠻，你等一等！」

「是。」阿蠻留了下來待命。

眼看裴穀走遠了，嘉敏方始開口：「我想跟官家說，讓你回揚州去一趟。」

這話來得突兀，阿蠻無以為答；只有些驚疑，怕是嘉敏對她有何不滿，變相地將她逐出宮去。因此，她又不由得去望羽秋，眼中有求援的神色。

這種神色落入嘉敏眼中，不免歉然，便即換了很柔和的聲音說：「我託你回揚州辦件事；只去過幾天，仍舊回來。」

「喔，」阿蠻放心了，得以從容答說：「請小娘子吩咐！」

「我在想，京裡有流言；揚州一定也有。眾口鑠金，不知道拿我說成什麼樣子了！」嘉敏突然激動，臉漲得通紅，「我要一個見證人，能夠說明真相的見證人；這個人除了你，誰也不夠資格。我請你回揚州去一趟，拿你所親眼目睹的事，跟大家說一說，我到底怎麼樣把我姊姊氣死了？」

原來如此，阿蠻和羽秋都很不安！兩個人交換一個眼色，取得默契，由羽秋開口勸解。

「小娘子，我看用不著這麼做。」

「何以見得？」

「說揚州有流言，是小娘子的猜想；到底有沒有這回事，先得打聽打聽。如果沒有這回事，阿蠻不是白走一趟？」

「一定會有的。我現在才知道，世上十個人有九個人喜歡聽離奇古怪的謠言；只要有人愛聽，就有人會編。不過，」嘉敏口氣鬆動了，「先打聽一下也好。」

「這才是！」阿蠻如釋重負似地，「我會讓裴穀派人去打聽。小娘子請回去休息吧！」

嘉敏點點頭，由羽秋陪著回到聖尊后的寢殿。兩個人都有話說，卻都不知道怎麼開頭？羽秋是怕問得冒昧；而嘉敏其實是要跟羽秋商量，希望她先提了起來，才好就話搭話。

這樣僵持了一會，最後終於還是嘉敏開口，「那副三套玉連環呢？」她問，「老夫人是不是交給你了？」

「是的。」

「你取來與我。」

「小娘子，」羽秋鄭重地問，「是老夫人付託之物，我不能不先問一聲，小娘子要這個玉連環，作何用處？」

「你放心，我不會無緣無故毀了它！我要當面問一問官家，三個連環，碎了一個，還有兩個怎麼樣？」

這話使羽秋驚異。想不到嘉敏會有這樣的決斷、這樣明快的做法；實在不像她平日的為人。羽秋並不明白挫折就是磨練，可以將頑鐵化為精鋼的道理，只覺得嘉敏像個「大人」了。既然如此，便什麼事都可以正面深談，無須像對付孩子那樣，只哄騙著她走上那一條路，而不宜說破要走那一條路的道理。

於是，她揭破了藏之心中已久的祕密；就是周夫人所託付的重任：周家失去一后；必得爭取一后。不容異姓入居中宮。

這一來使得嘉敏平添了好些勇氣；同時這也像一面鏡子一樣，使她照見了自己的淺薄幼稚。今日之事，要從玉連環上去討得一個了斷，自以為是高人一等的想法；卻不知早就在人家的算計之中了。

她覺得不能不服輸，不能不聽取羽秋的意見；因而問道：「你說，我該持何態度？是試探呢？還是有什麼說什麼？」

這是指與李煜見面的態度。羽秋認為試探可以不必；有什麼說什麼，過於率直，便少情致，亦非所宜。考慮下來，只有一種態度最適當。

「小娘子只訴委屈就是！」

「只訴委屈！」嘉敏正中下懷，「我就是要訴委屈。」

「是！」羽秋說道：「等我去接頭見面的日子。」

小姨與姊夫的約會，不必再像周后在世之日那樣，偷偷摸摸地悄然來去，唯恐人知；羽秋甚至覺得不必自己親自去接頭，只打發一個人去告訴裴穀：「周家小娘子，要見官家；什麼時候、在什麼地方見？請安排！」

裴穀安排在這天下午；等平章國事的大臣們，各歸私第以後，讓嘉敏與李煜在澄心堂的書齋相見。

這是周后去世十幾天以來，他們單獨相會的第一次。淡服素妝、淚眼相看，彼此都覺得應該安慰對方。

「小妹！」李煜裝出豁達的神氣，「死生有命，你也不可過於傷心。」

這樣的安慰，說與不說，毫無區別。然而嘉敏到底與以前不同了，明知這是泛泛的應酬話；也明知提到姊姊，不便深談，卻不能不裝作同胞姊妹，友愛異常；提到死別，舉袖障面，不勝悲痛的神情。

「唉！逝者已矣，生者何堪？」李煜又說，「我最不放心的是，怕聖尊后春秋已高；你姊姊又是她平時很看重的，遭遇這樣的拂逆，傷心過甚，大為可慮。幸虧有小妹陪伴照料，我亦感激！」說著，李煜深深一揖。

嘉敏急忙遜避：「不敢當！」她說，「我亦只是替我姊姊稍盡侍奉之責而已。況且，聖尊后一向對我好，我豈能不稍稍盡心。」

「是的。聖尊后亦常在我面前誇讚小妹。」李煜又問：「仲寓恐怕很淘氣，替小妹添了好些麻煩。」

「不！我也很需要仲寓給我作伴。不然——。」

「不然如何？」

「不然，」嘉敏答說，「只怕我在宮裡待不下去了。」

李煜愕然，「為什麼呢？」他問，「是不是覺得寂寞？」

「我並不寂寞。宮裡十個人有九個人待我好；就算沒有人理我，跟白鸚鵡說說話，也拿日子打發了。」

語中有刺，李煜微感不安，更覺困惑，低聲下氣地問道：「小妹，那末是為了什麼呢？」

「是為了我有一個留在宮裡的藉口。」與李煜相反，嘉敏卻是有意提高了聲音，「不說由於失母之兒離不開我，我有什麼理由老著臉皮賴在宮裡不走？」

「這是你過慮了！」李煜不暇思索地答說：「椒房貴戚，留住宮中是常事；何況聖尊后寵愛；何況又赴昭惠之喪？絕沒有人會議論你。」

「『絕沒有人會議論』？」嘉敏揚著臉微微冷笑，「我不知道姊夫是真的不知，還是自欺欺人，裝作不知？」

「小妹！」李煜既驚且詫，「你說的什麼，我完全不知！莫非竟有人說你不該留在宮裡？是誰？」

「是誰我也不必說！反正不止一個兩個。」嘉敏想起那些令人難堪的流言，既羞且憤，跺一跺腳，恨恨地說；「反正我出乖露醜，面皮教你撕光了！」說著，眼圈便即紅了；同時扭轉身子，直奔裡室。

李煜大驚!「小妹,小妹,」他追了上來,攔在前面,拉住她的手不住搖撼,「你怎的說這話?我何嘗撕了你的面皮?你這樣冤枉我,不覺得屈心?」

「我冤枉你?」嘉敏用譏嘲的口吻說,「貴人多忘事,何況是官家,那怕白紙上寫的黑字,亦竟記不得!」

「越說越奇了!」李煜的聲音中也有些不快,「什麼白紙上寫黑字?」

「難道不是白紙寫黑字?寫了還掉了!你輕嘴薄唇,自畫『供狀』不打緊,坑死了我!」激動的嘉敏,為了大大發一頓牢騷,口不擇言地嚷著:「如今通國皆知,我周嘉敏自甘下賤,不但半夜裡光著腳溜了出去,而且就像前輩子都不曾見過男人似地!什麼『一向偎人顫』;什麼『教郎恣意憐』,你把我刻畫成什麼人了?」

這一下,李煜才明白她說的什麼?但心中的第一個感覺不是疚歉是惱怒;惱怒那些內監宮女——必有人不守他由裴穀下達的,不准將宮外的風言風語傳到友竹軒的告誡,以至於惹得她如此生氣!她的生氣難怪;如果得知這一首不足為外人道的記實之作,流傳人口而竟能一笑置之,就不像嘉敏的為人了。

「你還說什麼?還說我冤枉你?」

面對著咄咄逼人的氣勢,李煜唯有慚惶。低著頭好半天,方始爆出一句話來:「千不該、萬不該,我得意忘形,寫了那一首詞!」

不過聽得他這一聲自責,嘉敏立刻便覺得不忍,然而怒氣卻難完全消釋;想來想去只恨一件事:「只怪你太不當心!明知是見不得人的東西,偏就會失落!」

這在李煜又何詞以答?只是唉聲嘆氣,自怨自艾不絕;一陣七分真、三分假的做作,不僅消除了嘉敏的怨懟之意，反倒因為他的不快活而感到惻惻然地，要找些話來安慰他。

漸漸地，兩個人的心境都比較平靜了。推己及人，都感到這分比較平靜的心情，極可珍惜；因此亦都很謹慎地不去觸動傷心之事——關於周后的死。

然而嘉敏不能不談自己。「我太傻！」她說，「你給我的那副玉連環，我竟不能體會其中的意思。」

「現在你是懂了？」

「懂是懂了，卻更茫然。」

「這話怎麼說？」

「三套連環，已經碎了一個——。」

「你別說了！」李煜一伸手掩住她的嘴，「另外那兩個絕不會再碎！」

他的行動過於突兀，嘉敏猝不及，嚇一大跳；定一定神才記起他後面的那句話，怕是自己未曾聽得真切，便追問一句：「你再說一遍。」

「另外兩個，絕不會再碎了！」

沒有聽錯！嘉敏長長地舒了口氣，說不出自己的感覺是歡喜還是辛酸？

「不過，小妹，」李煜捧著她的臉說：「你要相信我，體諒我！」

這又何消說得？說了出來，便是話外有話；嘉敏又驚疑了，「是，」她很吃力地問，「是怎麼個相信你，體諒你？」

「相信我的心！海可枯、石可爛，此情絕不可渝。」李煜答得很清楚，「不過，你要體諒我，不能不緩緩圖之，第一、昭惠的屍骨未寒；第二、聖尊后多病多痛。總要過些日子，才能辦你的大事！」

前面的話都很中聽，只有最後一句讓嘉敏生出反感：「是我的大事？」她將「大事」二字說得格外重。

「不，不，我失言了。」李煜急忙答說：「是我倆的大事。」有此更正，嘉敏才覺得滿意，「其實你不必說的。這些都是情理之常；我也不願你做有悖情理的事，惹大家在私底下悄悄議論。不過，」她覺得話既道明，不如索性逼他一逼，「我留在宮裡，總得有個理由吧？」

「何必要有理由？」李煜稍停一下又說，「如果你覺得有此必要，我請聖尊后說一句就是了。」

「怎麼說？」

「宣諭各宮，由你專門照料仲寓。意思就是說：你是仲寓的繼母。」

嘉敏不響。她意有未足，但除此以外想不出更好的處置辦法，那就是只有採取沉默的態度，表示有所保留。

「怎麼樣？你說，只要我做得到，一定如你的願！」

「我什麼都不要，只要能讓我在宮裡心安理得地待得下去。」

「你一定可以！」李煜抱著她說：「你沒有什麼不能心安的！以前，多少還有顧忌，現在誰也管不著你了。」

她知道他所說的「顧忌」，是指她姊姊的阻撓。想想也是，姊夫小姨之間唯一的障礙已經消除；如今除卻聖尊后，誰也不能阻撓她到澄心堂來。也許唯一的阻撓，倒是澄心堂的主人。

這樣轉著念頭陡然省悟，已找到了整個情勢的關鍵：一切都看他！只要他不變心，誰也不能強迫他另選國后；如果他變了心，那怕朝中大臣，一致讚許，由聖尊后頒下懿旨：立周嘉敏為國后，他仍舊可以設詞推託，打消其事。

然而，找到關鍵並不等於抓住關鍵。唯有抓住他的心，才是關鍵在握。意會到此，她不由得想起她姊姊。儘管白紙黑字，有那些哀感頑豔，一往情深的誄詞和輓詩，而她知道，姊夫與姊姊的感情，其實淡薄了；這因為姊姊對姊夫的愛心先就淡薄了，怨不得姊夫。

於是，她的想法一變，想起母親所一再教導的三從四德；她覺得唯有用柔順二字，才能抓住那個關鍵。

宮中的歲尾年頭，最多樂事。急景凋年，雨雪載途，遠人困於行旅，恨聲不絕之時；宮中卻因為瑞雪為來年豐收的徵兆，照例設宴預祝，徹夜笙歌。這年因為「國喪」，不舉盛筵；但小閣圍爐，梅林踏雪，嘉敏與李煜依然不曾辜負了連朝大雪。

這天是在東池上的水榭賞雪。李煜畫興大發，正喚宮女鋪設丹青，打算對景寫生，畫一幅東池霽雪圖時；裴穀卻顯得心神不定似地，一會兒出一會兒進，來來回回的影子，攪亂了李煜的思緒，無法靜心構想了。

「裴穀！」他到底忍不住了，「你安靜一點兒行不行？為什麼魂不守舍似地？」

受了呵斥的裴穀，喏喏連聲，已倒退著走到門口，忽然住足；略停一下，復又疾趨到李煜面前，低聲奏報：「開封有人來了！是來弔喪送葬的特使。」

聽得這一聲，李煜的臉色立刻就陰黯了，將畫筆一扔，頹然倒在交椅上。

嘉敏大驚，而更多的是困惑。急急走上前去，用撫慰的聲音說：「開封有特使來，也不是什麼了不得的事！官家何苦為此煩心？」

李煜搖搖頭不答；只問裴穀：「叫什麼名字？是何官職？」

「姓魏，單名一個丕字。」裴穀答說：「曹丕的丕。聽說在宋朝是個作坊副使！」

「你看，」李煜鐵青著臉對嘉敏說：「不是有意藐視嗎？派這麼一個小官當特使！」

嘉敏不知道宋朝的「作坊副使」，只是一名管兵器製造的副主管，品秩甚低；因而要想勸慰，亦不知該如何措詞？只用一雙發愁的眼，怔怔地望著李煜。

李煜坐著在生悶氣，視線投向彌望皆白的天際，一動亦不動。這時候最好不要去打擾他；可是其勢有所不能！裴穀搓著手，焦灼不安地好一會；終於硬著頭皮，上前說話。

「啟奏官家，宋使等著晉見。」

「你好不曉事！」李煜突然回頭，厲聲呵斥；這不獨裴穀，水榭內外的人亦無不驚惶失色，因為從沒見他如此震怒過。

見此光景，嘉敏卻不知那裡來的勇氣，覺得應該挺身而出，有所諫勸，便起身向前，微微躬著腰說：「官家請息怒！鬱怒傷肝，大非所宜。」

看到嘉敏的關切的眼光，李煜激動的情緒，立刻平了下來；對裴穀說話的聲音也和緩了。「這種大雪天，豈是接見使節的時候？不會安排宋使，先就賓舍；過兩天再說？」

「是！」裴穀很小心地回答：「本是如此安排，無奈來使不通人性，脾氣太橛；說是賚來宋天子的詔書，未見國主當面呈遞之前，不敢就賓舍。」

這就怨不得裴穀了！李煜的因盛怒而漲紅了的臉，化為陰黯灰白；使得嘉敏驚疑不止，不知他何以會有此表情？正待設詞解勸，只見羽秋投過來一個阻止的眼色，便機警地不開口了。

「也罷！」李煜問道：「在那裡接見？」

「在長春殿。」

於是李煜轉臉向嘉敏惆悵地說：「敗興之至，只好你一個人在這裡賞雪了。」

「我又何心賞雪？」嘉敏毫不掩飾她的心情，「等官家一起駕，我立刻也要走了；我還是回去陪聖尊后的好。」

「喔！」李煜很尊重地囑咐：「在聖尊后面前，你不必提起有宋使來。」

嘉敏想問：「為什麼？」話到口邊，記起羽秋的眼色，硬生生改口答一聲：「是！」

「我就不懂！」嘉敏帶些憤激的語氣，「也不過宋朝來了一個官兒，而且看樣子也不是什麼大官兒，何以官家如此震怒；大家又是這等諱莫如深，倒像提一聲便犯了法似地！」

最後一句是隱然指責羽秋，她當然要解釋，但怕自己說得不夠清楚——事實上，亦確有許多她知其然而不知其所以然的故事在內，須另請一個人來解說。

「小娘子休動氣！其中自有好些曲折委屈，我請黃保儀來細細說與小娘子聽。」

嘉敏養在深閨，耳目所及，無非笙簧珠玉。而五代的改朝換代，忽而禪讓，忽而篡弒，往往消息初傳，局勢已定，百姓都不當它一回事；所以嘉敏對國事不甚明白。此時卻為羽秋的話所提醒，心想一旦繼位中宮，不能不知朝章國故；正不妨向黃保儀好好討教。

於是她欣然接納了羽秋的提議；同時吩咐宮女，打掃潔淨，備下精緻茶果待客，打算著與黃保儀作一夕深談。

「我們的國號，本來叫大齊。」黃保儀斜倚薰籠，從容開談，「先主烈祖，就是當今國主的爺爺，本來是唐憲宗之後，少小微賤，做了徐氏的養子，所以一直姓徐。身當大寶，臣下都勸先主復姓；他念著徐家的養育之恩，起先不肯，到即位的第三年——歸宗復姓，國號亦改為大唐。那時候是梁唐晉漢周五代的第三代，後晉天福五年的事——。」

烈祖的年號叫昇元；昇元七年下世，繼位的是他的長子，也就是李煜的父親元宗。他的年號叫保大；而五代由晉而漢、由漢而周，保大十五年，周主征唐，連破淮南，耀兵江北，元宗上表請和，自願作周的附庸；同時貶損身分，不敢稱帝而稱為國主。

宋朝代周而立，元宗依然謹守以小事大之禮；而內心鬱鬱不樂，在宋朝皇帝趙匡胤即位的第二年病歿。李煜即位，遣派使者向宋朝告哀，請求追復帝號。

「宋朝總算給面子，准如所請；所以先帝才能稱為元宗。」黃保儀接著又說：「不過先帝在日，雖然向宋朝稱臣；在國內，只不過不用帝號，此外一切，都是用的王者之禮；當今國主，就大大地不同了！」

「大大地不同？」嘉敏困惑地問，「不同在那裡，我怎麼一點都看不出來？」

「你當然看不到，不注意是看不出來的；可是，實在是大大的不同，你明天一早出去看，各宮各殿的屋頂上都變了樣子。」

「屋頂會變樣？」嘉敏越發不解，「莫非瓦都掀掉了？」

「那當然不至於。」黃保儀說，「屋頂的裝飾，王者之居用『鴟吻』，只要宋朝的使者一來，鴟吻就得去掉。」

「怪不得！」嘉敏恍然大悟，「怪不得國主覺得委屈。」

「這還不算委屈；接見宋使的時候才真是委屈。服飾要改換，不能穿黃袍；改服紫袍。」

「啊！」嘉敏越發明白，「怪不得國主不願接見宋使。」她又憤憤地說：「來使也太霸道了！那有硬逼著要見的道理？」

「『冰凍三尺，非一日之寒』，北方使者無禮，在前朝就是如此！幾乎沒有例外的。」

「難道江南真個無人？」嘉敏憤憤地說，「就這樣忍氣吞聲，次次受他們的欺侮？」

聽得這一問，黃保儀忽然眼睛一亮，有喜上眉梢的模樣，然後笑盈盈地說道：「我講個陶穀的故事你聽！」

「陶穀是誰啊？好像聽見過這個名字。」

「你應該聽見過，他也是天下知名的人物，本姓唐——。」

「啊！」嘉敏連連點頭，「我想起來了。他是河東邠州人，本姓唐；晉祖叫石敬瑭，為了避諱，改姓『有虞陶唐』的陶，他的號叫秀實。是不是？」

「對了！正是他。」

「他也到我們江南出使過？」

「來過。那是周世宗時候的事。」黃保儀答說，「也是元宗時候的事——。」

元宗保大年間，陶穀仕周以兵部侍郎翰林承旨的身分，奉使江南。此行的任務，據說因為金陵多六朝碑碣，特來觀摩書法。其實是來窺探江南的虛實。

元宗知道他的來意，卻無法逐客；加以陶穀的性情褊狹驕狂，每次與元宗相見，神態言語之間，十分傲慢，益發使江南君臣難堪。私下聚議，如何得能殺殺他的威風？結果是韓熙載想了一條美人計；大家都撫掌稱妙，就託付韓熙載照計而行。

其時陶穀逗留在江南已經三月有餘，因為「南朝四百八十寺」，看不完的碑碣。白天策馬閒遊，假訪碑為名，細察江南的士氣民心，辰光倒容易打發；夜來客館孤燈，淒涼萬狀，那滋味可就不好消受了。

韓熙載就是看出他內心的苦悶，特意選取了一名冶豔異常的家妓，密密囑咐了一番；送到客館為陶穀侍寢。那知第二天一早，就被遣回，帶來陶穀一封道謝的書信；是用的四六駢體，其中有一聯，以韓熙載的淵博，竟亦百思不解。

這一聯叫做「巫山之麗質初臨，霞侵鳥道；洛浦之妖姬自至，月滿鴻溝。」巫山神女，洛浦妖姬，所指者何，自然明白；但是，什麼叫「霞侵鳥道，月滿鴻溝」？

想來想去想不明白，只有一法，喚那家妓來細問，一問方知究竟，原來那家妓恰好月信來臨。既不能成其好事，那美人計自然失效，韓熙載便作第二次的部署。

這一次比較費事。先設詞將陶穀移居另一座賓館；當然，這一座賓館更來得精緻舒適，陶穀相當滿意。他住的是一座極大的院子，廳前兩株高過屋簷的梧桐；時當深秋，黃葉滿院，每天清晨來掃落葉的是個纖腰一把的妙齡女郎，令陶穀遺憾的是，青帕蒙首，面貌始終看不真切。

當然，只要有心窺探，絕無不能如願之理。一天黃昏，西風大作，暴雨驟降；掃葉女郎走到廊下避雨，將打濕的青帕從頭上取下來，陶穀只覺眼前一亮，因為她的頭髮，又黑又亮，就像緞子；再看到她臉上，越發令人驚異，神清骨秀，竟是絕色。如說美中有不足，便是過於清秀，略嫌寒薄；然而眉宇之間，隱含幽怨，卻正又是最動人之處。

陶穀從此遲出早歸；就在賓館中，亦是牽腸掛肚，如有心事，必得看到了掃葉女郎的影子，心裡才舒服些。可是夜來上床，輾轉反側，那滋味又難消受了。

這夜是十月十五，寒月如霜，皓潔非凡；陶穀貪玩月色，睡而復起，正待喚起書僮烹茶，只聽一連串如珠瀉玉盤的聲音，隨風飄來；不知誰在彈琵琶？琵琶是哀弦，淒涼的曲調居多；陶穀一面凝神一面細聽，默念著白居易的詩句：「弦弦掩抑聲聲思，似訴平生不得志。低眉信手續續彈，說盡心中無限事。」而腳下不知不覺地循聲而往；繞到屋後，是座廢園，推開虛掩的角門一望，乾涸的魚池邊，坐一位抱著琵琶的白衣女子，月光下看得分明，正是他朝思暮想的心上人。

「彈得好琵琶！」陶穀有意這樣大聲地說。琵琶聲歇，白衣女子抬眼望了望；急急起身，彷彿要躲避似地。

「你不要走！」陶穀恰好攔住了她的去路；指一指月亮說：「如此良宵，不妨談談。你姓什麼？」

「我姓秦。」

「喔，」陶穀想起驛卒也姓秦，便即問道：「管驛的是你什麼人？」

「是家父。」

陶穀大為驚異，驛卒竟有這樣一個女兒！「你不像低三下四的人。」他說。

「怎麼不像呢？」白衣女子抬起臉來撂一撂鬢髮，笑著問說。

「氣度不像。」陶穀情不自禁地答道：「說實話，名門閨秀，我也見得不少；實在都不如你！」

「老相公的話，說得太過分了。」

「一點不過分。」陶穀惟恐她不信似地，「我無須恭維你，實情如此。不說別的，就你一手琵琶，便是絕技。」

「彈得再好，沒有知音，亦是枉然。」

陶穀心頭一動，笑嘻嘻地說道：「莫非我亦不是知音？」

「我如何敢跟老相公相提並論？」

「就相提並論，有何不可。」陶穀坐了下來，「你也坐！我們好好談談。你叫什麼名字？」

「我叫弱蘭。強弱的弱，芝蘭的蘭。」

「好雅致的名字！」陶穀又問，「想來知書識字？」

於是秦弱蘭自訴身世。只為知書識字，姿色出眾，自視甚高，及笄之年，做媒的踏破了門檻，卻沒有她看得上眼的。論她的才色，原該匹配名門，但驛卒之女，門不當、戶不對，因而落得個高不成、低不求，最後嫁了個寒士。

婚後倒也有三年好日子，丈夫溫柔多情，文雅風趣；雖窮而肯上進，「三更燈火五更雞」，勤讀不休。秦弱蘭方在暗暗心喜，有此夫婿，何愁沒有出頭之日？那知用功過度，得了個咯血的毛病；很快地轉為癆瘵，不到一年，竟爾下世。

秦弱蘭決心守寡，只是夫家四壁蕭然，守無可守，萬般無奈，唯有「夫死從父」，長住娘家。

怪不得她眉宇之間，常含幽怨；而面貌亦嫌單薄，原是一副寡婦相！陶穀心想，相法上有個說法，剋夫的婦人，若與人作妾，又當別論。如得此姝娛老，倒也不壞。不過，看樣子她未必肯；開口碰個釘子，以後就難轉圜。此事須緩緩圖之。

因此，他只下一番討她歡心的功夫，誇獎她、安慰她，當然也同情她，只道紅顏薄命，嗟嘆不絕。說得秦弱蘭盈盈欲涕，頗為感動。

從此早晚相見，都要說好一會的話；在院中、在廊下，她從不進他的屋子。陶穀一顆心癢癢地沒個安頓處，卻是無計可施。

這樣過了半個多月，汴梁遣專差來召陶穀；據說等他回朝覆命，即將大用。韓熙載得知消息，攜酒相賀；陶穀的架子本來就大，此刻更是眼高於頂，只管自己督飭隨從，料理行裝，對客人淡淡地不大答理。

行裝料理到半夜，告一段落；陶穀已經閉門要上床了，卻又聽得有人叩門。開門一看，喜出望外，正是他朝思暮想的秦弱蘭。

她一進門便「噗」地一口將燈火吹滅；縱體投懷，自道感於知遇，願以身相報，但寡婦的名節也是要緊的，所以直到夜深人靜，方來相就。

陶穀不曾料到有此儻來豔福，薌澤初聞，嬌喘細細，一切都似夢如幻；他恍恍忽忽地，真有遇仙之感了。

一宵繾綣，秦弱蘭曙色初現時便起了床；陶穀一驚而醒，還待留她時，她已經輕輕開了房門，悄然遁去。回憶夜來的溫馨，想到專差催召，幾日之內，就要孤零零地上道，陶穀心中有著說不出的悵惘。

悵惘為他帶來了困惑，不知這一夕因緣是好是壞？若是北上途中，牽腸掛肚，則片刻歡娛，無窮煩惱，豈不是惡因緣？

話雖如此，卻仍舊希望與秦弱蘭有個單獨相處的機會；無奈啟程在即，待了的雜務特多，人來人往，不得其便。直到黃昏時分，方能清靜下來；而秦弱蘭卻又人不知、鬼不覺地出現了。

她此來是要乞取筆跡，作為別後思念的慰藉。陶穀的悵惘，正待發洩；不過這不是精心構思的時候，取幅花箋，直抒所感，寫成一首小令〈風光好〉：

好因緣、惡因緣，奈何天，祇得郵亭一夜眠，別神仙。
琵琶撥盡相思調，知音少。待得鸞膠續斷弦，是何年？

一夕因緣，是好是惡，一時不易分明，他只覺得來也突然，去也倏忽，如遇神仙，甫會即別；而又形容為「斷弦」，希冀有重續之時。秦弱蘭會得其中之意，卻懶怠答理；揣起花箋，笑一笑翩然而逝。她那神情，十分詭祕，撩撥得陶穀心裡，越發七上八下地不能寧帖。

到得第三天，李煜為陶穀餞行。盛筵宏開，極其殷勤，而陶穀架子擺得十足，不言不笑，亦不大動箸，賓主之間的意冷心熱，顯得格格不入，頗為尷尬。

「來！」李煜忍不住心頭火發，大聲吩咐：「取琉璃鍾來！」內侍取來一個裡外晶瑩的水晶酒鍾，五寸口徑，高將近尺，容酒可三升之多；斟滿了，喚一名內侍捧了去請陶穀乾杯。這是強人所難，陶穀更為不悅，板著臉只答了三個字：「我不喝！」

內侍無奈，回到李煜面前覆命；李煜冷笑道：「想來要有歌伎相勸，陶學士才肯喝！傳教坊伺候！」

教坊早伺候在堂下，聽得傳喚，遣一名歌伎上堂，手捧檀板，當筵而立；陶穀一見大驚，那裡有什麼荊釵布裙的驛卒之女秦弱蘭，原是教坊的粉頭喬妝的！

這一下知道壞事了！陶穀神色大變，倒像坐在火爐上似地，只是扭動下身；而秦弱蘭輕擊檀板，曼聲高唱；開出口來，清清楚楚的「好因緣，惡因緣」，將那首〈風光好〉唱得隻字不差！

她一面唱，一面向客座上含笑拋媚眼。於是滿堂亦都含笑看著陶穀；但見他臉上一陣紅、一陣青，忸怩萬狀，平日的威嚴，消失得無影無蹤。好不容易等秦弱蘭唱完，而陶穀的災難方始開頭；「學士。」秦弱蘭領著內侍來向他勸酒，「請乾了這一鍾酒！」

陶穀料知不能還價，窘笑著硬起頭皮，乾了一巨鍾酒。自以為過了難關，不道李煜高聲吩咐：「弱蘭，你再勸陶學士一鍾！」

「是！」秦弱蘭向內侍使個眼色，在琉璃鍾中斟滿了酒說：「請學士飲個雙杯。」

「不！不！」陶穀雙手亂搖，「再使不得了，我的量淺。」

「好事成雙，學士休客氣。」

「實在不行！」

「非飲不可！」

陶穀大怒，但怒火就是不敢發作；正著急著不知何以為計時，那兩名內侍開始動手了。早就受有指示的兩名內侍，毫不客氣，一左一右捉住陶穀的手臂，動手強灌；陶穀自然不從，大聲喊道：「殿下、殿下！」

李煜這時正以他的長兄文獻太子宏冀病歿，由鄭王徙封吳王，移居東宮，是無形中的太子，禮制甚隆；而陶穀一向對他不禮貌，見面時的稱謂，直呼「吳王」。此時事急，卑詞乞哀，改稱「殿下」，然而晚了！李煜揚臉不理。

這也就是暗示內侍，儘管依命而行，無須顧忌。於是又走上來一個人，一手捏住陶穀的鼻子，一手托起他的下頦，終於將一大鍾酒，倒入他口中。三個人灌完放手，陶穀已經面無人色；他的酒量本來不算好，而這樣入口的酒，又太難消受，因而很快地都湧了上來，張口一嘔，吐得滿地狼藉，是大大地失儀了。

扶回賓館，陶穀氣惱不已，卻又無可發作；遣人通知韓熙載，決定第二天便啟程北上，韓熙載陳明李煜，只派一名小吏，在十里長亭，草草備具杯盤餞別；那種簡慢的光景，與他初到時，百官在此相迎，殷勤道勞的盛況，大不相同，真正不堪回首了。

陶穀恨得牙癢癢，一路盤算，只待回到汴梁，便要攛掇周主，大舉征伐；那知李煜早有布置，派人趕在陶穀前面，將他的那首〈風光好〉在汴梁先為傳播；當然，不會說他如何被強灌了酒，只說吳王設盛宴餞行時，他如何酗酒大醉，狼狽不堪，失盡了大邦威儀。

這段故事，在善於詞令的黃保儀口中，娓娓言來，極其有趣。嘉敏興味盎然地傾聽，等黃保儀一口氣講到這裡，不容她休息，便隨即問道：「那陶穀呢？可曾攛掇周主，派兵來攻打？」

「周主怎麼會再聽他的話？原來打算用他為相的，只為他是這般行徑，那裡還好重用？」

「這才是！」嘉敏撫掌笑道：「這等狂妄的人，原該教他知道利害。好痛快！」

「這是官家做吳王時候的事。此一時，彼一時，如今卻不會再有這樣的情形了。」

「其實有何不可？」嘉敏想說一句：官家昔日的剛強，到那裡去了？話到口邊，自覺問得多餘，便又嚥了回去。

看她臉上笑容漸斂，陰鬱漸現，黃保儀多少猜知她的心事。想一想，應該勸一勸她，因為自今以往，她的話在李煜面前，慢慢地會發生作用；一言興邦，一言亦可以喪邦，舉國禍福所關，不能不提醒她出言慎重。

「昭惠后在日，軍國大事，從不過問；因為身在深宮，外頭的情形，茫然不知，要談亦無從談起。我倒覺得，這是很聰明的辦法，不聞不問，也少了許多煩惱。」

提到她姊姊，嘉敏心裡便是一個疙瘩；可是深一層去想，拿她與昭惠后相提並論，等於默認她將繼位中宮。黃保儀有才而無失德，原是有資格被「扶正」的，所以這一「默認」可說有相當分量。意會到此，嘉敏就只有欣慰而無不快了。

由於記著黃保儀的話，嘉敏跟李煜見面時，就從不談國事；尤其是能惹起李煜抑鬱不樂的國事，諸如宋使怎麼樣的跋扈無禮、汴京有何需索之類。

一過了年，第一件大事是為昭惠后下葬。李煜悼亡的哀痛，似乎已隨朱棺埋入黃土而消失；加以四境無事，而聖尊后自入春以來，日健一日，因而他的心境更為開朗，與嘉敏幾乎無三日不聚之時。

然而到底名分有關，而且嘉敏接納了羽秋的明規暗勸，行跡格外檢點；每次相見，不管是在友竹軒、瑤光別院，或者澄心堂後的夢蝶齋，總是不著痕跡地留下內監、宮女做證人，證明她跟李煜只是對坐清談，不及其他。

這若即若離的態度，不免使李煜煩惱；而一年的暮春時節，風風雨雨，落紅狼藉，正又是他多愁善感的時候。往年每到此時，昭惠后知道他聽不得春雨潺潺，見不得落花片片，總是著意安排下歌筵舞席，為他遣愁破悶；而今年卻無人來管他的心境了！由此感觸，想起昭惠后的許多好處；悼亡之悲復起，終於有一天在午睡時夢見了昭惠后；卻又隱隱約約，看不真切，更莫說夢中得一敘生離死別的相思！

醒來益增惆悵，焚香靜坐，依舊難解中懷鬱結，唯有發洩在吟咏之中；他不費什麼推敲的功夫，寫景抒情，直書所見所感，寫成了一首〈采桑子〉：

亭前春逐紅英盡，舞態徘徊。細雨霏微，不放雙眉時暫開。

綠窗冷靜芳音斷，香印成灰。可奈情懷，欲睡朦朧入夢來。

放下筆心中尋思，這首詞不妨送與嘉敏看看，讓她了解自己的情懷。轉念一想，又覺得不必多此一舉，好在詞中並無綺思豔語，不禁傳抄，她遲早會知道的。

果然，這首詞很快地到了嘉敏手中。細細玩味，是有人為他魂牽夢縈；而綠窗音斷、香印成灰，可知入夢之人，正是埋骨未久的昭惠后。想明白了，心中未免不是滋味了。

等冷靜下來再想，她卻又自愧；這分妒心，起得沒有道理。十年恩愛夫婦，一旦幽明異路，而且死別不過才幾個月，如果連悼亡之念都不准他有，也太可笑了。反過來看，他竟能將十年來的恩愛，拋得乾乾淨淨；未得新、先忘舊，也忒煞寡情薄義，反令人可怕。

這一念的轉變，嘉敏立刻便惻惻然地，覺得李煜可憐，那張「不放雙眉時暫開」的抑鬱的臉，清清楚楚地浮現在腦際，怎麼樣也抹不掉，攪得她五中如焚，恨不得即時就能跟他在一起，勸他、求他，只要他解頤一笑，她什麼事情都肯替他去做。

這一分無可形容，與時俱增的關切之情，少不得要透露給羽秋，一半是說出來心裡好過些；一半也有問計的意味在內。羽秋答得很直爽：「既然小娘子為官家犯愁，那就想法子替他尋些樂趣！」

「我也是這麼想，怎麼能讓他盡一日之歡？你倒替我出個主意看。」

「無非吹彈歌舞，飲酒作樂。人是現成的，外面有教坊，宮裡有昭惠后一手教導出來的一班宮女，能歌善舞。只是，以小娘子目前的身分——。」

以嘉敏目前的身分，還沒有資格宣召教坊奏技，更莫說指使宮女。羽秋雖未明說，嘉敏卻已充分會意；沉吟了一會毅然決然地說：「我記得從揚州帶來一具笙，不知置在那隻箱子裡？明天一早你就替我找出來；再跟裴穀去說，託他到教坊去問一問，有什麼宜於笙簧的新譜，給我借幾套來。」

「那具笙擱在什麼地方，我知道。」羽秋慢吞吞地問道：「要交代裴穀的事，就是這一件。」

「還有什麼？」

「還有，」羽秋忍俊不禁地，「小娘子的笙，是吹給自己聽的麼？」

這是說，還要交代裴穀，安排為李煜盡一日之歡的日期與地點。嘉敏聽她這樣發問，也忍不住笑了；「這得稍微等一等。」她解釋需等待的原因，「『三日不彈，手生荊棘』，什麼樂器，一丟下就生澀；我總得先練一練。」

「那就是了。我這會就去找裴穀。」

第二天一早，等羽秋將一支十七管的笙找了出來，擦拭潔淨時，裴穀亦已將宜於笙奏的曲譜送到了，一共三套。嘉敏喜孜孜地親自檢視，但拈起第一張看，便收斂了笑容，深深皺眉。

因為這套曲譜名為「玉樹後庭花」。當年陳後主耽於逸樂，召集江總、孔範等文士，宴於後庭，無復尊卑之序，稱為「狎客」；不禁妃嬪與狎客唱和。君臣高歌酣宴，通宵達旦，其中最有名的就是陳後主所作的這套「玉樹後庭花」。這樣七年之久，賄賂公行，文武解體，終於為隋兵破了石頭城；陳後主與寵妃張麗華遁入臙脂井中，結果還是不免被俘。所謂「商女不知亡國恨，隔江猶唱後庭花」；嘉敏想到唐人的詩句，懷疑裴穀是有意諷刺，大為不悅。

正待發作，羽秋已發現她神色有異，急忙問道：「怎麼？是何不妥？」

「你看，這是什麼意思？」嘉敏憤憤地說，「我要的是新譜；他拿六朝的舊譜來搪塞，而且是亡國之音的『玉樹後庭花』！」

「這是裴穀的疏忽，不必動氣。一定還有新譜，且再看。」

總算還好，有一套新譜，名為「桃林放牧」，嘉敏一看這個名字便回嗔作喜了；她讀過《山海經》與《水經》，知道函谷關西的靈寶縣，本名桃林，「武王伐紂，天下既定，放牛桃林」，桃林又出野馬，更有一處地方，叫做「馬牧澤」。這些典故，就是「桃林放牧」這個曲名的由來，四海和平，兵革不興，放牛牧馬，一片安詳，這是多麼令人嚮往的境界？

於是，她喜孜孜地取笙試譜；可是出聲不成腔調。這不是曲譜不好；而是她對音律一道，遠不如昭惠后來得精，在音節上頭把握不住分寸，吹來就不中聽了。這就不但她自己著急，連羽秋亦無法忍耐；「小娘子，」她說，「我去請窅娘來教你！」

這個建議本來是不錯的，唱曲奏樂，原要有唱和之樂，方能得切磋之益。只為一個「教」字為爭強好勝的嘉敏所不願聽，因而斷然拒絕：「不要緊！我摸得著門徑。」

好話不受，羽秋一賭氣，躲得遠遠地不理她。到得午後回友竹軒，發覺嘉敏居然摸著了門徑，已吹得很像個樣子。然而也夠她受的了；鬢髮散亂，鼻上見汗，樣子顯得有些狼狽。

「累壞了！」她說，「息一息吧！」

「不累。」嘉敏很興奮地說，「我還要練，熟能生巧。這套譜很有些奧妙，我吹給你聽。」

從頭聽起，意味又自不同；舒徐中節，也有很明快的地方，入耳恬適，一顆心很快地靜下來，直到聽完，猶有未足之意。

「你覺得怎麼樣？」嘉敏笑嘻嘻地問，聲音中有些發喘。

「我說不上來，只覺得很舒服。好似清明時節到外頭去走走，風吹在臉上，軟軟地；只想在草地上躺下來，聽鳥叫，聞聞花香。什麼事都懶怠去做了。」

「對了，我想要的，正就是這樣的一種意味。」嘉敏的氣更喘得急了，彷彿過於激動，竟有些語不成聲，而仍舊要說下去：「你想『桃林放牧』這個名字，就可以想像其中應該有些什麼？鳥語花香、綠草如茵，放牛牧馬，徜徉自在，是好一片太平盛世的光景。羽秋，你可有些那樣的感覺？」

「正是這種感覺。行了，」羽秋提高了聲音說，是勸告，但也是強制，「不能再吹了！吹笙最傷氣，不要肺家弄出病來，可是件不得了的事。」

「好！」為了安慰羽秋，嘉敏聽從勸告，「今天不吹了。」

「我看是很不錯的了。明天，」羽秋問道，「明天就請官家來小宴，聽你吹笙？」

「再過兩天。等我練得精妙了再說。」

「那，那也好！」

她還在刻意苦練，為娛君王，希望奏出一鳴驚人的新聲；不道猶帶生澀的曲調，已先入李煜的耳中——他是無意中向裴穀問起嘉敏近日的光景？而裴穀亦在不經意中透露了嘉敏索取新譜一事，因而引起了李煜的興趣；這興趣出於好奇，他從不知嘉敏亦曾親近音律，更不知她於此道可及得上昭惠后的修養？急於想作個比較，所以在去萬壽殿為聖尊后問安時，特意繞道友竹軒外，希望一明究竟。

剛過花圃，便已發覺笙簧之聲；李煜不由得駐足傾聽。以他的那一雙耳朵，一聽便能鑑定嘉敏在這方面的程度；自然不如昭惠后。同時也聽出她不彈此調已久。

可以想像得到的，她必不願他人聽到她的還未熟練的樂聲；猶如自己不願以尚待推敲的詞稿示人，是一樣的道理。於是李煜又悄悄地離去；同時命裴穀告誡從人，不准讓嘉敏知道他來過，免得掃了她的興。

等得第三天，嘉敏親筆寫個小簡，派羽秋送到澄心堂；說是為了「餞春」，特設杯盤，請李煜來作「主人」。

「這個名目倒想得有趣。明明是請客，偏說叫我作主人；虧她怎麼想來的？」李煜欣然對羽秋答道，「你回去說，我料理完了幾件緊要章奏，馬上就去。」

「是，請官家早早起駕。」

「絕不會遲。一定在午前到。」

「是！」羽秋又說，「周小娘子囑婢子代奏：餞春須求官家的墨寶一幅。」

「可以！」李煜毫不遲疑地答說，「回頭我帶去。」

到了近午時分，李煜換了一件薄薄的袷衫，瀟瀟灑灑地來到友竹軒。嘉敏卻是滿頭珠翠的盛妝；從昭惠后去世以來，她還是第一次打扮得這樣穠豔，因而等她拜罷起身，李煜不由得緊盯著她看。

這使得嘉敏多少有些發窘，背轉身去，假咳一聲；這一下提醒了李煜，自知有些失態，便即說道：「倒是你雅人深緻；可惜我今天思路艱澀，又急著要來踐約，竟不能好好做一首餞春的詞，姑且拿舊作搪塞吧！」接著，喚一聲：「裴穀！」

裴穀捧著一個畫軸在手裡——李煜是取裱好現成的條幅，寫的一首舊作〈菩薩蠻〉：

尋春須是先春早，看花莫待花枝老。縹色玉柔擎，醅浮盞面清。

何妨頻笑粲，禁苑春歸晚。同醉與閒評，詩隨羯鼓成。

等嘉敏看著念完，李煜笑道：「你我同作主人，便須同醉。」

「『詩隨羯鼓成』，官家須有新詞，限時交卷；我便奉陪一醉。」

「好，好！」李煜很高興地說，「依你，依你。聽說你奏得好笙；回頭就以笙代鼓好了。」

「沒有師承，不成腔調的東西，怎麼敢獻醜？」嘉敏微笑著推辭。

「無須過謙。」李煜轉臉吩咐：「羽秋，取笙來！」

「是！」羽秋答應著，身子卻不動；要看嘉敏的眼色——這是有意要表示出來，她只聽嘉敏的話。苦練了幾天，就為的是此刻；謙虛不可無，做作不可多，嘉敏便用其詞有憾的語氣說：「也罷！你便取笙來。」

於是羽秋將那支竹管成了肉紅色，擦拭得亮可鑑人的笙取了來，嘉敏接在手裡，慢條斯理地端詳了一會，然後半側著身子，捧笙就口，試吹了數聲，聲清而爽，異常悅耳。

一直含笑注視的李煜，可有些忍不住，「妹子，」他不自覺用上了私下親暱的稱呼，「你讓我先聞為快吧！」

「這支曲子叫〈桃林放牧〉，音節不快；可是全曲不長。等我奏完了，官家不能『詩隨羯鼓成』，可又怎麼說？」

「自然罰我的酒。」

「不敢說罰酒。那時候，我敬官家一杯，官家可要還我三杯！」

「一定。敬酒更要吃了。」李煜又催：「請、請！」

於是嘉敏調一調氣息，聚精會神地奏起那支〈桃林放牧〉。音節從容明亮，令人想起那種春暖花開，水漲前溪；信步尋芳，恬然自適的意境。李煜深深驚訝，不過兩三日功夫，她的技藝竟而大不相同，真要刮目相看了。

可是，聽不如看。新聲雖妙，究不到出神入化的地步，教坊中比她高明的好手多的是；但是那如玉筍般的纖纖十指，高高下下地在長短參差的笙管上移動，如龍飛、如鳳舞，如蕙蘭初放、如芍藥臨風，那姿勢的美妙，令人目眩神迷，卻是在誰的手上都看不到的。

因此，他趁曲子一段結束，嘉敏稍停換氣的空隙，脫口吟道：

銅簧韻脆鏘寒竹，新聲慢奏移纖玉。

聲朗而清，字字真切。在文字上，嘉敏勝過昭惠后；她覺得用「脆」與「鏗」來形容銅簧竹管的笙韻，已是道人所未道；更妙的是金石鏗然，偏說「銅簧韻脆」；而絲竹清脆，卻又說寒竹鏗然。究其實際，是銅簧得竹而韻脆，竹因銅簧而鏗鏘；此方是確切不移地寫盡了笙之為笙。

光是起頭這一句就讓她衷心傾服；再想到第二句他讚美自己的一雙手，更覺欣悅得意，不由得含笑斜睨。那水汪汪的一雙眼睛，冶豔非凡；連羽秋和其他宮女，看在眼裡，都有驚心動魄之感。

在李煜更是意亂神迷，讓她的眼色勾起好些溫馨的回憶；尤其是夢蝶齋中恣意相憐的千金一刻，令人渴望著重現。

是這樣無可自主的心情，那裡還會去尋章覓句？更莫說細聽〈桃林放牧〉！直待眾音俱寂，唯見盈盈含笑的嘉敏，正眼相視；他方始如夢初醒似地，想起自己身在何處？

「『銅簧韻脆鏗寒竹，新聲慢奏移纖玉』，是〈玉樓春〉還是〈菩薩蠻〉？」

這是在催問他作的詞。李煜無法回答；此時連他自己都還不知道會續成為〈玉樓春〉，還是〈菩薩蠻〉？便虛晃一槍地問：「你喜歡那一個詞牌？」

「我都喜歡。」嘉敏咄咄逼人地：「『詩隨羯鼓成』；請官家快快念來！」

李煜笑了；然後舉起面前的玉杯，往外一伸：「你斟酒吧！」他說：「我認罰！」

「不敢罰官家的酒；只依官家許了我的話做。」

原來相許的是以一易三。嘉敏喚羽秋取來一色大小的四個瑪瑙酒鍾，斟滿了蘭陵酒；自取一杯，一飲而盡，笑著拿空杯子向李煜照了一下。

李煜欣然引杯，一一乾訖。然後起身說道：「既是『餞春』，自須酬花。羽秋，你們帶著酒，跟我來。」

大家都不知道他要做些什麼？只攜酒相隨；隨他一直走向花圃，在一叢自洛陽移植的異種牡丹前面站定。

「『會向瑤臺月下逢！』」李煜念了一句李白的〈清平調〉，回身從羽秋捧著的漆盤中，取一小杯酒，自己先喝一口；餘下的都澆向花間，作為餞別。

就這樣念一句詩，澆一杯酒；澆遍花間，直到念出「開到荼蘼花事了」，方始罷手。而天不作美，豔陽忽斂，暗雲湧到，豆大的雨點灑了下來；急急走避，衣服已經打濕了一大片。設在院子中的酒筵，當然也糟蹋了。

回到友竹軒中，一面重新設席，一面讓李煜更衣。而雨勢越來越急；萬壽殿的瓦是銅瓦，雨急聲喧，簷溜湍急，加上呼嘯，顯得熱鬧非凡。

「大妹子！」裴穀向羽秋拋過去一個眼色，「這雨，一時不得停。我看，大家散一散吧，不必都伺候在這裡。」

羽秋懂他的意思。心想，這是順理成章的事；如果阻撓就太殺風景了！因而點點頭，回報以同意的眼色，然後向所有的宮女宣布：「都去歇歇！沒事在屋裡待著；下雨天別亂跑亂走的。」

衣履皆濕的宮女們，巴不得這一聲，紛紛各散；羽秋便悄悄閉上了嘉敏臥室的門，喊一名垂髫的小宮女守在廊下，聽候呼喚。然後，與裴穀一起退了出去。

風更狂，雨更驟，而緊閉著的嘉敏的臥室，卻是聲息全無；也許有聲息而為喧譁的風聲雨聲所遮蓋，那就無可究詰的了。

不久，有一首〈菩薩蠻〉從禁中流傳出來，爭相抄誦：

> 銅簧韻脆鏘寒竹，新聲慢奏移纖玉。眼色黯相鉤，秋波橫欲流。
> 雨雲深繡戶，來便諧衷素。宴罷又成空，夢迷春睡中！

這首詞迷離惝怳，在可解與不可解之間。但其中有「本事」是無可疑的；只是「雨雲深繡戶」，不知得承恩寵的是誰？有人說是聖尊后宮中，一名喚做慶奴的絕色宮女，最近李煜還寫了一柄黃羅扇賜給她，上面題的一首詞，叫做〈柳枝詞〉：

風情漸老見春羞，到處芳魂感舊遊；
多謝長條似相識，強垂煙穗拂人頭。

這言之鑿鑿的說法，頗為熟於宮禁而又長於詞章的人所笑。這首詞，實在不是詞，是一首七絕，題目叫做「柳枝詞」，詠的就是柳枝。李煜寫來賜給慶奴，倒是一片惋惜之意——慶奴自負絕色，少所許可；到了放出宮去的年齡，卻不肯出宮，任憑聖尊后如何勸說，只是不從，口稱願意服侍聖尊后一輩子。就為了這一分忠心，聖尊后拿她另眼看待；李煜因孝母而敬其人，才特以上用的黃色羅扇相賜。

但是了解內幕，如阿鑾那樣的人，卻知道慶奴別有衷曲。她的本意是自顧顏色，必能邀得君王一盼，「飛上枝頭作鳳凰」；而李煜晨昏定省之餘，跟慶奴見得面多了，自亦未免有情。

無奈昭惠后早具戒心，而且應付的手段，較之施之於嘉敏，大有高下之分，她一方面不斷誇獎慶奴端莊穩重，拿禮儀來拘束，以至於到得後來，慶奴當著聖尊后的面，對李煜竟不苟言笑了；另一方她又屢次暗示李煜，慶奴是聖尊后面前最得力的人，不宜奪老母之所愛。當然，防範極嚴，更是不消說得的。

為此，慶奴成了自誤青春。如今三十將到，已近遲暮；李煜為她惋惜，才寫了這首「柳枝詞」喻意，只「風情漸老」四字就再也明白不過了。

禁中祕辛到底洩漏了！那首〈菩薩蠻〉是為嘉敏所寫。然而，何以謂之「讌罷又成空」？既諧衷素，就不是好夢未圓。這「空」字應該另有所指。

有人試作解釋，說這首詞是變格。上半闋是李煜寫他的所聞所見；而「過片」以後的四句，是用嘉敏的口氣，寫她的經歷與感觸。所謂「譙罷又成空」，是說她的所求未遂。嘉敏所求的是什麼？只看她久留不去，就可以猜得出來；是在等待聖尊后下立后的懿旨。

「這十六歲的嬌娃，能母儀天下嗎？」韓熙載大為困惑；夜宴之際，向他的密友問說。

座客的意見不一，有的附和韓熙載的話；有的以為自東漢以來，年輕的皇后多得很，無足為奇，有的認為年齡不關緊要，要緊的是皇后的品德應無可批評，否則便是舉國之羞。

對最後一種意見，韓熙載深以為然。自覺三朝老臣，應盡言責；又怕一個人的力量不夠，特意約了兩位同僚，一起進見諫勸。

這兩個人亦是出入機要之地的重臣，一個叫陳喬，風度淹雅，小心守法，現任吏部侍郎兼樞密副使；一個叫潘佑，苦學成名，先在祕書省當個小官，為韓熙載與陳喬所賞識，交章論薦；當時李煜在東宮開崇文館招賢，潘佑就是極少數的入選者之一。他的文章做得極好，典雅華麗，而且下筆如飛，因此，李煜用他「知制誥」；凡是重要的詔令，都出自他的手筆。只是賦性孤峻激烈，落落寡合。韓熙載邀是邀了他，卻有些不大放心；怕他言語耿直，激起李煜的反感，於事無補而有害。

「榮陽，」韓熙載喚著他的別號，鄭重叮囑，「你我正色立朝，固應犯顏直諫；但人臣事主，亦自有禮法。請你陳詞不可太質直，激起意氣，反而不妙。」

「請放心。我不發言則已，發言則必蒙官家嘉納。」

「那就是了！」韓熙載掀髯欣然，「原知你辯才無礙，必能回天。一切仰仗了！」

潘佑笑笑不答。隨班進見，先論國事；陳喬是樞密副使，掌管軍令，首先報告這天新到的一個諜報：後蜀雖為宋師所滅，蜀主孟昶已由水路出三峽，向汴京投降；但王全斌在蜀中縱容部下，騷擾擄掠，激起民變，有不可收拾之勢。

「喔，」李煜問道，「汴京如何處置呢？」

「聽說要另派重兵入蜀平亂。」

「是走那一路？」李煜問道，「水路還是陸路？」

「陸路崎嶇，行軍艱苦；自然是走水路。」

由水路走，就得經過邊境，所以李煜告誡：「那得通知林仁肇，嚴加戒備。」

「是！」

「可也要通知他，」李煜加重了語氣說，「宋師過境，不准惹是生非。」

「林仁肇持重識大體，絕不至於無端招惹宋師。」陳喬答說：「臣再通知他就是。」

李煜點點頭，看看潘佑問道：「你怎麼跟他們倆一起來見？」

潘佑「知制誥」只向李煜負責，無與韓熙載、陳喬同時進見的必要，所以李煜覺得奇怪。而潘佑卻似不便回答，只用催促的眼色看著韓熙載。

於是韓熙載踏上兩步答道：「臣等只為流言可畏；心所謂危，不敢不言。外間沸沸揚揚的傳說，實在有傷聖德。」

「喔，」李煜很注意地問：「傳說些什麼？」

「臣等又不忍言。」韓熙載忽然轉換語氣，「昭惠后去世已將十月；中宮缺位，聖意云何？」

「昭惠的屍骨未寒，」李煜有意閃避，答得冠冕堂皇，「何忍言及此事？」

「官家重於夫婦之義，不勝傾服。只是國后統攝六宮，未便久虛；不知心目中可有才德俱勝的賢媛，堪備其選？」

聽這口氣，似乎是來「做媒」。李煜心想，如答以尚無其人，韓熙載就會提出人選；果然如此，便是多此一舉，不如趁早辭絕了他，說等幾年再議。

這個念頭剛起，另一個念頭緊接而至；韓熙載此來，意思莫測，不要上了他的當。快刀斬亂麻，擺脫他的糾纏是上策。

因此，他斷然決然地答道：「叔言，你不必再往下說了。我是悼亡的心情，你應該知道。」話風中點水潑不進去，韓熙載詞窮了。不過李煜言不由衷，卻是很明顯的；因而他不能甘心於就此罷手，便向陳喬和潘佑使個眼色，希望他們幫腔。

潘佑裝作未見，陳喬在韓熙載的求援眼色催促之下，自不能不開口，「官家篤於伉儷之情，此時不忍議立繼后，臣等自須仰體聖意。」他徐徐說道：「只是中宮輔弼聖德，既為海內臣民所殷盼，更為聖尊后所關切。官家上慰慈懷，下安民心，亟宜早定大事。」

在這番大道理籠罩之下，李煜無法閃避了，不過提到聖尊后，卻正好有個推託，便點點頭答道：「你說的也是實情。過幾天，等我請示聖尊后看！」

韓熙載心想，這一來更不妙了！周嘉敏深得聖尊后的寵愛，人人皆知；如果讓她選后，結果不問可知。有話真要在此時就說個清楚；不然，也許三兩日內就會有懿旨下來，那時措手不及，再難挽回了。

這樣想著，便有些口不擇言，「立后是家事，可也是國事。」他說，「臣乞官家代奏聖尊后，立后之前，將名單交議。」

「立后還要廷議嗎？」李煜不滿地質問。

「這也是集思廣益之意。」

李煜懶得跟他多說，冷笑一聲答道：「好吧！我拿你的意思轉奏聖尊后就是。聖尊后接納不接納你的意見，可就不關我的事了。」

韓熙載又碰了一個釘子，不便再說；移目直視著潘佑，催他進言。潘佑微微點頭，示意領會，打算有番話說。

「立后是國事，也是家事。自然要以聖尊后的意旨為意旨。臣以為與其交議於後，不如建言於先；臣乞懿旨一道，博諮周詢，舉薦賢媛，列成名單，恭請聖尊后親自選定。庶幾事理周治，不悖於禮。」

「說得對，說得對！」李煜欣然同意，「就照你的建議辦！」

與李煜的欣慰正好相反，韓熙載覺得潘佑荒謬絕倫；退了下來，氣得吹鬍瞪眼地，在宮中就待與人吵架。

「滎陽，你太豈有此理！」他氣急敗壞地說，「我邀你面駕，原是望你助我一臂之力；你怎的偏跟我作對？我說立后是家事，也是國事。你竟說是國事也是家事。輕重倒置，南轅北轍！明明是撕我的老面皮！」

「豈敢！韓公是我的舉主，我怎敢無禮？」潘佑看著他與陳喬，從容答說：「兩公總信得過我潘某，即便無賴，也還不至於賣友求榮吧？」

韓熙載餘怒未息，冷笑著說：「賣友不賣友，不去說它；足下這一番陳奏，已經上結主知，總是不爭之事。」

「韓公這樣責備我，我除了請罪以外，就別無話說了。」

言語之間，各不相讓，有成僵局之勢；陳喬便從中調解，「韓公息怒！」他婉言相勸，「滎陽素為我公激賞，必不致有意冒犯。且聽他解釋。」

「好！」韓熙載手指著潘佑說：「我請教你的大道理。」

「豈敢！道理雖不大，也不小。『金縷鞋』鐵案如山；官家如果竟不立周氏為后，則是始亂而終棄。韓公以風義自許，風流自喜，想來不至於願事一位薄倖之主吧？」

一句話說得韓熙載張口結舌，囁嚅了好一會，方始答得一聲：「何可一概而論？以常人擬王者，不倫！」

「男女之情，王者何殊常人？薄倖者不仁不義，施之於臣下則寡恩。韓公願事寡恩之主？」

「叔言，」陳喬點點頭說，「知微見著，榮陽的見解，不可不重視。」

「韓公，」潘佑忽然激動了，「國事蜩螗，所見宜大。蜀中已經為宋所有，南漢旦暮不保；吳越力求自全，我們亦須早自為計。整軍經武，多少大事，待官家大振乾綱，當機立斷；何苦爭這些虛文浮節？以我的想法，官家的兒女私情，該讓它早有歸宿，俾得專心一志處理大政；這較之據禮力爭，反對周氏正位中宮，其得失為何如？」

韓熙載究竟是讀書讀通了的，有服善納諫的雅量，頓時改容相謝：「榮陽，倒是老夫錯怪了你！」

「言重，言重。」潘佑亦很謙恭地遜謝。

「不過，榮陽，有一點我還是不能不怪你。」韓熙載又說，「你既有這番高超的見解，何不早跟我說明了，也不必有今天這多餘的一舉。」

「也不算多此一舉。正要官家知道有侃侃直言的老臣，心存畏憚，方不致恣意而為。」

這是一頂高帽子，但多少也是實話；芥蒂盡釋的韓熙載，想起潘佑先前所作的諾言，不覺拍手好笑，「榮陽、榮陽，你真會弄狡獪。說什麼『不發言則已，一發言必蒙官家嘉納！』原來你早就站在官家這一面；倒上了你的大當了。不過，話說回來，」他衷心表示傾倒，「有你這樣精微的見解，無礙的辯才，也只好讓你去弄狡獪。」

「閒話少說，」陳喬作了一個結論，「既然大家的意見已經和洽一致，就索性早早促成了好事。榮陽日侍左右，請相機進言相催。」

「是！」潘佑問道：「如果官家問起兩位的意思如何？我怎麼說？」

「就照你的意思作答，」韓熙載答說，「請官家收拾閒情，勤理政事。當然，這番意思須出之以宛轉；如何措詞，請你自己斟酌。」

事實上，用不著潘佑催促，李煜就在著手進行了。潘佑的建議，解消了他心中存之已久的一個疑難；他不敢貿然請懿旨立嘉敏為后，就是怕出之以太遽，萬一有人提出異議，彼此面子都不好看，而且亦難找出轉圜之道。如今用懿旨博訪賢媛，既是冠冕堂皇，足以為嘉敏增重身分的辦法；又因迂迴緩衝，得以留下了暗中疏通化解的餘地，實在是絕妙的一計。

因此，李煜在第二天到萬壽殿問安時，閒閒提起，說臣民關心中宮，都望早日冊立繼后。昨天韓熙載等人，特為此事進謁，反覆奏勸；他因為不知聖尊后的意思如何，所以未作肯定答覆。

聖尊后早就定下了主意。但這是件大事，且是須保持機密的一件大事；所以只在心裡盤算，從不肯向左右透露。此時聽李煜提起，便即吩咐左右迴避；決定好好談出一個結果來。「這件大事也該辦了。」聖尊后說：「你說要問我的意思，我可不能不顧你心裡的想法。我想，你總也有個打算吧？」

「娘說如何就如何，兒子沒有打算。」

聖尊后不知道李煜是有意說得這樣漂亮；只道他真無打算，不覺訝異，「難道你對嘉敏沒有意思？那末，」她問，「何以總是找她玩呢？」

這一問等於誅心。李煜發覺自己弄巧成拙了！如果再說假話，便是欺母，大大不可。因而陪笑說道：「也不是沒有意思，只為她年紀太輕，怕難勝中宮之位。」

「我也是顧慮到這一點。既然韓熙載他們都催著立后，話就好說了，先定下名分，早安臣民之心；至於正式行禮，不妨過兩三年。」

「是！」李煜又說，「潘佑有個辦法，兒子倒覺得不妨一試。」

接著，李煜說了那個辦法；聖尊后無可無不可地同意了。

這道懿旨，當然由「知制誥」的潘佑秉筆。他受命之後，在禁中足不出戶，亦不接見僚屬，精心構思，花了三天的功夫，才作成一篇典矞堂皇，駢四儷六的大文章。

這篇文章，除了詔令照例應有的「套子」以外，一開頭以「易筮兩儀，乾健與坤成並重；詩賡四始，齊家為治國所先」籠罩全局，點醒主題；接著是「爰溯上儀，聿稽往牒」，歷數賢后的典故，進一步強調「乾健」有賴乎「坤成」。

然後就是頌揚死者了：盛讚昭惠后在日，「夙嫻女訓於閨中，珩璜有則；曾表母儀於海內，禕翟攸崇」，而且「侍春暉於長樂，布惠澤於掖庭」，自聖尊后以下，無不結緣。不幸的是中道崩殂，薄海同悲。

這以下來接入正文。后位不便久虛，應該「特選賢淑，繼正宮廷。」如得「柔嘉範著，敬順性成」的華閥名宗之女為國后，「共矢精誠，同伸孝養」，以期「陳籩薦豆，襄宗祀而奉馨香；旰食宵衣，翊藐躬以綿統緒」，方是社稷祖宗，天下臣民之福。

最後是宣示舉薦賢淑的辦法，責成地方官府加意訪求；在朝在籍的大臣，以及德高望重的耆老，亦皆有薦賢之責。開具家世履歷，詳敘年貌才藝，層層轉送到宮中，聽候聖尊后親裁。

這是罕有的盛舉！綸音一布，江南處處轉動；凡是高門大族而家有及笄之女的，只要平頭整臉，不痲不瞎，無不躍躍欲試，不肯錯過這個攀龍附鳳，平地青雲的機會。自以為生了一個德容俱備，才藝兼擅的好女兒的父母，更是喜心翻倒，興奮無比；唯一的例外是周夫人。

周夫人十分痛苦，既驚且疑，而表面上卻須裝得沒事人似地，免得更為親友所笑——在她心目中，國后不出周家的願望，可說已經達成；情勢擺在那裡，沒有人可以成為嘉敏的對手。

誰知穩穩的局面，一夕之間打得粉碎。這也是擺在那裡非常明顯的情勢；如果聖尊后和國主決定立嘉敏為繼后，又何須多此一舉？既有此舉，便是黜落嘉敏的明證。

何以會有這樣的劇變？可還有挽回的餘地？周夫人一連幾夜不能安睡，起臥不寧地只是猜測這兩個疑問。

當然，與她持有同樣看法的周氏族人，亦很不少。一族榮枯所關，無法袖手看熱鬧，因而推舉了幾位長老去看周夫人，坦率相見，決定祕密派遣老管家進京，相機謀幹。

不管是打聽消息也好，拜託挽回也好，有求於人，不能空口說實話；周夫人盡發庫中積聚，備辦了五份重禮，由管家攜帶進京，分送周家舊日同僚，而至今在朝的重臣。名單中第一位便是韓熙載。

韓熙載正在鬧窮，一看周家所送的禮，有古玩、有金銀器皿，都是立刻可以變現之物；大喜過望，全數笑納。

當然，既受了禮，便得有所報答；他不但透露了降此懿旨的用意，而且自告奮勇，願意糾合同僚，聯名舉薦嘉敏入繼中宮。

結果十分圓滿。周夫人得到老管家帶回來的消息，愁懷盡去；督促家人，收拾房屋，改換門楣，靜等冊后的專使，賚著喜詔臨門。那知好事多磨，就在事成定局之際，無端起了風浪；風浪來自汴京。

在汴京，李煜派得有人常駐驛館，專負聯絡宋朝各衙署之責；按時有密報送回金陵，經過樞密副使陳喬的手，或者轉奏，或者分知。要轉奏的當然是大事，卻往往是壞事。

只有這一次報來的一件大事，在陳喬竟無從分辨是好是壞？密報中說：宋朝有人向皇帝獻議，與江南結姻；以一位公主嫁作李煜的繼后。這個建議已被接納，正在遴選特使，預備到金陵來作媒。

陳喬不敢怠慢，當天就將原件送到澄心堂。李煜大感意外；他不知宋朝此舉是善意還是惡意？只直覺地不願作趙家天子的女婿。於是，立即召集重臣會議；商量如何辭謝宋朝的這番「美意」？與會重臣，傳觀密報，無不覺得此事來得突兀。密報中語焉不詳，大家認為首先要弄清楚的，究竟是那位公主、品貌如何？這就又要問韓熙載了，因為他曾數度奉使汴京，了解宋朝皇室的情形。

「宋朝皇帝有六個女兒，大的三個，早年夭亡；老四大概還不到十歲，亦還沒有受封。如今宋朝有公主封號的，只有一位。這位公主，絕非良配。」

汝南郡公徐遼是主張結這門親事的，因而便搶著說道：「韓尚書請勿先下斷語；且說這位宋朝公主，是何等樣人？靜候官家裁奪。」

「這位公主亦是杜太后所出，宋朝皇帝同母的胞妹，封做燕國長公主。今年三十多了；相貌與他的皇帝哥哥很像，」韓熙載比著手勢說：「臉有這麼大，腰有這麼粗；又黃又黑的皮膚，其醜無比。」

「這，」徐遼失望地說，「果如所言，確非良配。」

「品貌是良配也不行，燕國長公主如今居孀；豈有嫠婦而可入居中宮者？」韓熙載又說，「照我看，密報中所說的公主，是宋朝皇帝的姪女。卻不是老三光義的女兒；他的女兒還小得很。到了待嫁之年的，只有一個，是已故邕王匡贊的女兒，如今也還沒有封號。」

「喔，」李煜問道：「趙匡贊可是宋主的長兄？」

「是！宋主居次；他弟兄五個，匡贊是老大。」

「這位皇姪女的品貌如何？」徐遼問說。

「聽說還不壞。」

「那——。」徐遼看著李煜說，「請官家考慮。」

「這何用考慮？」潘佑抗聲而爭，「官家做了趙氏的女婿，國將不國！徐郡公失言了，應該引咎。」

「我如何失言？這是修好的良機，久安的善策。求之不得的好事！」

「修好無非討好，久安實為苟安，果然討得了好，能夠苟安一時，猶有可說；只怕討好未必苟安，反有彌天大禍！」潘佑說到這裡，略一停頓，環視四周；但見個個悚然動容，便知自己的話已有效果，所以越發激昂警動，「豈不聞『齊大非偶』？果然結此姻緣，自然是官家詣汴梁親迎；到那時，只怕官家欲求為劉先主而不可得！」

這是引用《三國志》所載劉備的故事；韓熙載大為欣賞，便接口聲援：「當時新破曹操於赤壁，劉先主領荊州牧，占長江上游，聲勢正盛；孫權存畏忌之心，故而『進妹固好』。即令如此，亦幾不免；晝夜兼行，方得免禍。今昔異勢，更無論矣！」

最後這句話，雖說得含蓄，而李煜還是明白的。他一直就不肯應宋朝皇帝的邀約，親到汴梁，所顧慮的就是怕一去不能復返；誠如潘佑所說，「欲求為劉先主而不可得」。此時聽韓熙載引敘三國故事，越發了然於今昔之勢所異者何在？劉備有自己的衛士，有布營於長江上游的後援，而且方在締盟結親之後，識破禍機於先，沿江防守的吳軍不會對劉備有防範之心，才能逃過難關。如今彼我的情勢，完全不可與當時相提並論；一去汴梁，就如東流的長江之水，再不能回頭了！

「潘卿的見解甚是！」李煜終於作了裁決，「大家只商量如何打消此事吧！」

大家都對「潘卿」這個稱謂，感到新奇；連潘佑本人亦不例外——李煜稱呼臣下，如果是先朝老臣，以別號相呼；如叫韓熙載為叔言。倘為他即位以後拔擢的新進，便直呼其名；如今忽稱潘佑為潘卿，足見看重。

相形之下，徐遼更覺難堪；此時聽得李煜這一問，便冷笑說道：「哼！謀國之忠，如果只在逞口舌之利，那就太危險了。拒絕宋朝的要求，自無不可；但要考慮考慮後果。倘或宋朝惱羞成怒，遣兵南下，不知官家的愛卿，有何禦敵的妙計？」

「此須問林仁肇。」潘佑應聲而答，「其實亦可不問；有林仁肇坐鎮武昌，不會讓宋師越雷池一步，而況長江是天塹。」

「不見得！」徐遼依然固執，拿蜀中的情形相比，「棧道、三峽之險，過於長江；請看孟昶的結局如何。」

就在這時候，裴穀悄悄掩到陳喬身邊，低聲告訴他說，樞密院派了人來，有緊急文件要向他面交。

於是陳喬請求暫行退席。他在猜想，也許是又有開封的密報遞到——猜想證實了；那封密報來得切合時機。不過處理的方式要考慮。

他凝神想了一會，決定採取比較謹慎的方式；招招手將裴穀喊了過來，先作個商量。

「裴內相，汴梁來了一通密報。」他指著文件說，「蜀主孟昶的結局，都在這裡面了。我想，先請官家過目。」

「是。」裴穀答說，「我回頭呈上官家就是。」

「不！此刻就要送請御覽。」陳喬答說，「信又很長，怕一時看不完；就看完了，怕官家會震動，得要靜靜思量。」

裴穀懂了，陳喬是希望他能設法讓會議中止，便點點頭說：「果然如此，我密奏官家，請大家先散一散。不過，」他又困惑地問，「學士，你說官家看了這通密報會震動；莫非投宋的蜀主有了不測之禍？」

「是的！母子相繼畢命，慘得很！」

這就不但李煜，恐怕消息一宣布，與會群臣都會震動。裴穀意識到事態的嚴重，不敢怠慢；進殿以奉茶為名，到李煜身邊，用從容的語氣，說一聲：「請官家更衣。」

這是相沿成習的一個暗號；李煜聽得這話，便知裴穀有話，非此時私下陳述不可。便點點頭起身離座。

退入後殿，只見陳喬面色凝重地等在那裡，手裡拿著沉甸甸的一封信，便指著問道：「那是什麼？」

「是汴梁來的密報，臣以為應該即時上呈。」說著，雙手捧起信來；裴穀接過，轉呈李煜。

密報中細敘蜀主孟昶奉母率眷，以及孟氏族人與官屬，自三峽而下；溯漢水而至汴梁投降的情形。起先備受禮遇，宋朝皇帝尊孟昶之母李太后為國母，並在崇元殿備禮出見。孟昶率領胞弟、親子、蜀中大臣，白冠素服，頸懸布帛，在明德門下，親遞降表，伏地待罪。

宋朝皇帝很寬大，溫詔慰勉，說是「取法上天，廣覆下土，既叶混同之象，永垂照臨之光。方喜來茲，何勞俟罪？體茲睠待，無至兢憂。」派內侍扶起孟昶，更換親王的服飾，並在大明殿賜宴。

宴罷，派大員送孟昶入居面臨汴河的新建大第，宣賜金銀綺絹鞍馬；降詔封孟昶為「太師兼中書令秦國公，給上鎮節度使俸祿。」所有孟氏親族及蜀中降臣，亦各授官職，妥善安置。

情況似乎相當圓滿。

那知不過七天功夫，孟昶忽然一病而亡。秦國公府中，哭聲震天；唯有李太后不哭，她在親自弔祭愛子時說：「你不能死於社稷，苟且偷生，貽羞祖宗；死得晚了！我之不死，是怕你傷心；如今我又何所顧慮？」從此絕食，不過半個月奄奄一息而終。

這母子倆的「哀榮」，如果作為宋朝的臣子而言，是可以令人羨慕的。宋朝皇帝輟朝五日，素服發哀，追封孟昶為楚王；特派大員經紀喪事，並發甲士三千人護送他們母子的靈柩，葬於洛陽。

此外還附錄有一通孟昶的遺表；李煜看到「偶縈疾疹，遽覺沉微，乃蒙陛下軫睿念以殊深；降國醫而薦至。比冀稍聞瘳損，何期漸見彌留」這幾句話，不由得失聲驚嗟，「孟昶的死因可疑啊！」他頹然倒在金交椅上，偏著頭自言自語：「『偶縈疾疹』是小病，何以『遽覺沉微』？他自己有侍醫，汴梁亦不乏名醫；不能小病看成不治之症。而且宋主還派『國醫』去診治；『比冀稍聞瘳損』，彷彿還曾好轉過；怎說『何期漸見彌留』？若謂中毒而死，不應該有此好好壞壞的曲折；如說不是死於非命，病歷中不可解之處又太多。真是怪事！」

「官家，」陳喬冷冷地答說：「降王先死，何足深論，蜀主不死於社稷，而死在受辱以後，且是在投降不久；這還不足以警惕麼？」

「說得是！」李煜矍然憬悟，匆匆起身，說了句很有決斷的話：「無須再商量了！也沒有什麼好商量的！」

在外面，沒有李煜主持的廷議中，爭辯得卻很激烈。論榮辱、是非之際，一望而知，無可爭執；談利害，見仁見智，看法不一，徐遼指出三峽之險、劍閣之固，不足以拒宋軍水陸兩途的深入，確能聳動聽聞，因而很有些人意志動搖，改變初衷，認為結姻宋室，不失為委曲求全之道。

這使得潘佑越發憤慨，大聲疾呼地想辨明，孟昶的敗亡，乃是自取之咎、自取之辱。不勤政事，不信戰備，信任小人；雖有天險，歸於無用。如今救亡圖存，唯在昂揚志氣，上下奮發；如果心中先存怯懼之念，則委曲亦未必能求全。到那時，宋朝要求江南納地稱臣，取消國號，試問何以堅拒。

爭辯未有結論，李煜已經復返；大家看他和後隨的陳喬與裴穀，無不面色凝重，不由得愕然注視。滿堂沉默無聲，自然而然地形成了那種「山雨欲來風滿樓」的氣氛。

「孟昶死了！」李煜啞著嗓子說，「做了宋朝七天的臣子，不明不白地死了！叔言，你們看這一通來自汴梁的密報。」

「是！」韓熙載接過文件；看到在座諸人都想先聞為快的表情，便將密報內容，大聲念了出來。

「如何？」等韓熙載念完，潘佑環視四周，「孟昶自取其辱，而且禍延老母！雖死不足以蔽其辜。」

於是主張李煜做趙家女婿，以為結姻修好，可以求得苟安的人都低下了頭。

到此地步，不必李煜作何裁決，自然而然地在各人心裡都有了一個結論：國主絕不宜身入汴梁；

更不宜與宋室聯姻。至於如何婉拒宋朝的「美意」，那是另一回事了。

李煜的想法也不例外。因而宣示廷議結束；卻留下韓熙載、潘佑和徐氏兄弟——徐遼、徐遊，還有一番密議。

「此事絕不可行，是不消說得的了！然而也犯不著結怨。」李煜看看潘佑說道：「如何弭患於無形，潘卿可有善策？」

「幸虧消息來得早，還有可以措手之處。」潘佑答說，「如今頂頂要緊的是掌握先機，倘或汴梁已有成議，派出專使，那就事在必行了！因為宋朝絕不肯自失威信！」

「是啊！」李煜焦灼地說，「那一來豈非成了不可解的僵局？事不宜遲，此刻就得派人，星夜趕去，片刻耽誤不得。」

「官家垂諭極是！」韓熙載說，「謀定後動，及今未晚。第一是商量在汴梁如何措手；然後再商量派什麼人。為事擇人，庶幾有濟。」

「雖說為事擇人，也是為人擇人。」潘佑接口，「依臣愚見，挽回此事，非託趙普從中斡旋不可。」

「是的，趙普。」徐氏兄弟異口同聲地說。

趙普是宋朝的宰相，亦是宋朝皇帝的布衣昆季之交；掌理宋朝國政，亦管趙家家務，託他從中消解，事情便有七分把握了。「只是趙普好貨，」韓熙載皺著眉說，「這份禮送得還不能輕。」

「那也顧不得了。」李煜問道，「你們看，派誰去好？」

「臣保薦一人，必能不辱使命。」徐遼又很起勁了，「遣張洎去最好。」

張洎確是最適當的人選，因為他精明能幹，多文采、善言詞；而且數度奉使汴梁，與趙普以下的宋朝大臣，處得極其融洽。正符合潘佑所謂「為人擇人」的意思。最難得的是，在李煜看，張洎極其忠誠；他初次為使，觀光汴梁歸來，作了十首詩，醜詆汴梁的風物，因而大得李煜的歡心，相信他絕不會為宋朝所收買，作出任何不忠不義之事。

「可是，」李煜問道：「張洎去年一病幾殆，至今不曾入值，何能長途跋涉？」

「張洎久已痊癒，屢次想銷假入值；只為官家仁厚，體恤特甚，一再示諭，要他多作休養。張洎以為聖恩漸疏，不敢瀆求。如蒙特加驅遣，則感恩圖報，必當格外盡力。」

「嗐！」李煜倒有些歉然：「他誤會了！我何嘗疏遠他？你既這麼說，明天就叫他銷假好了。」

「官家果真派張洎出使，不如命他即日打點行裝，早日動身。不過，此去須有個名目。」

要想個名目很容易。江南這年豐收，以進新穀為名，便絕無人懷疑張洎此行的任務。當然，除新穀以外，還有其他土儀各物的貢獻，同時餽贈宋朝大臣。這些儀物是由船運；而張洎為了爭取時間，輕車簡從，由陸路先赴汴梁。

由金陵到汴梁，是渡江直北的一條大路；走到徐州，歇馬一日，正待折經商邱、沿黃河西進時，金陵派了專差，星夜遞到一通文書，送交張洎親拆。

這通文書，是陳喬出面寫來的信。封面上所鈐的「樞密院印」竟是藍色；張洎入眼大驚，因為國有大喪，方鈐藍印。便先不看信，找了專差來問話。

「宮裡出了什麼變故？」

「聖尊后去世了！」

「聖尊后崩逝？」張洎放了一半心，卻又不免困惑，「我出京的時候，聖尊后還是好好的；怎的遽爾謝世？」

「聽說是遊東池摔了一跤，頓時口眼歪斜；隔得一夜便不治了。」

「喔，這是中風！」張洎又問，「這文書可是你親自從陳學士手裡領受的？」

「不是！是樞密院供奉官交出來的。囑咐連夜趲趕；送到了要等回信。」

於是張洎拆開封套，但見裡面除陳喬的信以外，另附著一道聖尊后遺詔的抄本；除了照例交代節約喪儀、勉勵群臣善輔國主以外，最緊要的一段話是「昭惠皇后胞妹，故司徒周宗幼女周氏嘉敏，淑德久昭，才容無雙，著立為繼后，留宮居中，待年成禮。」

這是件很意外的事。張洎在啟程以前，對他此行的任務，亦曾參與密議，當時有兩派意見，一派認為應該早日宣示立繼后的懿旨，杜絕宋朝聯姻之想；另一派是徐氏兄弟的看法，此舉似乎有意予宋朝以難堪，以慎重為宜。

李煜是接納了徐氏兄弟的意見。不想有此變故，推翻了成議。張洎心想，徐氏兄弟的顧慮，很有道理；如今雖以聖尊后的遺命，沖淡了有意與宋朝作對的痕跡，但遺命、遺詔向來是可以假託的。倘或趙普問起，何以見得立昭惠之妹為后，出於聖尊后的遺命；倘或聖尊后早有此意，何以遲至今日始行宣示？這就很難解釋了。

他一面這樣在想，一面看陳喬的信。信中詳敘聖尊后得疾與崩逝的經過。如張洎所推斷的，聖尊后死於中風；臨終以前，口不能言，不過她的意旨是極清楚的——她曾握著嘉敏的手，拿它交到李煜手裡。待李煜表示，必遵慈命，立嘉敏為繼后；聖尊后方始含笑而逝。

這些陳述，在張洎是極有用的；但他覺得還不夠，因而立即作了一個決定，不妨先在徐州等待；等待更多的聖尊后早就屬意於嘉敏的證據。

於是他寫了回信，喚來專差，囑咐他立即趕回金陵，將回信面呈陳喬，「你跟陳學士回稟明白，我要等他的覆信到達，再去汴梁。」張洎又說，「覆信最好還是你送來；輕車熟路，不會出差錯。」

等專差一走，張洎定定心又細想，情勢既變，應該觀望觀望風色。聖尊后去世，以及遺命立周嘉敏為繼后的消息，一傳到汴梁，會引起怎樣的反應？實在很難說。倘或惹惱了趙家天子，有所責備，甚至用兵，那麼汴梁之行，不但自討沒趣；而且回到金陵，便是辱命而歸，亦覺得臉面無光。這就太不聰明了。

這樣一想，發覺自己的處置未善；立刻派人去追專差，等追了回來，他已重新寫過一封信；這封信很簡略，也很含混，只說遽聞聖尊后的訃聞，內心惶惑，不知作何行止？至於要陳喬搜集聖尊后在日，如何寵愛嘉敏的事蹟，作為早就有意立她為繼后的「證據」的話隻字不提。他這樣做是為逗留徐州不進，找一個理由，因為「不知作何行止」，便有待命之意；而最主要的作用是安下一個伏筆，萬一來自汴梁消息不妙，就不妨以奔聖尊后之喪為名，帶轉馬頭，逕回金陵。

打好了這個可進可退的主意，張洎便在徐州住了下來；每天遊山玩水，憑弔古蹟，關盼盼的燕子樓、漢高祖的泗水亭、呂布的戟台都逛到了。

這樣逍遙了十來天，金陵和汴梁都有了消息。宋朝是遣染院使李光國為專差，赴金陵弔祭；而且准許聖尊后用「光穆皇后」的稱號，再一次表示承認「元宗」的帝號。

來自金陵的消息，卻費人猜疑——陳喬的覆信，與他的簡略，正好相反，洋洋千言，細述朝中近事。先談聖尊后之死，說是崩逝之日，金陵城內忽然降下滿天的黃沙，為從未有過的怪事；又說國主遭逢大喪，哀毀過度，形銷骨立，雖未病倒，卻須扶杖而行。真正純孝過人，令臣下感動。

另外提到一件事，已召鄧王從鎰還都。這倒不足為奇，鄧王從鎰，雖非聖尊后所出，但名分既在，理當奔喪。使得張洎詫異的是，鄧王本來留守南都——江西南昌；奔喪成服以後，原可仍回南都，卻不知如何，留而不遣；因為南都已另外派人鎮守了。

移鎮南昌的人，不是別人，正是江南第一大將林仁肇，他在去年夏天，方始奉派為武昌軍節度使；不過一年有餘，改調為「南昌尹」留守南都。這番更動，意味著什麼，必須好好研究一下；因為他預料一到汴梁，宋朝君臣必定會提起此事，須有個切實圓滿的答覆。

他在想，林仁肇一向主戰，調離武昌，當然是怕他不遵約束，擅自與宋軍開釁。所以此舉是對宋修好的表示。既然如此，話就好說了。

其時來自金陵，裝載新穀儀物的大船已到；張泊不須再輕騎趕路，捨陸登舟，揚帆西去，不消幾日，汴梁城已經在望了。

汴梁外城方圓四十餘里，城壕叫做「護龍河」，寬有十丈；穿城的河道有四條，最大的一條是汴河，也就是隋唐的通濟渠，自洛陽的洛口分水入汴梁，東去泗州入淮河，漕引江湖，利盡南海，為東南山澤百貨，輸往北方的一條要道。張泊正是由這條水路來到汴梁的。

汴河從汴梁的東水門到西水門，共有十三座橋。但張泊所率領的貢船過大，無法入城，只能泊在東水門外；宋朝的閘官下船驗視，由張泊親自接待，道明來意，另外送上一個豐厚的紅包，換來極其親切的招呼。張泊交代了過關的手續，囑咐貢船繫纜待命，自己雇了一條小船，帶著緊要的禮物，先投驛館。

宋朝在汴梁的驛館，有五座之多；同文館專門接待高麗、日本的使臣；禮賓院為西北回部、東北女真等國的貢使而設；瞻雲館接納萬里以外的遠邦使者；而懷遠驛則為西南炎荒諸邦使臣的居停之地。

此外還有一處都亭驛，是大大有名的地方。這座驛館，在唐朝名為上元驛，地在汴梁北城以外的陳橋、封邱兩門之間。宋朝皇帝，當年在周朝為臣，領兵北征；兵止陳橋，由皇弟光義與趙普設計，策動兵變，黃袍加身，就是此處。

龍興之地，如今仍是驛館，新題的名字叫做班荊館；作為各國使者迎餞之所。張泊特意選中此地來投宿，不但因為這裡重新修葺布置，供應使役方便，住著比較舒服；而且送往迎來，極其熱鬧，趁班荊道故的機會，可以打聽到南北東西的許多消息。

登門相詢，管理班荊館的「供奉官」，猶是張泊四年前奉使來此所結識的舊交。這就越發方便了；張洎挑了一座靜僻的院子住下，略略安頓以後，隨即提起，要到相府拜謁。

「趙相公新起了大第，好不壯麗！」供奉官告訴他說，「光是麻搗錢就費了一千二百貫。」

塗壁以麻搗土稱為麻搗，在起造房屋的費用中，這應該是最不費錢的工料，而竟花了一千二百貫之多，其餘可想而知。

張洎心想，趙普如此奢靡，自己帶來的這份禮，就算送對了。因而故意問道：「趙相公起這座大第，銀子必是像水般潑出去；想是官家所賜，不然，那裡來的錢？」

「錢？禮絕百僚的宰相，怕沒有錢？」供奉官向外面看了一下，湊到張洎面前低聲說道：「相府新立的規矩，你可知道？」

「不知道啊！請教。」

「相府新立的規矩。各國進貢物件，先要拿單子送到相府看過。許進貢才能進貢；不許進貢，原船飭回。」

「這其中莫非有說法？」

「自然有說法——。」供奉官慢吞吞地回答，最後拖下一個長長的尾音，欲言又止，目光閃爍，其意難測。

張洎十分機警，心知不是有顧忌，便是賣關子，反正他此時不會再說，便追問亦無用處。如果事不關心，最好就此丟開；無奈他此行的任務，就是要結納趙普，為江南取得許多照應，那就非設法追根問底不可了。

當然，這是急不得的事。張洎便轉換一個話題，只談別來的汴梁，又起了多少豪華的第宅；船過「州橋」，發覺兩岸市面興旺，與以前又自不同的閒話。等供奉官坐談了好久，將要告辭時；張洎告個便去後廂檢點隨帶的土儀，豐豐腆腆地包了一大包，另外又取五十兩銀子，做一起捧了出來。

「不腆之儀，望乞笑納。」張洎說道：「這五十兩銀子，是茶水之資，請先收了，以後再算。」

「不敢當，不敢當！」供奉官將銀子推在一邊，「這些江南的名物，汴梁難得一嘗，我便拜領謝謝了。銀子卻不敢收，膳食茶水，都是公家供應，要什麼錢？」

「那就請你留著賞下人。」張洎又補了一句：「你我至好，有福同享，患難相扶，這些須小事，何足介懷。」

聽此一說，供奉官便將銀子納入袖中，點點頭捧了土儀就走；走到門口，卻又轉身，低聲說道：「張兄，你的貢物單子呢？」

「在這裡！待我開箱子取來你看。」

「不必。我再問一句：大貢以外的小貢呢？是些什麼？」

「小貢？」張洎問道，「小貢貢與誰？」

「大貢貢與官家，小貢貢與相府。」供奉官又問，「你可知小貢之小是何意？」

言外有音，卻無法分辨，張洎正色說道：「要請教！」

「小貢者，不是貢物不如大貢之謂。倘是那樣想法，就大錯特錯了。小貢之小，是貢物形狀大小之小；譬如晶圓的珠子，至多也不過黃豆般大！」供奉官停了一下問道：「你懂了吧？」

張洎當然懂了。貢物的單子，要先送相府看過，是收納還是不收，就看小貢如何？而小貢是要看來不顯眼，卻比大貢更珍貴的物品。

這一來便有了難題；可是得知難題，便是供奉官指點之功，張洎略一沉吟，有了主意，隨即一躬到地，「多謝關照，卻還有個不情之請，」他問，「索性請老兄指點，小貢要如何看來才不顯眼？」

「這——，」供奉官想起來了，「我說個例子你聽，吳越進的小貢，是一簍海味；其實海味只在上面，底下另有花樣。」

「喔，喔，是了！」張洎拱手說道，「我自有區處，請去更換便服，奉屈到酒樓坐坐，順便到『界身』走一走。」

「界身」是一條巷子的名稱，不知何所取義？這條巷子在宮城正門宣德樓的東南；地方不算太偏僻，但不是在汴梁住久了，不易找到。因為這條巷子並無單獨的出口，它的北面是一排十餘間面的一座敞廳，名為「鷹店」，實係鳥市，會鬥的畫眉，會「上台」的百靈，會學人言的八哥，無所不有；不過鳥市是早市，一清早熱鬧過兩個時辰，到了近午時分，前後皆空的敞廳，便成了過路，南通一巷，就是界身。

界身的巷道，不長而寬；東西兩面皆是青磚高牆石庫門，門內高大重樓，十分壯觀；乃是金銀綵帛、奇珍異寶的交易之所，每一筆生意，進出鉅萬，獲利甚豐，所以家家「三月不開張，開張吃三月」。

供奉官聽說張洎要到界身走走，便即笑道：「想是要去辦好些珍寶作小貢？」

這話恰恰說反。張洎也笑笑答道：「到時自知。請去換了便衣來！」

等供奉官一走，他再次到後廂去細細檢點。原來備好送趙普的一份重禮，如兩尺多高的珊瑚樹之類，送入相府，未免顯眼；張洎受了管驛官的教，決定拿到界身去變現，另備小貢。

交易頗為順利，四件古玩，一枝珊瑚樹，賣得了四千五百兩銀子；等店家拿麻袋裝銀錠時，張洎說道：「我不要銀子，我要赤金。」

「任從尊便！」店家答說：「九九成色的赤金，十五換。」

十五兩銀子換一兩金子，折算下來，恰好三百兩金子；張洎又說：「我要『瓜子金』。」

瓜子金形如瓜子，取攜方便，但容易散失，不甚流行；店家面有難色。供奉官便出一個主意，囑咐店家拿金子送到「爐房」回爐現鑄；他請張洎到酒樓坐一坐，回頭來取。

說妥當了，暫且離去。兩人出了鷹店，迤邐向東；將到「潘樓」酒店，張泊站定了腳，詭祕地笑道：「先到那裡逛一逛，再來吃酒。」

供奉官看他眼角笑出兩條魚尾紋，恍然有悟，「有、有，有地方逛。」他說，「隨我來！」說著，便往街南走了去；曲曲小巷，家家笙歌，地名「桑家瓦子」，又分南北兩段，北段叫做「中瓦」，南段叫做「裡瓦」。大小瓦舍五十餘座——來時瓦合，去時瓦解，易聚易散；「乃是士庶放蕩不羈之所，亦為子弟流連敗壞之門」。

五十餘座瓦舍之中，粉頭盈千；張泊目眩神迷，無所適從，反而趑趄不前。供奉官便又出一個主意：「不如你我到潘樓坐著，看你喜愛甚等樣人，喚來相陪就是。」

「瓦舍女子亦可喚來侑酒麼？」

「有何不可！」供奉官拉著他的衣袖說，「走，走！你看，那個醜八怪過來了；教她拖住了，脫不得身！」

抬眼一看，果然有個年可三十，綠裙紅襖，斜眼掀鼻，擦一臉怪粉的醜陋婦人，大踏步撵了過來；張泊大吃一驚，不待供奉官再催，急急掉頭而去。

出得中瓦，方始稍停，張泊沮喪地說：「是這般的破『瓦』。不『合』也罷！」

「不然！物有貴賤，人有高下，好的都在裡瓦；且先到酒店再說。包你稱心如意。」

聽這一說，張泊精神復振。隨著供奉官來到街北的潘樓酒店——汴梁賣醉之處，分為兩大類，一類稱為酒樓，最大的一家，名叫樊樓。門樓高大，終年紮綵；進門一條極寬的甬道，上透天光；上樓迴廊三面，盡是一間間門簾深垂的小閣子。到晚來燈燭輝煌，上下相照；濃妝豔抹的妓女，少則數十，多則上百，都聚集在迴廊正中的樓廳上，任憑醉翁呼喚，入閣侑酒。

再一類就是潘樓這樣的酒店，不備廚房，不備粉頭，講究的好酒；但有名的飲食桌子，出色的歌兒妓女，亦可指名點索，店家樂予奔走代辦。這樣的玩法，可豐可儉；有時倒比酒樓更糜費、更講究。

這兩人光顧潘樓，自然是講究的玩法；張泊有心結納居停，一進門先交了五十兩銀子在櫃上，搶著做定了東道主。跑堂的見是闊客，不待囑咐，延入最精緻的一間閣子；擺上來的果碟子，不用磁器用純銀的高腳盤。

「這位是江南來的達官。」供奉官指著張泊說，「你須盡心伺候，莫失了我的面子；於你潘樓的名聲亦不好聽。」

「請放心！」跑堂答道，「我這雙眼睛再厲害不過，一看便知是何等樣的客人；豈敢得罪財神？」

「這位是財神，我可是土地；回頭要開了花帳，小心我剝你的皮。」供奉官說，「肴饌隨意，只揀精緻的送了來；酒要仁和老店的。」

「是了，我會調排。」

「裡瓦可有好貨？」

「怎的沒有？」跑堂的看著張泊說，「倒有一個，人品必中這位達官的意；就有一件，這個粉頭，水土還不曾服，脾氣有點兒僵。」

「喔，你是說她初到汴梁不久！那裡人？」

「成都。」

聽說來自蜀中，張泊不由得便問：「是怎麼來的？」

「提起此人，話頭甚長；達官中意，我喚了她來，細細問她自己。」

張泊不作聲；意思並不拒絕。供奉官便問：「你何以見得必能中這位達官的意？」

「這位達官，一望便知是肚子裡灌足了墨水的；那個粉頭，識得字，談得好掌故。講相貌，見了自知；就冷些兒。」

「喔，叫什麼名字？」

「叫做『賽薛濤』。」

張洎早聽說過，蜀中承薛濤的遺風，勾欄女子，多通文墨；其人既可「賽薛濤」，可知還是詩妓中的佼佼者，因而欣然表示同意。

那供奉官亦常便衣冶遊，在裡瓦中頗多舊好，但既為陪伴請客，亦須揀個善於應酬的方好，所以指明點一個酒量極好、言語便給的名妓唐京奴。

於是跑堂一面擺酒，一面轉知櫃上，派人到裡瓦和傳喚粉頭。一街之隔，本可點傳即到；但娼家有好些故抬身價的法子，有意延擱，等磨足了功夫才來，是習見之事；所以直到上燈時分，方見唐京奴翩翩而來。

此人貌僅中姿，但手腕靈活，要招呼的又只有主客二人，更覺遊刃有餘，敷衍得點水不漏。張洎在她殷勤相勸之下，不知不覺地灌了好幾杯酒，倒已有三分酒意了。

這時，賽薛濤方始出現。門簾掀處，已飄來一陣香風；張洎常在金陵禁苑中出入，聞慣了各種異香，識得賽薛濤身上的香味，來自南海，不同凡品。心中不免驚異。

「那位是張相公？」她一進門便問。

「喏！這位。」唐京奴指著張洎答說，「江南來的張相公。」

於是賽薛濤便在筵前福了一福；再看著供奉官問：「這位是？」

宋朝不比唐朝，禁止官吏冶遊；但瞞上不瞞下，只須略遮耳目，那供奉官假託姓宋。唐京奴明知其假，依然一本正經地說：「這是主人家，宋官人。」

「官人」是對男子通用的尊稱；而唐京奴這樣回答，實在是照應她的暗示：他是宋朝的官人。賽薛濤卻未領會，往下又問一句：「宋官人在那裡得意？」

這在唐京奴就不便代答了。供奉官笑笑說道：「我幹的是送往迎來的生涯。」

賽薛濤自然聽得懂他的話；話中有刺，刺痛了心，眼圈一紅，盈盈欲淚。在座三人，無不一驚；而供奉官更覺著惱，不過說得一句笑話，何須如此？正待發作，唐京奴機警，急忙搶在頭前，為她掩飾。

「今日風大，必是沙子吹進眼裡了。待我看！」

一面說，一面走過去，裝作照料，向她使了個眼色；賽薛濤亦知失態，自覺歉然。便勉強裝出笑容，「多謝你！」她揉揉眼說：「不得了！」

於是，一場小小的不愉快，算是過去了。賽薛濤先敬了一巡酒，然後坐在張洎身後，卻是無話。

「我這位姊姊，彈得好琵琶，唱得好詞。」賽薛濤向張洎說道：「張相公何不試她一試？」

「不忙，先談談吧！」張洎回頭握著她的手問，「聽你的口音，未曾大改；想是到汴梁還不久？」

「是。只得半年。」

半年前正是孟昶素服白冠，待罪明德門下之時，張洎心想，她大概也是隨孟昶一行出三峽，到汴梁的。果然如此，倒不是沒有來歷的人，值得好好問她一問。

「你的本名叫什麼？」

「我姓朱，單名一個素字。」

「朱素！」張洎點點頭說：「這名字倒也別致。你父親想來也是讀書人？」

「是。」

「你是隨你父親一起來的？」

「不。先父早故世了。」

「然則你是隨什麼人來的呢？」

「說來話長——。」

原來朱素是孟昶的宮女，王全斌破成都之日，大掠宮中，朱素亦不免失身；隨後王全斌取宮中女子，配與有功將士為妻，朱素嫁的是一名「軍頭」。合巹之夕，發覺她並非完璧，竟醜詆了一夜；朱素也就哭了一夜。

不久，孟昶奉命東來，朱素的丈夫，奉派護送；居然也帶著她同行。一路好言好語，頗假以詞色；朱素暗暗心喜，以為丈夫回心轉意，盡釋前嫌，從此終身有託，可以白首偕老。那知到得汴梁的第三天，她丈夫說帶她去會親，送到一處地方，不別而去；到晚來不見蹤跡，問起究竟，才知道她丈夫得了二百兩銀子，將她賣入勾欄了。

原來有此身世之痛！張洎與供奉官自然替她難過；供奉官想起剛才出言相戲，恰好是揭著了她的痛處，不免歉然，便即解釋：「我不是有意挖苦你；我管驛，幹的是送往迎來的差使。」他又安慰她說，「各處來的達官，常有在汴梁物色佳麗的；有機會我替你作媒，早日擇人而事，也是一個歸宿。」

「是！多謝官人關顧。」說著，朱素向張洎瞟了一眼。

眼色中彷彿在問：便這位如何？可肯娶我？張洎裝作不解，將話扯了開去：「你在蜀宮，幹何職司？」他問，「總見過花蕊夫人？」

「我在摩訶池掌管文物。」朱素答說，「原是慧妃派了我去的。」

「慧妃是花蕊夫人的稱號？」

「是！」

「怎麼叫花蕊夫人呢？」

「是官家，不，」朱素急忙又說，「我是指去世的蜀主。只為慧妃顏色嬌嫩，可比花蕊，所以賜她這麼一個別號。」

「蜀主如何？可體恤下人？」

問到這一句，朱素忽然激動了，冷笑著答說：「太體恤了！」

「怎麼呢？」

「只為太體恤了，養得士兵好吃懶做，一無用處。」朱素念道：「『十四萬人齊解甲，竟無一個是男兒！』」

張洎亦曾聽說過，花蕊夫人敏慧如其稱號，在蜀中時曾仿前蜀王建，作過一百首宮詞，道盡禁宮的綺麗，成都的繁華。孟昶投降以後，有關她的傳說甚多，其中之一是，說她曾為宋朝的皇帝召見，問起亡國的原因；花蕊夫人用一首七絕作答：「君王城上豎降旗，妾在深宮那得知？十四萬人齊解甲，竟無一個是男兒！」

這個傳說，現在似乎由朱素證實了，確有其事。張洎又想起另一個傳說，不肯放過求證的機會，「聽說花蕊夫人出蜀，在路上作過一首〈采桑子〉。」他沉吟了一下，不便將那首詞念出來，只問：「真是那樣子說的嗎？」

「是怎麼樣說？」朱素倒不忌諱那首詞，「『初離蜀道心將碎，離恨綿綿，春日如年；馬上時時聞杜鵑？』」念到這裡，她問，「是這一首嗎？」

「這是半首，後面還有半首。」

那半首是「三千宮女如花面，妾最娟娟；此去朝天，只恐君王寵愛偏。」因而有人認定，花蕊夫人未至汴梁，便已不惜失節，但亦有人說，這是花蕊夫人經過葭萌驛，一時感觸，在驛壁上題詞；寫到一半，推敲未就，而護送的宋軍，催促趕路，未能續完。後來有好事之徒，為她添上後半首，才有這種誣蔑她的敗節之語。

張洎是相信這一說法的，因為就常理而論，即令花蕊夫人甘心失節，亦是藏諸寸心的祕密打算，怎會公然形之於筆墨，而且題在大道旁的驛壁上？

那知兩者皆不是。「花蕊夫人是不是做過這半首詞，我不敢說；我敢說的是，絕沒有什麼『題葭萌驛壁』的事！」朱素答說：「葭萌關在廣元附近；她隨蜀主由水路出三峽，怎麼走得到棧道上的葭萌驛？」

「說得是！看來是誤傳了。」張洎問道：「聽說蜀主也做得好詞；江南卻不曾見有他的佳作流傳，你倒念一兩首我聽聽！」

「念不如唱。」供奉官不由分說，自取一面琵琶，送到朱素懷中。

她一面調弦，一面沉思，好一會才欣然說道：「有了，我唱一首〈玉樓春〉。每年夏天，蜀主總與花蕊夫人在摩訶池避暑；那一年格外熱，半夜裡睡不著，起來納涼，做了這首詞，音節很美。」

說完，朱素凝神調息，然後輕攏慢撚，從纖纖飛舞的五指中，滑出一連串「大珠小珠落玉盤」的清脆之聲。在過門剛完，餘音裊裊中，見她輕啟櫻唇，慢慢唱道：

冰肌玉骨清無汗，水殿風來暗香滿。繡簾一點月窺人，欹枕釵橫雲鬢亂。
起來瓊戶啟無聲，時見疏星渡河漢。屈指西風幾時來？只恐流年暗中換。

「換」字的尾音甚長，越唱越輕，終於人琴俱寂，卻留下了無聲的無限悵惘。

見此滿座不歡的光景，唐京奴便浮起一臉明朗的笑意，「唱得好，琵琶也好，就是一樣不好。」她說，「原是尋歡作樂，卻怎的勾起大家一肚子心事似地！這是怎麼說？」

「是啊！我也不知怎麼回事？」供奉官接口說道，「只覺得音調淒涼；其實孟昶的那首詞，不該是哀戚之音。」

「這是我不好。」朱素歉然地放下琵琶，「拿好好一首詞唱壞了。」

「不然！這正是你唱得好；把你心裡的淒涼，都寄託在裡面，才能這麼感動人。」張泊說道，「你再談些蜀中的情形。」

「不！不要再談了。」供奉官率直地反對：「國都亡了，沒有什麼好談的；要談，回頭你們到枕頭上去談。」

這是戲謔，卻又是看出張泊對朱素十分賞識，打算著為他們撮合成露水姻緣，特為借此作試探。所以一面說，一面注意著張泊和朱素的表情。

張泊不作聲，顯然是用沉默表示同意；朱素也不作聲，只將頭扭了開去，是裝作不曾聽見的樣子。供奉官便轉眼去看唐京奴；只見她微微頷首，知張泊的好事可諧了。

這一夜在朱素的妝閣中纏綿不盡，無奈有好些延擱的事要辦，張泊一萬個不情願地辜負了香衾。回到班荊館，已有幾起人在等著了。一起是貢船上的執事，來請示如何進奉貢禮，分送儀物；一起是古玩店派來的人，隨攜一大袋瓜子金，等他點收；再一起是禮部專負接待各地貢使的官員，來作禮貌上的拜會。

當然，首先要接見的是禮部官員，周旋多時，送客出門；然後點收了瓜子金；又分派了貢船執事的職司，忙到中午，方能竣事。

這就要去辦他此行的第一件大事了。這件大事要辦得機密；他喚人抬了一罈蘭陵美酒到臥室，然後關緊了房門，親自打開封罈的「泥頭」，將酒舀出來一大半，再拿瓜子金都倒了進去，依舊封好罈口，方始開門喚人。

所喚的是他的兩名伴當，「你們抬著這罈酒，隨我到相府去。」他神色凜然地叮囑：「千萬小心，不要打碎了！」

兩名伴當用條竹槓子，將罎酒抬上肩；前面的一個脫口說道：「這罎酒好沉！莫非——。」

「不准胡猜瞎說。」張洎急聲喝道，「不准跟人提起，有這麼一罎酒送到相府！誰要是不聽我的話，一定重責不饒。」

兩名伴當不敢再多說了；一路小心，抬著酒跟在張洎的馬後，直到趙普新建的大第。投進帖去；出來一個挺胸突肚的門官，斜睨著張洎問道：「是金陵來的貢使？」

「是的。」

「貢儀單子，你帶來了沒有。」

「帶來了。」

「交給我！」門官隨口說道：「過兩天來聽回音。」

張洎不答亦不爭，只命隨從將貢禮單子送交門官。單子裝在一個紫檀木匣子裡；門官接到手裡，拉長了的臉立刻變圓了，因為匣子沉甸甸地絕不止於只裝了一份輕飄飄的禮單。

這時候張洎才開口，他指著酒罎說：「一罎蘭陵酒，奉上相公，略表微忱。」

「這就是你的小貢嗎？」門官也指著酒罎問，話中彷彿帶著輕視的意味，而其實不然。他是善意，提醒張洎：這樣的一份小貢，不太菲薄了些？

「禮輕意重。」張洎從容笑道：「拜煩門官，得便就回稟相公；能讓我早早勾當了公事，感激不盡。倘蒙相公接見，那就更妙了。」

門官點點頭，並不作聲；等那兩名伴當將一罎酒吃力地抬上肩，他突然有所意會，轉臉說道：「看你的運氣！」

張洎自信運氣不會壞。門官已經了解「禮輕意重」那句話的真意；而當他打開那個木匣子，更會發覺江南的貢使，出手闊綽。投桃報李，他一定會安排自己謁見趙普；到那時該如何察言辨色，相機應付，倒要好好作一番準備。

正當他開始摒絕雜念，凝神設想與趙普相見以後的情況時，突然聽得馬蹄急馳的聲音；入耳便知總有十來匹馬，幾十隻鐵蹄敲打在長街的青石板上，一片清脆的繁響，如狂風驟雨般，令人驚心動魄。張洎急急避開，同時向馬蹄聲發的東首望去；只見十幾匹馬旋風似地捲到，馬上人是一樣的服色，繡衣燦爛，腰懸弓矢，一看便知是宿衛的禁軍。

到得相府門前，滾鞍下馬，為頭的一個，直奔大門；相府守衛的校尉，匆匆上前迎接，雙方面對面地不知交談了幾句什麼，但見那校尉大為緊張，立刻召集部下，手講指劃地指揮著。然後，衛士們小跑著四下散開，一面跑，一面將行人車馬，驅入小巷子裡；守衛戒嚴，氣象森然。

張洎亦在被驅之列。不過，他不是被攆入小巷，而是由衛士引領著，避入相府的角門之內。

這是幹什麼？他定一定心在想，看樣子是有貴人降臨。「是了！」他輕聲自語：「一定是皇弟晉王光義！」

「不是！是官家。」

張洎微吃一驚，回頭看時，一個滿臉皺紋，衣衫黯舊的老者，拄著一把大竹帚，站在他身後；看他的打扮，知是相府打雜的伕役。

因為他出語驚人，張洎不敢因為他的身分低微而小看了他，「老公公，」他問，「你待怎說？是官家臨幸？」

「一年總有那麼兩三回。」老者有著不勝嚮往的表情。「從未聽說過有那麼不忘故交的天子。就似平民百姓家好朋友往來似地，想起來就來；熟不拘禮，而且依舊是當年的稱呼。」

「是當年的稱呼？」張洎好奇地問：「怎麼稱法？」

「叫相公是稱他的別號；叫夫人是嫂嫂。」

「真是布衣昆季之交！」

張洎讚嘆著，還待往下說時；只聽角門外有人喝道：「禁聲！」

於是張洎縮住了口；躡手躡腳地走到角門邊，湊眼到門縫上向外張望，只見寂寂長街已站滿了錦衣禁軍；大門西邊，一位面貌精明的達官，率領著一班年輕子弟，衣冠肅立，正在候駕。張洎見過他，正就是那一人之下，「禮絕百僚」的宋朝宰相趙普；春風滿面，喜氣洋洋，是正在交大運的當兒。

不久駕到。儀從的簡略，出人意料之外，只不足十匹的馬，前後衛護著一輛雙駕的朱輪車，駛到相府門前，慢了下來；旁人還在錯愕，以為只是大駕的前驅，而趙普已率領著他家的子弟，跪倒塵埃，俯伏在地，卻又抬眼偷覷；只待車輪再轉，駛入大門甬道，便要急急起身，走邊門趕到大廳簷下，正式接駕。

那知車輪竟靜止不動了！接著車帷掀起，一名「親從官」極迅捷地放下一張擱腳凳；從車內扶下來一位偉丈夫，面色黔重，而又透出一臉的紅光——張洎初次得見宋朝皇帝的真面目，心中不由得想到韓熙載當年奉使周朝，元宗問起朝中人物，他說：「趙都點檢顧視不常，不可測度！」果然龍行虎步，氣度不凡。

就這一轉念間，門縫中已看不見皇帝和趙普；而門外仍在戒嚴，欲歸不得，只有靜靜等待。在廳上，趙普夫婦雙雙以大禮謁見皇帝。但君臣之間，亦只此一跪拜之禮；除此以外，便彷彿仍舊是早年節度使與書記間的關係，皇帝熟不拘禮，趙普夫婦亦只如接待一位高年的長親，在親切殷勤的扶掖招呼中顯出尊敬；絕無誠惶誠恐、傴促拘束的窘態。

「這兩日心煩。」皇帝懶懶地說，「孟昶的訃聞傳到蜀中，影響民心，亂得更厲害了。則平，你倒籌劃籌劃看，是不是還要增兵？兵從那裡調？派什麼人率領？還有軍糧調度，亦是要緊的。」

「是！臣已著手籌劃。」趙普答說，「不過以臣判斷，曹彬力足以平亂，不須另外增兵。倘或不利，臣亦有準備；就近起關中之兵增援，總在年內，可以戡定全蜀。陛下請寬聖慮！」

「嗯，嗯！」皇帝點著頭說：「曹彬是好的。帶兵都像他那樣有分寸；我便多醉幾場也無妨。」

「就如今多醉幾場也無妨。酒乃天之美祿，原是供養聖人的。」

「剛才經過廊下，我看有一罏蘭陵酒放在那裡。看外表倒像是陳酒。」

趙普還不知究竟；但也無須多想，立即答道：「臣斗膽留駕，嘗一嘗這罏蘭陵酒。」說著，向他妻子使了一個眼色。

於是趙夫人悄悄退出，親自去安排進奉皇帝的酒食——這不是第一次，甚至不是十次、八次；當皇帝還是周世宗的同州節度使時，趙普亦在關中，常有往來。其後皇帝移鎮宋州，表薦趙普為幕僚之首的「掌書記」，交往更見親密；每每日暮時分，單騎到門，趙夫人為他煮酒炙肉，吃到滿臉通紅，方始興亂。有時酩酊大醉，便留宿在趙家；嘔吐狼藉，亦總是趙夫人親手收拾。所以皇帝自登大寶，對這位「嫂嫂」是另眼看待的。

去不多久，趙夫人忽又回廳；望著丈夫，臉起疑難不安之色。看樣子是有話要說，而又礙著皇帝，不便啟齒。這表情使得趙普亦覺不安；為了表示坦誠無隱，他催問著說：「何事不可對人言？當著陛下的面，有話儘管說。」

皇帝長厚簡樸，十分體恤，隨即接口：「總有些不便讓我聽見的話，你們私下談家務去吧！」說著，連連揮手。

既然有此吩咐，趙普便躬身答一聲：「遵旨。」退後數步，與他妻子避到廊下去密談。

「那罏蘭酒吃不得了。」趙夫人輕聲說道：「裡面是大半罏子的瓜子金。」

「呃，」趙普詫異，「這罎酒是那裡來的？」

「江南貢使送的。人還沒有走。」

「叫什麼名字？」

「叫張洎。」

「是他！」趙普微微頓足，「這罎酒怎麼不收好，隨便就放在廊下？真正豈有此理！」

「我也是這樣子責備他們。據門官說，那罎酒因為裡面有金子，極其沉重；原是抬上堂來請你過目的，不想官家駕到，匆匆迴避，那酒罎就暫且擺下了。剛才開泥打酒，才知底蘊。」

「這件事鬧僵了！」趙普沉吟了一會，面色開朗了，「也罷，你且去安排酒宴；最好能在窖裡找一罎蘭陵酒出來。」

「是！」趙夫人問道，「那有金子的酒如何？」

「派人看著，不准擅動。我自有區處。」

趙普處置得很高明。回入廳內，將前後經過情形，不增不減，據實奏報，然後表示，打算將原物退回。

「這也不必。小邦之主，有什麼餽贈；在你的身分，儘不妨收下。大大方方寫封信道謝，反倒不傷國體。」

「是！臣遵旨辦理。將這些瓜子金繳入『封樁庫』。」

「封樁庫」是這年八月方始建立的一座內庫，專門收貯討平各地所俘獲的財物金帛；年終國庫歲計有餘，亦歸入此庫封存，專備刀兵水旱的不時之需。趙普這樣說法，當然是表示不敢受賄；可是他的操守，皇帝深知，便笑笑不答，意思是不必假撇清了！

趙普常有過當的言語或行為，好在一方面皇帝篤念舊情，總是不多計較；一方面他本人亦很機警，一錯不會再錯，這時候亦復如此，趙普住口不言，事情也就過去了。

等擺上酒來，奉皇帝上坐；趙普夫婦左右陪侍。皇帝善飲健談，話亦很多；吃到一半，忽然住了口，只是舉杯沉吟。於是趙普向妻子又使一個眼色，趙夫人便託故辭出；因為每到這般光景，就是皇帝有軍國大計，要與趙普商量，趙夫人必須迴避，並且告誡家人僕從，不准接近，以防片言隻字的外洩，都會造成極其嚴重的後果。

「唉！」皇帝突然嘆口氣：「王全斌可恨！誤我的大事。」

趙普一驚，不知道他所說的「大事」是什麼？便只好泛泛地勸慰：「陛下請息怒。王全斌誠然有負委任；不過蜀中的局勢，實在亦不足為慮，無非稍延班師的日期而已。」

「就因為他不能如期班師，才誤了我的大事。」說著，皇帝從銀盤中抓起一把杏仁，圍著置醬醋的小碟子，一粒一粒分布，一共放下五粒。

趙普懂他的意思，這五粒杏仁，便是十國中現在的五國，北面一粒是北漢；南面一粒是南漢；東南方面的三粒，代表南唐、吳越、閩。

最後，皇帝在西面放下一粒，旋又移開，表示後蜀已滅；「早知如此，我應該向南面進兵。」皇帝皺著眉說：「劉鋹暴虐不仁，所作所為，天怒人怨；你總聽余延業說過？」

余延業是南漢主劉鋹的一名內侍，投入宋朝，暴露了許多南漢宮闈的祕辛。大致暴虐荒淫，兼而有之；趙普聽余延業談過，劉鋹宮中，光有宦官，就有七千；後宮有各色各樣的女子，最得寵的一個來自波斯，賜名為「媚豬」，劉鋹寵「媚豬」，用珍珠玳瑁裝飾宮殿；入海採珠，深至水下五百尺，不知死了多少人？又以罪人鬥虎鬥象，並有剝皮剔骨，刀山劍樹諸般苛刑；死狀愈慘，劉鋹與「媚豬」愈樂。至於橫徵暴斂，就更不在話下了。

「我要救這一方的百姓！」皇帝又說，「無奈王全斌不能班師，蜀中反要增兵，一時顧不到南方。眼看那裡的百姓，求生不得，求死不能，而毫無辦法！你說急人不急人？」

「陛下用心之仁厚，真可以動天地，泣鬼神。不過，以臣愚見，南漢、北漢，一時都還動他們不得。北漢彈丸之地，取之易如反掌；只是那一來就與契丹直接發生衝突，不如宜留北漢，為屏隔。」

「這話倒也不無道理。」皇帝問道：「南漢呢？如何動它不得？」

「南漢炎荒蠻瘴之地，取之不易。國力未充而勞師遠征，臣期期以為不可。」

皇帝默然，臉上有怏怏之色；好久方始開口：「那末，照你說，等蜀中局勢平定後，應該如何進取？」

問到這點，趙普便具戒心，因為剛受了江南的重禮，如果幫李煜說話，便是存著私心，不忠於國；但如率直建議伐江南，似乎又顯得有意要避嫌疑，亦非謀國之忠。因此，他很謹慎地答道：「閩的情形，亦如南漢，犯不著花大氣力去取這麼一塊小地方；至於吳越錢鏐，始終恭順，當然亦不宜輕言討伐。」

「這麼說，」皇帝將東面靠近碟子的一粒杏仁拿掉，「只有經營江南了。」

「是！」

「道理上是說不過去。」皇帝搖搖頭，「南、北漢都不奉正朔；其餘的都用我的年號，說起來是藩屬，應該保護的。」

趙普不答。這是有意保持沉默，在暗中幫了李煜的忙。

「比起孟昶來，李煜還算是好的。可是，我就不明白，他為什麼不學一學錢鏐？如果他肯來見一見我，彼此推誠相與，豈不甚好？」

「是！」趙普答道，「江南現有貢使在此；臣將聖意，剴切宣諭就是。」

「你告訴江南的貢使，李煜不可倔強，自速其禍！」

「師闍，」趙普對張洎，以別號相稱，是特意籠絡，「你是那一天到的？」

「昨天方到。天晚了，未便叩謁。」

「喔，下榻何處？」

「住在班荊館。」

「很好。班荊館比較舒服。」趙普問道，「聖尊后怎麼忽然去世了？」

「我亦是在路上才得到消息的。聽說是中風不治。」

「朝中已派人弔唁去了。」趙普又說，「你國中有喪事，也有喜事。」

這是指聖尊后遺詔立嘉敏為后這件事；也正是張洎此行的使命所在，便即從容不迫地答道：「這原是早有成議的。我國主遣我奉使上國，原就是要陳明此事；不想突生變故，聖尊后才有這樣的遺言。」

「也罷！這是你國中之事，中朝不願過問。」說到這裡，趙普的臉上繃緊了，「中朝所關切的是，你們國主究有幾許誠意？光是奉正朔，是不夠的。」

「相公垂諭，惶恐之至。」張洎亦肅然答言，「我國主本應拜謁中朝，只為宮中連番變故，抽不得身；伏乞相公體諒。」

「我體諒無用。陛下對這件事頗為不悅；剛才臨幸，還有嚴諭，要我告訴你，你國主不可自誤！」

「是。若有可以輸誠之道，請相公見示。」張洎又說，「或者我國主雖一時不能奉謁，遣派至親為使，以表尊禮之忱；相公看，是否可行？」

「師闍！」趙普反問，「你以為這就是輸誠嗎？」

話中的分量很重，但說話的態度和語氣，卻只如熟朋友閒談不相干之事；因而張洎也就追問一句：「依相公之意，非敝國國主朝謁，不足以示傾心之誠？」

「不是我的意思，是陛下的意思。」

「陛下倚相公為股肱，言聽計從。」張洎略略放低了聲音說：「敝國國主深知相公具迴天的鼎力，再三囑我向相公致意。」他隨口抓了一個李煜不能來汴梁的理由，「敝國國主少有怔忡之疾，最畏風濤；兼以星命之士一再戒勸，『八字』不宜近水，是故更憚於跋涉。千乞相公斡旋，必不忘盛德。」

張洎說得很誠懇，然而卻是失策；因為這話無異自洩底蘊，李煜是絕不會來朝的。趙普為人，城府極深，當時不動聲色地答道：「煩你上覆國主，說我盡力而為。不過，識時務者為俊傑；眼前或者沒有煩惱，日久天長，時移世變，可就難說了。」

「是！」張洎趁機又說：「朝中如有何消息，還請相公關顧。」

「當然。」趙普已看透張洎不夠老練，是屬於所謂「小有才」的人物，因而將計就計地答道：「吳越錢鏐，鹽梟出身；南漢劉鋹，荒淫暴虐；北漢劉鈞結契丹為外援，為人昏庸。算來只有你們國主，風流文采，不愧江南俊秀，我實在很敬愛。凡能效力之處，無不盡心；不過，以我的地位，形跡太密，殊多未便。這一層障礙，師闇，你倒細想看！」

張洎聽他有這樣懇切的表示，又驚又喜；聽到最後一句不敢輕忽，定一定神細想，了解了趙普的弦外之音。他是肯幫忙的，但上有天子，下有僚屬，眼光都注視著調和鼎鼐的宰相；處事為天下共見共聞，無法徇私。如果暗中有所聯絡，掩沒形跡，那就另當別論了。

這樣想著，他得了一個主意——很得意的一個主意，「相公如此厚愛，感何可言！」他說，「倘或相公以為張洎還堪信託，請指定專人聯絡。」

「好！朝中有什麼消息，我會派人通知你。這個聯絡的人，到時候你自會知道。」趙普從衣帶上解下一個辟邪的玉「剛卯」，持著向張洎說，「機密書信，以此為信物。」

「是！」張洎想了一下，探手入懷，取出一枚雕鏤極精的小玉印；是他心愛的玩物，托在手中，示向趙普，「敝處若有陳訴，以此六朝玉印為信物。」

「喔！」趙普問道：「印文是什麼？」

「是『張氏麗華之鉥』六字，朱文。」

「這倒是名物。」趙普笑道：「『商女不知亡國恨，隔江猶唱後庭花！』」

「相公見賞，不如留著把玩。」張洎將手向前一伸，「我另選信物就是。」

「不，不！君子不奪人所好。不必客氣。我們就此約定吧！」

接著，趙普問起江南的人物，特別注意林仁肇，問他的生平，問他的才幹。由於彼此已約定了祕密通信的手續，顯得關係已大大地不同，所以對趙普所問的一切，張洎根本不曾想到應該有所戒備；只記著「誠信相孚」這句成語，知無不言，希望趙普對他滿意。

深沉的趙普，反倒存著疑忌之心；認為他的答語太多、太快，可能是信口敷衍，可信的成分不多。當然，想是這樣想，他仍舊不敢疏忽，將張洎的每一句話都緊記在心，以備日後參考求證。

問到林仁肇移鎮南昌的原因，張洎覺得這正是一個表示誠意的機會，便加強語氣答道：「武昌密邇上國；林將軍呢，韜略無雙，可惜性子比較躁急，我國主怕他輕舉妄動，與王師發生無謂的衝突，難免有傷兩國的交誼，所以特意拿他調開。」

這番話，趙普信他真實無虛。因為林仁肇到武昌並不久，既無過失，不應更調。如說南昌是李煜的南都，特派鄧王留守；鄧王因聖尊后病故，奉召入朝，需有重臣代替，這話固然也說得通。但以兵略要地而言，南昌絕不如武昌；李煜很可以派其他重臣鎮守，而以林仁肇移駐，就變成投閒置散了。照此說來，除卻張洎所說的那個理由，竟別無可以解釋之處。

進一步看，可以看出李煜的膽子很小，絕不敢與宋朝以兵戎相見。而林仁肇可能很想有一番作為；甚至自覺有克敵制勝的把握，故而躍躍欲試。李煜就是唯恐他輕易啟釁，搞成不可收拾的局面，所以及早曲突徙薪，防患未然。

照此看來，林仁肇是宋朝的一個隱患！趙普在想：此人不除，江南可慮。

在歸程中的張洎，躊躇滿志，自覺「滿載而歸」。他載回了趙普的回禮和照應江南的承諾；也載回了一個美人——朱素傾心相隨了。

回金陵的當天，他便入宮請見國主；李煜因聖尊后之喪，哀痛過甚，又變成形銷骨立的樣子。平時不大接見臣僚，只為張洎奉使遠歸，勉強拄杖出見，卻是咳嗽加上氣喘，竟似衰病侵襲的七十老翁。

這就使得張洎不能不長話短說了，只提出三點，請李煜寬心。第一、宋朝對結姻不成一節，經過他的解釋，已經諒解。第二、宋朝因為蜀中之亂，一時無暇他顧；倘或用兵，南漢恐將不免。第三、便是他與趙普建立了祕密關係一事。

這三點之中，倒有兩點是為他自己表功。第一點最不相干，宋朝根本不重視其事；而張洎卻「吹」得最厲害，如何婉轉解釋，如何暗中疏通，說得天花亂墜，其實子虛烏有。而李煜卻信以為真；欣慰之下，居然精神大振。

不但李煜，連在屏風後面靜聽究竟的嘉敏，對張洎亦大有好感；稱讚他忠誠幹練，才堪大用。因此，張洎得以升任清輝殿學士，依舊入值澄心堂，不過本來是文學侍從之臣，現在卻能參預機務了。

蜀中之亂，直到乾德五年初春，方始敉平；王全斌以下征蜀諸將，奉詔班師，一回到京城，便被看管，由趙普在中書省的「都堂」訊問貪汙殺降、縱兵殃民等罪狀。結果罰多賞少，而公認清廉勤慎，不負使命的，只有曹彬一個人。這一來，江南倒享了兩年太平歲月。宋朝為了平蜀亂，頗費一番手腳；不論兵力軍需，都無法對其他小國採取大規模的討伐。即使行有餘力，一時亦不敢冒昧從事；因為蜀中之亂，影響宋朝的威信，倘或舉兵討伐，各國以蜀為鑑，必定激起同仇敵愾之心，奮勇抵抗，勝敗難料，不如暫且息兵，先做些收攬民心的工作，才是上策。

話雖如此，宋朝的君臣在暗中卻有積極的圖謀，只是不為各國所知而已。在江南，但見宋朝偃武修文，廣施仁義；民心士氣，便都懈怠了下來。雖有居安思危的有心人，無奈自李煜開始，便覺得這些人的論調迂腐，聽不入耳，所以不能發生任何作用。

就在這年，宋朝出了一個自漢武帝建立年號以來所未有的大笑話。——陳橋兵變，黃袍加身，宋朝皇帝倉卒定年號為建隆，到第四年改元乾德，皇帝對這個年號很得意，有一天向趙普談起，說是「此號從古未有」。趙普便大加讚揚，歷數改元以來的種種祥瑞，歸美於改元之功。

其時一起在御前的，還有個翰林學士盧多遜，是趙普的死對頭，聽他很起勁地說完，陰惻惻地加了一句：「可惜！乾德是偽蜀的年號。」

皇帝大驚，但盧多遜博聞強記，腹笥甚寬，而況年號大事，何敢瞎說？當時便召史官翻出塵封的史號來查檢，果不其然，前蜀後主王衍，年號乾德；乾德共六年，改元咸康，這年十一月便亡國了。

當時皇帝既慚且怒。想起趙普身為宰相，當初改元時，竟不知前蜀有此年號；今日之下，居然又大讚亡國的不祥之號，其情實在可惡！

想想氣無所出，便招招手說：「趙普過來。」

皇帝有時發脾氣，會用時刻不離手的玉「柱斧」揍人；所以趙普戰慄失色，卻又不敢違命。戰戰兢兢地走向御書案前，只見皇帝提筆入硯，濡飽了墨汁，在趙普臉上亂塗一氣，墨汁淋漓，連朝服都染汙了。

「你怎麼及得盧多遜？」皇帝這樣罵他。

趙普不敢作聲，甚至經宿不敢洗臉。而年號卻必須改了；改明年為「開寶」元年。

「開寶」二字很容易使人想到唐玄宗的兩個年號：開元、天寶。開元年間，五穀豐登，家家富足，真正是太平盛世；不過天寶卻不是一個好年號，安祿山造反，內犯京師，玄宗倉皇幸蜀，以萬乘天子，竟不能庇護愛姬，而有馬嵬坡「六軍不發無奈何，宛轉蛾眉馬前死」的故事。以後肅宗在靈武自立，等於變相的篡位。被尊為「上皇」的玄宗，獨居稱為「南內」的興慶宮，回想「花萼樓」頭，兄弟聯歡；「長生殿」前，寵妃私語，越是嚮往於當年的美滿，越覺得此日淒涼萬狀。如果要講吉兆，天寶應該避而不用；不知皇帝何以不嫌忌諱。

然而在江南的君臣，並不注意這個疑問；只覺得改元「開寶」，是宋朝皇帝願步武唐玄宗的顯明表示。唐玄宗勤求治道，馭下寬厚，協和萬邦，不喜黷武；宋朝皇帝學他的作為，大家便都有好日子過了。

果然，宋朝的寬大，信而有徵；這年江南大旱，五六月間，青黃不接，糧價飛漲，小民的生計，大受威脅。宋朝皇帝得報，特頒詔旨，以米麥各十萬石，接濟江南。不過，對於這番善意，最感激的卻是嘉敏；因為百姓如果面有菜色，大婚的妝奩，也會失去光彩。

議立繼后一事，起於春天。聖尊后去世，已過二十七個月；國主的服制已滿，而中宮不可久虛，應該遵遺命舉行大婚典禮了。

五代以來，國君即位後方始立后，尚無先例；立繼后的雖有，卻都是以妃嬪「扶正」，所以只有冊封之典，並無嘉禮之儀。像嘉敏以「室女」入居中宮的大婚儀制，究應如何，茫然不曉。因此，李煜早有手諭，命掌管儀典的太常博士，細考古今沿革，擬製婚禮儀節。

這個太常博士名叫陳致雍。肚子裡的墨水很不少，只有些滯而不化，書獃子的味道太重；草擬的大婚儀制，大多參照「周禮」，既簡且陋，不諧時俗。嘉敏一看，先就不願意了。

「什麼？婚禮不奏樂！」她憤憤地說，「真正聞所未聞。重光，」她早就不叫「姊夫」，直呼李煜的別號，「我可把話說在前面，沒有教坊吹奏，我可不上鳳輿。」

「你別急！陳致雍有點兒膠柱鼓瑟，我另外派人再議。」

「派誰？」嘉敏問道：「張洎？」

「張洎不過有文采，學問上並無根柢。」李煜想了一下說：「我派徐鉉跟潘佑參酌議定。」

徐鉉跟潘佑的意見，大不相同；議了十天，並無結果，只好當面請李煜來決定了。

徐鉉是支持陳致雍的見解的，他引漢朝大儒鄭玄的註釋：「士娶妻之禮，以昏為期，因而名焉。」說婚姻的婚，古用黃昏的昏，就因為婚禮在昏夜舉行；乘墨車、著緇衣，車服的顏色都尚黑。親迎的行列中，只有馬前有燭，此外昏黑莫辨，樂器都看不清楚，如何吹奏？

「今古不相沿襲。」潘佑答辯：「盡信書不如無書；官家諭制訂大婚儀節，乃是考今古沿革，因時制宜。倘如陳博士、徐學士所言，則周禮具在，按書行事，何煩擬議？」

「這話倒也是。」李煜向徐鉉說道：「師古不可泥古。」

「婚禮不舉樂，自有深意，『嫁女之家，三日不息燭，思相離也；娶婦之家，三日不舉樂，思嗣親也！』這話見於《禮記》。而況，」徐鉉的聲音提高了，「房中樂只有琴瑟，並無鐘鼓，大典舉樂，竟無鐘鼓，成何體統？倒不如不舉樂！」

「房中樂如何並無鐘鼓？」潘佑很快地駁詰：「如無鐘鼓，那末毛詩中『窈窕淑女，鐘鼓樂之』這句話，又作何解釋？」

徐鉉啞口無言。李煜便用持平的論語作了評斷：「既然於古有徵，房中樂宜用鐘鼓。」

「是！」徐鉉很勉強地答應著。

「行親迎之禮，我贊成。」李煜指著另一條說：「不過如何行禮，似乎還有斟酌的餘地。」

原來所擬議的是：國后先拜，國主答拜。徐鉉認為這很合理，而且有成例可為依據，「后初見君，《後魏書》有『先拜後起，帝後拜先起』之文，此為答拜的證據。」他說，「夫婦之禮，人倫之本；不答拜便非敵體。妾媵見主人，主人受禮不答；妻妾身分的不同，就在這上頭顯示。官家應該答拜。」

「不然！」潘佑從容說道：「徐學士所論的是士庶之禮。王者的婚禮，不與庶人同，無須答拜。」

這看法與李煜相同；但他不願再公然有所表示，免得徐鉉疑心他有意偏袒潘佑。因而指定文安郡公徐遊，主持評議。徐遊與潘佑並沒有什麼深交，但以潘佑的議論，大多符合嘉敏的願望；因而在評論異同時，總是支持潘佑，並且採取了很明快的措施，夜以繼日地連續談了一晝夜，將所有的爭端都消除了。

草案呈上李煜，當然先要讓嘉敏看過；大致滿意，遂成定案。於是太常寺指派精於曆算的術者，細參兩造星命，選定十月間的一個吉日，為大婚之期。

周夫人為愛女準備妝奩，已非一日，從得知聖尊后的遺命，事成定局之日起，便即著手，算起來將近三年了。

周宗平生積聚甚豐；周夫人有女無子，便盡數用來為嘉敏添妝，派出得力家人，到蘇杭繁華之地，打造精巧首飾，搜羅名貴器玩；至於四季衣服，衾褥床帳，一切動用家具擺設，應有盡有，精益求精，更不在話下。

等到吉期選定，暫不宣布，因為依照「六禮」，第一步是「納采」，然後「問名」；求婚已允，方始「納吉」，方能正式卜選吉期。「納采」在民間是媒人的事，而在帝王家卻以詔令派遣專使，持節行禮，兼以「問名」。李煜所派的納采正使是韓熙載，副使是徐鉉的胞弟、集賢殿學士徐鍇。

依照古禮，「納采」以雁為贄，稱為「奠雁」，另外伴附九樣儀禮：合歡草、嘉禾、膠、九子蒲、葦草、棉絮、長命縷、乾漆，還有兩塊雨花台的石頭。連雁一共十樣，都有說法：雁是只向暖處飛的隨陽之鳥，而且秉性堅貞，從一不二，取妻必從夫之義；膠漆取其和好；雙石意在兩固；棉縷柔順；蒲葦則可屈可伸，意示夫婦之間，應該互信互諒；合歡與嘉禾，則是取其口采。

韓熙載與徐鍇奉命以後，各自打點行裝，擇定宜於長行的黃道吉日，乘坐官船，直赴揚州。

誰知到了啟程的前一日，太常寺備辦的十樣納采儀禮，卻還不曾齊備，而且所缺的是最要緊的一樣：雁。

時當初秋，鴻雁應當南飛了。卻不知是何緣故？雁信無憑，蹤跡杳然。太常寺一面派人到江鄉水國搜覓去；一面懸重金徵求，好不容易弄來一隻，卻是受了箭傷，成了死雁，自然用不得。

萬般無奈，只有採取權宜之計，奏請國主裁可，用一隻大白鵝代替。身披綵繡絲巾；口啣黃綾詔書，由正使韓熙載捧著上船。碼頭上看熱鬧的百老姓，盈千成萬；鵝性最野，見人便有鬥志，兼以啣著詔書，為防掉落，將鵝嘴用紅絲繩紮得緊緊地，自然難受，就更不安分，在韓熙載懷中亂拍著翅膀，掙扎不停。金陵的百姓，何曾見過這樣新鮮的花樣？個個樂不可支。消息傳到宮中，添枝加葉，道那白鵝如何撒野、韓尚書如何窘態畢露？使得嘉敏亦大笑不止。

船到揚州，地方官員，早就在接官廳前恭候。正副使下船，因為手持王命，例不答拜；一直便到周府頒詔。

周夫人率領闔家老幼，將專使迎入正廳，先行納采之禮，讀罷詔書，頒下儀禮；贊禮郎善頌善禱地念完一篇「喜歌」，然後是副使徐鍇行「問名」之制。

「問名」亦須宣詔，徐鍇面南而立，取出詔書，大聲讀道：「惟夫婦之道，大倫之本，正位乎內，必資名家。遣使持節，以禮問名。尚佇來聞！」

「是！遵詔。」周夫人恭恭敬敬答應一聲；由紅氈條上站起身來，退在東側，靜候詢問。

於是徐鍇問道：「請示令嬡芳名。」

「小字嘉敏。嘉許之嘉，敏捷之敏。」

「何人所出？」

這是問嫡出還是庶出；如是庶出，還要問生母的名字，藉以看出所求女子在家庭中的身分教養。周夫人事先已知有此儀注，從容答說：「是老身所出。」

「排行第幾？」

「原來行二，如今居長，是老身的獨女。」

「請示令嬡生年月日，時辰八字。」

「是！」周夫人將手一招；丫頭捧來一個錦盒，她接在手裡，轉奉徐鍇。接過來打開，裡面是一分紅綾裱的全帖，端端正正地寫著嘉敏的八字。

前面都是明知故問，無關緊要，只有最後取得嘉敏的庚帖，才算是得到后家的承諾。納采問名之制，至此功德圓滿。韓熙載和徐鍇，勾當了公事，方敘私禮，先是稱賀，然後話舊。韓熙載與周宗同朝為官，行輩相同，所以稱周夫人為「周大嫂」，徐鍇比較後進，仍舊用官稱叫她周夫人。

「一門兩后，後先繼美。周大哥泉下有知，必當含笑。」韓熙載翹著大拇指說：「周大嫂，你真了不起！從古以來，兩后之母，只有你周大嫂一位。」

周夫人笑了。然而笑容中蘊含著無限的辛酸，姊妹相妒，竟似骨肉相殘，其中的隱痛，只有自己知道。其後長女病歿，中宮缺位，那幾個月中為嘉敏打算，患得患失，通宵不寐的日子，更不知凡幾？總算苦心操持，有了結果；這破顏一笑，可真是來之不易！然而又有多少人了解？

她正在這樣感慨叢生時，韓熙載又開口了，「請問周大嫂，幾時移家入京？」他說：「官家對這一層，格外關心，囑我務必請問明白。」

「啊！」周夫人答道：「我正在為難。前幾天縣裡送來文書，才知道大婚吉期，官家降尊紆貴來『親迎』，實在不敢當。不過，國家大典，寒家不敢辭謝，不敢不遵；要遵從呢，想想又沒有勞動官家跋涉的道理。至於移家入京——。」

見她沉吟不語，韓熙載便問：「可是有為難之處？」

周夫人不即回答，想了一下，方始站起身來說，「兩位請來看！」

周夫人親自引領兩位專使去看嘉敏的嫁妝，一連看了十幾屋，還沒有看完。韓熙載明白了，周夫人移家入京，是件非同小可的事。

「周大嫂，不必再看了。且從長計議。」

回到廳上待茶休息，從容細談；韓熙載十分盡心，答應回到金陵，立即奏聞國主，一面替她物色巨宅；一面徵發舟船，遣派軍士到揚州來專為繼后裝運嫁妝，儘九月底以前辦妥，不誤佳期。

商量停當，韓熙載不敢耽擱，第二天就原船回京覆命。李煜盡如所奏辦理，將宣陽門西南，陳宣帝所築的一所安德宮，賜與后家；另派五百名禁軍，帶領四十條官船專程赴揚州為周夫人遷居，並搬運繼后的妝奩。

九月底，周夫人到了金陵。

母女相見，悲喜交集。不同的是，以母視女，喜多於悲，因為三年不見，嘉敏脫盡稚氣，出落得玉立亭亭，風華絕代；而以女省母，周夫人在這三年之中，頭髮竟白了一半。

當著宮中的女侍，自家的婢僕，就是母女，也少不得有一番周旋的形跡。直到夜深人靜，重帷中相聚，方能毫無顧忌地說「私話」。

「娘！」嘉敏淚眼盈盈地，「我想念你老人家，想得好苦。去年春天，夜夜做夢回揚州；我說要去看娘，你竟忍心不教我回去！」

「傻孩子，你連這點都想不透！娘何嘗不想念你，何嘗不想看看你，只是辦不到。」周夫人說，「聖尊后遺命，讓你在宮中待年；你如何能回揚州？只怕一出宮，就再無入宮之時了。」

「這，這是娘的過慮。」

「你那裡知道外頭的情形。」周夫人指著頭上說，「我的頭髮是怎麼白的？都為了焦急、憂慮、氣惱。不知多少人妒忌我們周家，巴不得捉住你的短處，教好事落空。還有——，唉！」她長嘆一聲，不願再說下去了。

「娘，我知道你受的委屈。今日之下，還有什麼好顧忌的？有話說出來，也痛快些。」

「唉！我是『啞巴吃黃連』！」周夫人忽然問道：「你姊姊究竟是怎麼回事？」

一提到此，嘉敏的感覺與母親相同，也是說不出的苦。「誰知道呢？」她說，「我至今還蒙在鼓裡，始終猜不透她為什麼看我像眼中釘？」

周夫人默然。長女善妒，她是知道的；但幼女總也有不是之處。如果要責備嘉敏幾句，於事無補，徒然惹她不快。大喜的日子快到了，何苦如此？

「事情過去了，不談也罷。」周夫人又問，「官家待你如何？」

這一問，立刻使得嘉敏神采飛揚；矜持地笑著，好半天才答了句：「總算虧他！」

「怎麼呢？」周夫人臉上的抑鬱亦一掃而空，喜孜孜地追問：「你說與我聽聽！」

這一下話就多了。說不盡李煜的溫柔體貼；周夫人自然覺得高興。可是有句話，一直盤旋在心頭，想不說而終於說了出來，「那末！」她問，「對你姊姊呢？莫非人不在了，就都丟開了？」

「那倒也不是。遇到姊姊的生辰、忌日，必定記得的。總有詩有詞，說姊姊的好處。」

「那也還罷了！」周夫人正一正神色，鄭重告誡：「你可千萬別學你姊姊那麼心狹！待人馭下，總要寬厚；雖然是國后的身分，也須多結人緣，大家愛戴，你才不會吃暗虧。」

「我知道。」嘉敏很得意地說：「我的人緣最好。」她又侃侃而談：「不會像姊姊那麼心狹，中宮善妒，不是好事；隋朝的獨孤皇后連兒子的房幃都要過問，真教不成話。結果呢，骨肉相殘，大好江山斷送在她最壞的一個兒子手裡；如果不是她嫌太子楊勇的內寵太多，勸文帝廢立，那裡會讓楊廣繼承大位？」

「你明白就好！總要記住，做妻子的第一德行就是溫柔。」

也許是由於周夫人的「溫柔」之誡，嘉敏歷遍禁苑，所選中的寢殿就叫「柔儀殿」。

柔儀殿在東池以北，構築得很玲瓏。正殿之西，一道雨廊連接著一座閣子，名為「翠華閣」；閣上窗開四面，軒敞明亮。西窗遙對瑤光別院；南面的窗子一打開，東池一片瀲灩水光，蕭條清氣，直撲几案。嘉敏決定拿這座閣子作為梳妝樓。

殿中的布置，李煜與嘉敏有個相同的感覺，必須要有特色。嘉敏喜愛各色名香；李煜便想到以鼎爐為主要的陳設，親自到古玩庫中去找出好些玉鼎金爐。另外又傳取上好的和闐玉，親繪圖樣，徵召琢玉好手，在澄心堂外開工雕製。

這些璀璨奪目的玉鼎金爐，大小一共二十多具，就其形製，各錫嘉名，或稱「把子蓮」，或稱「三雲鳳」，或稱「折腰獅子」，或稱「小三神山」，或稱「太古華鼎」。同時看爐鼎的質料式樣，用紫檀、黃楊雕配底座：然後相度地位，擺得高下錯落，各盡其妙。李煜這樣整整忙了半個月，方始畢事。

當然還有其他的陳設，羅帷錦茵，式式講究，都由嘉敏親自指揮宮女檢點陳設。——卻辜負了周夫人的苦心；看來幾百抬的嫁妝，唯一的用處，只是炫耀后家之富了。

發嫁妝那天，金陵百姓，傾巷來觀。大街兩旁的觀眾，頭一排箕踞、第二排彎腰、第三排兀立、第四排踮足、第五排墊椅，再後面就看不見了，只有升屋。

這才是看熱鬧，金吾不禁，婦女不避；扶老攜小，叫爹喊娘，整個金陵城就像一鍋水沸了似地。當然，好看的還有；國主特舉親迎之典，全副鑾駕，是平日難得一見的。可是，那時淨街閉戶，全城戒嚴，只有門縫中悄悄偷窺；要講熱鬧，卻真不如看繼后的嫁妝。

嫁妝的行列，從日出到正午，尚未過完，看熱鬧的人越來越多了。十月小陽春，豔陽映照著金碧輝煌的器玩服用，越發顯得富麗繁華；而就在大家目眩神迷之際，忽然「嘩喇喇」一陣繁響，接著便是哭喊之處。

原來有一處朽敗的房屋，屋頂上看熱鬧的人太多，不勝負荷，一下子坍了下來，金陵城內此樂極生悲的禍事，不下五六起之多；受傷的不算，送命的也有十來個人。在地方官看，這是自取其咎；依舊嚴格執行早就公布的禁令；大婚喜期，連正日在內，前三後四，一共七天，不准民間辦喪事。那些冤枉送命的，頗有富戶，但有錢買不得身後風光，不能貼「殃榜」、不能請和尚念「倒頭經」、更不能披麻戴孝，哭哭啼啼地出喪；只能悄悄買口棺木成殮，等繼后入居中宮以後再說。

在七十二對絳紗宮燈前後照耀之下，李煜用全副鹵簿將嘉敏自安德宮親迎到樓中；照古禮，這一天只有「成妻之儀」，除掉不用「交拜」禮而代之繼后跪拜參見國主以外，此外的儀節都與民間無異。

參見大禮，在萬壽殿舉行。這是嘉敏的主張，一則表示不忘聖尊后的遺愛；再則討取「萬壽」這個好口采。接下來歸房坐床，交杯共食，便都在柔儀殿了。嘉敏像民間的新婦一樣，也用「蓋頭」；所不同的是，並非一幅紅羅，而是繡著龍飛鳳舞花樣的一方明黃軟緞。

等羽秋和阿蠻雙雙扶她在七寶鑲嵌的象牙床上坐定，李煜已經有些迫不及待的模樣了——嘉敏的一顰一笑，他無不熟悉，就是不能想像她做了新娘子是怎樣一副神態。所以此時一伸手便要掀蓋頭，卻為裴穀攔住了。

「官家，慢動手。」他急不擇言地說；「先要坐床。」

於是男左女右，側向而坐；黃保儀率領宮眷，盛妝而至，每人手中都持著一個朱紅漆的藤籃，內盛金錢綵果，到得近前，抓起籃中之物，胡亂向帳頂扔了上去，這個名目就叫「撒帳」。

然後才是挑蓋頭。裴穀呈上一支用碧玉特製的秤桿，念一聲：「稱心如意！」李煜用玉秤一挑，嘉敏不由得就閉上了一眼，將臉避了開去，是畏光之故。

李煜仍舊不能如願，無從細看嘉敏臉上的嬌羞喜氣。然而那個周夫人親手為愛女所梳的盤龍髻，潤滑青絲，滿頭珠翠，已令人目眩神移了。

贊禮的裴穀又在高唱了：「國主國后，交杯歡飲。」

語聲剛落，四名內侍抬上來一張紫檀條案，上面只有兩隻金漆木盞，注滿了調得極淡的水酒；兩隻木盞用一條打了綵結的紅綢子拴著。裴穀端起一盞，遞給李煜；羽秋卻牽著嘉敏的手，自己去取來木盞，與李煜互舉一舉，彼此一飲而盡。

等空盞放回條案，裴穀各執一隻，注視著床下，戰戰兢兢地相度了好一回，方始脫手一擲，接著便聽得滿屋歡呼：「大吉、大吉！」

風俗如此，交杯酒飲畢，酒盞拋向床下，須一仰一合，方為大吉。此所以裴穀有那種如臨深淵的神色，怕的是扔成兩仰或兩合，不甚吉利，那就大殺風景了。

大吉已卜，成妻之儀圓滿告成。於是由黃保儀領頭，賀喜告退。裴穀和羽秋、阿蠻，雖也隨眾行動，但退出殿外，都留在窗下，靜悄悄地要聽殿內說與什麼？

「小妹，」李煜不改素日稱呼，「我真不承望有今天這一天。」

「我不是！我常在摹想今天這一天。」嘉敏忽然笑了，「不過，這一天盼到了，感想反而不同；是很奇怪的想頭。」

「說給我聽聽。」

嘉敏遲疑了一會，方始答說：「我覺得今天這一天好像在做夢，我好像不是我。」

「那麼是誰呢？」

「我不知道。只覺得恍恍惚惚地，彷彿在雲霧裡似地。」

「這倒像——。」李煜突然頓住。

「像什麼？」

「像，像我聽過的一個故事。」

「好啊！」嘉敏興味盎然地，「一定是個很有趣的故事，講給我聽！」

「有家人家姓張，張家有女，小字倩娘——。」

倩娘自幼為她父親許婚於表兄王宙；成年以後，兩相愛慕，苦於不得相見。而張家忽又悔婚，將女兒另許富室。倩娘迫於父命，不得不從，但中懷抑鬱，竟而成病。王宙則在憤激之下，遠遊京師；上船那天晚上，燈下枯坐，只是在想倩娘。想到半夜，奇事來了!倩娘不速而至!

聽到這裡，嘉敏插嘴問道：「倩娘不是抑鬱成病了嗎？」

「你先別打岔，聽我講完。」李煜接著講倩娘的蹤跡，「當時王宙驚喜交集，決意帶著她一起走。但是不能到京師，怕張家的人會去找他。夫婦倆商量的結果，遠遁西蜀。在成都住了五年，而且生了兩個兒子。離鄉日久，倩娘想家想得很厲害；懷鄉病是無藥可醫的——。」

「只有一味藥可醫。」嘉敏又插嘴了，「『當歸』！」

「不錯。」李煜笑了，「王宙帶著妻兒，買舟東下。一到家鄉，先向岳父去謝罪；岳家很詫異：『倩娘病了五年！一直都沒有下過床。什麼夜半不速而至，同居成都五年，還生下兩個兒子？不都是白日作夢的囈語嗎？』」

「奇了，奇了！」嘉敏爭辯似地問，「莫非鬼魅幻化成倩娘，來迷王宙？」

「王宙正就是這樣一個想法。不過事雖變幻莫測，真相畢竟也容易明白。同居五年的倩妻，就在船上，接來一看，真假立刻分明。你說是不是呢？」

「怎麼不是？除此一法，別無善策。是假倩娘就絕不肯上張家！」嘉敏很關切地問：「倩娘去了沒有？」

一乘小轎，將自蜀中歸來的倩娘接回家來；親人相見，驚多於喜，悲不掩疑。可是，往事歷歷，言之分明；甚至不能為外人聞，更不足為外人道的閨中戲謔，姑嫂私語，亦竟同親身所經。即令是鬼魅化人，也絕不能如此「逼真」；而如說眼前的倩娘不假，那末臥病的倩娘，倒莫非鬼魅所化？

於是歸寧的倩娘去看臥病未出閣的倩娘。剛一相見，合二為一，歸寧的倩娘，消失了倩影；而臥病的倩娘，卻霍然而癒，自道隨王宙遊蜀的，是她的魂魄。

「有這樣的奇事！」嘉敏問道，「你是從那裡聽來的？」

李煜不是聽來的，是看到的；偶爾從藏書閣中發現一個手抄本，是唐人陳玄祐所撰的一部小說，名為「離魂記」。只為陡然想到，洞房花燭之夜，不便提到這不吉的字樣，所以剛才礙口不語。如今在嘉敏追問之下，將倩娘的故事，略略變換結構，講了出來；可是「離魂記」三字，仍舊不肯出口。那就只有笑笑不答了。

「我明白了，」嘉敏是明白了一半，「我說我自己覺得，彷彿在雲裡霧裡似地；而你的意思，是說我像魂靈出了竅。是不是？」

「也不盡是這個意思。」李煜搖搖手說，「我們不談這些了。」

「這也沒有什麼好忌諱的。」嘉敏笑道：「我倒有個奇想，但願能像倩娘一樣，一化為二。一面朝朝暮暮伴著你，一面回揚州去陪我娘。」

「何必如此？我有更好的辦法，老人就不必回揚州了。」李煜口中的「老人」是指周夫人，「如果你覺得安德宮還是太遠，索性搬到宮裡來住。」

「這不大合適吧！」嘉敏答說，「從來都沒有這樣的規矩；而且，我們母女也不能忘本，拋棄老家。」

「說得是！」李煜肅然起敬地；然後又說：「你老家還有些什麼人？這話我從前問過你姊姊，她跟你不同，彷彿不甚關心，所以懶得理我。你倒細細說與我聽；如果有可用之材，我提拔他們。」

這話聽在窗外的裴穀耳中，不免著急；閒話已經說了不少，若還要細問家世，得談到什麼時候？辜負良宵香衾，猶在其次；睡得太晚，天明不能起身，一切慶賀的儀節無法循序進行，那可是極大的麻煩。

於是，他招招手將羽秋和阿鑾邀到一邊，低聲說道：「怎麼得想個法子，催一催官家和國后，早諧花燭才好。」

羽秋和阿鑾面面相覷，都有難色；結果還是裴穀自己想得一個主意，囑咐傳報更次的內侍，故意將三更報作四更。

這一計果然有效，只聽嘉敏呼喚值夜的宮女入內伺候；然後明燈漸滅，只剩下一雙熒熒花燭，在窗紗上映出的光暉。

從第二天起群臣朝賀，國主賜宴；又賜民間「大酺」，一連熱鬧了好幾天，將那個西風砭骨的冬天，點綴得花團錦簇，恍如三春。最使李煜安慰的是，宋朝亦派專使致賀，所贈的賀禮，頗多是為繼后添妝之物；足見得宋朝對聯姻未成一事，毫無芥蒂。因此，張洎愈見寵信，因為李煜認為這是他汴梁之行，不辱使命的證明。當然，接待宋使的任務，亦就落在他的肩上了。

等宋使北返覆命，李煜特地召見張洎，是想聽聽宋使透露了些什麼？張洎答說，江南的安危，只看宋朝對南漢的動靜；倘或用兵，一定先伐南漢。如今汴梁並無謀南漢之心，江南大可高枕無憂。

聽這一說，李煜大為高興。有一天小長老進宮朝謁，李煜提到這話；小長老口誦佛號，說是國主禮佛心虔，故而菩薩庇佑，風調雨順，國泰民安，洪福無窮。

李煜越發高興，從此修建得更多的佛寺、供養得更多的僧尼、剃度得更多的和尚；而且廣行善事——卻不是興學勸農，輕傜薄賦；而是親臨監獄，審問囚犯，大罪減輕，小罪釋放，寬貸不知其數。

為此，韓熙載上疏糾彈：「獄訟乃有司之事，囹圄之中非車駕所應至；請捐內帑錢三百萬，充軍資庫用。」李煜欣然受「罰」，不以為忤。

開寶三年秋天，出了大麻煩了。

麻煩是南漢主劉鋹自己所找的。他不自量力，舉兵侵入宋朝疆土，九嶷山以西的道州。道州刺史王繼，一面閉城堅守，一面飛奏京城，指控劉鋹恣意暴虐，屢屢挑釁，請派大軍討伐。

宋朝皇帝認為討伐的時機還未到；亦不願直接跟南漢交步，決定假手李煜來曉以利害——派遣使者到江南，希望李煜出面寫書信給劉鋹；對南漢提出三個要求：罷兵、稱臣、歸還所侵削的湖南舊地。

於是澄心堂中君臣密議，一致認為應該接受宋朝的委託，全力斡旋；因為唇亡齒寒，宋朝出兵滅掉了南漢，下一次就該輪到江南了。

致劉鋹的書信，李煜指定潘佑起草。這是個難題，首先稱呼就不易定；幾經斟酌，決定自稱為「僕」，稱劉鋹為「足下」，稱宋朝為「大朝」。信中先為宋朝解釋，說「僕料大朝之心，非貪土地也，怒人不賓而已！」接著他論南漢用武之不智，指出從古以來，不計大小強弱而必須一戰者，不外四種情況：第一、父母宗廟之仇，不得不雪；第二、彼此皆是烏合之眾，民無定心，唯有一戰以決存亡勝負；第三、敵人進逼不捨，而又無路可退，戰亦亡，不戰亦亡，不如一戰；第四、對方已現敗徵，而我有進取的機會，值得一戰。而就劉鋹來說，什麼也不是！

這是講事理，南漢無一戰的必要；接下來便是論形勢，極力為宋朝誇張兵力之強，南漢絕無可勝之道，而歸結於收兵息爭為上。其間反復解勸，剴切詳明，真有聲淚俱下之慨；文字是駢散兼行，時而迴環往復，時而恣肆汪洋，不愧才人手筆。

李煜對這篇文章，擊節稱賞；燈下細讀，聲音越讀越響，竟致驚動了嘉敏，掀帷來探究竟：「什麼鴻文鉅製，念得這麼有勁？」

「你看！」李煜將文稿遞給嘉敏，「論才氣，畢竟還是潘佑第一！這樣的好文字，你不可不讀。」

聽他如此推崇，嘉敏果然很用心地看完，「好是好，」她說，「可惜話都說盡了。」

「知無不言，言無不盡，才見得友朋規勸之誠。」李煜答道，「像這類文字，無所用其含蓄。」

「我倒請問，倘或南漢主不聽勸又如何？」

李煜心想規諫朋友，應該再三相勸；一勸不聽，任其自然，不但不曾盡到交友之義，而且對宋朝的委託，也不好交代。因此，毫不遲疑地答說：「自然還要勸。」

「可又來了！此番拿話都說盡了，下次再勸又怎麼措詞？」

「啊，啊！」李煜被提醒了，「還是你心細。」

於是他改變了主意，命裴穀選派一名能言善道，精通閩粵方言的內侍，攜帶他親筆所寫一封短簡，伴以江南的綾羅綵繡，脂粉箋紙等等各物，由南昌出發，越大庾嶺趕到廣州，面見劉鋹，轉達勸告。這純粹是出以宮廷交往的方式，如能收效，當然最好；否則再正式書函，在程序上，一層進一層，一層深一層，便顯得有力量了。

往還一月，無功而返。劉鋹的態度很傲慢，不但嫌李煜多事，並有輕視江南懦怯庸弱，不足與言大事之意。

不過，所遣的這名內侍，總算不虛此行；他至少打聽到了劉鋹所以敢興兵的憑藉；所憑藉的是地利。南漢東連七閩，山溪相錯；西接交趾、南濱大海，皆為宋師所不到；而北面有五嶺之險——大庾、騎田、都龐、萌渚、越城五嶺，與江西、湖廣、廣西接壤，山高水深、途徑崎嶇，輜重不並行，士卒不成列。如果一面高壘清野，斷敵糧道；一面依山阻水，相機設下強弓硬弩的埋伏，使宋軍進無所得，退無所歸，則勝負之數，不卜可知。

就宋軍的情形看，宜於平原中長驅直入，不宜於山地中人自為戰。捨其所長、就其所短；雖有百萬之眾，不能發揮作用。而劉鋹還有一個最後的打算：戰而能勝，進取中原，霸業可成；戰而不勝，大不了泛巨舟浮滄海，總不至於如孟昶的結局。

打算得倒不錯，但李煜不相信劉鋹做得到；仍舊照原定的步驟，發正式的書函，作第二度的忠告。當然潘佑的原稿要修改過，最主要的是，必須將劉鋹的打算說破，明勸暗駁，讓他知道他的算盤打不通。

由潘佑自己執筆改過的稿子，篇幅幾乎加了一倍，而亦更為李煜所心服。首先，開頭另加的一段：「足下誠聽其言，如至友諫諍之言；視其心，如親戚急難之心，然後三復其言；三思其心，則忠乎不忠，斯可見矣；從乎不從，斯可決矣！」便覺得異常滿意。嘉敏亦以為這才真正是至矣盡矣；如果劉鋹不聽，李煜可以無憾。

提到劉鋹的打算，潘佑寫的是：「此大約皆說士孟浪之談，謀臣捭闔之策。坐而論之也，則易；行之如意也，則難！」接著便拿蜀中的情況作比，如說山川之險，棧道和三峽，過於五嶺，結果又是如何？何況南漢與宋朝「封疆接畛，水陸同途，殆雞犬之相聞，豈馬牛之不及？一旦緣邊悉舉，諸道進攻，豈可俱絕其運糧，盡保其城壁？」

信上又提醒劉鋹：吳越錢鏐唯宋之命是聽；宋朝可以調動吳越的部隊，自泉州出海，直趨五羊城下；而「當其人心疑惑，兵勢動搖，岸上舟中，皆為敵國，忠臣義士，能復幾人？懷進退者，步步生心；顧妻子者，滔滔皆是。變故難測，須臾萬端，非惟暫乖始圖，實恐有誤壯志，又非巨舟之可及，滄海之可遊也！」

「我希望劉鋹對這段話，三復三思。」李煜為嘉敏指出其中的深意：「這是宛轉諷示，劉鋹應該知道他暴虐寡恩，到兵敗之時，『岸上舟中，皆為敵國』，他還打算著帶著他的『媚豬』泛巨舟，浮滄海，只怕是夢想。說句不嫌忌諱的話，換了我，果真窮途末路，作此打算，倒還什九可以辦得到。」

話還未完，只見嘉敏愀然變色；李煜旋即省悟，自己口沒遮攔，冒出這樣不吉利、沒志氣的話，是大大刺傷了她的心。既悔又恨，一時也漲紅了臉，楞在那裡，顯得手足無措似地。

嘉敏見他這般神色，心裡倒覺得老大不忍；但是，這樣的「打算」是絕對無法忍受的，也是絕對辦不得的！出入關係太大，苟且不得；因而明知自己的話也會刺傷他的心，卻不能不說，並且還不能率直地說。

「重光，你別糊塗！金陵前橫大江，那裡是你的滄海？果然宋師南下，非戰即死！」她背轉身去，用冷得發抖的聲音說：「我不要做花蕊夫人！」

李煜不安極了！十月底的天氣，竟致遍體汗下。「我何嘗願意做孟昶？」他囁嚅著說，「不過，形禁勢格，只有朝修好的路上走去。好在長江天塹，宋朝就想用兵，也有顧忌；我們絕不會像孟昶那樣。」

「唉！」嘉敏唯有付之長嘆，「但願如此吧！」

因為劉鋹的態度不友善，而又是炎荒萬里之行，所以遣派使者，成為難題。合格的，託詞規避；自告奮勇的卻又不合格，派去會得僨事。

最後終於找到一個很適當的人，是給事中龔慎儀；他是閩北邵武人，貪圖歸途可以迂道回鄉掃墓，所以不辭南天跋涉，並且帶著他的兒子龔極同行。

去時父子雙雙，歸來只見其子，不見其父。南漢主劉鋹不理會李煜諫諍之忠，只覺得無一句話不逆耳。一怒之下，將龔慎儀下在獄裡；寫了一封很不客氣的覆信，交龔極帶回。

李煜不曾料到劉鋹如此不講交情。正如他在原信中結尾所說的：「為交友者，亦惆悵而遂絕矣！」迫不得已，唯有絕交；將劉鋹的覆書，與他的原信，一起送到汴梁。

汴梁君臣所感興趣的，是潘佑為李煜執筆的那封原信。皇帝比較寬大，認為他勸劉鋹息兵事大的話，出之腑肺，所以懇摯異常。勸人如此，自己當然不會明知故犯；看來跟江南始終可以不必兵戎相見。

皇弟晉王光義的見解不然。他指出李煜信中「夫稱帝稱皇，角立傑出，今古之常事也；割地以通好，玉帛以事人，亦古今之常事也。盈虛消息，取與翕張，屈伸萬端，在我而已」這段話中，包藏著禍心，今日之「屈」，正為他日之「伸」。不如趁早征討，免得遺留後患。

宰相趙普亦附和皇弟，力主用兵；可是皇帝的意思很堅決，眼前不談江南，只商量如何對付南漢？

其實也沒有甚麼好商量的，討伐南漢，是早就決定而且部署好了的；箭在弦上，如今只是鬆手一發而已。

湘桂一帶，專為監視南漢一帶的防務，一直由潭州防禦使潘美負責，如今自然順理成章地由潘美掛帥南征，他的新頭銜是「桂州道行營都部署」。用「行營」的名義，表示是正式的討伐，同時也表示戰爭的規模可大可小。

潘美的副手，亦是就地取材，派朗州——湖南常德的團練使，也就皇弟光義內兄的尹崇珂為副都部署。兩路分兵，直指臨水與賀江交匯之處的賀州。

消息傳到廣州，上下震動。劉鋹是個色厲內荏的傢伙，聽信了左右宦官的話，以為宋朝絕不敢發兵南下，自蹈五嶺之險；誰知估計完全落空。事到臨頭，徵召宿將，宿將多已凋零；檢點軍器，軍器多已朽腐。

算起來只有一個人可用。此人名叫潘崇徹，頗讀兵書，曾有戰功，是南漢公認的一個名將。劉鋹曾重用他為「西北面都統」，防守大庾嶺一帶；可是用而又疑，派人監查。所派的人，又是潘崇徹的對頭，自然不會有好話；說他徵集了八百多名伶人，身衣錦繡，口吹玉笛，每天作長夜之飲，達旦方休。一切軍政，置之不聞不問。劉鋹大怒，削奪了他的兵權，閒居在家。此時群臣交章，奏請起用；而劉鋹猶有餘憾，說什麼也不肯用潘崇徹。

劉鋹另選一將名叫伍彥柔，帶領五千步卒由水路沿西江而進，增援被圍的賀州。到了梧州以東的封川，折而往北，溯賀江以上。潘美得報，急急派兵往南迎擊。走出一百多里，大路盡頭，即是江邊，地名信都，又名官潭，土名南鄉。賀江由封川北流，到此是個彎頭，向東一轉再折而北上；江邊是一片長滿了蘆葦的淺灘，連接著一大片密林，出林就是大路，也正是宋軍的來路。

潘美策馬高岡，縱覽形勢，大為欣喜，這裡是設伏的好地方，敵軍如果仍由水路北上，舟過彎頭，必當減速，那時攔腰迎擊，則後舟壅塞不前，前舟失群無援，不難一舉殲滅。不過，潘美估計，伍彥柔多半還是會捨舟登陸，所以大部分的伏兵，布置在深葦密林之中。

部署已定，南漢的援軍到了。為時將晚，伍彥柔下令泊舟南岸；第二天在北岸登陸。到得天明，主將的座船，首先移泊北岸；小校搭好跳板，抬上去一張胡床，伍彥柔親攜彈弓，神氣活現地踞坐在胡床上發號施令。

等部隊都上了岸，亂糟糟擠作一團，方在整理隊形，尚未成列之時；一支響箭，直上雲霄，伏兵齊起。飛箟如雨之中，宋軍挺著雪亮的白刃，個個奮勇當先，殺得南漢的五千人，未戰先潰，十死七八。伍彥柔被擒，解到宋軍大營；潘美的殺性甚重，問都不問，一刀斬訖，用支極長的竹竿，將伍彥柔的首級高高挑起，豎在賀州南門以外。南漢的賀州刺史劉守忠，長嘆一聲，拔刀自刎，州城就此不守。

占領了賀州的潘美，用了聲東擊西一計，故意揚言，大軍將沿賀江南下，轉入西江，直撲廣州。劉鋹信以為真，迫不得已起用潘崇徹，領兵三萬；自封川到信都，沿賀江兩岸，紮營屯兵，阻遏宋師南下。

潘美一看南漢中計，更不怠慢，密派精騎，西取昭州平樂。平樂東南，樂水與灕水相滙之處，有個淵深莫測的潭，名為昭潭；昭潭之北的開建砦，是平樂一險。守將靳暉接得警報，一面固守，一面派人向潘崇徹告急；誰知全無回音——潘崇徹有意拆劉鋹的臺，只擁眾自保。

結果開建砦一破，昭州刺史田行倜悄然遁去。北面的桂州刺史，如法炮製，潘美輕取了兩州之地。

於是收兵往東，又攻賀州以東的連州。連州西北就是五嶺之一的騎田嶺，由南漢招討使盧枝把守。他守得很好，使得湖南的宋軍，不能渡嶺夾擊，潘美就不敢向東深入。於是有個降將李廷珙自告奮勇，願說盧枝來降。

盧枝並未投降，但他的部將卻紛紛動搖了；見此光景，盧枝知機，星夜撤兵，退保廣州正北的清遠。連州亦就兵不血刃地落入宋軍手中。

敗報南傳，劉鋹反倒輕鬆了，他說：「昭、桂、連、賀四州，本來不是南漢的疆土，應該歸屬宋朝。宋師既已如願以償，我可以料定他們不會再南下。」

這是劉鋹一廂情願的想法；不久，警報紛傳，宋師將進窺韶州，劉鋹方始著急。因為韶州據五嶺之口，當百粵之衝，是廣州最主要的一重門戶；此地一破，宋軍便可長驅直入了。

倉皇之際，無將可遣，劉鋹唯有派禁軍首領李承渥為都統，領兵迎敵。禁軍數目卻真不少，不下十萬之眾；還練有一隊大象，足壯軍威，李承渥都拿來擺在韶州以南五里的蓮花山下，一字橫列，看上去氣勢不小。

潘美早就聽說過，南漢軍中有象陣。象之為物，骨堅皮韌，力大無敵，不可硬擋，只可智取。當時下令集中全軍的強弓硬弩，一波接一波地發射，同時捉了好些田鼠，命士兵拎著牠的尾巴，遙遙擲去。南漢的象隊，有為箭鏃射中了眼的，有為老鼠鑽到鼻子裡的，一時大亂，返身狂奔，反而衝散了自己的陣腳；宋軍乘勢攻擊，李承渥全軍皆潰，韶州自然也就不守了。

這一下，劉鋹慌了手腳，一面打算著「泛巨舟、浮滄海」，一面少不得再派兵馬抵擋。可是找來找去，竟無人可以領兵為將！於是有個前朝宮眷，身分介乎妃嬪與侍婢之間的半老徐娘梁鸞真，向劉鋹保薦，說她的養子郭崇岳堪當重任。劉鋹已無法多作考慮，當即派郭崇岳為招討使，統兵六萬，駐紮城外，負保衛廣州之責。

其時潘美已北取南雄，南下英德，屯兵在英德以南十里的瀧頭地方——此地諸水交匯，地形險隘；潘美疑有伏兵，不敢輕渡。而就在這時候，劉鋹派遣了一名使者，希望講和，要求潘美暫緩進兵。

潘美欲成大功，更要顯顯自己的威風；對於劉鋹的要求，斷然拒絕。更利用來使為護符，挾持著一起渡過瀧頭，以防南漢如有伏兵，投鼠忌器，不敢輕發，而其實是多餘的顧慮。

開寶四年二月，宋軍已經到達廣州城西十里的雙女山下，結砦屯聚，準備作最後的攻擊。

劉鋹卻已將退路打算好了，徵集了十幾條大海船，將宮中的金銀珠寶，以及包括「媚豬」在內的上百美人，都裝載在船上；指派一千名衛兵看守，由他的一個心腹內侍樂範，指揮待命，只等局勢到無可救藥之時，便即上船，揚帆出海。

那知樂範比他更乖覺，認為如有劉鋹在船上，即令宋師不至於駕輕舟出海追趕，亦會因為他平日暴虐不仁，百姓切齒，所到之處，隨時皆會發生不測之變。倒不如捨棄了他，管自己逃到海外；不拘何地，有金寶、有美人，總可以買得一條活命。

因此，當劉鋹預備下船之時，船已經出了珠江口，進入南海。這一來嚇得劉鋹魂飛魄散，幾乎昏厥。萬般無奈之下，只有正式奉表乞降；派的使者名叫蕭漼，官居左僕射之職。

等蕭漼奉上降表，潘美既不接納，亦不拒絕；只說他無權受降，須請朝廷作主，即刻派人將蕭漼送到汴梁。他這樣處置，不錯也不對；專閫之將，萬里之外，只要有利於國，儘不妨便宜行事，即令有君命亦可不受，何況伐蜀的前例具在，軍門受降，有何不可？他的故意推託，其實還是為了自己打算；要取一個破廣州，擒劉鋹的赫赫戰功之名。

那知這一來引起了南漢內部的猜疑。照劉鋹的意思，「三十六計，走為上計」既已落空，不得已而求其次，惟有投降保命；所以當潘美中軍大帳駐紮在廣州以西十七里，種滿了素馨的花田，又名白田的地方，他決定派他的胞弟禎王保興，率領百官，開城迎降。可是由於他左右用事的兩名宦官堅決反對，保興竟不能出城。

南漢宦官掌權，由來已久，到了劉鋹接位，變本加厲。他有他的一套獨特的想法，認為文武百官，各有家室，凡事先顧自己的妻子兒女；不如沒有室家之樂的宦官，朝夕親近，足寄腹心。因此，劉鋹發現有才能的臣子，以及真有才學的進士、狀元，甚至談得投機的和尚、道士，一律下「蠶室」割去了「那話兒」，置之左右，寵以高官。以致閹人亦竟有位居三師三公的；不過在太師、少師等等尊銜上，加個「內」字而已。

那用事的兩名宦官，官銜都是「內太師」，一個叫龔澄樞，一個叫李託。兩人私下計議，一旦投降，他人在宋朝照樣做官；閹人豈能再當太師？而況潘美不知打著什麼主意；只知宋朝發兵南征，詔告天下，指責劉鋹「信任宦官，殘害百姓」，照此看來，或許潘美是蓄意破城，來為百姓報仇。與其投降以後，仍舊難逃一死；不如此刻背城借一，或許可以殺出一條出路。

計議已定，一面勸阻劉鋹，一面策動郭崇岳，阻攔保興，不得出城，同時加強防禦工事。郭崇岳便命士兵，砍了許多大竹，編成一道柵欄。這樣的防禦工事，看在潘美眼裡，只覺得可笑，一陣火攻，燒得煙火瀰漫，南漢軍不戰先亂，郭崇岳死在亂軍之中。

於是龔澄樞與李託又私下商議，認為北軍之來，不過垂涎南漢宮中的珍寶；倘或一火而焚，讓宋軍得一座空城，無可留戀，自然早早退兵。

商量停當，也不告訴劉鋹，只以託庇於菩薩為名，將劉鋹及宮眷移到一座佛寺中，然後縱火焚宮。從黃昏燒起，燒到天亮方罷，珊瑚樹、玳瑁梁、白玉樹、珍珠帳，盡皆化為灰燼。

潘美在花田望見火光，知道壞了；急得不住跳腳，卻救不得那一把火。第二天一早下令，預備四面猛攻，非破城不可。而就在這時候，劉鋹素服白馬，親到軍前請降。

這在潘美，多少有意外之感。他原以為劉鋹已殉了他的「社稷」；焚宮即是自焚。果然如此，班師回朝，對皇帝無法交代；縱無罪過，大功至少消折了一半。因此，忽聞劉鋹來降，又驚又喜，如釋重負，當然也沒有拒而不納之理。

受降是受降了，卻沒有好臉嘴給劉鋹看；大開轅門，盛陳兵衛，等劉鋹從槍林刀樹中，悚然進入大帳，他劈頭便說：「你沒有死啊？」

劉鋹有小聰明，口才很好，當時答道：「已先遣使請降，忽又輕生，豈非陷害將軍？劉鋹不敢亦不忍。」

潘美覺得這兩句話很動聽，臉色便緩和了，「那末，」他問：「都說你的宮殿已經燒光了，那又是為什麼？」

「將軍，」劉鋹急忙答道，「這怪不得我！是龔澄樞跟李託幹的好事。」

潘美一聽這話，無明火發，不覺口出粗言：「就是那兩個沒雞巴的『太師』？」

「是的。」

「莫非他們不得你的許可，就敢放火焚宮？」

「怎麼不敢？」劉鋹用一種極端委屈的語氣答說：「劉鋹十六歲僭居偽位，龔澄樞等人，都是先朝舊人，遇事擅專，我作不得主。不瞞將軍說，在昨天以前，我是臣下，龔澄樞他們是國主。」

看他說得這等可憐，潘美不覺嘆息：「怪不得你落得今天這個下場！也罷，你領我進城。」

於是潘美以劉鋹為前驅，帶領精銳，進入廣州。劉氏宗室及文武大臣，一共九十七人，都在燼餘的龍德宮中待罪；潘美一到，首先查問縱火的禍首，除了龔澄樞、李託以外，又查出一個弄權的宦官，身兼「太倉使」的薛崇譽，竟將積聚的糧食，燒得光光，軍需民食，立刻便起了恐慌。

潘美大怒。但是，恨得牙癢癢地，卻無奈其何！照他的心意，便當將此三人立即梟首，只是殺降不祥，猶在其次；最主要的一個顧慮是：此輩在南漢的職位甚高，潘美無權作任何處置，唯有送到汴梁，聽候朝廷發落。

就在調撥車馬，指派兵將，發遣降人，剛剛處理完畢，而餘怒未息的當兒，有一百多劉鋹的宦官，穿著極華麗的官服，個個臉上堆足了笑容，來到行轅門前，說要「求見潘將軍」。

「好傢伙！」潘美獰笑道：「我奉詔伐罪，就是專為這批人來的。不誅何待？」

宦官被誅，為宦官所害而下獄的好官良民，卻獲得釋放。其中有一個，服色與眾不同，便是江南的使者龔慎儀。

潘美對他很客氣，設宴為他壓驚，「龔先生受委屈了。」他問：「如今是回江南，還是回邵武？我派人護送。」

「多謝！」龔慎儀答說：「我本來想順道回鄉掃墓的；如今當然先回金陵覆命。」

「好！請龔先生休養幾天，我打點你動身。來，來，歡飲一杯。」

「多謝！」龔慎儀舉杯在手，忽然豆大的兩滴眼淚，落入酒中。

潘美一見，頗為惶惑，「龔先生何故悲傷？」他問：「脫囹圄而復自由；此回江南，亦彷彿是蘇武歸漢，必蒙上賞。喜之不遑，悲從何來？」

「不瞞將軍說，有道是『兔死狐悲』。」龔慎儀答道，「南漢誠有自取滅亡之道，劉鋹亦死不足惜；只是我江南無辜！」

原來如此！潘美覺得很為難了。朝廷的大征伐，非臣下所敢輕議，何況是當著眼前的這位人物？照常理來說，保持緘默，最為得體；但這樣就好像默認朝廷有伐江南之議，不但不能安慰龔慎儀，反倒更引起他的疑懼，真有些於心不忍。

想來想去，覺得只有出以誠懇，進以忠告，不失為公私兩全之道。「龔先生，貴處與南漢不同。朝廷亦知李國主仁厚恤民，雅好翰墨；如果能如吳越一般，恭順輸誠，朝廷又何苦勞師動眾，大舉討伐？」潘美停了一下又說，「朝廷不興無名師，只恐李國主自己貽人口實。」

「敬受教！」龔慎儀很注意地聽著，記住了潘美所說的每一個字。

龔慎儀回國，對江南君臣議而不決的大計，發生了決定性的影響。這不僅因為他帶回了潘美的忠告，更因為了解了宋軍的戰力。南漢將不足、兵不精、械不利，誠然不是宋軍的對手；但雖欠人和，至少以炎方燠熱之地，五嶺崎嶇之險，在天時、地利上均有所憑藉，足以拒宋。不道亦如孟昶之亡，前後不過半年的功夫，宋師已經克奏全功。聽龔慎儀細說所見所聞，首先從李煜開始，便覺得一旦動武，絕不能與宋軍為敵。

於是，李煜在澄心堂召集親貴重臣密議；首先就表示，唯有「委曲求全」，要商議的是委曲到怎樣的程度，方能使得宋朝滿意。

群臣默然，誰也不肯先開口；李煜便看著徐遊問道：「你看呢？」

既然指定發言，徐遊覺得可以無須避忌，想一想答道：「宋主所憾者，官家不朝——。」

一語未畢，陳喬霍然而起，厲聲而言：「官家絕不可朝汴梁！臣受先帝顧命，託以官家的安危，誓死不從此議。」

反對李煜朝宋，是陳喬多少年來的一貫主張；不想今日之下，依然堅持成見。由於題目甚大，誰也不敢保證國主朝宋，不被軟禁；因而徐遊縮一縮脖子，嚇得不敢再往下說了。

這一來張洎便重提舊事，建議指派親貴代替國主朝貢。此議一發，無不贊成，只待決定人選。

「子師，」李煜側面問道：「你肯為我辛苦一趟不？」

坐在他身旁的「子師」，就是韓王從善。李煜行六、從善行七；雁行平足，而且一母所出，素來友愛，從善毫不遲疑地答道：「臣義不容辭。」然後遲疑了：「不過，汴梁所望，恐不止此。」

「我知道。」李煜抑鬱地說，「只要有利於宗廟生靈，我無不可以委屈。子師，你大概聽到了什麼了吧？不妨說來，從長計議。」

「是！汴梁常有人來，談起趙家天子與晉王光義的打算，所望甚奢。」

「奢到甚麼程度？」

「臣不忍言。」

「但說無妨！」

從善還在猶豫，顧視四周，大都是殷切盼望他揭破謎底的眼光；另有少數人，卻如老僧入定般，眼觀鼻、鼻觀心，那副槁木樣的形容，正表示萬念俱灰的心境。

唯一的例外是潘佑，臉上一陣青，一陣紅；正當大家發覺他血脈僨張，驚惑於他何以如此激動時？只見他已攘臂而起，大聲說道：「韓王不忍言，臣亦不忍言；凡為臣子而有血性者，誰又忍言。不過事到如今，猶復諱疾忌醫，如何得了？所以不忍言，亦須言，但望官家乾綱大振，我輩臣子，更當洗心革面。須知在官家委曲求全；在臣下便是忍辱負重。倘或依舊文恬武嬉，得過且過，只怕優游的歲月不多了。」

這番話激昂之至，卻是連李煜在內，都挨了他的教訓。但立論甚正，無可批駁；因而只是相顧失色，卻沒有人敢表示不滿。

「潘卿，」終於是李煜開了口，「我知道你的忠義之心。韓王不忍言，你就替他說了吧！」

「臣亦是聽得汴梁來人說起；審時度勢，臣如是趙家天子，亦當有此打算。」潘佑情緒激動之下，口不擇言，以天子自擬，有失臣禮；可是此時沒有人挑剔他，他自己亦沒有想到，只是容顏慘淡地接著往下說：「趙家天子所忌者，是海內還有人有國號。吳越可存，閩亦可存；南漢、北漢絕不可存，道理在此。」

此言一出，李煜顏色大變，結結巴巴地問道：「然則，是要我取消『唐』的國號？那、那又稱江南是什麼？」

這一問中，李煜自己便提供了答案，然而沒有人敢說破。於是潘佑又發言了。

「去年臣奉詔草擬致南漢劉國主的書札；曾經自誓，辱國文字，到此為止。如今汴梁要我國改稱江南，自謂居於一隅之地；此而可忍，孰不可忍？臣請重用林仁肇，勤修戰備；以江南的富庶，百事可為，足以自保。」

「這，」徐遊忍不住說道：「與原議大相逕庭了。」

「原議是什麼？」潘佑咄咄逼人地。

「原議，」徐遊強自鎮靜著，「原議不是談如何委曲求全嗎？」

「必須忍辱負重。」陳喬為潘佑幫腔。

「是，是！」韓熙載大聲附和：「忍辱負重，忍辱負重。」

這完全是所謂虛與委蛇，潘佑有心直言極諫，那怕一頭撞死在澄心堂的柱子上，亦無所顧惜；無奈沒有爭執的對手，一個人鬧不起來，徒抱一腔孤憤，卻是無補時艱；反而因為他這「忍辱負重」四字，一切自辱辱國的話，都易於出口了。

七嘴八舌，草草定議，「唐國主」改稱「江南國主」；「唐國印」改為「江南國印」；上表請所詔呼名——宋朝皇帝頒詔江南國主，直呼其名李煜。並正式派遣太尉中書令韓王從善，帶江南土產朝貢汴梁；從善的臨時官銜，稱為「進奉使」。

當從善到達汴梁時，恰好吳越亦正遣使朝貢。吳越的使者，也是錢氏的族人，名叫錢文贄，他的臨時官銜稱為「進奏使」；因為吳越國王錢俶，接受了宋帝所加的「天下兵馬大元帥」的官位，理當執臣子之禮。此外，吳越所進的貢物，亦遠比江南來得貴重豐盛。總之無論從那方面來看，吳越事宋的恭敬忠順，都過於江南。

但是，江南進奉使李從善所受的禮遇，卻又非吳越進奏使錢文贄所及。最明顯的是，錢文贄先到幾天，還未見著晉王光義，而從善不但一到就由光義設宴接風，並且第三天就能覲見皇帝。

「我對江南、吳越一視同仁。」皇帝對從善說，「這兩個地方與南漢、北漢不同；只要保境安民，一定子子孫孫，可以長享富貴。」

「是。」從善答道：「臣兄感激陛下之心，無時或已；永為陛下不叛之臣。」

「聽你這話，我很高興。今年冬至，舉行南郊大祀，我打算邀你們國主助祭。南郊祭天，非同小可；要向上帝表白的，就是一片至誠。」

從善很注意地聽著，體會出言外之意。宋帝邀約助祭，有著彼此對天盟誓，絕不背信負義之意。這確是一件非同小可的事；看來陳喬一貫的主張，似乎並無堅持的必要。

「你相信不相信我的話？」

從善一驚。心知是因為自己在想心事，忘了回答，所以皇帝有此一問；因而急忙答道：「聖人之心，四海皆知。臣豈敢稍涉懷疑？」

皇帝點點頭；遲疑了一會方始開口：「也罷！我索性再教你知道我的誠意。你來！」說著站起來，手持白玉「柱斧」，大踏步往別殿而去；從善不知道皇帝要做些什麼，也不知道自己該做些什麼？唯有雙眼望著晉王光義，請求指示。

「請遵旨。」光義告訴他說，「陛下必是別有垂諭。」

「是，是！」從善領悟了，急急跟隨在皇帝身後。

進入別殿，是一間書齋，几案上有好幾本翻開的書；書桌上一盞茶，彷彿還在冒熱氣，在在顯出這是皇帝常用的起居休息之處。

「我要讓你看一幅畫。」皇帝站住腳，回頭說了這麼一句，便又往前走。

一走走到東壁之下，一幅畫軸前面停住。從善便也駐足細看，畫的是一幅工筆人物：深院松樹之下，一僧一士在對弈；和尚不知是誰？因而畫的是背影；正面拈子沉吟的那個中年人，卻有似曾相識之感。從善苦苦思索，只覺得越看越面善，就是想不起在那裡見過。

「識得此人否？」

「臣愚魯。」從善答道，「此人見過，一時記不起他的身分名氏。」

「身分是武將——。」

「啊！」從善失聲喊道：「是林仁肇！」

「你記起來了。」皇帝微笑著問。

「是！林仁肇，絲毫不錯。只為臣見及他時，總是戎裝；畫中卻是士子服色，所以一時記憶不及。」

「是的，是林仁肇。」皇帝收斂了笑容，「我跟你實說了吧！林仁肇已經約期來歸，先送這幅畫作為信物。」

從善大驚，卻不敢在臉上顯露驚惶之色，反而裝出笑容，「其實林仁肇也是多此一舉。」他說，「江南舉國輸誠，林仁肇豈愁沒有馳驅皇路的機會？」

「原是這話！我因為不拿你當外人，所以舉實相告。」皇帝逼視著從善問：「你不會憎嫌林仁肇不忠其主吧？」

這話卻使從善受驚失色了，「不敢！」他很小心地答道，「四海皆忠於陛下。林仁肇能見其大，臣佩服之不遑，何得憎嫌？」

「這就是了。」皇帝忽然直呼其名：「從善，聽說你也很留意於軍略？」

「是！臣少小喜讀兵書。」

「很好！我很想借重你擔當方面之任，你的意思如何？」

從善不敢不受；同時也有些奇怪，說「當方面之任」，莫非派自己去當節度使？果然如此，卻是自由之身，因而欣然答說：「臣蒙陛下識拔，感奮之至。」

皇帝滿意地笑了，「既然你肯留在這裡，我得派人好好替你安頓。」他向隨侍在側的小黃門吩咐：「傳召丁德裕！」

丁德裕的官銜是「內客省使」。這個官職，專掌「四方進奉及四夷朝貢，牧伯朝覲」事宜；從善在汴梁的一切，都歸他照料。此時奉旨，賜從善住宅一區；命丁德裕帶著他就城南新起的許多大第中，親自去挑選。

話雖如此，從善豈肯自作主張，很謙虛地請丁德裕替他安排。因此，第一處看汴河之南的汴陽坊內，一所精緻小巧的住宅時，在他立即便成定局。反是丁德裕認為儘不妨多看幾處，從容商酌的好。

於是聯翩策馬，迤邐向南，先在汴河兩岸，看了幾處華屋，從善都嫌它太大；因為他自度必蒙皇帝委派出鎮，無須在汴梁置一大宅。不過這個理由不便向丁德裕明說；只道家人無多，住宅太大，反而照料不了。

無奈丁德裕情意甚殷，總說「多看看再作計議」。因而看了城裡，又看城外；打馬一出南薰門，頓覺眼前一亮，從善深深驚訝，原來汴梁最講究的大第是在城外！遙遙望去，一大圈水磨青磚的圍牆，占有數坊之地，圍牆之中，樹木蔥蘢，掩映著數不清的崇樓傑閣，假山危亭。規模雖遜於皇宮，而華麗彷彿過之；莫非是新起的離宮？

「不是！」當他問出來以後，丁德裕答說：「這所大第，御筆賜題『禮賢宅』。官家有話，江南李國主、吳越錢國主，那位先朝汴京，就拿這所大第相賜。」

「喔，喔！」從善不知道說什麼好了。

「李國主天生神秀，文采過人，京中仰望已久，不知道什麼時候，才能讓我們一瞻丰采？」

「不會太久。」從善很小心地回答。

「既然如此，韓王，」丁德裕目光灼灼地想了一下，很興奮地說：「我倒有個主意。請看，西面！」西面另有一所新屋，規模只禮賢宅的四分之一，但也不小了；從善問道：「那是另一處宅子？」

「是的。」丁德裕答說，「官家交代，這所宅子將來要賜林仁肇。如果韓王中意，我可以奏聞官家，另選房子給林仁肇。韓王你就住這裡，弟兄往來相聚也方便。」

聽這一說，從善真有些感動了。可是果真接受了建議，便等於保證李煜必朝汴京；這卻是他作不得主的事，因而又深感為難。同時也警覺到，對這樣「順理成章」的事，不可有所遲疑；否則便顯得有「異心」在。為今之計，好歹先敷衍著再說。

於是他用欣快的聲音答說：「好啊！固所願也，不敢請耳，我是怕所望太奢，害足下為難。再說，朝廷的威信，不可稍受貶損；如果已許了林仁肇的，我就不便奪人所好了。」

丁德裕原是設計試探。聽從善的回答，覺得滿意；正好趁勢落篷，「韓王的這番顧慮，我倒沒有想到。」他說，「且先回城，從長計議。」

一回城，丁德裕不提此事了。而從善卻未忘懷，盡一夜的功夫，將這一日的所見所聞，密密寫了一封長信，交給一名機警幹練的心腹，專程送回金陵。

從善的長信，不曾經過樞密院轉遞，直接送交裴穀呈上澄心堂。

這給李煜帶來了極大的不安和疑難。徘徊苦思，書空咄咄，始終不能相信林仁肇會有背叛；更不能接受從善的建議，對林仁肇作一個斷然的處置。

翻覆思考，委絕不下，便只得召近臣來密議。不過澄心堂中，經常待命，總是同時被召的，是張洎、潘佑二人；潘佑一向主張重用林仁肇，這件事不宜使他與聞；只召張洎，不召潘佑，又似乎不大合適，因而成了難題。

李煜覺得很苦惱，頗有天荊地棘，步步皆難之感。細想一想，連這麼一點小事都下不了決斷，亦未免太窩囊了！一賭氣之下，便頓一頓足喊道：「請張學士來。」

裴穀很冷靜，發覺他的吩咐與平時不同。平時總說：「請潘張兩位來」；此刻有張而無潘，便追問一句：「只請張學士？」

「對了！只請張學士。」李煜說，「回頭仔細看好，不准任何人在窗外窺探。」

裴穀答應著，將張洎宣召入殿，隨即退了出去，親自巡行警戒。殿中的李煜，便默無一言地將從善的長信，交張洎閱看。

他看得很慢，因為一面看，一面在細想；所以一到看完，不但對於宋朝的態度，已有了解，而且也已想到李煜會問些什麼？自己該如何作答？

「林仁肇會是那樣的人嗎？」李煜用自問的語氣說：「我可真有點不信。」

「寧可信其有，不可信其無。」

「這，」李煜愕然，「這是為什麼？」

「臣請官家明諭，可是決意與汴梁修好？」

「只要他們不是逼人太甚，我絕不會動干戈。」

「既然如此，留林仁肇有何用處？」張洎極從容地說：「林仁肇誠然是一員虎將。只是猛虎置之柙中，須防其反噬；倘或不能縱之入山，不如早日收拾了，是為上策。」

「我不相信他會反噬。」

「然則官家是相信韓王誣賴了林仁肇。」

這針鋒相對的一句話，極有力量。李煜語塞而心動，但他天生是優柔寡斷的性情，所以還在游移著。

「官家不信手足之言，不體近臣之心；以國脈民命遙寄於異跡已顯的悍將，臣期期以為不可。」

「我總覺得林仁肇不是不忠不義之人。」李煜想了一下說，「明天找大家來商議。」

張洎心想，陳喬、潘佑都是支持林仁肇的；而這兩個人都是敢犯顏直諫，說什麼也不肯曲從附和的人。只要他們大聲力爭，林仁肇就殺不成了。

這樣想著，即便答道：「臣請官家乾綱獨斷，不然就會自速其禍。」

「何以見得？」

「召集廷議，難保不洩漏風聲；林仁肇得知消息，不舉兵而反，莫非延頸待誅？」

「這話倒也是——。」李煜還在躊躇。

「當斷不斷，必受其害。」張洎又說，「韓王一向看重林仁肇，若無真憑實據，見聞親切，確然無疑，豈肯貿然作此建議？」

「說得是！」李煜矍然而起，作了一個很有力的手勢，「我志已決。」

李煜的臉色蒼白得可怕，失血的雙唇，不住翕動，手也在微微抖顫。張洎知道他內心為作出這個決斷而震動了。望著他那慘沮的顏色，真有些不忍再刺激他；但越是如此，越不可放鬆，否則，只要他一念轉移，自己便失去了為宋朝建功的大好機會了。

張洎在想，要他降勅處決林仁肇，怕有些難；萬一他答一句：「且等明日再說。」夜長夢多，又會變卦，是故須出以明快果決的手段。

想停當了，隨即用很沉著的聲音說道：「官家英明，社稷蒼生之福；臣謹奉詔行事。」

說完，略一停留；看李煜沒有什麼表示，便當作已面得准許，可以便宜行事了。

一連幾天，李煜鬱鬱不樂；那種整天皺著眉，閉著嘴的神情，看在嘉敏眼裡，只覺得悽悽惻惻地，心中不知是酸是疼？

幾次安排遣愁消悶之方，怎奈他意興闌珊，總是答一聲：「算了！你不必費心。」這天嘉敏下了決心，非強人所難不可。

「你這樣會鬱出病來！那怕有天大的難題，也一定得要丟開了！而況我看也沒有什麼讓你真正為難的事。」嘉敏用一種無可通融的語氣說：「移風殿吃蟹賞菊，都預備下了，今天是我有興致；你沒有興致也得鼓起興來陪陪我！」

聽這一說，李煜知道無法逃避；也就索性依她的話，硬將心事拋開，「也罷！」他念著杜甫的詩句：「事大如天醉亦休！」

移風殿又名錦洞天，在東池以北。名雖為殿，其實是一座高臺；構築很新奇，窗壁之間，盡是各式形狀的罏子，貯放栽植在各種器皿中的花卉。這就是得名錦洞天的由來。

錦洞天中，四時皆置雜花，唯有重陽前後，換上菊花。花雖一種，品類各殊，五色繽紛，一片錦繡。但今年卻是例外；黃白粉披中，獨有一盆蘼囊花，其色正紫，格外顯得豐韻獨標；卓立不群。這盆蘼囊花十分名貴，來自廬山的一座古剎；幾次移植，到今年方始成功。李煜亦是初次賞鑒，自然徘徊流連，不忍遽去。

「紫得可愛！」李煜畢竟有了笑容，「怪不得叫『風流紫』。」

「這個名字不好。」嘉敏微蹙著眉，「不登大雅。」

宮禁中怎用得「風流」二字？李煜也覺得不妥，隨即答道：「你何不另外給它起個名字？『紫』仍舊要留著，不然顯不出它的特色。」

「那容易紫氣東來，止於禁苑，就叫『蓬萊紫』好了！」

「果然好！」李煜大為讚賞。

「是花好還是名字好？」

「花也好，名字也好。非此名花，不足以當此嘉名；亦非此嘉名，不足以彰此名花。」

「那就來首詞，細細形容它一番。」嘉敏含笑問道：「如何？」

「使得。」

「那麼，你靜靜構思吧。我看看去，酒食預備得怎些樣子。」

一個往裡，一個往外；李煜走到移風殿外，但見滿庭落葉，兩行新雁，天色灰濛濛地，不辨是晚煙還是細雨，那蒼涼蕭瑟的景色，頓時將他的心境染得灰黯了。

天過雁字，階前茱萸，在在均使他興起懷念遠人的愁緒，不吐不快。於是徘徊吟哦，直到日暮。

「想來已經成篇了！」

李煜回頭看時，發覺嘉敏已換了服飾，穿的是一件襯著吳棉的寬袖紫羅繡襦；一雙皓腕，各套一隻紫水晶的鐲子，彷彿有意與花爭豔似地。

「辜負了花，也辜負了你這一身衣服。」李煜歉然地說。

嘉敏怎麼樣也不能了解他這兩句話的意思，率直問道：「這是怎麼說？」

「你聽我這一首詞就知道了。我念你錄。」

於是宮女們抬來一張黃條几，上面放著螺子硯、鼠鬚筆、五色箋，羽秋磨墨，阿蠻掌燈，伺候嘉敏把筆錄詞。

負手蹀躞的李煜便即念道：

冉冉秋光留不住，滿階紅葉暮；又是過重陽，臺榭登臨處，茱萸香墜。

念到這裡，他停了下來；嘉敏問道：「這是什麼調子？既不是臨江仙，又不是浣溪沙。」

「管它什麼調子？能寄我閒愁即可！」

「這等說，竟是創新調。」嘉敏念了一遍說，「詞氣是『逆收』；似乎該『換頭』了。」

「對！現在這裡『換頭』。」李煜一口氣念完了後半闋：

紫菊氣，飄庭戶，晚煙籠細雨。

雝雝新雁咽寒聲，愁恨年年長相似。

語聲未畢，嘉敏急急喊道：「慢著！什麼『新雁咽寒聲』？」

「雝雝！」李煜望暗室一指，「雝雝者，鴻雁飛鳴之聲。」

嘉敏點點頭，振筆疾書，擱筆默誦，了解了他的心境，「是在想念子師？」她問。

「是的。」李煜黯然答說：「不知為什麼，總有些放心不下他。似乎——。」

「似乎？」

「似乎今生不能再見似地。」

「何來這種想法？」嘉敏看一看左右，「你們說，官家可是自尋煩惱？」

「官家休煩惱！」有個慧黠非凡，最近很得寵的垂髫宮女，名喚雪奴的，拍手唱道：「玉樹後庭前，瑤草妝鏡邊——」一唱百和，移風殿前，頓時響起一片流麗嘹亮的歌聲；唱的是李煜的那首〈後庭花破子〉：「玉樹後庭前，瑤草妝鏡邊。去年花不老，今年月又圓；莫教偏，和月和花，天教長少年。」

歡唱夾著嬌笑，還有一面拍手，一面踏足的。那種繁喧熱鬧的氣氛，終於淹沒了李煜的愁緒；秉燭看花，持螯快飲，度過了一個很快樂的秋夜。

陳喬保薦一位武官，說有奇策面奏。這武官名叫盧絳，官拜樞密院承旨，而所擔任的，卻不是動筆墨、寫詔旨的職司，而是派在與吳越接壤一帶的「沿江巡檢」。

他有什麼奇策？李煜不大相信。只此人少年的行徑，跡近無賴；前兩年上書論兵，沒有人理他。盧絳居然闖入樞密院，非見陳喬不可；一見之下，口講指畫，居然頭頭是道。陳喬大為聳動，嘆為奇才，力薦重用；居然也很立了些戰功。不過歸根結柢，無非小有才而因緣時會，得有今日，至矣盡矣。一個無賴，也沒有讀過多少書，可能成為廟堂之器？

李煜想是這樣想，只為不忍使陳喬失望，到底還是接見了。見面的印象就不佳，盧絳形容粗魯。在他看來俗而濁，是最下的人品。

「回奏官家，臣天天與吳越那班狗賊打交道——。」

「盧絳！」陳喬急忙喝道，「出言不可如此不文！」

盧絳嚥了口唾沫，翻一翻白眼，放低了聲音說：「臣天天與吳越舟船打交道，那裡的情形再明白不過。吳越對汴梁死心塌地，甘心做趙家老兒的走狗。有朝一日，北兵攻打我朝，吳越一定派兵替他們打先鋒。不過，不要緊，是臣手下敗將；吳越的兵，打仗的勁道不夠。依臣的主意，先下手為強，後下手遭殃；不如先打到杭州，滅了姓錢的國土再說。」

李煜駭然，「這，這怎麼行？」他問：「那一來宋朝不就師出有名了嗎？」

「這一層，臣想過了。當然有個裡外串通的做法——。」

盧絳的做法，是據宣城、歙縣一帶，詐為反叛。李煜便下令討伐，同時備重禮向吳越乞師夾擊。吳越不論從那方面來說，都非出兵不可。

「就怕他不出兵，他一出兵，就要他的好看！」盧絳興高采烈地摸出一捲地圖，攤開在地上，隨即伏著上面指點講解。

照盧絳的算計，如果吳越接受江南的要求，派兵夾擊，則必由太湖南面的湖州、長興向西進軍，由廣德直趨宣城；於是江南遣勁卒由常州南下，經太湖西面的宜興，逕取湖州，斷吳越之師的歸路。

「那時候，吳越一定要回軍相救。」盧絳說到最得意的地方了；口沫橫飛，意氣豪雄，忘卻是在國主駕前，「照他們想，臣既然是叛將，當然不會幫官家來打吳越；所以回兵救湖州時，不會防到後路有變。臣就正好踩住他們的尾巴，打他個落花流水。湖州是吳越最富的地方，一拿了下來，聲勢就大不相同了。這時候，南都留守林仁肇應該派兵接應；或者由上饒、玉山沿富春江直撲杭州。滅了吳越，福建一定歸附。官家請看，東南這一大片江山，都是江南的！莫說與趙家老兒劃長江各霸一方；就是打過江去，亦不見得就拚不過人家。」

最後這兩句話，未免言大而夸；陳喬覺得畫蛇添足，反而失真，因而趕緊接著他的話說：「盧絳所言，或不免涉於夸誕；不過詐叛一計，確有可取之處，伏乞官家鑒納。」

李煜唯有報以苦笑。這詐叛一計，林仁肇亦曾建議過；如果可用，何待今日？況且林仁肇已有異心，伏誅在即，又何能領兵自南昌去攻杭州？盧絳的所謂「奇計」，無非紙上談兵的奇談而已。

想是這樣想，卻無法公然拒絕；因為那得說一番大道理去折服這兩個人，在他便是一件難事。其實他就不說，陳喬和盧絳便已知道事已不諧，因為他的臉上已表示得很清楚。兩人面面相覷，都覺得脊梁上有股寒氣在上升。

「盧絳的計策是好的。」李煜很吃力的說，「不過，我得好好想一想。」

「是！」陳喬很勉強答應著。

「官家！」盧絳卻還不死心，「如果這一計不行，臣另有一計——。」

「你不必再說了！」陳喬打斷他的話，「謹慎奉職便是。」

「對了！」李煜不免歉然，撫慰地說：「盧絳素來忠勇，我完全知道。」說到這裡，他招一招手將裴穀喚了過來：「發內帑錢一萬貫，犒賞盧絳與他的部下。」

「官家，官家！」盧絳喊道：「臣無功不受祿——。」

「盧絳！」陳喬沉下臉來：「謝恩！」

盧絳的脾氣很壞，但陳喬於他有知遇薦舉之恩，所以帖然聽命；就勢爬在地上磕頭謝了恩，然後捲起地圖，站起身來，掉頭就走。

「盧絳！」

陳喬還待喝住他，責備他御前失禮；李煜反倒搶在前面做和事佬，「算了，算了！」他向陳喬搖搖手：「此人質美而未學。且隨他去！」

陳喬很講究人臣事主之道，所以即令李煜寬恕，他仍舊不能不加責備；回到樞密院，狠狠地將盧絳數落了一頓，說他沒有涵養，令人失望。盧絳只是俯首無詞，看樣子雖未爭辯，但也不曾心服。

就在這時候，有一名專管聯絡各節度使及武將的幹當官，驀地裡闖了進來；一見有盧絳在，楞在那裡作聲不得。很顯然地，他是有機密事項要面報，只為礙著第三者，故而躊躇。

陳喬會意，但不認為盧絳有迴避的必要；責備歸責備，看重其人之心未滅，覺得也不妨讓他與聞機密，因而使個眼色，示意無礙，同時又說了一句：「有事儘管說來！」

「是。」幹當官說道：「南都留守林將軍暴亡！」

「什麼？」陳喬大驚，「是什麼病？林將軍健碩如牛，怎得暴亡？莫非出了什麼意外？」

「聽說是酒後——。」

「酒後？」陳喬搶著又問，「他是海量啊！酒後出了什麼亂子？」

「沒有，只是喝完酒說腹痛；頓時渾身冷汗淋漓，不到一盞茶的時分，就不治了。」

「這，這太奇怪！」

「一點不奇。」盧絳插嘴，「明擺在那裡，是酒中下了毒。」

此言一出，陳喬更為驚駭，「何以見得？」他也覺得盧絳的看法，不為無見，可是，「誰又敢在他酒中下毒？」

「自然有人！」盧絳的臉色變得異常陰沉，冷笑著說：「哼，奸臣當道！總有一天惹火了老子，教他吃我一刀！」說完，向上一揖，作為向陳喬辭別；然後，大踏步往外走去。

幹當官目送他去遠，疾趨兩步，到陳喬面前低聲說道：「盧將軍的眼光厲害，林將軍說不定是讓奸臣害死的。」

「奸臣！誰？」

「我不敢說。」幹當官答說：「只是，張學士剛才派人來宣諭：官家有話，南都如有林仁肇的消息，不可驚惶。」

「有這話？」

「早有風聲了，說汴梁有信來，道林將軍要謀反，官家會作斷然處置。這就是了。」

「那就更奇怪了！這等大事，如何樞密院不蒙垂問？」

幹當官不即回答，好久才說了句：「只怕是因為樞密院太看重林將軍的緣故。」

陳喬被提醒了。如果李煜要殺林仁肇，至少要瞞著兩個人，一個是潘佑，一個就是自己。然而其他的人呢？譬如徐遊、徐遼、韓熙載，可曾與聞其事？

於是陳喬吩咐備車，從韓熙載那裡開始，遍訪有資格備國主諮詢此事的大臣，卻是詫異的居其大半；餘下的小半，如徐遊、徐遼等人，只表現略有所聞，但未便深究。

最後去訪張洎，時已入暮；而張家司閽的答覆是：「學士在宮中未回。」是真有其事，還是託詞不見，無法究詰。陳喬只有暫且回家，等第二天再作道理。

第二天一早，正待上朝；樞密院的小吏來報：國主在澄心堂召見。急急馳驅入宮，但見澄心堂內濟濟多士；竟是召集「廷議」。心知必與林仁肇之死有關。果然，國主出臨，首先宣示的，便是此事。

「林仁肇謀反有據。」李煜的聲音嘶啞，但神態顯得很沉著，「我不能不作斷然處置。事機急迫，也怕走漏風聲；所以事先沒有跟大家商量，你們須諒解我為社稷蒼生安危，不得不爾的苦衷。」

這幾句話說得很婉轉，而且大多數的人，還沒有弄清是怎麼回事？因而面面相覷！出現了難堪的沉默。

打破沉默的是潘佑，「林仁肇謀反有據，是何證據？」他說：「請官家明示。」

「喏！」李煜將從善的來書，遞了給右手邊的韓熙載，「你們可以傳觀。」

看過信的人，臉色大都不同了，是一種諒解的表情；但是，也有少數人，反形懷疑，潘佑就是其中之一，「官家何能據韓王一紙書信，遽爾判定林仁肇謀反有據。」他大聲抗爭，「只恐怕天下人不服啦！」

李煜是受了張洎的教，料知必有這樣的質疑，早就想好了應付的方法；因而此時從容答道：「韓王是我同母胞弟，如果我連他的話都不能相信；又何能信任臣下？潘卿，你說恐怕天下人不服；試問，要怎麼樣才能服人？」

「謀反大逆，應下法司鞫問屬實，明正典刑，以昭炯戒。」

「這話不錯！只不免書生之見。如果林仁肇勾結的是吳越或者北漢，可以照正規辦。如今私通的是汴梁，照你的說法去做；豈非公然昭示，與宋為敵！後果如何，你想通沒有？」

潘佑語塞。陳喬本來想開口的，這時候也覺得可以不說；倒是韓熙載有幾句很公平實在的話：「事機緊迫，官家英敏果斷，弭患無形，臣等不勝欽服。只是韓王雖有所見，或恐聽聞不真。臣思此事，林仁肇果然通謀汴梁，必有往來密使；再者，舉兵而反，並非孑身潛行，事先當有一番部署；林仁肇親信部將，不能不知其事。臣請簡派大員，祕密查訪，倘或並無實據，竊以為林仁肇為國宣力有年，官家垂念前勞，請賜優恤！」

「不錯，不錯！」李煜被提醒了，「理當如此。」他向徐遼說道：「由你負責去查，限一個月之內奏報。」

於是除了潘佑還有悻悻不平之氣以外，一殿君臣無不大大地透了口氣，覺得這重公案，到此可以告一段落。而正當李煜要宣布各散之際，只見裴穀急步趨前，輕聲回奏，說韓王從善遣派心腹侍從，自汴梁星夜趕來，有極緊要的書信，一到便須呈國主親閱。同時呈上一封緘封極其完固的密札。

李煜不暇多問，親手用象牙裁紙刀拆信披閱，方知從善已為宋朝皇帝拜為泰寧軍節度使；本應出鎮山東兗州，但被留在汴京，並在汴陽坊蒙賜甲第。顯然的，像春秋戰國那樣，從善是被當「質子」了。

拜命的第二天，從善入朝謝恩；宋朝皇帝當面囑咐他，應該力勸李煜「入覲」。從善不敢不遵，上表先道誠意，說：「臣兄以菲材嗣守宗廟，陛下垂覆載之恩，許其歸闕，實千載一遇，敢不奉詔？」其實，他並不作任何建議，入覲與否，全憑李煜自己決定；他只轉達宋朝的意向而已。

看到這裡，已去了三張信紙，是全信的一半。他先將此事交議；首先讓陳喬看信，因為他是反對國主朝宋，主張最堅定的一個人。

等李煜將另外三張信看完，陳喬慷慨陳詞，堅持一貫的看法，並且加上了新的佐證。

「倘或官家此行，安全無虞；韓王必定勸駕。如今不置可否，足見疑懼。韓王之意，盡在不言；官家務須垂察。」說罷，陳喬又用清清朗朗的聲音，將從善的那半封信念了一遍。

舉座默然，臉色個個凝重無比。多少年來自汴梁的最大困擾，就是這件事。有些人跟陳喬的看法不同，覺得李煜入覲的安危，固然應該重視；可是儘自這樣飾詞搪塞，憚於一行，便先就是示弱的表示。春秋戰國之時，列國交聘，或者以小事大，盟會之際，明知此行不啻身入龍潭虎穴；但亦有英明有為之主，在忠臣良將策劃保護之下，毅然就道，終於安然而返，且博得敵國君臣的尊敬正視，從此不敢小覷。要那樣做法才是正辦；無奈這位文采風流的國主，寬厚有餘，而「英明」二字，卻是怎麼樣也談不上。再說所謂忠臣良將又在何處？縱或當仁不讓，自許忠藎；可是孤掌難鳴，並無能保國主安返江南的把握，那也就只有付諸緘默了。

「官家！」又是韓熙載打破了沉寂，「宋必欲我主赴汴梁一會，居心何在？且可不問。只是辭謝的後果如何？必得熟思。」

「是的！」李煜苦笑著說，「我想，只要不惹汴梁動兵，什麼都好商量。你們看！」

他把從善的另外半封信交了下來。其中轉述趙普一個暗示，江南既已取消「唐」的國號，一切制度，便不能擬於王者；希望江南自己上表，請求貶損。

這在韓熙載覺得是件不能容忍的事，吹著鬍子，連連搖頭，「是可忍，孰不可忍？」

「不然！」李煜倒顯得相當平靜，「既然國號都可以除去，其他也就無所謂了。我的意思是，祖宗尊號，不可變更；現行的制度，貶損無妨。茲事體大，一時亦談不完；你們各抒所見，半月以內奏聞再議。」

廷議已有了結論，而潘佑卻還要發言，只是站不起來，彷彿有人在拖曳；轉臉看去，是衛尉卿李平，有意壓住了他的袍角，當然是阻止他起而陳述之意。李平是他的至交，不須別問原因，只看在彼此的情分上頭，他亦只得曲從。

從澄心堂散了出來，李平約潘佑到家小酌；潘佑本就有話要問他，所以欣然相許，結伴同行。

李平家有間靜室，朝士中只許潘佑可到——李平本來是嵩山的道士，自道出身於道家「三十六洞天」的第六洞，名為「司馬洞天」。於道教的方術、符籙、祈禳、禁劾，以及呼鬼召神的「諾皋」之術；縮地飛遁的「行蹻」之方，無所不修，但從來不曾實驗過，所以沒有人信他，唯一的例外是潘佑。

潘佑的老莊之學，李平在這方面的修養很夠，所以兩人談得極投機，漸漸結成至交。久而久之，潘佑竟相信他真能通接神仙。據李平說，潘佑的父親潘處常，已經位列「仙官」；而他與潘佑，亦已列名仙籍，一旦羽化，都是玉皇駕前的司香吏。

當然，這天只談世務不談玄；潘佑問道：「你不准我起來說話，必有所謂吧？」

「當然。我先請問，你打算說些什麼？」

「貶損制度，適足以自警，並非壞事。」潘佑答說：「大裁閒官，多養精兵；果能如此，制度雖貶何妨？」

「我也猜到你必有一番驚人的見解。不過，我另有看法；深怕跟你的話有所扞格，所以攔住了你。」李平停了一下又說，「貶損制度，不如重新造國。你說多養精兵，照我的辦法，通國皆是精兵。你信不信？」

「『造國』一詞甚新。」潘佑笑道，「你的辦法必是好的，願先聞為快。」

「重新造國，應依古制，以周禮為宗。頂要緊的是復井田之制，詩云：『疆場翼翼，黍稷彧彧，曾孫之穡，以為酒食。界我尸賓，壽考萬年。』豈不美哉？」

潘佑聽得不勝嚮往，連連點頭：「復井田的見解很新，也很高明。」他問，「應從何著手？」

「首先要禁抑豪強兼併；其次要造民籍，造牛籍。牛馬力耕所必需，嚴禁宰殺。至於造民籍，一則為分配公田的依據；再則亦是行『卒伍之法』的張本。『耒耽以養生，弓矢以免死』，兵即是農，農即是兵。依周禮：『天子六軍、諸侯大國三軍，次國二軍、小國一軍。』一軍一萬二千五百人；三軍三萬七千五百人，勤加訓練，已為不可輕敵之勁旅。緩急之際、家出一夫；江南百萬人家，你想想看，有多少兵可用？如以一半出一夫，另一半出一夫之稅，就是平白得五十萬兵！此非妄言，只要行我的井田之法，自然就會有此效益。」

潘佑大為嘆服。他本來有些書生積習，凡事只要於古有徵，先就有了好感；同時他心腸很熱，眼看江南君臣，只求晏安逸樂，風氣柔靡奢華，日甚一日，好比一個人四體不勤，日就衰頹那樣，中病已深；趁眼前本源還不太虧損的當兒，下一副猛藥，大大滌蕩一番，然後培補元氣，更起新機，才是根本之計。而李平的復井田、造民籍，正就是他心目中的「猛藥」。

見他如此讚揚，李平大為高興，當即提議：「然則你我聯銜，同上這一道奏疏如何？」

「這倒不必。我覺得不便掠美。」

李平的笑容凍結了，臉色慢慢變得陰暗；心裡在想，這不明明是敷衍？

「我另有緣故。」潘佑看到他的臉色，猜到他的心裡，「我不是推託！」他重複一句：「絕不是！這個緣故，我現在還不便說；等你將來知道了，就會明白，我此刻不便附驥，亦是為了老兄。」

原來潘佑卻真是一番推崇尊敬之意。他認為李平才堪大用，打算找機會保奏他當宰輔之任；此刻聯名上疏，將來保奏就很難措詞。只是這番盛意，此刻不便明說，而李平卻是怎麼樣也想不到，潘佑拿他看得如此之重，只好怏怏然地單銜上奏。

貶損制度關乎百官的名位利祿，人人關心。在宮中，亦復如此；尤其是嘉敏，好端端地當著國后，忽然說要改號了，由后而降，不是妃便是國夫人。雖然實質無損，叫起來礙口，聽起來刺耳，想起來更不是滋味。

幾次想跟李煜議論此事，表明態度，不願貶損后號。可是她也知道李煜心裡的難過，不下於她，分憂不能，何忍更為他添煩？因而話到口邊，畢竟還是忍住了。

半個月很快地過去，群臣奉命各抒所見的奏疏，有十幾道之多。李煜都先擱著不看；到限期已過，方始彙總披閱。看到一半，心裡浮起一陣陣的欣慰之感，覺得該與嘉敏同享。

於是他命裴穀收拾已閱、未閱的奏疏，由澄心堂回到寢宮，與嘉敏細細商酌。

「已經看了七本了。七本的見解，各各不同；只有一點是不約而同。你猜，是那一點？」

「朝章制度，經緯萬端，我那裡去猜？」

「跟你我有關。」李煜指著包在錦袱中的奏疏說，「已看的七本，都道國主、國后的稱號，萬不宜貶損。足見臣下愛戴！豈不是極可欣慰之事？」

聽這一說，嘉敏愁懷盡去，頓時秋波流輝，喜上眉梢；「真難為大家忠心！」她問：「那末，重光，你的意思呢？」

「自然不可辜負大家的心意。」

「是！」嘉敏莊容答了這一聲，不再多說了。

「我在想，處君臣應如家人，也要講情分。既然大家如此愛護，制度就不宜貶損太過。」

「不知大家是如何說法？」

「意見很多。」李煜解開錦袱，拿起已閱的奏疏，一本一本檢點著說：「這一本，主張照王國的規制，各設長史；那也太簡略了。」

「江南又不是宋朝的親藩，不管軍務民政；只設一個長史怎麼行？」

「是啊！這一本是陳喬所上，主張官位官號都不變，只是有些職位裁撤不設。」

「是那些職位呢？」

「是些冷衙閒曹。」李煜答道：「陳喬的意思，以貶損制度為名，裁汰浮濫，整飭吏治。倒是有見地的！」

「這樣說，是打算採納了？」

「還不一定。」李煜躊躇著說，「我有所不忍。」

「這是說，照陳喬的辦法，便有好些吃飯不做事的人要丟官？」

「是的。正是為此！」李煜翻了一下，檢起一本，遞與嘉敏，「我想照徐家兄弟的辦法。」

徐遼、徐遊兄弟所奏陳的辦法，可以說是換湯不換藥，大小衙門，百官位號換一個名目，職掌依舊，俸祿如故，貶而不損，無非遮遮汴梁的耳目。

「這也好！省得大事更張。」

就由於嘉敏的一言之贊，一件有關國本的大計，便這樣輕易地決定了。不過其餘未看的奏疏，少不得還要瀏覽一遍。潘佑、李平的建議，歸於無用，有用的是張洎的一本。

張洎的辦法是徐氏兄弟建議的進一步發揮，他不但主張換湯不換藥；而且換什麼湯都一一列出來了，中書省、門下省，改為左右內史府；尚書省改為司會府；御史職司風憲，所以御史臺就改稱司憲府。

翰林院、樞密院一文一武兩衙門，文的無所忌諱，直截了當改為藝文院；武的便不宜特意標舉，張洎想出來一個名目，叫做光政院。此外大理寺職掌刑法，改稱詳刑院；客省主管各地使者的接待，便稱為延賓院，顧名思義，入目便知，新官號反倒顯得醒豁了。

費躊躇的是親貴子弟，原來封王的，都該降封了。李煜心所不願，但不得不然，接納張洎的建議，一律降封為國公；並且親定封號——江南在戰國為楚地，最高的封號，應該是楚國公；李煜決定將這個名號封從善。

「這不太相宜吧？」嘉敏提出異議，「我們的疆界只及於『楚尾』，用這個封號，怕會引起汴梁的猜疑。」

「那就顧不得了。」

「豈能不顧？」嘉敏正色說道：「那樣會害子師為難，倘或他迫不得已，上表請求改封；請問，如何處置？」

「這話不錯！我不能給子師添麻煩。可是不封楚國公，可封什麼？封那一個地方，也不能表示我對子師的重視。」

嘉敏心想，江南吳頭楚尾，如果不封於楚，便當封為吳國公；但這又遭吳越之忌，亦非所宜。凝神細想了一會，忽有靈感，喜孜孜地說道：「有了！我有個計較，不知可使得？」

「說來看。」

「必欲封子師為楚國公，不妨加一個子，稱為『南楚國公』。」

「好！」李煜脫口答道：「我國疆土，本在楚地南面；南楚國公亦可以解釋為江南的楚國公，這雙關的涵義，清楚明白，應該不會引起汴梁的誤會。」

專使送達汴梁的表狀，一共三道，第一道是貶損制度，藉符以小事大之義。措詞謙恭，當然能使宋朝皇帝滿意；第二道自陳體弱多病，不堪長途跋涉，雖然望闕依戀，卻一時無法入覲。話也說得還宛轉，不至於令人起反感；而第三道就不同了！

這一道表狀，是乞請准從善回江南。理由亦很牽強，說他們弟兄從小友愛，多時不見，想念不已。宋朝皇帝怫然不悅，以為從善不受羈縻，思量脫身南歸；特意請李煜出面乞求。因而指示趙普，應該作一個嚴峻的處置。

「陛下明鑑，」趙普從容答奏：「以臣考查，李從善居心行事，頗為忠順；與乃兄大不相同。」

「你是說，我冤屈了李從善的本心？」皇帝提出疑問，「有一次我勸他將妻小接來，他口頭答應，至今並未接眷。這不是安心不想在京裡長住嗎？」

「這是李從善別有委曲。他的妻子性情乖戾；李從善怕接進京來，家宅不寧，未免貽笑同官。再則，歲時令節，命婦隨班覲賀；倘或失儀，過咎不輕。所以不肯接眷。」

「真有這話嗎？」

「臣豈敢欺罔？」趙普肅然答道：「臣曾聽李從善親口這麼說；也曾明查暗訪問過他的左右，都是這等說法。」

「那我倒真是冤屈他了。」皇帝的臉色轉為緩和，「如今該怎麼辦？你有何主意？」

「臣以為仍應結以深恩，不但羈縻，亦望他感恩圖報。再則，」趙普略停一下又說，「此人將來可備諮詢之用。」

皇帝懂他的意思，以李從善在江南的身分，一切機要，無不盡知；將來萬一對李煜不能不用兵時，少不得要大大地借重他。這樣想著，有了絕妙的一計，可以絕了李從善的江南歸路。

「你去宣李從善來見我。」皇帝說道：「明日朝罷，御苑看花飲酒，你與晉王都來！」

御苑曲宴，一共四席。皇帝居中；東面一席是晉王光義；西面兩席，原定從善在前，趙普在次，而從善固辭，說不敢越禮居宰相之上。最後是皇帝裁斷，說他身有爵位，而且總算是客卿，理當坐西面首席。從善方始從命。

三臣奉觴，皇帝一一賜酒。一番君臣酬酢過後，皇帝頻頻引杯，開懷暢飲，一面喝酒，一面不斷右顧，跟從善說話；談到江南，皇帝從容吩咐：「取江南的文書來！」

李煜的三道表狀，早就由內侍置放在一個黃色錦盒，隨身帶著；這時承旨都交付從善閱看。看到第二道，從善開始不安；看到第三道，更覺得應該立刻有所表白；不等看完，便離席伏身，以惶恐的語氣說道：「臣兄篤於友于之情，所陳則有不當。臣蒙陛下拔擢，許效馳驅；寸功未建，何敢退身？伏乞陛下，不准臣兄所請。」

皇帝點點頭，看了趙普一眼，暗示嘉許，然後回答從善：「你願意留在京裡，我很高興。不過，你單身在此，起居種種不便，我派兩個人服侍你。」

「是！」從善答應著；但心理不免疑惑，不識所派的兩個是什麼人？

皇帝未作進一步的說明，話題一轉，卻是從善再也意想不到的，「聽說你們伉儷的感情平常。」他問，「可有這話？」

這一問使得從善有些發窘，但不能不說實話，他輕聲答道：「臣家有悍妻。」

「怪不得你不肯接眷。」皇帝微笑著說，「你也還是住在京裡的好，耳根也清靜些。」

「是！」

「喝酒吧！」皇帝隨手將他面前的金杯遞了給從善。

「臣謝恩！」從善接過酒杯，雙手捧著，一飲而盡；然後放還空杯，親自為皇帝斟滿。

「喝了這一杯，散吧！」皇帝向晉王光義笑道：「你明日作個東，賀一賀子師。」

「遵旨！」光義含笑答應，「陛下有興，臣奉屈聖駕，作個『陪客』。」

「好，好！我作陪，我作陪。」皇帝已頗有酒意，紫紅臉上，汗珠閃閃發光；一面用綾巾抹拭額頭，一面大聲說道：「你要賀子師，就備酒送到他那裡去。我們鬧一鬧新房！」

聽這一說，從善急出汗來了。如何謂之「鬧新房」，莫非硬作主張，要自己停妻再娶？這可是件不得了的事；消息傳到江南，家中那頭母老虎還不鬧翻了天？

憂急昏瞀之中，無暇細思；宴罷出殿，為料峭春風一吹，神思一爽，這才想起，說「派兩個人來服侍」，可知絕非強為主婚，因為娶妻並無成雙之理。話雖如此，麻煩不是沒有，但願派來的是兩名小廝；果然賜的是宮婢，也寧願粗蠢不堪一顧的，倒免了將來打多少饑荒！

也就是從善剛回汴陽坊府第不久，一雙油碧香車，悄然蒞止；「內客省」的官員傳宣上諭：特賜泰寧節度使宮人兩名，照料起居。同時說明，不須謝恩。這兩名宮人，又蒙皇后賞賜首飾妝奩；滿滿載了四車，陸續到達，堆滿了整個院子。

從善從未經過這種恩澤，並以府中並無女眷婢媼，亦不知如何接待這兩個宮人？因而索性躲在書房中，不聞不問，只憑自江南隨從而來的書記江直木去料理。

約莫一盞茶的時分，江直木親自來請從善出廳受禮。這便又覺得尷尬了；「那是什麼禮？」他問，「我該如何受；如何還？」

「不須還禮。」江直木答說，「那怕出於御賜，畢竟是妾媵的身分；儘不妨坐而受之。」

從善面有難色，「這，這不好！」他說，「你是知道的，將來難與夫人見面。」

江直木覺得他可笑也復可憐，只是此事不比尋常納妾，由不得他作主；想了一會答道：「御賜宮人，莫非拒而不納？殿下——。」

「江書記，」從善打斷他的話說，「如今不能這麼稱呼了。你，你只用普通的官稱好了。」

「是！」江直木又問：「用我們江南的，還是用他宋朝的？」

「用他們的。」

以宋朝的官稱，節度使的尊重，可以用「使相」，亦可稱「相公」。江直木覺得「相公」二字比較響亮，便即改口：「相公，好歹先受了禮，不負宋朝皇帝的美意。至於相公納不納，在乎自己作主；將來與夫人見面，大家少不得為相公說話，皇命所迫，事出無奈，夫人自然見諒。」

「這話倒也通。也罷，我就受她們倆的禮。」

於是在隨從傭僕環視之下，從善步出大廳，在正面交椅上落坐。東面耳房中，旋即響起環珮之聲，江直木臨時覓來的兩名伴娘，攙扶著一個穿綠、一個穿紫的兩名妙齡女子，款步上堂，嗚贊行禮。

從善欠身擺手，連連謙謝；那盈盈下拜的兩名宮人卻是從容不迫地，照規矩行完了禮，方始起身。

「你們倆叫什麼名字？」

「我叫春山。」穿綠的那個，肌膚微豐；指著纖瘦的那個說：「她叫秋水。」

時值薄暮，而廳中猶未點燈，春山和秋水皆是背光而立；從善無法看她們的面貌。就算看得真切，眾目睽睽之下，以自己的身分，亦不便細看；只是從身影上顯示，似乎豐姿綽約，絕非自己所希望的粗蠢一流。

這些念頭，想到丟開；眼前最要緊的是，須說兩句門面話，作個交代，「官家賜恩，派你們兩個來照料我的起居，實在感激。不過，」他客氣地說：「府中向無女眷，一切不便，委屈了你們。」

「相公言重！」仍舊是春山答話：「原就因為夫人的魚軒還不曾到京，所以官家派我們兩個來服侍相公；從今日起，相公就不會不便了。」說著，她轉臉問道：「那位是府中的管家？」

從善不曾想到要在汴梁長住，帶的僕從不多，府中公私事務，都是江直木總其成；此時義不容辭地答道：「便是我權充府中的管家。」

「不知分撥那兩間屋子給我們姊妹住？拜煩引路，我們好收拾起來。」

「自然是在相公那一重院落中。請隨我來！」

於是春山和秋水斂手在腰，向從善福得一福，隨著江直木轉入屏後，去布置新居——她倆的新居在第三進，也是府中的內寢正房；三明兩暗，前後廂房，本來空容容地只有從善一個人住，如今恰好安置春山秋水，占了西面兩間。隔著堂屋的東面兩間，便做了從善的臥室和小書房。

到得起更時分，布置已定，江直木在堂屋中新點一對喜燭，備辦了一桌喜筵，又喚了一班小「堂名」，吹吹打打為從善煖房。春山秋水，自然雙雙侍席。

這時候，從善在輝煌燈燭之下，方始看清了她倆的面目。春山膚白如雪，髮黑如漆，生一雙杏兒眼，總是喜孜孜一臉的甜笑；算得是個美人，卻不如秋水的儀態萬方，神清入骨。特別是她那一雙眼睛，從善覺得多看了令人目眩神移。

但越是如此，從善的心情越不能寧帖；酒一入肚，也就容易作怪了。沉默寡言的秋水，心思極細，很有決斷地說：「相公的酒夠了。拿飯來吃吧！」

從善生長江南，只吃米飯；半碗飯將酒壓了下去，比較舒服得多。但在旁人眼中卻不是滋味；如花春眷而又出於欽賜，應該是件比「洞房花燭夜」更得意的事，不道如此草率勉強！尤其是堂名散去，燈火悄悄，望著堂屋中那一對煒煒的紅燭，更令人興起一種沒來由的蕭索之感。

這蕭索的氣氛，在春山秋水的感受，像浸在冰桶裡似地，其寒徹骨；她倆除了為從善難過以外，更要為自己傷心——縱為妾媵，畢竟亦是終身大事。平時女伴密語，自己思量，不知做過多少美夢。夢中沒有貴人，只是一個溫文爾雅，體貼多情而年輕肯上進的寒士；一夫一妻，相將倚扶，一步一走向蔗境。如今，這個所望實在不算太奢的美夢，硬生生地幻滅了。

春山臉上的甜笑，消散得無影無蹤；而那雙杏眼，倒像是哭腫了似地，「你看，」她異常委屈地低訴：「一生就是這麼一回，淒淒涼涼還外帶著窩窩囊囊；想想做人真無味！」

秋水的心情比她還要抑鬱，但性情卻比她深沉，禁得起打擊，所以反勸慰她說：「這都是命！打入宮那一天就注定了的。只往寬的地方想吧！」

「我就想不出，有甚麼可以寬慰的？」

「怎麼沒有？你還比我好得多；至少，以後要跟親人相見就容易了。」

果然，親情鼓舞了春山，頓時心境一寬——她是江南常州人；父母都在原籍。自入掖庭，三年才許父母探望一次；現在這個限制是隨著她的出宮而消失了。雖然南北交通，不甚方便，但至少有了指望；倘或「相公」能回金陵，與常州不過朝發夕至的一日途程，歸省不是難事。

這樣想著，自覺比雙親棄世的秋水幸運得多；相形之下，就不該比秋水更看不開。於是她點點頭說：「這也罷了！只可惜你，你眼下一個親人都沒有。」

「你不就是我的親人麼？」

這句信口而答的話，使得春山愈感鼓舞；握著她的手，盈盈欲涕地望著，好半天說不出話來。

「我們這位相公也可憐，身不由己。既然命中注定，又是官家作主叫我們跟他，那就認命吧！」

春山仍然是深深點頭，然後說了句：「我們看看去。」

雙雙攜手，穿過堂屋；輕推虛掩的房門向裡一望，只見從善和衣躺在一張楊妃榻上，一卷書拋落在榻前；北窗未閉，風不斷地往裡颳，吹得火燭搖晃不定，燭臺上堆積了厚厚的一層蠟淚。如果這樣搞個半夜，不但睡著的人會受寒致疾；而且火燭不謹，或許會招致祝融之災。

兩人對望了一眼，立即取得了默契；春山去關窗，秋水便取一床輕羅夾被，為從善覆蓋。手腳雖輕，還是將夢中人驚醒了；一翻身坐了起來，揉揉雙眼，怔怔地瞅著秋水，是那種茫然不辨身在何處的神情。

「相公醒了。可要用茶？」

「喔，你是秋水。」從善問道：「還有一個呢？」

「在這裡！」春山應聲而答。

從善轉臉看了她一眼，想出一句話來問：「你們倆的住處安排好了沒有？」

「安排好了。」秋水回答。

「相公可要去看一看？」春山問說。

「好！」

等從善雙腳往榻前一伸；春山、秋水便照在宮中服侍皇帝的規矩，一個捧腿，一個便替他著鞋——這喚起了從善的記憶；從婚後不久，便不曾享過這樣的福了。因為夫人不准房中有平頭整臉的婢女；粗蠢的，從善卻又寧可不要。所以整冠繫帶，穿鞋著襪，往往是他自己動手。

這一下觸動了他的記憶，婚後所受的委屈；委屈而積成的抑鬱；由抑鬱而轉化的隱痛，一時都兜上心來，並且有著渴想盡情一吐的欲望。

因此，他對她倆生出一種沒來由的親切之感，「你們坐下來。」他說，「我有幾句話跟你們談。」

「是！」春山和秋水同聲答應；然後相互望了一眼，都覺得可以不必拘束，便由秋水移了一個錦茵過來，比肩並坐，仰望著從善。

「多蒙官家美意，其實委屈你們。」從善很吃力地說，「事起倉卒，一切都沒有預備，連草草成禮都說不上，我心裡覺得很難過。」

就這幾句話，使得春山和秋水對他的觀感一變。先是覺得他可憐，此時覺得他可敬；想不到他是這樣忠厚體貼的一個人。

「如果在江南，當然不至於如此；至少也要熱鬧個幾天。不過，這話——。」他越說越慢，最後搖搖頭，嘆口氣苦笑，「唉！也難說。」

這就使得她們大惑不解了。所能了解的，他總有什麼難言之隱。秋水心想，既然自己認命，死心塌地作他家的侍姬，那就休戚相關，便問一問也不算冒昧越禮。

因此，她平靜地說道：「相公好像有什麼話不願意說出來？」

「不是我不願意說，是不知道該說不該說？也不知道該怎麼說？」

「想來是軍國大事？」秋水有意這樣試探。

「什麼軍國大事？」從善忽然激動了，「說起來是笑話！」

憑著那一股由積鬱所迸發的盛氣，從善雜亂無章地說他那位雖美而悍的夫人種種惡行，終於自我滿足了「盡情一吐」的欲望。

於是春山和秋水的感覺又不同了。諒解化除了自己所感到的委屈；而同情則生出希望對他有所幫助的想法。當然，想法雖同，而在程度上是有差別的；秋水比春山想得深，深得太多了。

「相公快安置了！」她拉一拉春山，站了起來；接著便掌燈進入裡屋。

裡屋是從善的臥室；等春山跟了進來，只見秋水已在鋪床了。這個舉動有些莫測高深，是預備讓從善獨宿呢？還是打算抱衾相就？如果侍寢，是平分秋色呢？還是她預備占先當夕？這些念頭，一個接一個在春山心頭閃現；未暇細思，更不便細問。因而遲疑著忘記了自己該與秋水一起動手。

直到聽見從善的腳步聲，方始驚醒；而秋水已經疊枕鋪被，將次竣事，便索性袖手而立，靜看究竟。

「我們告退吧！」秋水平靜地看著從善說：「半夜裡要茶要水，只招呼一聲就是！」

「你們——？」從善不知道怎麼說了。

「我們輪流值夜。總有人伺候茶水。」

只是「伺候茶水」！從善在想。心中有無限的悵惘，但亦隱然有如釋重負之感。

「我不知道你的意思怎麼樣？」秋水低語著，「在我，我要幫相公能回得去江南。」

「我不懂你的話。」春山答說：「莫非相公回不得家鄉？為什麼？」

「官家派你我來，就是要教他回不得家鄉。第一，是拴住他的心；第二，要讓他怕見夫人——這樣子，相公自然就不願也不能回江南了。」

「我還是不懂。」

「你好傻！」秋水微嗔地說：「你想，夫人是那等一個醋罈子，聽說相公在汴梁有你我二人，還不鬧得天翻地覆。」

「喔，我有些懂了。不過，你的話也不大通。」春山問道，「夫人必已知道了，相公在汴梁有你我兩個，要鬧還是要鬧。」

「不然。自有人會去告訴夫人，我們伺候相公的是什麼？尋常丫頭，就吃醋也有限。再說，我們這樣子躲得遠遠的；也絕了相公流連不捨的心。你說可是？」

春山不答，當然是有些不以為然的意思在內。秋水認為兩人禍福相共，不便緘默，因而決定往深裡去談。

「你覺得我的話不中聽？」

「不是不中聽。」春山很謹慎地答說，「本來我對這些道理也不大懂。我不知道官家為什麼不願他回江南？不過官家既有這樣的意思，似乎不應該違逆。」

「話是不錯。可是你想過沒有，做人總要分個親疏遠近。而況官家並沒有明白交代。」

春山點點頭。沉默了好久，忽然問道：「你以為相公該回江南？」

「自然。」

「回江南有什麼好？」春山自語似地說，「我就想不出來，伴著一頭雌老虎，天天受窩囊氣，倒不如在這裡還清靜安逸些。」

「他的身分不同，不能不回江南。而況，你看到的，他在這裡並不高興。」

「嗯！」春山問道，「他如果回江南，我們是不是跟了去呢？」

「這要看他是怎麼個去法？倘或官家許他回去，我們自然跟他在一起。不然——。」

「不然如何？」春山忽然想到了，「莫非他還可以私下回江南？」

「說不定。」

「你是說——。」春山驚惶失色，「你是說，相公說不定有一天逃出汴梁，私回江南。」

「這——，」秋水含含糊糊地答道，「也說不定。」

春山聽得這話，好半晌作聲不得，手按著起伏跳動的左胸，前思後想，越想越深，終於明白了這段姻緣的前因和可能發生的種種後果。

然而她不能同意秋水的選擇。照她的了解，秋水不願以情緣牽惹，使得從善難回江南；相反地，她是希望能夠幫助從善，脫出虎口，遠走高飛。如果從善打算潛身而遁，她亦多半會替他效勞，或者奔走，或者掩護，甚至跟他一起共患難，甘死不辭。

這並非不切實際的空想；她對秋水的性情，知之甚深，外冷而內熱，有時會做一些別的女孩子所想不到的傻事，譬如將自己心愛的首飾，送與年長遣嫁出宮，卻以家貧無可陪嫁，怕為夫家輕視，因看來又在滋長了！

而啼泣不已的宮女；而此宮女卻是她連人家名字都叫不出來的。有人說，這就叫俠氣。秋水的俠氣，

然而這是彼此休戚相關的事。春山覺得雖是好姊妹，也不能糊塗地拿自己的性命葬送在她的俠氣之中，所以神態很緊張了。「秋水，」她睜大了眼，提出警告：「可得好好想一想！顧前不顧後，惹出禍來，害己又害人，何苦？」

當她在沉思時，秋水從她陰晴不定的臉色中，已經猜知她在想的是什麼？此時聽她這話，更明瞭了她的態度。心裡不免失悔，自己要做的事，完全違反宮中派遣她來的本意；違旨之罪，足以招致殺身之禍，所以只應暗中操縱，不宜向春山明說，免得連累了她。

這樣一轉念間，便即笑笑答道：「你想到那裡去了？什麼『顧前不顧後』，『害人又害己』？我完全不懂。睡吧！你大概太睏了，倒像在說夢話。」

這樣輕巧地全盤推翻了她自己說過的話，和她的話中所暗含著的心意，倒使得春山困惑了。細想一想，約略猜到她的用意，心中倒有些感動，因而越覺得有勸她回頭的必要。但這時候不便往深裡去談，越談得深越談不攏。好在有的是工夫，不妨慢慢找機會。於是春山點點頭說：「好，睡吧！有話明天再說。我們睡一起。」

「不，」秋水的聲音很堅決，「我不慣與人同床，你睡你那裡去吧！」

春山深感意外，也很擔心。因為她的臥室安排在裡屋；外房的秋水有何動作，自己無法阻攔，甚至可能因為自己在夢頭裡，根本就不知道。

就因為這一個想法，害得春山一夜不能安枕。可是一夜畢竟安然過去了；兩夜、三夜，一直過了十幾天，始終並無異狀——唯一異狀是，秋水臉上，總是入夜便放出凜然不可輕犯的烈女之色，以致從善似乎連說句笑話都不敢。

這使得從善很困惑，也很矛盾。困惑的是，不知她倆其意何居？尤其是秋水，那一雙極深極冷極敏銳的眼睛，真是神祕莫測；矛盾的是，對她倆既不能忘情，又深怕陷溺於情欲之中，迷失本心，不能自拔，以致誤了大節。

但是有一點是他想通的，不論自己將來對春山、秋水持何態度，第一要緊的是，求取了解。這當然只有從容探問；可就是抽不出工夫——汴梁的文武大員似乎受了皇帝的授意，有心對他「懷柔」；借著他納寵為名，繼皇帝率同晉王和宰相攜酒相賀以後，排日邀宴，餉以盛饌，尊為上賓。這樣酒食徵逐，使得從善常在醉中，不但找不出神清氣爽，安靜悠閒的時刻，可以找春山、秋水盤桓細談；甚至許多公事都耽誤了。

這一陣繁忙的應酬，直到初夏方始漸稀；而在乳燕呢喃，杏花初放之時，來到汴梁的江南使者，卻已歸而又至，帶來一封李煜的手札。

接到手中，從善便覺得異樣。李氏弟兄，一向友愛；對這位比肩的胞弟，李煜更是另眼看待，所以每有書札，總是絮絮不斷，動輒十來張箋紙。而這封信卻輕飄飄地，彷彿只是一通空札。拆開來看，裡面只有一張月白粉箋，寫著一首代柬的詞；曲調是〈阮郎歸〉：

東風吹水日銜山，春來長是閒；落花狼藉酒闌珊，笙歌醉夢間。
佩聲悄，晚妝殘，憑誰整翠鬟？留連光景惜朱顏，黃昏獨倚闌。

這首詞又讓從善困惑了。上半闋是容易懂的，東風落花，笙歌醉夢，無非明寫「春來長是閒」；暗寫抑鬱頹廢的心境。這自然使從善惻然不歡；但深知李煜的個性，原本如此，所以也還不甚在意。不可解的是下半闋。詞意顯然，寫的是「閨怨」，自意境比「忽見陌頭楊柳色，悔教夫婿覓封侯」來得蘊藉深沉。分開來單獨看，是好詞；合在一起，則與上半闋的境界不侔，竟不成為「整」首詞了。

這是怎麼樣也解釋不通的一件事。從善為此，整日沉吟，悶不可言。直到黃昏，忽然想到有個可能破惑的辦法，便是喚江南的使者來問一問。

使者是宮中的老人，原是元宗的書僮；所以從善問話，無須有顧忌。首先要問的，自然是李煜的近況。

「官家精神倒還好。不過煩惱也多，所以醉的時候也多。」

「喔，」從善很注意地問：「是些什麼煩惱？」

那使者沉吟了一會，忽然提高了聲音說：「七爺不問，我不敢說；既然問到，我也不敢瞞。官家的煩惱，只為七爺不回金陵，惹來多少是非！」

「是非？」從善詫異，「是何是非？」

原來李煜上表請放從善回國一事，宋朝根本沒有答覆；但側面卻有消息傳到金陵，說並非朝廷不放從善而是從善迷戀汴梁的繁華，更割捨不下御賜的兩名豔姬。從善夫人得到這個消息，鬧翻了天；三日兩頭進宮，向李煜哭訴，無論如何要設法將從善召回。糾纏不已，甚至撒潑；使得李煜頭痛非凡，到後來望影而避，有時連嘉敏都不知道他躲在何處？

然而，他對從善卻是有信心的，認為汴梁傳來的消息，絕不可信；從善只是無可奈何，若有脫身的機會，絕不會輕易放過。因此，對他這位弟婦的無可理喻，便不肯告訴從善；怕為羈棲異鄉的遠人，更添煩惱。

明白了這般「是非」；從善也就明白了那後半闋的〈阮郎歸〉，是一種隱隱約約的試探，也是一種婉轉含蓄的勸告：當思閨中少婦、黃昏倚闌，目斷斜陽的景況，早日賦歸。

了解了字裡行間的曲折，從善異常不安。第一，是因為妻子的不賢慧，為國主帶來了如許煩惱；第二、詞中亦依然有責他流連忘返之意，使從善感到受了冤屈。

這就必得認真考慮，該如何方能還鄉了！想來想去，沒有善策；而歸心一動，神魂飛越，變得煩躁不安，直到深夜，還在臥室中蹀躞徬徨。

「相公！」秋水提醒他說，「三更將盡，該安置了。」

「不！」他根本沒有聽清她的話，直覺地揮揮手，意思是別去擾亂他。

秋水懂他的意思，卻不肯聽從；凝神靜想了一會，覺得此刻是一個機會，便冷冷地說道：「相公就這麼走到天亮，也走不到金陵。」

這下，從善聽清楚了；不但聽清楚，而且字字敲擊在心頭，不由得震動，「妳！」他凝視著秋水，很嚴厲地問道：「你到底是來幹什麼的？」

秋水似乎料到此反應，很沉著地答道：「相公莫問，只請相公信任我。」

從善再一次定睛注視，從頭到足，那一點也看不出她會有何惡意；倒是那雙深邃的眸子啟發了他；這是個極機敏深沉的人，應可以共大事。

於是，他的臉色放得很緩和了，「來，」他指著桌旁的座位說：「你坐下來談！」

「我站著好了。」

「這不是拘禮的時候。」

這句無疑答覆了她剛才的那一問，表示充分信任之意。秋水便欣然坐了下來。

「你怎麼知道我心裡在想念金陵？」

「人同此心，心同此理。」秋水答覆，「換了我是相公，我亦是如此。」

「唉！」從善嘆口氣，「我非回一趟金陵不可；那怕去而復回也可以。」

「去而復回？」秋水彷彿沒有聽清楚，特意重複問一遍。

「倘或去而不回，朝廷，朝廷——。」從善支支吾吾地忽然覺得礙口，因為在他看來，像這種涉及大邦與小國之間為友為敵的大事，不宜與作為侍姬的秋水談論。

這當然是他對秋水的本質還欠了解。她便一口揭穿了他：「是怕朝廷興師問罪？」

「正是！」從善脫口回答，卻也不免奇怪，那逼視著她的眼色，無異相問：「你怎的懂得這些？」

秋水卻不理他的疑惑，反客為主地進一步探問：「既然如此，國主又何以盼相公歸去？莫非他倒不曾想到，這一來會觸怒朝廷，怪罪下來？」

「啊！」從善張大了嘴，無從回答，繼而又發覺個疑問：「你怎知國主盼我歸去？」

秋水略一沉吟，老實答說：「相公下午召江南使者問話的經過，我都聽見了。」

原來如此！從善半晌作聲不得，將秋水的剛才的態度與言語，從頭回憶了一遍，頓生驚喜之感——驚的是自己的一言一動，似乎都在秋水暗中監視之下；喜的是秋水明敏深沉，足資信賴，自己有了一個緩急之際，可以託付心事的人。

「照我看，朝廷果然打算興兵討伐江南，與相公是不是在京裡無關。」秋水放低了聲音，極慎重地說：「我曾聽官家與晉王閒談，說是除非江南李某來朝，不然總放不下心。請問相公，國主幾時到京裡來？」

秋水所透露的是第一等的機密。從善暗暗驚心；同時覺得對她的問話，很難回答，想了一會，終於很誠懇地答說：「秋水，我騙你；我實在不知道國主會不會來朝謁？」

「如果不肯來朝，總也有別的打算？」

「這，這我也不知道。」從善又說，「離開江南已久，一切情形都隔膜了。」

「我在想——，」秋水那雙沉靜的眼睛，忽然亂轉，彷彿寒光四射，令從善無端不安；等他剛站起身，秋水忽然問道，「相公，你怕聽我的話？」

「不是！」從善吃力地答說，「我要靜下來，好好想一想。」

「是的！」秋水恢復了她的平靜，「相公該好好想一想。也許國主的打算，不便明告。」

「是什麼打算？」從善有些反感，「莫非我們國主的打算，我倒毫無所知，而你反能猜測得到？」

「這也不是什麼稀奇的事，豈不聞『旁觀者清，當局者迷』？」

「說得是！」從善改容相謝，「秋水，真要好好向你請教。」

「相公言重。我亦只是胡亂猜測，相公，你請坐下來好說話。」

這不是為了禮貌，是為了關防；要促膝密語，聲不傳六耳，才能防止機密外洩。因而拖了一張凳子，緊挨著秋水坐下。由於靠得太近，她的髮際領緣的香氣，一陣陣飄入鼻孔，使得從善心旌搖搖，在不適當的時候，起了不適當的綺念。

但是看到秋水一臉的凝重之色，從善的綺念，頓時如滾湯沃雪般消失無餘；眼觀鼻、鼻觀心地輕輕說道：「我等著聽你的話。」

「我在奇怪，有件事大家都知道，莫非相公看不出來？朝廷要派兵征江南，是必不可免的了；除非國主肯來朝謁。」

聽她說得如此確鑿不疑，從善既驚且駭，「怎知必不可免？」他問，「你何所據而云然？」

秋水不即回答，靜靜地想了好一會答道：「我在宮裡聽得好些話，有的不便說；有的我還不十分弄得清楚，更不能亂說；只說一件事好了，朝廷在湖廣荊州一帶，造下樓船幾千艘。請問相公，這是為什麼？」

從善大驚！如果真有此事，當然是沿長江順流東下，攻取金陵；因為樓船除作戰艦以外，載貨運客，皆非所宜。而且樓船耗巨木甚多，從深山採伐，輾轉運送到江邊，極費周折，最是勞民傷財之舉；若非為了迫不得已的征伐，朝廷不會平空去建造幾千艘之多。

事情有了眉目了。從善在想，從平南漢以來，許多人在私下談論，宋朝對江南到底會不會用兵？見仁見智，雖都言之成理，究竟只是沒有根據的空談；如今卻有了可測定宋朝意向的明顯跡象，只看秋水所說的話是真是假，便知端倪。

「相公，」她見他不語，便即探問：「你不信我的話？」

從善確是將信將疑，卻不肯承認，「不，」他說，「我相信！我很感激，你肯把這話告訴我。」

「相公既然相信，我卻有句話提醒：相公不歸，國主為難。」秋水略停一下，見從善似乎不曾領悟，便又往下說道：「國主不願朝謁，自然有不惜周旋到底的決心；一旦兩軍對陣，只恐江南不便出全力相拚，因為投鼠忌器，國主要為相公的安危著想。」

這話驚出從善一身冷汗，秋水見解，他只能同意一半，說「有不惜周旋到底的決心」，那是他不知李煜的性情；但宋師壓境，江南被迫起而相抗，則是理所必然，勢所必至的事。從善在想，那時宋朝必定劫制自己作個「擋箭牌」；而國主手足深情，亦一定會接受宋朝的要挾。這一來，除非自己自殺，消解了江南的「後顧之憂」；否則，誤國之罪便無所逃於天地之間了。

「你說得是，我的見識竟不及你！」從善侷促不安地，「我得通前徹後想一想；等想停當了，我再跟你商量。」

經過徹夜的苦思，從善決定先求證一事：宋朝是不是真的在荊湘一帶大造戰艦？

這件事只有找江直木去辦。此人很能幹，深知他和他同僚，都受到監視，一離汴京，必有人跟蹤，行藏無法遮掩；所以決定託個不相干的人到荊湘去打聽。

於是江直木靜靜地打算了一會，換一身便服；迤邐往汴梁最熱鬧的所在——「州橋」行去。

州橋之東，臨汴河大街，便是大相國寺。此地相傳為戰國四公子之一，魏公子無忌的故宅。

寺建於北齊，名為建國寺；唐朝延和元年改建，睿宗御筆題額，更名大相國寺。大相國寺實在不愧一個大字，僧寮眾多，共有六十餘院；大雄寶殿的基址，占地六畝三分，九明十暗，共十九間，從山門到大殿兩廡，可以容納上萬的人，每月逢朔望及三八之日，開放為萬姓交易，從珍禽異獸到日用器物，無所不備；醫卜星相，諸般技藝，各色小吃，應有盡有。是汴梁第一好玩的去處。

江直木進了大相國寺頭山門，一逕來到大雄寶殿左面的伽藍殿；殿前是個書場，布招上大書六字：「高中立說三分」；場內坐得滿滿的，卻是鴉雀無聲。他坐定細看，只見高中立用一嘶啞的嗓子，正在講關雲長、張翼德古城相會；講到關雲長斬蔡陽，舞起青龍偃月刀將落未落之時，戛然而止；賣個關子說道：「欲知蔡陽性命如何？且聽下回分解。」接著，一拍醒木，下得書壇，直奔江直木而來。

江直木起身相迎，笑著說道：「怎的我一到，便賣關子？」

「見你一到，我喉嚨口的酒蟲便作怪了。且饒蔡陽再活一夜。走，走，州橋張家這兩天來了一批海鮮，只怕快搶光了。」

「換一家吧！」江直木說，「張家地方小，客人背貼背地擠得慌；說個話要扯開嗓子，又累得慌。」

高中立深深看了他一眼，已有所會意，便點點頭說：「既如此，到我下處吃酒去。」

於是高中立買了兩大瓶官酒，切了一大包羊頭肉、炙雞之類的熟食，陪著江直木安步當車走回寓所——高中立是孤家寡人，借寓在一座道觀中；是荒廢後園中的兩間草房，除了蟲鳴鴉噪以外，人聲罕接，冷靜得很。

「好久不見了！」高中立滿飲一杯，閒閒問道：「可有江南的消息？」

每次見面，高中立必問江南消息。此人身在汴梁，心在金陵；只為他最欽服李煜的文采，每一提起澄心堂的翰墨，嚮往傾倒之意，著實令人感動。江直木能與他結成好朋友，一半亦是他愛屋及烏，因為江直木來自江南的緣故。而在江直木，亦就因為如此，才敢放心大膽與他共機密。

「江南要受刀兵之災了。你可曾聽到些什麼？」

「倒不曾留意。」高中立開門見山地問：「可是你想打聽什麼消息。」

「是的！」江直木起身將房門開直，以便一見人來就好住口；然後走回來低聲說道：「聽說朝廷在荊湘一帶，大造樓船；中立兄，我有件事，只有你可以重託。荊湘的情形，到底如何？能不能請你走一趟去看一看？」

高中立微微頷首，卻不是慨然許諾的樣子，出了好半天的神，方始開口回答：「事情大概不假。今年春天，有個朋友來跟我借盤纏，說要到荊湘一帶去謀個噉飯的去處。當時告訴我說，另有人約他到桐柏山中去採木植，他不曾答應。想來這就是為了大造樓船的緣故。我看，不必費事；就在汴梁，便可以把這件事打聽出來。」

「真的？」江直木問；心裡有些懊悔，早知他不肯應允，不該輕易出口相懇。

高中立是何等樣人？一聽他那語氣，便猜到他心裡；急忙解釋：「江兄，你莫見疑！江南之事，我豈有推託之理！不過，一則不便；二則不必。何以謂之不必？明明京裡可以打聽得到的事，只須一天功夫，便有確實消息；何苦徒勞跋涉，起碼得要個把月的辰光，才能有回音？」

「是！是！」江直木頗為不安，連連應聲，表示自己並無猜疑之意。

高中立卻很誠懇，接著說道：「再說不便。這樣的大事，我雖有人可以轉託，只怕你倒不願；所以答應了你，便得我自己去走一趟。這也不打緊；就只一件，我逢朔望三八，相寺開市之期，在伽藍殿說書；聽過我的書，認識我的人，不知多少？如果到了荊湘，遇著熟人，問一聲：『你來做什麼？』

又如何回答？這是大大的不便！」

「說得是，說得是！」江直木的疑慮盡消；「中立兄的心細，足見我託得不差。既如此，亦就不忙；明後日得便，拜託打聽打聽。」

「亦不必等到明後日。」高中立答說，「我曉得你心裡急，就此刻便替你去走一趟。」

這在江直木是「固所願也，不敢請耳」；當時起身離席，一揖到地；「若蒙成全，感同身受。」

他說，「我陪中立兄一起走，在樊樓擺酒靜等。」

「好！」高中立毫不遲疑地，「就這麼說！」

在笙歌嗷嘈的樊樓，等到起更時分，方見高中立施施然而來；一張臉紅馥馥地，酒已經喝得不少了。

江直木如獲至寶，急忙掀開湘竹簾，親自迎上前去，將他引入小閣；喚侑酒的粉頭，伺候他洗了臉，然後問道：「可有熟識的相好？還是我替你做個媒？」

「都不用！」高中立搖搖手說，「連她們都不必在這裡伺候；我要靜靜地喝一盞茶。」喝茶是假，屏人密談是真，然而卻不便細說。等那些粉頭都離了小閣，他只點一點頭，先作個不虛此行的表示。

「喔，」江直木輕聲問道，「果有其事？」

「一點不假。」高中立答說：「連數目都知道了！」說著，他伸了三個指頭。

高中立真個神通廣大，他不但打聽到朝廷在荊湘西自江陵、東至黃岡、北起天門、南到岳陽這數百里形連體接，川渠交錯的古「雲夢澤」地方，起造了三千艘的艨艟巨艦；而且打聽到參贊征江南的機務的，竟是名不見經傳的一個書生。

此人就是樊若水。他從江南考試進士，落第以來，為「小長老」所煽動，決心投靠宋朝。在汴京伏闕上書，指陳采石磯江面從北到南的寬度；極力否認長江為「天塹」之說，建議派大軍討伐。

宋朝的皇帝，其時還對李煜存著極大的希望，以為他會像吳越的錢鏐那樣，柔順將事，唯命是從；所以對樊若水的建議，並不重視。只是為了嘉許他的忠忱，特准他應試進士；結果，他跟在江南一樣，依然名落孫山。

可是從平了南漢以後，情況不同了。朝廷聽到許多有關江南的傳言，有的說，李煜外示恭順，內實不臣；有的說，江南對武將依舊重用，便意味著並無偃武之心。這些傳言，真假本自難信；但李煜始終不肯朝謁，就顯得心存叵測了。

於是，樊若水的建議被找了出來，重新考慮。皇帝並且在便殿召見過他，為他改了名字。

樊若水的改名，是件很滑稽的事。皇帝在召見他時，提到他的名字，問是何所取義？樊若水答說：「唐朝尚書右丞倪若水，為人亮直；臣竊慕其人，所以改名若水。」

皇帝不知道倪若水其人，而他一向不恥下問，便問陪侍在御案之右的盧多遜：「倪若水為人怎麼樣？」

盧多遜腹笥淵博，恃才傲物，知道樊若水搞錯了；草茅新進，犯不著為他包涵，因而用毫無表情的聲音答道：「臣愚昧，不知唐朝有倪若水其人。」

「他是說的尚書右丞，不是什麼無名的人。」

「唐朝自開國以後，尚書、中書、門下三省長官的名氏，臣盡悉無遺。」盧多遜斬釘截鐵地說，「絕無倪若水，只有倪若冰。」

「你再說一遍！」皇帝側著耳說：「有個字，我沒有聽清楚。」

「是！」盧多遜瞟了樊若水一眼，緩慢清晰地答說：「是倪若冰。水上一點，凝結成冰。差的就是那一點。」

皇帝聽明白了，心中不免好笑；樊若水真可說是荒唐絕頂。心裡在想，如果要糾正樊若水的錯誤，便是讓他正名為樊若冰。但「若冰」諧音為「弱兵」；如今正在採用他的進軍方略，「弱兵」二字，聽來刺耳，絕不能用。

「你改名吧！」皇帝對困惑而惶恐的樊若水說：「你倒曉得一輩古人，就改名叫『知古』好了！」

樊若水既慚且喜，高聲答道：「臣遵旨！陛下賜名，臣之榮寵無極。」

皇帝少不得有一番嘉許之詞，勉勵他奮發上進，仍舊要在試場中出人頭地，討個出身，方是讀書人榮宗耀祖的正途。

這年卻又是大比之年，樊知古奉詔應試，幸而及第；吏部選官，知道他的來歷，特意授職為舒州軍事推官。舒州亦名安慶，與池州不過一江之隔，但卻為兩國疆土；樊知古作賊心虛，不敢渡江回池州省親，怕為江南的地方官逮捕，解至金陵，以叛逆治罪。

舒州瀕臨大江，派他到這裡來做軍事推官，除了負責這一帶防江軍隊的軍法以外，自然還有別的作用。樊知古默喻在心，對自己的本職卻不在意，用心的是偵查江南沿江防務的虛實。

每有渡江北來的舊識，總是殷勤接待，細問近況，探知金陵的近事，轉報汴梁，由樞密使轉呈御前。此外，與小長老亦有聯絡；宋朝的諜使北去南往，常由他跟小長老合作掩護。這兩年很為宋朝立了些功勞；因此，不久以前，召拜為「右贊善大夫」，大大地升了一回官。「右贊善大夫」是東宮的官屬；但樊知古只在樞密院供職，在征伐江南的軍務方面，他是參贊策劃的要員之一。江直木聽得傻了。過於詳細，反似難信，「中立兄，」他問，「你怎知道得這麼多？」

「不是我知道得多，是你們知道太少！」高中立答說：「討伐江南，已如箭在弦上。除非不問國事的老百姓；只要稍微留心些，自然就能打聽得詳詳細細。只是你們不算宋朝的人，他們不能不防，所以如蒙在鼓裡而已！」

「真的！我們真是被蒙在鼓裡，若非足下義俠相助，何從得知這些緊要關節？中立兄，」江直木長揖身到地：「感激之忱，無言可喻；此時亦不必多說，將來必有重重的報答。」
「報答二字休提起。我只是敬仰你們國主的詞翰；若有機緣，替我求他一幅墨寶如何？」
「是，是！我一定輾轉求到。不過，此物取攜不便。更不能題上上款，怕足下收藏，反而招禍。」
「上款不題也罷！攜帶似乎沒有什麼不便；你們府中不是常跟金陵有信使往還嗎？」
「說得是！我一定有以報命。」
回到府中，屏人密陳，從善好半晌作不得聲。
「事情是絕不假的了。」江直木說：「而且事不宜遲，應該儘速轉奏國主。」
「不，」從善膽小，「此事絕不能形諸翰牘。」
「然則直木回金陵去一趟，面奏國主。」
「也不妥！待我好好想一想。」
這樣做法，有何不妥？江直木百思不得其解；只有靜靜待著。
「你先退下！」從善又說，「等我想停當了告訴你。」
其實，從善並非一無主見；相反地，就在聽取報告的時候，一個很大膽的主意，已漸漸形成。只是這個主意，還不便向江直木透露，更莫說與他商議。
可以在一起商議的，只有一個秋水。等得晚膳已罷，他照例在燈下看一會書，寫幾張字；春山、秋水雙雙伺候茶水筆墨。這樣消磨到二更時分，照例也是秋水道一聲：「請早早安置！」然後雙雙退出。
這天的從善，卻將秋水留下了。等春山一走，他親自關緊房門，攜著她的手並坐床沿上，將江直木所打聽來的消息，原原本本說了一遍。並且表示，預備接納她的規勸，自汴梁遁走；一回江南，便不打算再回來了。

「不過這話說來容易做來難。」從善接著又說，「第一，光是我想脫身便有許多障礙；其次，要走只能帶極少的人走，甚至只能一個人走。一旦事覺，連累丟下來的人於心不忍。秋水，你說我的想法是不是？」

「府中隨從，相公不必過慮。官家絕不會濫殺無辜，至多受幾天牢獄之災，問不出究竟，自然釋放。倒是相公的脫身之計，須好好籌劃。」

「若能光明正大地走，那是最好。秋水，我且問你，替我想想看，可能走一條路子，說動官家，放我回江南。或者讓我到節度使任上，中途上一道表狀，請准我回江南掃墓，不管准與不准，我只渡江南歸。這樣做法，似乎有個可進可退的緩衝餘地。」

「難！」秋水不斷搖頭，「據我所知，在官家面前說得動話的，只有三個人：晉王、趙相公、曹太傅。這三位之中，晉王絕不會肯讓相公回江南，不走他的路子還好，一透露風聲，打草驚蛇，反而不妙。趙相公呢，城府極深，打算極精，要擔責任的事，絕不肯做。至於曹太傅——。」

「那個曹太傅？」從善打斷她的話問，「朝中的『檢校太傅』很多，真搞不清。」

「是曹彬曹太傅。」

「喔，是他！」從善爽然若失，「他是從不受賄賂的，根本不必談。」

「就是這話囉！」秋水很冷靜地說：「這件事關係太大。我雖勸過，還要相公細思細量；果然下定決心了，再來商議脫身之計，也還不遲。」

「怎麼不遲？」從善很著急地說，「我恨不得插翅飛回，好助我國主速作部署江防。三千樓船，豈同小可！再有個姓樊的奸細在，亦不知他會搗甚麼鬼？須趁早防備。」

「既如此，我倒有個拙見。」秋水小聲說道：「冬至將近，官家祀天；期前三日，車駕宿大慶殿；第二天宿太廟；再後一日出南郊宿青城齋宮。行禮以後，自郊壇回宮，在宣德樓宣讀詔書下赦，有大大的一番熱鬧。這前後五六日之間，禁軍都忙著伺候大駕，各處的警衛，自然鬆弛，卻是一個可乘之機。」

從善覺得光是她所選的時機，便有獨到的見解：因而又增了幾分信心，點點頭握著她的手說：「你再往下講。」

「第一，要請相公選一位能在外面安排一切的人。這個人要能幹，更要謹慎，尤其要忠心。」

「有！」從善毫不考慮地說，「你看江書記如何？」

「這全在相公。」秋水答說：「相公信得過就用他。只是用人莫疑，疑人莫用。相公託付了他，便得聽他的安排。」

「那自然。」從善答說，「譬如我相信你，現在不都聽你的主意麼？」

「我的主意不一定妥當。」秋水抽出她那隻被握著的手，臉上板得一絲笑容都沒有，「相公，這是『一著錯、滿盤輸』的大事，要算無遺策，至善至當才好；千萬雜不得一點感情，存不得一絲僥倖之心。」

「說得是！」從善也凜然回答：「你且說完了，我們從長計議。如今該說第二步怎麼辦？」

「第二，相公要告病，為的是可以不必陪祀，也不必見客。」

「是的！就在病假期中，溜之大吉。」從善躊躇著說，「這是裝病；瞞得過外人，瞞不過醫生。倘或朝廷派遣太醫來診視，又將如何？」

「不要緊！」秋水很輕鬆地說，「這種病不重，但必得避風。官家不見得會遣醫診視；就派了來也不打緊，只說害的是風疹。」

「妙！」從善脫口讚道：「害風疹非避風不可。風疹又是時起時消；太醫來時，正好風疹未發，他那裡去知道真假。」

「就是這話囉！」

一語未畢，從善失聲驚呼：「不妥！等太醫來時，我已經走了。豈不是一切把戲都拆穿了？」

「原是遲早要拆穿的。」秋水不慌不忙地答道說，「這一層，相公無須顧慮，自有我抵擋。」

「你如何抵擋得過去？」

「這，相公就不必多問了。」秋水說道：「是我的事。」

她居然是這樣大包大攬地一肩承當；從善心想，真要刮目相看了！

秋水卻不容他多疑多想，有意笑一笑說：「相公請放心！我自有退敵的妙計；不過不能先說，一說就不靈。」

從善將信將疑，只能暫且擱下；想一想問道：「我跟江書記該怎麼說？」

「請江書記安排接應。」秋水答說：「相公出走的日子，我看是大駕回宮，在宣德樓宣詔下赦那天最妥當。那天，赦放犯人以後，百戲雜陳，熱鬧非凡；趁那鬧哄哄、亂糟糟的當兒，乘府中採買柴草的車子出城；沿東南大路直奔江邊，神不知、鬼不覺。不過三日功夫，便可成功！」

那充滿了信心與樂觀的聲響，對於從善來說，是極有力的鼓舞。他本來與他胞兄的性情不同，從小喜歡講武藝、講韜略；不似李煜那樣喜歡弄翰墨、研音律。只以年長之後，先為王侯的身分所拘束；復為閨中悍妻所壓制，消磨了英氣。如今心胸一開，銳氣復生，慨然說道：「我打定主意了！學一學孟嘗君。」

「這才是。」秋水欣慰地說，「相公的處境又比孟嘗君好得多。長江空闊，隨處可渡；不似函谷一線鳥道，插翅難飛。而且行旅自由，極少盤查；更不似秦朝行商君之法，沒有符驗，連投宿都不能。」

這是談的孟嘗君逃出函谷關的故事；從善驚喜地說：「秋水，原來你熟讀史書！我倒失敬了。」

秋水笑笑不響，然後說道：「相公請安置吧！養點精神好辦事。」

說著站起身來，為從善展衾安枕，然後服侍他寬衣。面面相對，肌膚相接，呼吸可聞；特別是發自她袖口領際的不知名的香味，使得從善的一顆心上下跳盪，難以克制，終於開口相留了。

「秋水——。」

剛叫得一聲，只聽砰然巨響；接著「咪嗚」一聲，影綽綽看見一隻白貓在窗外溜過。從善愕然；秋水卻很鎮靜，推窗一望，只見走廊上一隻花盆從高架子上摔落在地；不用說，是那隻貓闖的禍。

「你別管了！」從善說，「等明天讓他們來收拾。」

「是！」秋水不再走回來了，「相公睡吧！」

說完關窗；接著開了房門，一閃而出，隨手將門帶上。那一連串的動作，熟練輕快；等從善想到，該留住她時，已經連腳步聲都聽不見了。

回到自己這一面，但見裡屋房門虛掩，燈還亮著。可知春山不但不曾睡著，而且還未上床。推門去望，果不其然；春山正支頤坐在燈下。聽得聲響，方始抬眼，既未起身相迎，也沒有說話，只怔怔地望著秋水。

「怎麼啦？」秋水自然關切，「你在發什麼愁？」

「怎麼不發愁？」春山懶懶地笑說：「這樣的日子，就像在冰窖裡似地。」

秋水默然。心裡不安，但不便為從善解釋；更不能自己想些話去安慰她。因為「像在冰窖裡」的日子，絕不是一句話所能解凍的了，倘或稍微多說些，又容易顯露破綻，引起疑問。如果再往下追索，勢必敗壞了整個密謀。

「你倒還好！」春山又說，「相公對你是另眼看待的。」

這句話越使秋水不安。很顯然的，春山已有懷疑，已有妒意；想到她有這種感覺，秋水像受了屈辱似地，心裡很不好過。然而，她除了忍受以外，仍然沒有話說。

「有件事，我想告訴你。」春山換了個話題，「明後天我想進宮一趟。」

「喔，」秋水微微吃驚，很小心地問：「去幹什麼？」

「不幹什麼！德妃打發人來說，想念我得緊，要看看我。我也很想念德妃。如果相公准許，就派人通知內侍省，讓他們來接我進宮。秋水，請你替我跟相公說一聲。」

「何須我說？你自己去說，不一樣嗎？」

「也許不一樣──。」

「沒有這話！」秋水大聲打斷她，聲音很清楚，「相公一視同仁，對你我絕沒有兩樣的看法。」

這等於是一種解釋，春山覺得好過了些；臉色也就不同了，「秋水，」她問，「你看，我去說了，會不會碰釘子？」

「不會。不過──。」

「不過什麼？」

「你進宮以後，最好不要談府裡的事。」

「不談府裡的事，還能談什麼？」

秋水語塞。自己有些恨自己；一直謹守著言多必失之戒，結果還是說了句不該說的話！

「請你告訴我！」春山催問著：「那些事能談，那些事不能談？」

「這全在你自己斟酌。」秋水很謹慎地回答，「你也是極聰明的人，難道還看不出來？相公戰戰兢兢，唯恐對朝廷失禮。我的意思，我們二門不出、大門不邁；外面的事根本不知道，也不宜談。即或有時候聽到一句兩句，有關江南的新聞，也只好放在肚子裡，不去理它。」

「喔，是這樣！我懂了。」

春山深深點頭，完全是虛心受教的樣子。於是，惴惴不安的秋水，心中一塊石頭也落地了。

第二天一早，春山依秋水的話，親自向從善要求。秋水從旁幫腔；告訴從善，德妃有個妹妹，與春山極像，因而德妃對春山別有一番厚愛。從善當然毫不遲疑地同意；由府中派人通知內侍省，將春山接進宮去，在德妃宮中住了兩天，方始歸來。

「德妃問起我沒有？」秋水問說。

「自然問的。要我帶話來，下次希望你也進宮去看看她。」

「噢！你們談了些什麼？」

「都只是談家常。她問我——。」

聲音越來越低，終於寂然；秋水立即追問：「問什麼？」

春山有些羞、有些窘、更有些怨；吞吞吐吐地好半天，才讓秋水弄明白，德妃問春山可有夢熊之兆；而春山告訴她，猶然處子。德妃詫異非凡，而春山卻無話可以解釋。

在從善遞了告病的書狀及江直木動身往江南的下一天，內侍省派了一名官員，帶著四名從人，來到從善府第；向門官道明來意，說是奉德妃之命，來接秋水進宮。

德妃與秋水並不像與春山那樣有何特殊的情分，所以此時遣人召喚，顯得有些突兀。不過，秋水還是很坦然地上車而去；她心中有數，必是春山惹的麻煩；何以至今猶是處子之身？宮中一定在奇怪；德妃喚她進宮，就為的是要打破這個疑團。

這得有個入情入理的解釋。秋水心想，好在「相公」欋內，是連「官家」都知道的；不妨仍用這個理由作為託詞，也搪塞得過。

原定第二天一早回來的，誰知到晚亦不見秋水的蹤影。從善覺得事有蹊蹺，心中嘀咕了一夜，幾度驚醒。到得天明起身，第一件事便是遣一名幹當官郝原到內侍省去打聽消息。

這郝原亦是預定隨從善潛歸的親信之一，為人極其機警。他雖未能參與最內層的機密，但亦看出事不尋常——江直木曾悄悄囑咐他，預備一輛堅固耐用，用好馬拖拉，禁得起長途疾馳的車子，不論深更半夜，隨時要用；同時切切叮囑，此事不得與任何人說起。這已是費人猜疑了，而江直木本人忽然馳回江南，「相公」又告病不露面。種種神祕的跡象，令人不安。

因此，他自然而然地想到，春山、秋水相繼進宮，必與那些神祕跡象有關。禍福難測，總以小心謹慎為妙。這樣一想，不肯冒冒失失到內侍省去問訊；想起有個專為宮中妃嬪採辦奔走的職名喚作「快行家」的小黃門，是玩得極其投機的好朋友，大可託他去打聽一番。

郝原的運氣不錯，在州橋一家茶店中，一找就著；但還得出以閒豫，寒暄問候，買點心相請。那「快行家」卻沒有功夫跟他周旋；吃了半塊蜜糕，站起身來說：「老郝，我不陪你了。晚上有空，我請你吃酒。」

「不！」郝原無可奈何，只能拉住他說實話：「實不相瞞，有件要緊事來求你。」

「那就快說。」

「我們府中有位小夫人，你大概知道，是官家御賜的，名叫秋水。前天內侍省著人來喚，說德妃想念，著她進宮相會。原說昨天一早回府的，卻是至今沒有消息。究竟怎麼回事？想拜託你悄悄去問一問看。」

「那容易！晚上要見面，我打聽到了告訴你就是。」

「不！」郝原長揖，「我立等回音。這是不情之請；不過誰教我們弟兄交情夠呢？」

「就是這話了！好罷！」那快行家答說，「我先替你跑一趟。你可別走開！」

「是，是。專候大駕。」

這一去直過了兩個時辰，方有回音；那人將郝原拉到一邊，正色問道：「老郝，你知道不知道，此事關係不淺，沾惹不得？」

郝原愕然，「怎的？」他問：「怎叫沾惹不得？」

「看樣子你是不知道。如果你知道關係不淺，自己不肯出面，鼓勵我去打聽；差點讓我吃不了兜著走。那，你就不夠交情了。」

「何出此言？」郝原更為驚詫，「莫非這是問都問不得的一件事？」

「正是！不然我為什麼埋怨你？這是件大案，不知是私通外國，還是謀反；誰要去招惹，誰就倒楣！若非我人頭熟，幾乎脫不得身。內侍省只一句話就問住了你：誰要你打聽的，你與那被扣的女子是何關係？你想，你怎麼回答？」

郝原聽得這話，心驚肉跳，汗流遍體；但也暗暗慶幸，虧得見機，不曾出面；不然嫌疑更重，真個脫不得身了。

「為我受驚。真正不安之至！欠你的情，一定重報。」郝原再次道歉致謝，然後問道，「到底是何案情？」

「我也不太詳細。大概是——。」

案情大概如此：德妃偶然向皇帝道及，從善對御賜的兩名女子，迄今猶未親近。這是件很出乎人情的事；皇帝便命內侍省查訪，究竟是何道理？

內侍省在從善府中埋伏得有人，一打聽之下，情況與德妃所說不同。從善對春山與秋水的態度不同。一個遭受冷落；一個卻經常被召入臥室，關緊房門，放下窗帘，但又不曾熄燈，咕咕噥噥不知談些什麼？一談談到半夜，秋水歸寢；從不曾與從善共宿度夜。

這就顯得事有蹊蹺了！而就在此際，從善告病，皇帝認為這是有意規避南郊大祀的扈從之職；加上咨報客使省，已遣江直木回江南公幹，更見得事非尋常。因而傳諭內侍省，用德妃的名義，傳喚秋水入宮；其實是內侍省有所詢問。

據說秋水很沉著，自道與春山一樣，也是處子。又為從善解釋，美色當前，謹身自守，只是為了懼內的緣故。

這番說法，本來也可以講得通。壞在秋水不知道內侍省另有密報；因而一問到她，何以深更半夜，逗留在從善臥室中，一談半夜；談的是什麼？她就無法作圓滿的解釋了。

當然，提不出圓滿的解釋是絕不容許的。據說內侍省對秋水曾用刑拷問；或許已有了真實的口供亦未可知。

聽完郝原的報告，從善知道全盤的計畫都破壞了。他可以想像得到，既然內侍省在自己左右埋伏得有人，那就一定會知道，告病是假；只從一點上去追問秋水，便可以揭破整個底蘊。

幸好，潛遁的密謀，知道的人不多；如今唯一的辦法，是出之以鎮靜，等待進一步的消息。倘或秋水熬刑不過，供出實情，自己只來個硬不承認。想來宋朝既然有意懷柔，亦不至於過分深究，使自己難堪。

這樣打定了主意，只吩咐郝原轉告全府上下，不可輕信「謠言」，更不可隨意談論秋水的一切。當然，那輛要隨時待命的車子，也不必預備了。

這樣過了沉悶的兩天，忽然有不速之客拜訪；是太醫院的一名醫官。其意不問可知，是來探病的。

事到臨頭，只有硬著頭皮接見。好在從善曾有過患風疹的經驗，倒也還不難應付；愁眉苦臉地訴說，如何發癢；如何一搔抓則疙瘩隨之而起；如何口苦咽乾，徹夜不眠！所說的都是風疹初起的症狀。

那醫官居然信了，為他診了脈，開了方子，用的是荊芥、防風、刺蒺藜、苦參、蘇葉、連翹之類疏風滲溼的藥。而且頻頻叮囑，善自保養。從善自是說一句、應一聲；最後用四色儀禮，作為酬謝。

將醫官打發走了，方子亦就丟在一邊了。

睡到半夜，驀地裡從夢中驚醒；冷汗涔涔，既驚且悔——自己做錯了一件事！一切都裝得很像，最後露了馬腳；醫官開的方子，何可置之不理？既然左右有內侍省所派的奸細在，當然會注意到他不曾派人持方到藥局去抓藥，這不明明表示是在裝病嗎？

為此徹夜不曾闔眼，心中不斷在盤旋的一個念頭：這一兩日之內，將會有怎麼樣的麻煩發生？

一連三天，什麼事故也沒有；可是秋水亦沒有回來。這使得他又省悟到做錯了一件事：依照常情而論，家屬行蹤不明，理當尋訪，秋水入宮未歸，應該向內侍省去探詢；如目前這樣不聞不問，不正就顯得情虛？

「錯盡錯絕！」他悔恨莫及，唯有自艾自責地切齒頓足，卻不知該如何彌縫？

「相公，」伺候在旁的春山，終於忍不住了，怯怯地問道：「到底是為什麼？這兩日心事重重，成天價唉聲嘆氣？」

「你，」從善沒好氣地答她一句：「你不是明知故問？」

「我什麼也不知道！莫非是為秋水？」

「是不是？你這不是明知故問是什麼？」

「我是猜想。秋水一去好幾天不回來；其中當然有個緣故。相公怎的也不派人去問一聲？」

「哼！我去問誰？」從善冷笑著說：「先是你進宮；後來又是內侍省派人來接秋水，說德妃想念她。德妃跟秋水沒有什麼淵源；早不想念，遲不想念，偏偏你進宮去了一趟，就想念她了？這不是怪事嗎？」

聽到最後這幾句話，春山臉色大變；雙膝一屈，跪倒在地，含著眼淚，氣急敗壞地說道：「聽相公這一說，必是秋水出了什麼事？相公疑心我從中搗了什麼鬼，皇天在上，我沒有絲毫對不起秋水的地方；倘或我有心陷害秋水，叫我不得好死。」

「這也奇了！」從善依舊冷冷的聲音：「我又沒有說你害秋水；你何苦如此？是怕，」他狠下心來試探，「只怕你倒是不願害秋水，是想害另外人，結果害了秋水！」

這是極嚴重的責備，意思是春山入宮告密，想害從善，結果先害秋水。當然，他自己也知道，說這話不免屈心；只是坐困愁城，魂夢俱驚，急於想了解底細，覺得從春山口中，或許可以逼出一句兩句真話來，因而昧著良心，作此指責，以為試探。

但是無用。因為春山根本不知他與秋水的密議；甚至秋水緣何一去不歸？亦復茫然；當然就不會懂得這話的含義，只是斬釘截鐵地分辯：「我絕沒有害人的心思。」

「那末，」從善只好從正面發問：「你跟德妃說了些什麼？」

「我什麼也沒有說。」

看她的神色，不像撒謊抵賴，料知再問無益；從善絕望地嘆口氣：「唉！女人是禍水。」

何以女人是禍水？自己到底闖了什麼禍？春山有著含冤莫伸的委屈；欲待分辯，只見從善隨她跪在冰涼的磚地上，頭也不回地走了。是這樣棄之不顧，毫無半點憐惜之心！春山陡覺心頭的寒意，更甚於冬至將近的天氣。

冬至過了。郊祀大駕回宮，頒下一道恩命，從善左右的江南官員，包括已離汴京的江直木在內，都授了高於他原來品秩的職位。這是變相的升官，有效的籠絡；也是從善無形中的撫慰，暗示他大可安心。

從善真個安心了，也死心了，一年半載之內，再不會作回江南的打算；可是也有不能放心的事，那就是秋水的下落。

想了又想，他決定再度探索，「如今不礙了！」他對郝原說：「你倒再去打聽一下看！」

「既然不礙了，何不大大方方去查問？」郝原回答，「偷偷摸摸去打聽，倒像無私有弊似地。」

「說得有理！」這時的從善，又是一種心境，悵然若失地說，「早就該大大方方地，公然去打聽了。」

於是從善以泰寧軍節度使的身分，寫了一通劄子，交付郝原，到內侍省投文討回音。得到的答覆是：不知其人、不知有其事。

堂堂內侍省如此憊賴，竟不認帳，郝原啼笑皆非之餘，不免憤慨；幸好不曾發作，因為接見他的官員，另外有話。

「貴上動到公事，我們只好用官樣文章應付。不談公事說私話，請回覆貴上，不必再指望見到這個女子了。」

「是——」郝原不知該怎麼發問。

「這個秋水，脾氣僵得很，也硬得很，怎麼也不鬆口。本衙門長官只有奏請聖裁；奉到的諭旨是：成全了她！」

「何謂成全了她？」

「那——，」內侍省的官員笑笑答道：「還用說嗎？」

在他人以為不問可知，而郝原卻在似解非解之間。不過已說到頭了，不便再往下細問。只能回府據實陳告。

從善卻是完全能夠意會；所謂「成全」是成全秋水對他的忠貞之名。由此可以推想，秋水始終對彼此的密謀，不曾透露片言隻語；更可以判斷，秋水已經被難。

這等於為江南殉國；為主殉節。一個素昧平生的弱女子，以一種夢想不到的淵源，綰合在一起，而且相處的日子又是這麼短；可是一旦委身，傾誠為助，至死靡他！這豈是尋常女子做得到的？秋水的行誼，不僅愧煞貳臣；就是自己降志忍辱，腆顏苟安，將來又有何面目見伊人於地下？

最使從善不安的是，秋水的真正死因，還不能跟人談論；不然就會重新掀起已平伏的風波。因為如此，府中由竊竊私議演變為繪聲繪影的傳說，說春山因為與秋水爭寵，進宮告密，誣賴秋水鼓動從善反叛，打算遍邀朝中的文臣武將赴宴；在酒中下毒，一網打盡，然後趕回江南，領兵殺進京來。

這是不值一笑的離奇故事，而眾口相傳，居然有人信以為真；因而便以一種異樣的眼光看春山；最後，終於連春山本人也聽到了這個傳說。

她不曾分辯，因為不知從何辯起；也不曾申訴，因為沒有人會聽她的申訴。只是關緊房門，飲泣了一夜；到第二天日中不聞聲息，小丫鬟發覺有異，喚人來破門入內，只見春山已在床欄杆上，一索子吊死了。

秋水、春山，一時俱盡；從善沒來由做了一場綺夢，只落得一個午夜夢回，捫心難安。加以異國羈臣，憂讒畏譏；萬般無奈，唯有逃避於醉鄉之中。醉復醒、醒復醉；壺中日月淹忽，轉眼又是一年容易，秋老江南了。

江南，李煜打發日子的方法，也跟從善差不多。

他的煩惱來自兩方面，一是國事，二是家務。家務比國事更難分撥；從善夫人越來越不可理喻了，經常入宮大吵大鬧。李煜唯有望影遠避，推給嘉敏去應付；這是一大苦事，軟勸苦磨，想什麼辦法都不中用，唯有等從善夫人哭夠了，鬧倦了，才能無事。當然，嘉敏受夠了氣，少不得向李煜發作；到頭來等於還是不曾擺脫從善夫人的麻煩。

國事是大臣之間，傾軋不已，很難找到和衷共濟的現象。最使他頭疼的是，潘佑越來越無禮；連上六道奏疏，指摘時政，語氣的偏激傲慢，遠超乎直言極諫的地步。

上到第七道奏疏，李煜卻真是忍不住了。將那一道奏疏發交入值澄心堂的近臣閱看；特別在其中的一段話上，加了「紅勒帛」，表示不滿。

這段話歷數滿朝大臣的缺失，獨獨保薦李平，說他的才具「勝臣十倍，堪判度支」；竟是薦李平掌理舉國的財政。

徐遊、徐遼兄弟及張洎等人，都將潘佑恨之刺骨，一直在俟機而動；如今李煜已有表示，正是時機已到。徐氏兄弟主張打鐵趁熱，及時建議，准如潘佑所請，「放歸田盧」；趁此逐出金陵，去了一個厭物，豈不太妙？

張洎不以為然——他是包藏著禍心，覺得罷潘佑的官，還是太便宜了他；像這樣放言高論，目空一切的「清流」，就該報投「濁流」。只是這番心事，不便明言；反倒說徐氏兄弟的建議，稍嫌過分，恐怕另有人為潘佑不平，引起意外的枝節。不如讓他退出機要之地，專盡文學之才，比較適宜。徐氏兄弟接受了他的看法，約齊了一起去見李煜，提出共同的建議。李煜深以為然，即時親書手諭：「潘佑諸職悉罷，專修國史。」

這是張洎的欲擒故縱的陰謀，明知潘佑絕不會就此緘默，而李煜則還未有殺潘佑的決心，所以布置這樣一著讓雙方逼進一步的險棋，才能造成短兵相接，非見死活不可的緊張局面。

果然，第一個上當的是潘佑，不出三日，第八道奏疏送到李煜面前，說的是：三軍可奪帥也，匹夫不可奪志也。臣前者繼上表章凡數萬言，詞窮理盡，忠邪洞分；陛下力蔽奸邪，曲容諂偽，遂使家國愔愔，如日將暮，古有桀、紂、孫皓者，破國亡家，自己而作，尚為千古所笑；今陛下縱容姦佞，敗亂國家，不及桀、紂、孫皓遠矣！臣終不能與姦臣雜處，事亡國之主。陛下必以臣為罪，則請賜誅戮以謝中外。

於是，第二個上當了；李煜氣得面白唇青，抖個不住。裴穀大吃一驚，只當他得了什麼急病；趕緊上來扶住他的身子問道：「官家、官家，怎的不舒服？」

「你看，你看，」李煜用索索抖顫的手，指著桌上說：「潘佑！」

裴穀伸頭過去一望，正看到「臣終不能與姦臣雜處，事亡國之主」那句話，才知道是受了潘佑的氣。只要不是急病，便可放心；至於李煜受氣，在裴穀看來不算一回事。所以只向左右使個眼色，示意去請嘉敏來解勸；然後奉上一杯熱茶，悄悄退下。

等嘉敏趕到，李煜已由生氣變為發怒，正在吩咐裴穀，立即宣召近臣，商量如何處置潘佑？

嘉敏不知就裡，只覺得應該迴護潘佑；因為當初議訂大婚典禮，潘佑的見解通達，她一向對他有好感之故。

為此，她急忙出言阻止：「慢，慢！」接著，和顏悅色地問李煜：「官家何必生這麼大的氣？潘佑不過脾氣耿直些；人是好的。」

「你還要為他說話？你看看，他寫的是什麼？」

一看之下，嘉敏說不出為潘佑求情的話了；只嘆口氣說：「唉！好端端一個極通達的人，怎的變得這等乖戾？真正自作孽！」

「『自作孽，不可活！』」李煜轉臉向裴穀輕喝，「快去，你還等什麼？」

裴穀不敢多說，承旨宣召近臣，一共五個人：徐遼、徐遊、張洎、陳喬、徐鉉——韓熙載本亦在近臣之列；卻是早兩年就下世了。

雖屬近臣，國后亦不能不迴避；但嘉敏不曾走遠，只藏身在重帷之後，靜靜傾聽。聽得李煜將潘佑的奏疏發下傳觀；然後是徐遼氣急敗壞地申訴：「臣蒙特達之知，得與機密；潘佑妄指官家『力蔽奸邪，曲容諂偽』，所謂『奸邪』，臣當然是其中之一。臣請告退歸田，免傷官家知人之明。」

「你別再鬧了。這時候還鬧什麼意氣？」李煜微感不耐，「如今我要看大家的意思，怎等發落潘佑？你們一個一個說！」

於是徐遊發言：「潘佑與朝中所有臣子，勢不兩立。官家如不願罷斥群臣，便當如潘佑所請。」這帶著要挾的意味，是逼李煜照潘佑所說：「請賜誅戮，以謝中外。」陳喬覺得他用心陰險，頗起反感，因而抗聲相駁：「此話不然！對臣下的進退賞罰，權操自上；絕無在潘佑所說的兩條途徑中選取一條之理。」

「那末，」李煜緊接著問：「你說，該怎麼辦？」

「請官家垂憐潘佑本心無他，斥為庶民，放歸田里。」

李煜不答。然後轉臉看著徐鉉問：「你看？」

「紀綱不可不講，賞罰不可不明。」徐鉉用很冷靜的聲音答道：「潘佑犯顏直諫，措詞過當，近乎不敬；但愛之深則言之切，且自古以來，有道之君皆不殺諫臣。是故臣如陳喬所奏，請將潘佑斥責為民，以為措詞不謹者戒！」

「徐鉉所言甚是！潘佑的措詞太不謹了！」最後發言的張洎，望一望重帷下的猩紅裙幅，故意提高了聲音說：「潘佑縱使直言極諫，何可議及中宮？」

這句話正碰到李煜的心坎上。潘佑的奏疏中，最足以使他惱怒的，就是說他「不及桀、紂、孫皓遠矣」這句話。桀寵妺喜、紂寵妲己，而吳王孫皓，則《三國志》說他「後宮數千而採擇無已」，皆是女禍亡國之君；拿他們來與李煜相提並論，亦就等於說出自周家的兩國后是亡國的禍水。這在李煜是絕不能容忍的一件事；而嘉敏卻是此時由張洎一句話，方始省怡，頓時對潘佑的觀感，完全改變，覺得此人的死，無足縈懷；因而也就不必再聽帷外君臣的議論，悄然走了。

而李煜卻記著她的話，也覺得潘佑是「變」過了，變得「乖戾」如此，必有原因——於是，情勢一變，枝節突生；首先獲罪的，不是潘佑，而是李平；從他修煉的密室中，為校尉所捕，收入大理寺獄中。

李平被捕的原因有二：首先是他食古不化。由於潘佑之薦，執掌「司農」之職，依周禮造民籍、造牛籍，形成騷擾；同時豪家兼併貧戶農田，他又勒令退還，因而得罪了許多巨室，紛紛展開攻擊。

這不是主要的原因；主要的原因是，李煜提出一個看法：潘佑變得這樣「乖戾」，是受了李平的「妖言」蠱惑。這一看法，甚至連陳喬和徐鉉都覺得有道理。於是未罪潘佑，先捕李平，是懲治禍首之意。

閉門家居，一心希冀以至誠迴天的潘佑，得知李平因為他的牽累而下獄，既痛良朋，亦以自哀；冷靜地考慮下來，知道自己下獄亦在旦夕之間。「士可殺不可辱」，而況已有堅決的表示：「必以臣為罪，則請賜誅戮！」視死如歸，正在此時；留下一封遺書，悄悄地舉刀自刎。

接著，李平瘐死獄中。兩家家屬，徙置江西。李煜從此再聽不到逆耳之言了。

消息傳到汴京，對宋朝主張討伐的一派重臣來說，是一種絕大的鼓勵。他們的看法是：第一，李煜殺忠臣，便知他絕無悔禍之心，有可伐之道；第二、正因為李煜殺忠臣，使得江南賢才寒心，一旦有事，將會觀望。這就不但可伐，而且可勝。

這一派重臣，以晉王光義為首；而迭著戰功的宿將，都附和他的看法。於是，皇帝單獨召見趙普，徵詢意見；趙普是早就與晉王走在一條路上的，當然亦表示贊成。在論江南的情形之外，他還有一個理由，荊湘的戰船，早經造成；水師訓練，亦已嫻熟，士氣戰備，恰在最好的時候，正宜及鋒而試。不然師老船敝，將來再決定討伐江南時，又得花好大一筆庫帑，費好大一番手腳。

於是，皇帝下了決斷，用武江南。傳旨命宣徽南院使曹彬為西南路行營都部署，負責討伐江南的全責。

曹彬其時正奉命在荊湘一帶視察戰船與水師；奉到朝命，星夜趕回汴京。樞密院告訴他說：皇帝天天在催問他的行蹤；傳諭一到即須進見，不拘時刻。

因此，曹彬連家都不回，就請樞密院派人通知內侍省，轉奏皇帝。果然，傳旨即刻召見，到得文德殿時，皇帝已秉燭相候了。

謝過了恩，皇帝問道：「曹彬，你可知道，為什麼我派你為討伐江南的主將？」

「臣惶恐之至。」曹彬答道：「自顧力薄，恐怕難勝重任，陛下何以賦此大責？正要叩請開示。」

「從前王全斌入川，大殺孟昶的降卒，我一想起來就恨。那一次只有你跟劉光義秋毫無犯，軍紀極好；我聽人說，劉光義是聽了你的勸。照此看來，真正能體會得我心事的，只有你一個。」

「陛下過獎。」

「不是過獎，事實俱在。」皇帝又說，「這你就該知道了吧？為什麼我派你到江南！」

「是！」

「江南之事，我完全付託給你：你該知道，應當怎麼一個做法？」

「臣愚昧。竊以為此去江南，首要之著在宣廣朝廷威信。臣當切誡部下，務以軍紀為重，不得暴掠百姓。」

「正是。」皇帝很欣慰地說，「進兵不必太急；只要江南將士有歸誠的意思，一定要給他們機會。」

「是。臣謹記在心。」

「你看派誰做你的都監？」

「臣無成見。悉遵陛下分派。」

皇帝想了一會，覺得平南漢建功，現已擢任為山南東道節度使的潘美，用兵有法，很可以作曹彬的助手；同時想到穎州團練使曹翰，為人多智，不妨用作先鋒。此外調兵遣將，皇帝授權曹彬與樞密副使楚昭輔會商決定。

調多少兵，遣什麼將，先要看方略如何？所以曹彬在未與樞密副使見面以前，先約了潘美與曹翰在私邸會談。

「江南不足平！」一向好大言的曹翰，隨隨便便地說，「李煜所恃者，無非長江天塹；如今樊知古既已深知采石磯江面的闊狹，那就不妨造一座浮橋揮兵直進。只要兵臨金陵城下，怕李煜不聞風而降？平蜀費了六十六天功夫；我看江南，匝月就可以成功。」

「不然！」潘美比較持重，「兵法多算勝少算；算得愈深，愈有把握。官家既有『進兵不必太急』的垂諭，我們不妨從長計議。」

「兩公所見甚是。浮橋是一定要造的，我想奏請以樊知古為行軍嚮導；如何造浮橋，就請仲詢主持。如何？」

仲詢是潘美的別號。他知道這是曹彬打算讓他率領陸路的步卒騎兵，在抵達金陵時，負責主攻，便欣然答說：「遵命！」

曹翰也很高興，因為他的見解，已受到尊重——這便是曹彬駕馭部屬，調和諸將的手腕；先接納了曹翰造浮橋的建議，然後再作規勸，便可以使他心悅誠服了。

「江南誠然不足！不過，李煜始終不肯朝覲，當然也考慮過後果，有所準備；我們用兵總以小心為是。『諸葛一生唯謹慎』，武侯尚且如此，何況我輩？」

「元帥見教得是！」

「鬥力不如鬥智。」曹彬緊接著他的話說：「足下向來多智數，我倒要請教，應該如何進取？」

曹翰想了一下答道：「用兵之法，無非奇正相生。今以十萬王師，水陸並進，會於金陵之西，這是正兵；別遣精騎，在上游渡江，突襲秣陵關，這是奇兵。至於聲援之師，不妨策動吳越，沿太湖西岸，進窺常州，以為牽制。」

曹彬與潘美一面聽他的話，一面不斷點頭；等他說完，曹彬立即作了決定，「我想，我們就照此方略部署。」他向潘美說：「突襲秣陵關的那一支奇兵，我倒想到一個人了；田欽祚可以擔當那一路。」

潘美與曹翰面面相覷，默無一言。這當然是不甚贊成的表示；而在曹彬，這樣的反應並不感到意外——田欽祚其人，貪而狡，有功則爭，有過則諉，而且專門傾軋同僚，人緣極壞；潘美與曹翰當然也不會歡喜他。

於是曹彬作了解釋，「我亦是不得已而用老田。」他說，「第一、老田多次奉旨，潛入江南，窺探形勢。金陵附近，水陸交錯，地形複雜；突襲貴在行動輕靈迅速，非熟悉地形不可，自以老田擔當這個任務為最適宜。其次，老田正在得寵的時候，官家一定會派他隨征；與其大家混在一起，無端生出許多是非，倒不如讓他自領一軍，單獨行動。將來功過分明，誰也沒有話說。」

這一說明了，潘、曹二人的態度一變，由反對變為衷心贊成。接下來斟酌其他人選，便很順利了，決定以洮州觀察使李漢瓊率領騎兵；禁軍侍衛步軍都虞侯劉遇率領步兵。這兩個人都是從行伍中脫穎而出的有名猛將，生得體質魁梧，膂力過人，而且能與士卒同甘苦；劉遇尤其淳謹知禮，是大將之材。至於另遣一將，約會吳越一起出兵，曹彬認為無須作何決定；因為他料知皇帝對於如何利用吳越助戰，必定胸有成竹，自會安排，不必有所建議。

果然，皇帝對策動吳越向江南進兵，早有布置；從七月間就有信使往還，磋商一切細節。在宋朝方面，負責接頭的是內客省使丁德裕，這時便派他為使節，賫帶詔書，授職吳越國王錢鏐為東南面招討制置使，賜寶劍一柄、金鎖甲一副、御用鞍轡一套，以及內廄名馬八匹。詔書中說明希望錢鏐自杭州發兵北進，攻取常州，同時授給丁德裕行營兵馬都監的職銜，帶領精銳禁軍一千人，即在錢鏐帳下效力；當然這有著「監軍」的意味在內，是不消說得，彼此自能默喻的。

對於曹彬有關進兵的一切計議，皇帝完全支持；唯一不能同意的是，行軍的序列。照曹彬的計畫，除先鋒先行以外，全軍分水陸兩途，分頭並進；皇帝的指示，卻是分成兩批出動，第一批走水路，由曹彬親自率領，在先鋒之後，緩緩而進。十日以後，第二批再循水陸兩途出發。

這因為皇帝還想給李煜一個機會，作最後的勸說。如果李煜在緊要關頭，能夠憬然省悟；第二批軍隊就可以不必出動。

曹彬遵旨重新作了部署；選定十月廿八黃道吉日，祭旗出師。期前三日，皇帝賜宴；宴前特宣召曹彬與潘美至便殿，有所宣諭。

「金陵必破，破城之日，千萬謹慎，不可妄殺一個百姓。倘若巷戰困鬥，難免玉石不分，但亦應該告誡將士，能不殺就不殺。」皇帝又說：「至於李煜全家，無論如何不可殺害。曹彬，保全李煜全家的責任，我交付給你了。」

「是！臣敬謹奉旨。」

「征江南是迫不得已之舉。江南未平，不能征北漢；北漢不除，不能恢復漢奸石敬瑭出賣給契丹的燕雲十六州。你們要體會得這一層道理，就知道江南的百姓，也是朝廷的百姓；江南的兵將，亦總有一天要為朝廷效力。眼前或許為情勢所迫，不能不對敵；過了那一刻就跟兄弟一樣。譬如做弟弟的不成材，或者不聽話，做哥哥的無非罵幾句，打兩下；難道真的要了他的性命？」

「陛下這等仁厚的用心，江南兵將百姓，必當感激。臣等自應仰體聖意，推愛布仁，力求保全。」

「這就是了！」皇帝欣然嘉許；但隨即收斂了笑容，親解佩劍，賜與曹彬，莊容說道：「此劍到處，如朕親臨！」

曹彬急忙單足下跪，雙手捧劍，高舉過頂，朗聲答道：「領旨。」

「副將以下，不用命者，以此劍斬！」

「遵旨。」

皇帝慢慢轉過臉去，看著潘美說道：「你聽見我的話了？」

潘美驚懼失色，以抖顫的聲音答道：「臣等謹遵陛下的法度，不致稍違軍令。」

「這才是！凱旋歸來，我不會小氣，個個都有上賞。」皇帝略停一下喊道：「曹彬！」

「臣在。」

「你可知道，樞密使這麼一個要緊職位，我為什麼讓它久懸在那裡？」

「臣不敢妄測聖意。」

「今天跟你實說了吧！我留著給你；等你平了江南回來，我立刻『宣麻』！」

宰輔進退，特頒詔命，用白麻紙書寫，所以稱為「宣麻」。除宰相以外，樞密使的除授罷免，亦用此規制；因而樞密使又稱「使相」。皇帝以此相許，潘美當然要在私下向曹彬稱賀。

「不然！」曹彬平靜地答說：「此去無非仗天威，遵廟算，方能成事；我有何功可言？而況使相極品，不是輕易可以給人的！」

「這，」潘美愕然，「元帥，你是說，平了江南回來，官家亦不見得為你宣麻？」

「想來如此。」

「何謂『想來』？元帥，你倒說個道理我聽！」

「說穿了一句話：太原未平而已。」

「原來如此！」潘美笑了，「那就速速平了江南，揮兵北伐。」

當宋朝特派「知制誥」的諫官李穆，以「國信使」的名義，赴江南宣諭時；江南亦有專使來朝——李煜與從善的胞弟，江國公從鎰。隨帶三十號大貢船，進貢帛布二十萬疋；白銀二十萬斤，幾乎掏空了金陵宮內的庫藏。

儘管是這樣豐富的進貢，但宋朝卻似乎有意冷落從鎰，將他安置在宜秋門外的瞻雲館中，一連三天，不理不睬。而手足之間，則咫尺猶如天涯，因為使節先公後私，古來定例；尤其是在這兵戎相見，將成死敵之際，從鎰不敢私下先會胞兄，從善更要遠避嫌疑，只能遣人傳話：只等天子召見，勾當了公事，立刻便迎他到府，聯床夜話。

是在從鎰到汴梁的第五天，弟兄方能相見。在執手相看的剎那，國難家愁，一齊湧上心頭；有千言萬語，卻不知從何說起，所以都哽咽無語。反要靠兩方面的親信隨從，代達積愫。

然而最要緊的話，仍舊只有等他們兄弟，將激盪的情緒平伏下來，才能促膝傾訴。從鎰到這時候才說出他此行使命，是賷呈一通極機密的表狀，李煜願意像吳越國主錢鏐一樣，接受宋朝的爵命。

「可惜晚了！」從鎰嘆口氣說：「無非自取其辱而已。」

由這句話中，從善已可想像得到，宋朝皇帝在接見從鎰以後所表示的態度；但仍不能不追問一句：「趙家天子怎麼說？」

「他說：『只要令兄肯來見一面，一切都好商量。且等李穆覆命以後，看怎麼說！』」

從善不響。沉默了好一會才自語似地說了句：「其實就來一趟也不礙。」

「不會來的！」從鎰使勁搖著頭，「猜忌越來越深，固不可結。宋朝果然相信江南以小事大的誠意，又何必非國主朝覲不可？」

「這話，」從善很勉強地答說：「也有道理。」

「七哥，」從鎰慨然說道：「我是不打算回去了。按諸春秋戰國的『質子』之義，有我們倆在這裡作質，分量亦不能謂之不重。如果宋朝非要國主也來不可，那就是心懷叵測，見得陳喬的看法不錯。到那時候，宗社有傾覆之危，除卻一戰，更無善策。」

「只要能戰，自然要戰。唉！」從善痛心疾首地低下頭去，用哭聲自責，「我好糊塗，我好悔！」

「七哥，」從鎰吃驚地問：「你做錯了什麼事？」

「我誤中了人家的反間計，不該密陳國主，說林仁肇要謀反。」

從鎰越發吃驚，「你是說，林仁肇並無謀反之心？」他問。

「這是我最近才知道的。說什麼林仁肇密通款曲，送圖示誠，完全是人家弄的玄虛。」

「原來如此！」從鎰跌足嗟嘆：「七哥，你這件事可做得太魯莽了。」

「悔之無及。」從善是欲哭無淚的表情，「一著錯，滿盤輸。只能聽天由命了。」

李穆的往返，只得半個月的功夫；星夜急馳，只是為了不願耽誤進兵的時機。因為曹翰為先鋒，已領輕騎兼程南下；如果後續大軍不發，即成孤軍深入之勢，顯然不利。是故李穆在受命出發時，就奉到面諭：不論結果如何，務必儘快覆命。但他來去如此迅速，多少出乎皇帝意料；因而在召見之時，頗致嘉許慰勞之意。

而李穆是操行端直的君子，自覺未能達成任務，深為慚愧，「臣不敢當陛下獎許。」他說，「李煜有負陛下玉成之意，總是臣宣諭失當所致。」

「不怪你！」皇帝答說，「我亦是盡人事，求心安。只要你拿我的話說到就是。」

「是！臣悉如聖意宣達，不敢妄加增減。」

於是，李穆細陳到達金陵宣諭的經過。

李穆一到金陵，就向上船接待的官員表明：「不入賓館，即時要見國主。」

其時已近黃昏，上岸入宮，也還有好一段路程；接待官員表示入夜諸多不便，要求在第二日一早引見。李穆答應了；但是接待官員請他移住賓館，卻遭到峻拒；甚至摒絕供應，除清水以外，一無所受。

這便顯得來意不善了。李煜得報，連夜召集親信大臣會議。猜測李穆來意，多半是傳宣入朝；所以會議的主旨，就在決定李煜的行止。

當然，陳喬是堅決主張不朝的；而李煜又頗存怯意。徐氏兄弟和張洎，見風使舵，順口附和；所以原以為極費斟酌的事，竟很快地有了結論：任何事都可以商量；唯有國主不去汴梁，絕無商量的餘地。

不過，對於宋朝的使者，仍然以禮相待；當李穆到達專門接見各國使節的清耀殿時，李煜降階相迎。入殿復以平禮相見；然後李穆占上首宣詔。

詔令非常簡單：「朕將有事於圜丘，思與聊同閱犧牲。其速啟程，毋負朕竚望之意。」不過，李穆卻另有口頭的警告。

「請國主早早啟程，大軍已定期出發，遲恐不及。」

聽得這話，陪侍群臣，相顧失色；李煜卻有些負氣的模樣，「江南以小事大，從無失禮之處。」他悻悻然地說：「我一再隱忍退讓，無非想保全宗祀；如今大朝這樣子相逼，有死而已！」

李穆沉著冷靜得很，不慌不忙地答道：「願朝與否，請國主自加裁處。不過朝廷甲兵精銳，物力豐盈；江南恐怕抵擋不住。請審慎考慮。」

「此事考慮已久。請上覆朝廷，說我身弱多病，艱於跋涉。」

「好！我一定據實轉奏。」李穆站起身來，一揖到地：「即此向國主辭行。」

「何必匆匆如此！容我稍盡地主之誼。且請寬坐敘話。」

「皇命在身，不敢久留。」李穆的語氣平靜，而態度堅決。

於是，江南群臣紛紛幫著李煜挽留使者；而李穆說什麼也不肯接受宴會，更無論餽贈。當天回船，足跡不再履岸，同時也不見任何江南官員。停泊一宵，黎明解纜，取道京口，由淮南運河北上，經淮陰折而往西，循通濟渠，也就是為宋朝君臣稱作「建國之本」的汴河，日夜趕路，回京覆命。

「你的舉動，很為國家占身分；話也說得很明白，真個不辱所命。」皇帝欣慰與悵惘交雜，細想了一會問道：「照你看，李煜到底是何意向？我就不明白他，為何這等倔強？」

「以臣所見，李煜也非有心抗拒朝廷；只是有個先入之見，盤踞心中，根深柢固，無法消除而已。」

「喔，」皇帝很注意地問，「是怎的一個先入之見。」

「以小人之心度君子之腹！只以為一入朝，便會死於非命。」李穆加強語氣添了一句：「李煜是真個膽怯畏死！」

「何以見得？」

「從江南自貶制度以來，凡有朝廷使者，李煜無不至賓館或船上答拜。臣此次事畢，未在當日開船，乃是特意多留半天，等李煜來答拜；那知竟是空等了。」

「其中必有講究？」

「是！臣得從人報告，江南流言，說朝廷決意生致李煜；只待他一登使者之船，立刻解纜，載而俱北。李煜信以為真，故而不敢登臣之船。」

「流言可怕！」皇帝不愉地說：「只好一切都託付曹彬了！」

在江陵待命的曹彬，旨到即行，沿江東下；隨行兩員大將，一個李漢瓊，一個田欽祚，各領精銳騎兵，沿長江北岸，夾護艨艟巨艦，水陸並進。

一過黃州，便快接近李煜的疆界了。曹彬下令，在蘄春駐軍，聽取諜報，準備作戰。不過舟中會商，只是他跟李漢瓊兩人拿主意；田欽祚有特定的任務，為時尚早，所以曹彬並未通知他參與作戰計畫。

這一帶的地形，曹彬早已下過了解的功夫；不必查閱輿圖，便能指點明白——蘄春、武穴以東，便是江南的江州；這一段的長江，名為潯陽江，亦名九江。大江東流到此，分而為九，包括西楚霸王項羽自刎的烏江在內，各有專名。九江之南便是鄱陽湖，港汊分歧，地形複雜異常。客軍到此，不識深淺，容易吃虧；是故用兵一向穩健的曹彬，不敢輕忽。

可是江州的險要，與大江支流的九條江，關係不大；而是湓水入江之處的湓口。湓水源出瑞昌縣的清湓山，東流入境，北接大江；湓口之南，是一個風平浪靜，淵深不測的港灣，名為湓浦港，是商船避風的好去處，亦是戍守必保之地。

自東晉以來，長江上下游相攻。湓口的得失，往往可以影響整個戰局。如今的情勢，亦彷彿與南北朝相同；所以江南視此處為第一重門戶。曹彬早已派出諜探偵察，此時已有詳細報告；江南在湓浦港上的湓口城中，駐有重兵；港中有上百艘的樓船。可是雖有戰備，並無良將；守將姓翁，終日迷連於醉鄉，因而得了個外號叫做「醉翁仲」。

翁仲即使不「醉」，亦不過擺樣子的石頭人，李漢瓊沒有拿他放在眼裡；可是曹彬卻不敢掉以輕心。

「李將軍，」他說，「此是出師以來第一仗，不可不勝，不可大勝；任務不易。」

「元帥，你說得太玄妙了！」李漢瓊笑道，「不可不勝的道理，誰都懂；出師以來第一仗，若非旗開得勝，便會折了銳氣。卻又怎的不可大勝？」

「大勝則聲威遠播，使敵人有備，反生阻力；行百里者半九十，要在采石附近，渡過了江，兵到金陵城下，才算成功了一半。此時大張旗鼓，一仗全勝，易啟士卒驕惰之心，甚非所宜。」

「是！」李漢瓊肅然敬服，「元帥看得遠。」他略停一下又說，「元帥的意思，最好兵不血刃，悄悄地拿下湓口？」

「是的。能不戰而屈人之兵，自然最好；只是辦不到。」曹彬接著問道：「你看攻湓口，應該用水師，用步軍，還是水陸並進？」

「元帥的意思如何？」

「我雖有一個想法，卻無成見。先聽聽你的。」

「敵軍在湓浦港紮有水寨；湓口又狹，天然易守難攻。如用水師，敵人只須扼守港口兩岸，施用火攻，我們就非吃大虧。依我愚見，水師在此處並無用武之地。」

「然則是用步軍？」

「是的。」李漢瓊沉吟了好一會，方始接下去說：「湓口城小而固，又是仰攻；我們在地理上又吃了虧。所以唯有利用天時、人和，施行奇襲。如果一戰成功，占領湓口城，那末，港中樓船，就非投降不可。不然，我們用重兵封鎖湓口，可以困死他們。」

說到這裡，曹彬已是不斷點頭，「高明之至！」他並未說明李漢瓊的策略與他不謀而合；只是撫著他的背說，「準定這麼辦！我們商量細節吧。」

等細節商定，李漢瓊退出座船；曹彬隨即下令，在蘄春頓兵五日；士兵分班休息，蘄春城裡城外，隨意遊逛，不受限制。但有一層，不得違犯軍紀，騷擾民間；否則嚴懲不貸。

這是一條緩兵之計，目的在鬆弛湓口城上的戒備。果然，醉翁仲接得報告，頓時喉頭有物作祟，癢癢地非灌兩杯好酒不可。

於是悠然啣杯，喝得酩酊大醉；一枕酣睡，去尋好夢。夢中是金陵元夜的光景，銀花火樹，燈月交輝；寶馬香車，城開不夜，好個富麗繁華的昇平歲月！

誰知樂極生悲；燈火過熾，竟致起火。偏偏風姨為祝融氏助威，呼嘯撒潑，捲起一團團的橘紅色火燄，頃刻之間，自西而東的一條長街，成了第十九層地獄。

醉翁仲在夢中沒命飛奔，一個失足，驚出一身冷汗；只聽有人在喊：「將軍，將軍，大事不好！

北軍殺進來了！你老看，火！」

醉翁仲別的話不曾聽清，只聽得一個「火」字，慌不迭地滾下床來，口中只嚷：「快逃，快逃！」一面嚷，一面奪路而走；出得房門，冷風撲面，醉翁仲不由得打了個寒噤——這個寒噤將他殘餘的夢意打掉了；定定神才記起衛士們的話，方知眼前的火光和喧譁的人聲，都和夢中不同。

這一驚就不是虛驚了！雙腿瑟瑟發抖，心裡七上八下；想逃覺得內愧，不逃又不知如何禦敵？就這徬徨疑難之際，「北軍」已經殺到；醉翁仲不暇思索，回身就走，一進屋子，立即關緊了門。砦堡的門窗，都極其堅固，北軍一時攻打不下，索性放起火來，燃旺了的油松，不斷投入鐵柵窗中，醉翁仲頭昏眼花，又讓煙氣嗆了嗓子，一跤摔倒在地，再也爬不起來。頃刻間四下火燄逼攏，醉翁仲成了「火判官」，一條命自然是保不住了。

李漢瓊是這天早晨，率領一千經過化裝的勁卒，悄悄由蘄春分散了出發；黃昏在溢浦港附近會齊，起更時分，含枚疾走，三更天發動突襲，用鉤索在砦堡僻靜之處，緣牆而上，斬鎖開關，放大隊入內。一面放火，一面肉搏，銳不可當；南軍十來年未經戰陣，逃的逃、降的降。及至醉翁仲被活活燒死，更是蛇無頭而不行，一起丟下武器了。

其時天剛拂曉，在溢浦港中的南軍水寨，望見砦堡起火，料知有變，急急派出輕舟去打探消息；那知剛到溢口，兩岸山上，飛篁如雨，原來曹彬與李漢瓊早已算定，預有部署，兩千弓箭手，在這天下午，自蘄春乘舟東下，順風順水，正當李漢瓊要發動突襲時，已經到達溢口，分布兩岸，作了埋伏。

南軍探船，出不得港，只好折回；溢口被扼，大隊樓船就全都被封鎖在港中了。倘或想搶出溢口，北軍必用火攻，萬無生路。於是到得天明，李漢瓊只一喊話招降，主船上立刻就升起了白旗。

到得日中，曹彬親領大隊。水陸並進，抵達溢浦港。處置降卒，十分寬大；只是不願資遣而願投效的，卻仍用相沿不替的規矩，一律「黥面」——額上刺青，作為記號；編入營伍，單獨成隊，稱為「歸北軍」。

部署甫定，先鋒又傳捷報——先鋒曹翰所領的精騎，是由汴梁經陳州，在樊知古嚮導之下，間道南攻，直撲池州，一仗破城；依照預先頒布詔旨，在他老家就任，當了知州。

與此同時，小長老又從金陵城內輾轉送來一個機密消息，說是江南已下令調兵，準備禦敵。首先奉召的是鎮南軍節度使朱全斌；此人是將門之子，相貌奇古，生得凸出的一個大額頭，凹得極深的一雙鷹眼，矯捷善射，驍勇非凡。江南提起「朱深眼」，無不知名。

朱全斌本來掌管禁軍，從林仁肇死後，接管他的部下，仍舊鎮守南都；但職稱改為鎮南軍節度使。如今應算作江南第一大將。曹彬不敢輕敵，卻也不願接戰；因為與朱全斌正面接觸，必是一陣硬仗，到頭來兩敗俱傷，變成無謂犧牲，因而頗費躊躇。但兵貴神速，更貴占先，不容他從容考慮，李漢瓊已來討令了。

「元帥，」他躍躍欲試地說，「該打九江了！請示進兵日期。」

「九江？」曹彬自言自語似地說，「也許可以跳了過去。」

「何謂跳了過去？」

李漢瓊說：「朱全斌從南昌出兵，當然貫鄱陽湖北上，由湖口進入長江；我們早一步占九江，來個迎頭痛擊，豈不大妙？」

「我正是不願迎頭痛擊。」曹彬答說，「到得金陵，或許要打一場硬仗；此外能免則免，不戰而屈人之兵，方為上策。」

「話是不錯。就不知如何能免？」

「讓他一步！」曹彬突然想通了，很有決斷地說：「對，讓他一步！」

照他的想法，朱全斌此時還不會知道池州已經失守；等提兵由鄱陽湖北上，到達湖口，才會知道東面的形勢有變，湓口既失，池州受阻，成了進退維谷之勢，可能知難而退，回軍南昌，或者屯駐湖口觀變。

「如果我們先占了九江、湖口，那情形就不同了。朱全斌不是貪生怕死的庸材，理無反顧，唯有力攻。我們當然亦不能棄守。這一來就非拚一下不可了。」

「見得是！」李漢瓊也同意了曹彬的看法；接著又問：「然則我們是趕到池州，再定行止？」

「對！一切都等到池州再說。」曹彬吩咐：「你領兵先走；我殿後。」

曹彬親自殿後是因為布置伏兵與疑兵，讓朱全斌不敢輕進，而自己這方面又不能費太多的兵力，是件很需要精打細算的事；李漢瓊在這上頭並非所長，所以讓他帶領大軍，與田欽祚先走。

舟師一路順流東下，既不揚威，更未騷擾；竟有好些江南的百姓，不知道池州已失，只道北軍照例巡江，毫不驚慌。

及至發覺巡江水師以外，還有騰踔的輕騎，矯捷的步卒，才知大勢不妙；然而北軍除殿後的主帥曹彬以外，各路人馬，都已抵達池州了。

曹彬未到，全軍由潘美指揮。眼前的第一件大事，便是造浮橋，由樊知古主持，八作使郝守濬監工，在采石以南的牛渚，督率將士，日夜趕造，預定十日完成。

「造浮橋？」軍中將士竊竊私議：「從來沒有聽說過，這麼寬的江面，這麼深的水，可以搭造一座浮橋來通兩岸。」

澄心堂中亦復如此；都對北軍在牛渚搭造浮橋一事，詫為千古奇談。張泊的書讀得多，而且經史以外，最喜雜學，腹中記得的稀奇古怪的故事很不少；他就一再以輕蔑好笑的神態，向李煜說過：「自有記載以來，從未見大江可用浮橋濟渡的說法。」

話雖如此，戰備不可不講。李煜將國政軍務都集中在澄心堂，作為「朝廷內地」，是整個宮禁中最機要所在；入值的要員，只有七個人，徐氏兄弟以外，軍機由陳喬、張洎執掌；而奔走執行的，是徐氏兄弟的姪子吏部員外郎徐元楀，和作為李煜的清客，鼓琴圍棋，人頗風雅恬淡的兵部郎中刁珩。號為「內殿傳詔」。至於主兵的元戎，正是以家世占便宜，拜為「神衛統軍都指揮使」的皇甫繼勳。

皇甫繼勳初膺大命，就去拜訪徐氏兄弟，吞吞吐吐地表示，不如投降，可以保全富貴。徐氏兄弟默然不答，此時此地，作此沉默，意味深長，皇甫繼勳了然於胸了。

他的了解是，徐氏兄弟對抗禦北軍，亦無信心，目前正在觀望之中。也許，投降的打算，早已有了，但投降的話卻說不出口；如果吃幾個敗仗，形勢一變，反倒能逼出他們早已盤算過的主張。

因此，皇甫繼勳諱勝不諱敗，但表面上的花樣百出，征募新兵，有十三種名目之多。

一種叫凌波軍，顧名思義是水師。從元宗以來，鼓勵郡縣村社，端陽競渡，獲勝的龍船，官府頒給綵帛、銀碗，謂之「打標」。打標的舟子，官府留錄姓名年籍，此時徵召入伍，就是凌波軍，算是比較管用的。

不管用的就多了。豪華大族，以私財招募亡命，經官府核准，組成隊伍，謂之「自在軍」。自由自在，不受約束，故而禦敵不足，擾民有餘，反成一累。

於是百姓相約自保，無非積紙為甲，以農器作兵器，壯壯自己的膽而已。而皇甫繼勳認為此輩亦可充數壯門面，下令納入戰爭編制，稱之為「白甲軍」。

弄這些名堂的「軍」，無非擺門面，壯壯膽，除凌波軍還可一用之外，打仗當然要另調「精兵」。此時江南比較有訓練的隊伍，除去朱全斌及南都留守劉克貞的部曲，水師要算鎮海軍節度使鄭彥華所部的實力較強，皇甫繼勳便奏明李煜，用他作為禦敵的主將，另遣禁軍都虞侯杜貞率領步卒一萬，歸鄭彥華節制。

出師之日，李煜親自勞軍送行，與鄭彥華殷殷話別，期望甚深；一直叮囑：「水陸兩軍，互為表裡！」

「官家請釋廑慮。」鄭彥華意氣揚揚地答說：「『北人騎馬，南人行船』。北軍捨其所長，用其所短，結果一定會蹈魏武的覆轍。」

魏武帝曹操，赤壁之戰，大敗而歸；聽得引用這個故事，李煜不覺地感到心情寬鬆得多。不過，「聽說北軍在造浮橋，並非全恃舟師。」他再一次告誡：「總須水陸並濟，和衷協力，方能建功。」

「浮橋之說，臣實難信。果然如此，則兵半渡而擊，等北軍過浮橋的時候，臣當督飭杜貞猛攻；浮橋一斷，叫北軍都淹死在大江之中。」

「那樣也太狠了！」李煜彷彿覺得鄭彥華一說便能做到，反為北軍生了惻隱之心，「你看事行事，只要打退北軍，也就罷了！」

「是！」鄭彥華肅然答說：「臣體會得官家的好生之德。」

於是鄭彥華率領戰艦，浩浩蕩蕩鳴鼓而行；初意打算衝斷浮橋，那知已到池州的曹彬，早就有了部署，牛渚、采石一帶的上下游，密布哨探，部署精兵。等聽得鄭彥華聲聞十里的金鼓，無異自己作了警告；弓箭手迅即進入埋伏的位置。看看兩隊戰艦將近，一支響箭凌霄而起，頓時萬弩齊發，硬生生逼得鄭彥華不能不下令停止前進。

這一停下來更壞，北軍的亂箭變成「箭無虛發」；箭箭著船。這一支伏軍卻正好是待機渡江的田欽祚所指揮，此人刁鑽刻薄，打仗最懂得擒賊擒王的道理；一見江南戰艦竟不敢衝過伏弩，便知敵軍主將是色厲內荏的腳色。當時下令，只朝敵人的中軍座艦攻擊；接著選取數名神射手，一聲令下，矢如流星，一支接一支射向掛著「鄭」字帥旗的桅杆——不射旗更不射桅杆，只射繫旗的繩索，一箭快一箭，到底射斷了繫旗的繩子，飄落了鄭彥華的大纛旗。

本來，田欽祚並不能阻止鄭彥華停艦不進；只是鄭彥華自己慌了手腳，拿不出辦法，只好先停下來再作道理。

如今看來越停越糟，唯有移動，才能避去鋒頭；只是向那個方向移，卻費躊躇。心存怯意，自不作鼓棹向前的打算；迴舟後退，則縱然江面遼闊，但以戰艦笨重，掉頭亦頗不便。想了一會，覺得只有一個主意，既不推進，亦不後退，移舟向東岸停靠，便可避去北軍的攻擊。

這個主意還算不錯，雖然出師不利，吃了敗仗，損失卻不大。等他將戰艦移泊東岸；對岸的田欽祚亦下令停止攻擊，江面復趨於平靜。

可是在采石、牛渚一帶東岸巡邏，防備北軍用浮橋渡江的杜貞，內心卻不平靜了。因為原來的計畫是，如李煜所指示的，「水陸互為表裡」，鄭彥華的戰艦，逆駛而上，只待北軍搭起浮橋，便即衝斷。時當隆冬，北風強勁，對由北南駛的戰艦來說，水逆而風順，威力不但不會減少，反可借風勢而增強；所以杜貞有恃無恐，滿心以為自己的一萬人，不過沿江布壘，遙遙監視而已。

誰知鄭彥華的二十多條戰艦，只不過北軍在西岸放了一陣箭，便嚇得避向東岸，停頓下來。照這樣子，恐怕不見得會衝橋；果然北軍搭成浮橋，渡越天塹，不知道自己部下可能抵擋得住？轉念想到鄭彥華所說的「兵半渡而擊」；覺得這話很有道理。頓時膽氣一壯，思路也敏捷開闊了，他想，所謂「半渡而擊」就是敵人過浮橋，走到一半的時候，發動攻擊。當然，最好是戰艦及時開到，攔腰猛攻；不妨一面知會鄭彥華，一面自己在東岸加意戒備，只看敵人浮橋將成，便集中弓箭手沿江密布，對準同一目標，不怕制壓不住。

打算停當，即時遣派一名親信的幹當官，到秣陵關以西的長江東岸邊，尋著鄭彥華的帥船，密陳其事。鄭彥華滿口稱許，說：「杜將軍的籌劃，高明之至。只管奮勇殺敵建功；到時候我必支援。」得此答覆，杜貞自感安慰，亦更有信心；下令加強巡邏，同時選拔善射的精銳，親自帶領準備痛擊北軍。

十一月的月底，夜來天黑如墨，風利如刀，沿江戒備的將士，都躲在砦堡中烤火取暖；雖知這樣偷懶為軍法所不許，總以為這樣的天氣，北軍何能有所行動？搭浮橋不是件容易的事，必有聲響，必有火光；等聽到聲響，發現火光，再去仔細查察，也還不遲。

那知道北軍早就算定了他們存著這樣的心理，特意挑了這樣的天氣，將舖搭浮橋的小舟從牛渚西岸的小港汊中，悄悄駛了出來，在采石江面集中；既不用燈火，打槳的聲響又為風濤之聲所掩，而小舟的排列次序，木板的鋪搭程序，是早就一再演練得熟能生巧的。因此，整座浮橋搭成，不過費了兩個更次的功夫；東岸守軍在曙色中隱約發現如匹練橫江般的一道黑影子，既驚且駭，掉轉身飛也似地奔向杜貞大營。

杜貞得報，驚喜交集，喜的是聚殲北軍，建不世之勛的機會到了；驚的是這個機會來得太快，令人有措手不及之勢。一時心裡七上八下，雙手發抖，竟有些不知如何是好了。

定一定神才從一團亂絲樣的思緒中，抽出了一個頭，「鳴金擺隊！」他大聲吩咐，「趕快通知鄭將軍，發戰艦下來！」

左右的幕職官很得力，遵命行事，十分迅速，一面派遣快馬飛報鄭彥華支援；一面喚掌管傳令的小校，「噹噹噹」敲起響鑼，全軍進入緊急應戰的位置。

等杜貞披掛上馬，疾馳到江邊；但見特為選拔出來的三千射手，已經沿江密布，個個搭箭上弓，睜大了眼，瞄準著浮橋，只待令下，便可發射。

杜貞在馬上放眼望去，浮橋上的北軍蜂擁而來，前隊已走到浮橋中間，正是所謂「半渡」之際，為攻擊的最好時機。於是將馬鞭，使勁一揮；隨行的幕職官隨即向空射出一支響箭，接著便是號炮大作；餘音未歇，箭去如飛，一時弓弦大振，聲聲相接，霜空中響遍了「琤瑽」弦音和「唏溜溜」勁矢破空之聲，餘韻悠然，十分好聽。

當然，攻守雙方，誰也不會有閒情逸致去欣賞那些好聽的聲音，一面是盾牌遮護，奮不顧身；一面是以逸待勞，矢出如雨。論情勢，自然是北軍不利；只以訓練有素，能夠堅持不退。

但如鄭彥華的戰艦能夠鼓棹乘風，及時開到，水陸夾擊；潘美所指揮的兩萬宋軍，便難望到達彼岸了。

無如鄭彥華擁兵自保，不敢南下。僵持了個把時辰，北軍信心大增；南軍卻因為水師援軍不至，而數萬支箭卻消耗得差不多了，以致信心大為動搖。就這當兒，有人偶然回頭一望，失聲驚呼：「火！火！」

一傳十，十傳百，都回頭去望，只見營寨之中，冒起黑煙；就那錯愕之間，黑煙中出現了橘紅色的火燄，而不知趣的北風，偏又張狂。霎時間火燄騰空，照得江水都彷彿紅了。

變起不測，憂生後顧，不由得便疏忽了當前的強敵；而北軍的鬥志卻越發昂揚，不在乎顛簸的浮橋，扶著繩欄，搶步而進。有那失足掉落大江之中的，後隨的夥伴看都不看，只顧自己往前直衝。

終於衝上岸了！咫尺相對，弓箭無用；北軍的白刃益顯威力，挺刀直撲，當者披靡。督戰的杜貞竟押不住陣；真個兵敗如山倒，只為宋軍派了數名死士，泅水潛上東岸，在杜貞營中放起一把火，竟致俄頃之間，戰局全盤的改觀了！

南軍大潰，杜貞落荒而逃。敗得慘，敗得不能令人甘心；然而畢竟是敗了。

擁兵不救的鄭彥華，得報大驚，自悔失計；即時下令開船，往北撤退。可是潘美並未乘勝追擊；這是曹彬的命令，因為一則須防埋伏，再則守護浮橋，容大軍東渡，這個任務比追殺敗兵要重要得多。

出師不利，而且北軍已經渡江的消息，當天下午就已傳到金陵。澄心堂和由樞密院改稱的「光政院」中，日夜輪守的文武大臣，相顧失色；未及奏聞，就先由皇甫繼勳下令，且緊閉城門，再作道理。

君臣徹夜商談，卻談不出什麼道理——道理是有的，遲疑瞻顧，坐失良機，一切都嫌太晚了！

「早就應該取消開寶年號，亦早就應該致書吳越國主。」陳喬攘臂而起，「到了今日之下，這些事做不做，無關緊要！要緊的是趕緊徵召各路勤王之師，合力保衛根本之地；同時要趕緊募兵籌餉。」

「如今不是追論過去的時候。」張洎接著他的話說，「取消開寶年號，致書吳越國主，這些事在此刻做，也還不晚。」

「好，好，」李煜深怕他們發生爭執，亂搖著雙手說：「事情都要做，一樣一樣來。」

於是陳喬與皇甫繼勳負責徵召勤王之師與募兵；徐氏兄弟策劃籌餉；而張洎以為「此刻做也還不晚」的兩件事，便由他即席命筆，一件是草擬詔告，自即日起禁用開寶年號；公私文書紀年，一律稱為「甲戌歲」，明年便是「乙亥歲」，依此類推。

另一件是草擬致吳越國主錢鏐的書函；張洎寫得要言不繁，大意是：「今日無我，明日豈有君？一日今天子易地賞功，王亦大梁一布衣耳！」李煜亦無心推敲，吩咐謄正發出。

到了第二天，全城百姓都知道北軍已經渡江。想逃難則城門已閉，嚴禁出入；坐困愁城，則即令不受北軍的兵災，糧源斷絕，亦將成為餓莩。因而人心惶惶，不可終日。

可是，宮中倒比較鎮靜了，因為經過一段意見紛歧的辯駁議論，陳喬和張洎的意見漸趨一致；其餘拿不出主意的人，就只得聽從。而最重要的是，李煜支持他們兩人的意見。

這個意見是堅壁清野，坐待宋軍師老，自然退去。金陵城池，高大堅固，可以守個三兩年；不過糧食卻須先有準備。

於是募兵籌餉，反成次要；當務之急的第一件大事，便是備糧積穀，而糧食須由城外運來；每日開東、北、西三面城門兩個時辰。唯有南城不開，因為北軍就在南面，必須特別戒備。

於是金陵百姓，家家求穀，戶戶購糧；每天定時開放的那幾個城門口，肩摩轂擊，水洩不通。守城的士兵，起先還盤查得很緊，到後來盤不勝盤，查不勝查；而實心奉公的結果，又以耽誤功夫，招來無數的怨言。既然吃力不討好，何苦多事；因而眼開眼閉，懶得再問，任令城廂內外，通行無阻。

這一來逃出好多人去；可也混進好些人來。大都是北軍的間諜，在茶坊酒肆中散放出許多離奇古怪的流言；同時將金陵城內的民心士氣、宮中舉措，打探得明明白白，轉報城南十里的北軍大營。

坐鎮大營的曹彬，儘管對金陵的一舉一動，莫不了然，卻並無積極進攻的行動。這因為奉到的方略，便是「務廣威信，不須急擊」；且天寒地凍的時候，進軍諸多不便，正不妨體恤士兵，頓兵過冬。到得來年春暖花開，如果李煜依舊不降；那時東、北兩路必已打通，便可會同吳越軍隊，聯成一道長圍，輕取金陵。

這番打算，在金陵從禁宮到民間，沒有一個人能夠識得透，江南民性柔弱，易涉張皇；但也容易拋得下憂煩；隔著一道城牆，看不見城南的營壘，竟忘卻北軍隨時可臨城下。同時，有許多人根本就不知道，或者不相信北軍在城南十里紮營。

甚至在宮內亦復如此；李煜亦不知道北軍距金陵不過十里之遙。這因為皇甫繼勳與張洎及徐氏兄弟私下商議，決定「多一事不如少一事」之故。所謂「多一事」便是將戰報隨時奏聞；而李煜深於文事，不解武備，往往拿一場「勝敗兵家常事」的小小戰役，看得嚴重非凡，憂形於色，反復垂詢，使得皇甫繼勳難於應付。當然皇甫繼勳居中主持軍令，如果調兵遣將，深得其法，能夠好好打兩場勝仗，李煜就不會那樣逼緊了問。無奈連戰皆北，無詞以解，就只有企求李煜不聞不問；而「釜底抽薪」的辦法，便是讓李煜根本不了解戰局。

戰局沉寂下來了。在皇甫繼勳看，卻好利用張洎的說法——張洎一再倡言：宋軍師老，自然退去；所以禦敵之法，最妙一如堅壁清野，以老其師。皇甫繼勳在恭維張洎的看法高明之餘，提出進一步的主張：既然宋軍師老自退，則戰況就不必奏聞；不然有所指示，聽又不是，不聽又不是，徒亂人意，於事無補而有害。這「徒亂人意」四個字，打動了徐氏兄弟的心；因為李煜每一問到戰況，絮絮不休，令人不勝其煩，猶在其次；最難堪的是，語氣中似埋怨，似自責，聽著真有芒刺在背之感。至於張洎，本就別有用心，自然贊成蒙蔽的辦法。

蒙蔽的辦法是，包圍李煜，不讓他接見臣下；甚至陳喬亦難得一見國主。至於一切戰報及有關係的奏疏，只要徐氏兄弟關照「內殿傳詔」徐元楀，一概壓置，便即了事。

但不論如何，眼前的平靜，便很難得。於是宮中普遍流行一種說法：這是先皇以來，累世禮佛虔誠所結的善果；江南有佛菩薩庇佑，必能逢凶化吉，遇難成祥，免除刀兵血光之災。

這個說法當然會傳入李煜耳中，深以為聽；甚至連平時不大佞佛的嘉敏，亦深信此說，因而一改常態，每日必到百尺樓頭，盥手禮拜；佛前一切供陳，都是親手料理。李煜則除了親臨各大古剎齋僧以外，特地在澄心堂西，設置淨室，宣召高僧開講《楞嚴經》；又因張洎的推薦，徵召鄱陽湖的隱士周惟簡入宮，授職侍講學士，專講《易經》六十四卦中，天道循環，否極泰來的道理。

就這樣，安安穩穩地過了一個年；可是一開了春尚未解凍，烽火又燃了。

曹彬的作戰計畫是早就決定了的，打通東北兩面，完成對金陵的大包圍，迫使李煜訂城下之盟，而選擇在春寒猶勁，東風似剪的二月初動手，似乎有些迫不及待的模樣；則完全是為了江南君臣，近乎麻木不仁；想大大地擂一陣戰鼓，警金陵城內的文恬武嬉。

意向既定，兵分兩路，一路是由曹彬親領水師，向金陵西南二十里的新林港、白鷺洲，展開攻擊；防守的江南兵將，望旗而降，兵不血刃。另一路是由田欽祚的部隊，本來奉命駐紮當塗，守護浮橋的東端；此時照出師之前預定的計畫，攻取秣陵關，然後深入東路，接應攻常州的吳越客軍。

秣陵關一戰而下，相當順手；但當田欽祚親自領兵東進時，卻遭遇了一陣血戰；對手是江南的統軍使李雄，此人出身淮南，當年周世宗南使時，淮南百姓，起而自保，稱為「義軍」；李雄就是義軍首領之一，立下赫赫功勳，為元宗派到江西，歷任袁州、汀州刺史。李煜嗣位，升任統軍使，仍守袁、汀二州，手下有兩萬子弟兵，上陣一條心，很能打仗。

宋朝出兵，李雄奉命勤王。開拔之前，向他七個兒子慨然明志：此行必死於國難。父死國，子死父，否則就不是忠孝。七個兒子涕泣受命，相約絕不獨生。

這是上年年底的事，父子八人，糾兵入援，由江四出景德鎮，自皖南北上，一路氣勢如虹，軍容極壯，那知走到溧陽地方忽然傳來皇甫繼勳的一通蠟丸書，命他頓兵待命。書函中隱約說明，怕李雄到達金陵城外，宋軍接踵追擊而至，反而自召危機。

李雄奉命唯謹；便頓兵在溧陽。卻有個隨軍參贊的許御史，深諳兵機，看溧陽四野平曠，不是頓兵之地，便向李雄說道：「如果宋軍經過，切莫理睬，等我兩天。我到金陵城內面奏官家，回來與你一起進城。」

李雄口頭答應，心不以為然。等許御史一走，正逢田欽祚來挑戰，百般辱罵，令人難忍；李雄開壘迎敵，旗開得勝，逼得宋軍急急後撤，其實是誘敵之計，看李雄追得遠了，田欽祚回師反擊，伏兵齊起。果然「父死國、子死父」，李雄父子八人，同時陣亡；溧陽也就不守了。

由於許御史一路要避宋軍，迂迴繞道，多費功夫；而李雄溧陽兵敗的消息，卻隨著飛奔逃命的潰卒而傳布，所以反比許御史先到金陵。這個消息，皇甫繼勳仍然壅於上聞；但許御史聞悉噩耗，卻不肯干休，奔到樞密院中，又哭又罵，大吵大鬧。一時傳為新聞，最後連李煜也知道了；召見許御史垂問經過，既驚且詫亦怒，並還有些將信將疑，傳諭內廄備馬，帶著少數近侍，策騎上城，要看個究竟。

這一看面如土色，城南甲帳旌旗，一望無際，雖然雲山掩映，依舊可以分辨得出是敵非我。

回得宮去，李煜即時傳召徐氏兄弟和張洎；未曾開口，雙淚交流，悲憤之情，溢於詞色。

「北軍已臨城下，你們竟不告訴我！」李煜用抖顫的手，指著；頓一頓足，用哭音怨責：「你們騙得我好！」

徐氏兄弟，面面相覷，一臉的尷尬惶恐；張洎卻沉得住氣，「臣等奉職無狀。不過，」他跪下來說：「臣等亦受人所騙，出於無奈。」

「誰？是受了誰的騙？」

「皇甫繼勳。」張洎毫不含糊地回答，顯得理直氣壯，毫無愧怍，「官家委以軍旅，調遣兵馬，策定方略，皆由皇甫繼勳獨擅其事。宋軍已到何地，勝負如何？臣等只聽皇甫繼勳所說，並不知實情。及知實情，又恐上煩塵慮，不敢奏聞。此是臣等愛君的愚衷，請賜垂督。」

聽他辯得有理，李煜的怒氣平了些；但想起一句話，不能不問：「你不是常說，北軍師老，自然退去。如今又怎麼樣了呢？」

「此亦是皇甫繼勳所誤。」張洎平靜地答說：「兩國交兵，各有策略。必先我國堅壁清野，以簡馭繁，乃可坐待北軍師老。倘或一無戒備，或者調遣不當，則猶如縱敵深入，何有『師老』之可言。」

這一下提醒了李煜，「是啊，」他說，「皇甫繼勳怎麼可以用蠟丸書讓李雄頓兵在溧陽，溧陽豈是可守可屯之地？他連近在咫尺的地勢都茫然無知；太可痛恨了！」

徐氏兄弟，依然無話；張洎冷冷地加上一句：「可惜李雄父子，死得不得其所。」

「皇甫繼勳誤國！」李煜恨恨地說，「罪不容誅！」略停一下，他又問道：「我想拿皇甫繼勳下獄治罪，你們看如何？」

「是！」張洎很快地看了徐氏兄弟一眼，搶著答說：「容臣細細商量停當，奏請聖裁。」

徐氏兄弟雖一直沒有開口，但要除去皇甫繼勳的心思，卻是一樣的。因為拿一切罪過都推在此人頭上，他們參預機務而將國事搞糟了的責任，便可卸除；再則皇甫繼勳漸漸跋扈難制，這個把月以來，竟連國主宣召，亦託詞不至，不知道他一個人在打什麼主意？倘或與宋軍暗通款曲，賣主求榮，則澄心堂的近臣，豈非都要葬送在裡面？

如今難得有此可以借刀殺人的機會，徐氏兄弟當然支持張洎的主張。只是殺皇甫繼勳不容易，兵權在他手裡；雖可調動宿衛禁軍包圍捉拿，卻怕激起嚴重的衝突，動搖民心。如果降諭宣召入朝，明數其罪；又怕他依舊找個理由推辭不來，反倒打草驚蛇，讓他起了戒心，以後便更難相處。

「只有騙他進宮。」徐遊問道：「你們看，能找件什麼他最關心，也最有興趣的事？以此為餌，就能騙得他動了！」

「皇甫繼勳片刻不忘的，便是如何長保富貴的心思；所以一直在作投降的打算。只有這件事，他最關心，也最有興趣。」

「對！」徐氏兄弟異口同聲地：「就用這件事騙他。」

「宋朝的密使，是喬妝改扮成老百姓混進城來的；一到先去看張學士。將軍，你知道的，趙普跟張學士一直有書信往還；這次也是趙普有信給張學士。」徐元楀裝得很興奮地說：「是為了求和。」

「求和！」皇甫繼勳的眼睛都亮了，「真有其事？」

「趙普在汴梁是何等身分？豈能說話不算。當然真有其事。」徐元楀接著又說：「信寫得很切實，也很簡單；只說一切細節都由密使面談，可是，那密使不肯多說。」

「為什麼？」

「他說，最要緊的一個人沒有到，說了也是白說。這最要緊的人，就是將軍。他說：『皇甫將軍專掌軍務，罷兵息戰，要他點了頭才算數。不然，兵馬都在他手裡，你們說不打，他偏要打。又待如何？』」

「喔，」皇甫繼勳陡覺飄飄然地，好似身子暴長了幾尺；一挺腰將背靠在交椅上，斜睨著徐元楀問道：「那末，你們是怎麼個意思呢？」

「都說和戰大計，要請將軍拿主意。特地著我來請。」徐元楀又說，「進了宮，請先到澄心堂見面，是和是戰；和是怎麼個和法？都聽將軍的意思，先商量停當，再跟密使見面，事情就妥當了。」

娓娓言來，不見半點機心；皇甫繼勳不知不覺地點點頭說：「好！我進宮去商量。能和得下來，當然以和為貴。」

於是皇甫繼勳帶著他的姪子皇甫紹傑，由徐元楀陪著一起進宮。到了澄心堂外，中門緊閉，只由左角門出入；門上高懸一塊白油朱漆的木牌，大書：「機要重地，擅入者斬。」徐元楀便將皇甫紹傑的袖子一拉，示意不可入內；卻向皇甫繼勳說道：「將軍，你請。」

等皇甫繼勳一踏進去，左角門隨即在他身後關閉；皇甫紹傑突然驚覺，高聲喊道：「叔叔，當心有詐！」

「詐」字不曾出口，已有四名孔武有力的內侍，一擁而上，捉手的捉手，掩口的掩口，橫拖直拽，制伏了皇甫紹傑，禁閉在禁軍宿衛休息的小木屋中。

裡面的皇甫繼勳亦已發覺有蹊蹺，但欲退無路，只有硬著頭皮，由內侍引導登堂，進入常時等候召見的西屋。屋中列坐著好些人，徐氏兄弟，張洎、陳喬等等，為李煜所信任的大臣都在。

皇甫繼勳沉著地一一招呼，然後向徐氏兄弟問道：「令姪來宣諭，說有汴梁來的議和密使。是怎麼回事？」

「少頃便知。」徐遊答說。

話剛完，裴穀掀簾而入，宣召進見——澄心堂一共三進；李煜在最後一進辦事。等諸臣到達，他已先在堂屋中等著了。

「皇甫繼勳！」群臣行禮甫畢，李煜便大聲問道：「你可知罪？」

皇甫繼勳大驚失色；起而復跪，結結巴巴地答說：「臣不知有什麼罪過？」

「哼！」李煜冷笑一聲，從懷中取出預先由張洎擬好的詔令，仍舊交付張洎宣讀。

詔令中宣布皇甫繼勳的罪狀，一共六款：第一、隱匿軍情，欺罔辜恩。第二、宣召不至，目無君上。第三、保惜富貴，無效死之意。聞諸軍敗績，則怡愉竊喜；偏裨願出城奮擊者，往往鞭而囚之。第四、身負典兵重任，調度乖方；命李雄頓兵於四戰之地，以致喪師。第五、剋扣軍餉，御下無恩。第六、起造甲第，多蓄聲伎，厚自奉養，擬於王者，多所僭越。

這六條罪狀，只要坐實一條，便是死罪。皇甫繼勳似乎自覺分辯無用；只有虛聲恫嚇，或許還能逃出一條命來。因而抗聲說道：「官家莫信奸臣讒言！放臣出宮。臣如不歸，臣的部下必反；到那時，官家悔之莫及！」

這一下壞了！李煜本來還沒有非殺他不可的心思，就因為這幾句話，惹得他無明火發，戟指厲聲，「你們看！」他說，「今日之下，還敢如此！惡性盡露，萬萬留不得了！」

說完，掉身就走，張洎便揚著臉向裴穀說道：「你聽見了？趕緊遵旨行事。」

於是裴穀指揮內侍，捆起皇甫繼勳，推出澄心堂外，連同他的姪子一起帶出宮去。宮門外，張洎另有布置，挑選禁軍中最痛恨皇甫繼勳的一班軍士等在那裡；一見他們叔姪，便圍了上來，拳打足踢，又罵又揍。激動的情緒高漲到頂點時，動了刀子；將皇甫繼勳臠割分屍，頃刻而盡。皇甫紹傑的遭遇，比他叔叔好些，落了個全屍。

這雖說是張洎的安排，但無疑地可以想見軍中對皇甫繼勳的痛恨，已到了恨不得寢其皮，食其肉的程度；因此，李煜不能不接受近臣的建議，將皇甫繼勳兩世搜括所積的金銀珠寶、古玩字畫，以及一座花團錦簇的園林，籍沒入官，充作軍資。後堂的粉白黛綠，擇配守城將士。

此舉大快人心，危城中的愁雲慘霧，一時有一掃而空之勢。士氣當然由衰而復振了，最明顯的跡象是，城頭上的旗幟，本來東倒西歪，疏密不一；此時都插得整整齊齊，迎風飄拂，掩映有致，顯得很有精神。

這些情形，曹彬自有諜報；而因為如此，越發不肯硬攻。儘管求功心切的部將，一再請戰，他始終不肯鬆口；理由是城中守軍的士氣已有起色，彼此力拚，兩敗俱傷，十分不智。

可是，長圍之勢卻漸漸出現了，潘美已移駐城北；田欽祚在東路一帶，等待機會攻取金焦二山所在地，東晉稱為「北府」的潤州。照曹彬的估計，這樣相持的戰局要到秋天，才會突破；到那時，李煜就非投降不可！

所有的情況，看來都符合張洎的意料和見解。北軍勞師遠來，利於速戰；師老氣衰，自然退去。但是必須能撐得住；撐不住則一切都無從談起。

「總算撐住了！」李煜讚嘆著說，「張洎確是堪當重任的大材！皇甫繼勳是殺對了；不殺他，沒有今天的士氣。」

他的意態閒豫，語聲清朗，雖無喜色，亦無愁容。然而就是這種極平常的神色，在嘉敏已覺陌生；當然，隨之而來的是深深的欣慰。

「又是杏林春暖，探花郎遍訪名園的時候了。我想，放一次進士。」

考試進士照例在春天舉行。季節是對了，但烽火危城，豈是行此不急之務的時候？嘉敏不忍掃他的興，然而又實在不能不諫；因而很婉轉地諷勸著：「你倒有這分閒情逸致？」

「這不是閒情逸致，我是學謝安的矯情鎮物。有此一舉，民心會更加安定。」李煜越說越得意，又想起一個孔子的典故，「夫子厄於陳蔡，至於絕糧，而弦歌講誦不輟。我是雖不能至，心嚮往之；

烽火危城中，不廢科舉，亦是一段佳話。」

聽他說得如此頭頭是道，嘉敏忍不住笑了。這笑容，在李煜當然也是陌生的；同時一下子勾起了他的許多溫馨旖旎的記憶，將遍布四郊的戰壘，都拋到九霄雲外了。

「你說我有閒情逸致，這話倒也不假。天從人願，上巳未到，居然是豔陽天氣了；天公美意，不可辜負。」李煜問道：「前年製的花亭，不知道收在那裡？你叫人們找出來。」

「不知道還找得著不？」嘉敏試探著說：「我看算了吧！」

於是李煜的臉色，就像四、五月間善變的天氣那樣，一片浮雲飄過，遮掩了陽光，不知不覺地就顯得陰黯了。

嘉敏深為失悔，急忙改口：「我只是說找起來費事，不是說不找。」接著便喊一聲：「羽秋！」

阿蠻已嫁，羽秋卻寧願青春蹉跎，不願出宮。如今就像裴穀之於李煜一樣，等於柔儀殿中的總管；嘉敏事無鉅細，都要問她。當時便查點簿籍，在存放雜物的內庫中，將花亭找了出來。

花亭無花，只是用紫檀製成，高可丈餘，寬廣僅八尺的活絡方亭；雕鏤極精的頂蓋底座，分為兩片，用四根柱子支起；四面用紅羅冪覆，底端拿象牙押腳，不拘地點，隨時可以安裝。

這是李煜的創製，專為他與嘉敏賞春之用。在那姹紫嫣紅，春光明媚的好日子，選擇百花深處，支起花亭；李煜便在四面紅羅所圍成，不足以供迴旋的小天地中，與嘉敏傳杯酣飲；醉了便交臂相枕，沉沉睡去，不知紅日之將落。

這也近乎放浪形骸了。嘉敏總覺得這樣行樂，有失體統；而此時此地，更非所宜，所以不甚願意。但到頭來終於以不忍之心屈從了。

話雖如此，興致究竟大不如前；兩人盤腿對坐在在錦裀上，儘管花香與酒香交染，未飲便有沉醉之感，可是心頭總像有樣東西亙在那裡，擋住了今朝有酒今朝醉的曠達情懷。

「叫她們唱幾首詞來侑酒吧？」嘉敏略帶勉強地笑道：「宮裡也好久沒有歌聲了！」

「不！我倒想作首詞。」李煜問道：「我有多少時候沒有作詞了？」

「總有半年了吧？」

「半年？」李煜彷彿一驚，「這半年，比一輩子還長。」然後沉思了一回；苦笑著說，「我只記得剛聞警時，還作過一首詞；可就一個字都想不起來。真是老了！」

嘉敏卻記得，但不願說出口；因為那首詞的意境太蕭瑟頹唐，最好忘掉它。

李煜不了解她的心情，依舊攢眉苦思；好一會才無可奈何地問：「妳記得吧？倒提我一個頭看！」

「是，是一首〈烏夜啼〉。」嘉敏一樣的是無可奈何。

「頭一句呢？」

「頭一句——，『昨夜風兼雨』。」

「啊！」李煜想起來了，朗然吟道：

> 昨夜風兼雨，簾幃颯颯秋聲。燭殘漏斷頻欹枕，起坐不能平。
> 世事漫隨流水，算來夢裡浮生。醉鄉路穩宜頻到，此外不堪行！

「『醉鄉路穩宜頻到』！來，」他舉杯向嘉敏，「乾了吧！『事大如天醉亦休』！」

嘉敏那裡有與李煜同到「醉鄉」的心情？他那蒼涼的音節，不斷繚繞在她耳邊心頭；而眼中所浮起的，是去年深秋的風雨之夜，「燭殘漏斷頻欹枕」，滿腔憤慨，「起坐」亦「不能平」的李煜，終於披衣挑燈，寫下這首詞，當作書柬寄給從善的景象。

「不平」的是什麼？是汴梁的苦苦相逼。嘉敏在想，自古以來為敵國欺凌的君主，不知凡幾？上焉者臥薪嘗膽，報仇雪恥；下焉者青衣行酒，奇恥極辱，而既不甘忍辱含垢，又不能奮發圖強，竟以悲憤牢騷，發洩於文字中的，只怕空前絕後，只有李煜這樣一個人。

這樣想著，不由得感嘆，「重光，」她說，「你投胎投錯了！」

「喔，」李煜愕然，「我倒從來沒有這樣想過。何以見得？」

一句話點不醒，要往下細說就有些礙口了，嘉敏只好說得宛轉些：「你晚生了兩百五十年。」

李煜默算著年代，兩百五十年前，正是玄宗開元年間，便點點頭：「果然，生不逢辰。」

看他並無慍色，嘉敏才將要說的那句話出口：「你不該生在帝王家。」

這句話像重重一拳擊在胸膛，李煜神色大變，惱怒愧悔之情，一齊湧現在臉上，紅了白，白了紅，但終於恢復為平靜。

「你說得一點不錯，不愧是我的知己。我要生長在開元全盛之日，不求富貴，只要溫飽；容我遍遊天下，詩酒留連，那時在詞章上的成就，或者可與我家青蓮，爭一日之短長，不過，」李煜凝神細想了一會，毅然決然地說：「我亦不悔！」

「不悔？」

「是的，不悔！」李煜握著她的手說：「不是生在今世，又怎麼能遇得著你？」

那矇矓而深沉的眼光中，蘊含著訴說不盡的憐惜愛慕；嘉敏陡覺心頭如有什麼發熱的東西在壓擠，擠得她眼眶一陣酸，趕緊低下頭去，但見錦煙上的五彩花紋，化作斑斕一片了。

「好端端地傷什麼心？」李煜笑著勸慰，「我剛才的話說錯了，也許兩百五十年前，我倆就是恩愛夫妻，只是昧於前因而已。怎得想個法子，留下一個什麼表記，到來世洞房花燭之夜，坐床撒帳，揭開蓋頭一看，嘿！你是李重光；嘿！你是周嘉敏。那有多有趣？」

聽他想得匪夷所思，講得認真起勁，嘉敏不由得「噗哧」一聲笑了出來，「虧你怎麼想來的？」

她說，「你倒不說，兩百五十年前，你就是明皇，我就是玉環。」

「那也不是不可能的事。」李煜悵惘地說，「怎得再有『臨邛道士鴻都客』其人？能作法替我們問一問前生才好！」

癡情如此，嘉敏真不知是喜是悲；是滿足還是有缺憾？只有一點是自己深切了解的，前身蒙昧，後世茫茫，最堪珍惜的是今生！好也罷，歹也罷，必得與李煜廝守在一起。

以此一念，她有個新的想法。在以前，只要提到朝覲汴梁一事，她總有種無可言喻的恐懼，因而往往持著與陳喬同樣的態度，極力反對。如今卻以為那種恐懼，實在是多餘的。

考慮了好一會，她終於問出口來：「重光，倘或局勢愈迫愈緊，非你作汴梁之行，不能解消；請問，你又如何？」

「你怎的問到這話？」李煜詫異之情，溢於詞色；是不但不願回答，連想都不願想的神氣。

「你莫問。」嘉敏也很固執，「你姑妄聽之，姑妄言之。」

「我不去！」李煜是負氣的聲音，「我絕不離宗祀所在的江南。」

「為什麼？」

「為什麼？今日之下，你還不明白？」李煜憤憤地答說，「若非汴梁有以我為孟昶第二的打算，何用如此逼迫？」

看他神態如此堅決，嘉敏唯有付之默然。她本來想鼓勵他，不必畏懼；那怕龍潭虎穴，她總陪他在一起，好壯他的膽。此刻看來，他的膽是無論如何壯不起來，倒不如不說為妙。

就在考試進士放榜的那天，東面傳來一個令人震驚的消息，常州完全失守了。

常州有內外二城，稱為外子城、內子城。外子城周圍七里有奇，早在去年年底，便由吳越王錢鏐，以宋將丁德裕為先鋒，共發兵五萬，由杭州北上，一舉攻下；常州百姓痛恨錢鏐不義，自相號召，執戈而起，退守內子城。原來的知州殉難，義軍共舉執掌司法的推官禹萬誠為首領；其後李煜正式委任禹萬誠署理知州的職務，同時派兵增援，使常州的情勢得以穩定下來，彼此不進不退，成為僵持的局面。

本來錢鏐受宋朝委任為「東南面招討制置使」，論身分地位權力，都該在曹彬之上；可是他很明白，自己不過是宋朝的附庸，作不得什麼主張；全軍進退行止，都看曹彬的意向而定。

起初，曹彬想讓李煜知難而退，不待兵臨城下，便樹降旛，所以錢鏐在常州，圍而不攻，遙為牽制。否則，方圓不過二里，斗大的一個常州內子城，何能抵擋得住五萬軍隊的圍攻？

從田欽祚攻占溧陽以後，錢鏐便知情勢已變，宋軍將作進一步的逼迫，因而一面配合行動，下令加強戰備，待時出擊；一面派遣密使，潛入常州內子城見禹萬誠，投書勸降。

禹萬誠召集屬吏，商量了一夜，都道死守無益；他的意志也動搖了，親草降書，派推官鄭簡，遞到軍門；錢鏐自是欣然嘉納，率軍入城，連夜遣使奉表，向汴梁告捷邀功。

接著，吳越精銳，西逼丹陽，猛叩綰合水陸兩路，作為金陵門戶的潤州。澄心堂中諸臣，計無所出，唯有奏報李煜親裁。

李煜又那裡來的退敵妙計？唯有召集廷議。潤州是要害之地，須有良將鎮守；這是大家一致的意見。但良將又何處可求？陳喬所保薦的盧絳，倒可以當得起「良將」二字；無奈他現在把守秦淮水柵，為金陵城池安危所繫，李煜不願調動。算來算去，只有一個人堪膺重寄。

這個人叫劉澄。大家贊成他去守潤州，並不是因為他有什麼了不起的才具，只因為他是「藩邸舊人」，論隨侍李煜之久，無過於此人。關係特深，蒙恩特厚；料想劉澄一定會出死力固守。如果劉澄守不住，保薦和附議的人，也不必擔什麼干係。

當然，李煜不會想到保薦和附議的人，先就有了卸責的打算。只覺得二十多年來，無三日不見的侍從之臣，一旦遠離，難以為懷；因而連日召宴，依依話別。劉澄亦流了好久眼淚，三番五次地表示：誓死報主；如果潤州不守，此身亦必不存。

接了軍符，劉澄的第一道命令是，徵調大車二十輛。用處是裝載家藏的金銀珠寶，隨身運到潤州。這個舉動，令人莫名其妙，少不得有直性子的人動問；劉澄從容笑道：「這都是國主歷年所賜。如今國家蒙難，留著它有何用處？倒不如運到軍前，作為犒賞有功將士之用。果然能建功勳，班師凱旋，又何愁國主不再賞賜？」

聽得這話，人人都佩服劉澄的見識，明達透徹，非人可及。因而亦都寄以殷望；期待著他領兵一到潤州，便有捷報傳來。

誰知事與願違，劉澄的作為令人失望之外，還有莫測高深的困惑。當他領兵初到時，吳越軍隊正攻克丹陽，趕到潤州；六月裡的天氣，疲備之卒，營壘未成，正好迎頭痛擊。可是劉澄說什麼也不肯出戰，他說：「我們奉令固守，應當以逸待勞；一出不勝，大事不可為，要等救兵到，再作商量。」

「劉公，」他的幕僚詫異地問：「我們不就是救兵嗎？」

「不夠，不夠！救兵多多益善。」

因為劉澄的意願如此，同時也看出他不太可恃；所以陳喬極力主張派盧絳增援。李煜畢竟也同意了。

盧絳所領援軍，一共八千人，一半是由金陵守卒中抽調而成；但這雜湊的一支兵，到了盧絳手裡，居然令出即行，很像個樣子了。

其時正是鑠石流金的三伏天氣，盧絳下令，夜行晝宿；所以出師選在黃昏，浩浩蕩蕩沿官道東行，次日清晨，方選在林木深幽之處宿營。

在潤州的劉澄，得報大驚。因為他在受命之時，便存著異心；一到潤州就著手與丁德裕搭線，剛剛談得有成議，只待選定日子，便要舉城投降，誰知金陵竟真的派了救兵來，而且是由威名素著的盧絳率領，豈不礙事？

想來想去只有先籠絡盧絳之一法。只要能穩住了此人，不讓他輕舉妄動，那時或者拉他一起落水；或者索性出賣了他，就都容易布置了。

主意既定，特派一名親信幹當官，攜帶一船有名的京口酒；迎上前去犒勞援軍，引領盧絳進城。

「進城？」盧絳鼓圓了一雙眼問：「進城幹什麼？」

幹當官一聽語氣不妙，加了幾分小心；用很委婉的語氣答說：「將軍遠來，潤州全城生靈，都託在將軍手裡了！請進城主持防守大計。」

「我不進城。」盧絳大搖其頭，「你回去告訴劉知州，守城是他的事；退敵是我的事，我在城外紮營。劉知州只要供我糧秣，我包他一定守得住潤州。」

幹當官諾諾連聲；即時趕回潤州，細訴盧絳的決定和要求，劉澄大感意外，同時也大感困擾。只有遣派密使去通知丁德裕，說情勢有變，投降之事，只有擱一擱再談。但保證遵守原來的約定，請丁德裕暫且忍耐。

丁德裕卻有自己的打算，一面派軍設伏，預備等盧絳軍過，攔腰衝斷；一面告訴密使，請劉澄出兵夾擊。這個打算十分狠辣；可惜不知盧絳帶兵的本領，一念輕敵，撲了個空——等他第二天清晨派兵出發，黃昏到達預定的埋伏地點時，盧絳剛好拔營行軍。北軍空等了一夜一晝，毫無動靜；再派人查探時，才知道盧絳的隊伍早已過去，並已陳兵潤州東、南、西三面，深溝高壘，擺出準備迎頭痛擊的態勢了。

更壞的是，盧絳已看出劉澄居心不良，因而封鎖了要路；使得劉澄與丁德裕的聯絡，非常不便。這個僵局，非打開不可。劉澄召集親信密議，投盧絳之所好，設下了一條美人計，要軟困盧絳。

於是劉澄親自出城，到軍中拜訪盧絳；邀請他進城赴宴。特別說明：「這是小妾的主意。只為仰慕英雄；親手做幾味家常菜，奉屈小酌，實在不成敬意，將軍只看她一片誠心，讓她有個識荊的機會吧！」

盧絳一聽話外有話，不動聲色地答道：「好，好！尊眷的盛情，不可辜負；我一定到。」當夜便服簡從，進城赴宴。臨走的時候，將他的副將找了來，密密囑咐了一番，方始動身。

他也知道，此宴有如鴻門宴，而所以決心赴約，除了想借此機會探測劉澄的本心以外，也是為了好奇。他久已聽說劉澄有個侍妾，冶豔非凡；這次出鎮潤州，全家大小都留在金陵，獨獨攜妾相隨，其寵可知。而劉澄竟用她出面來招邀，不但親自入廚，還有「識荊」之願，這搞的是什麼把戲，盧絳很想看個明白。當然，雖說便服簡從，戒備還是有的；他在腰際暗藏一柄利刃，緩急之際，足以自保。

酒過三巡，劉澄的寵妾，當筵拜識。盧絳遜席還了半禮；然後直著眼睛，毫無顧忌地細看——是個嬌小玲瓏的美人，一雙眼睛彷彿具有異樣的魔力；只要一觸及她的視線，便會令人怦怦心動。

「仰慕太久了！我從小就知道盧將軍威名。」

「慚愧，慚愧！名不副實。」盧絳反客為主，伸一伸手說，「請坐。」

這原是無所謂的客套，那知劉澄居然就說：「如今與盧將軍共患難；又在危城之中，不必拘於常禮。春紅，你就一起坐吧！」

於是春紅大大方方地打橫相陪。一坐下來，便抓住酒壺，復又站起，要替盧絳斟酒。做客人的當然要遜謝，「不敢當，不敢當！」盧絳也站了起來，伸手去接酒壺。

也許是動作魯莽了些，看上去像是硬奪；春紅將酒壺往回一帶，手舉過肩；滑落了淡綠紗衫的寬鬆袖管，露出大半條雪白渾圓的手臂。兼以舉動匆遽了些，翠綠玉鐲與那把景德鎮的細瓷酒壺碰在一起，鏗然作響；真正有聲有色，更使得盧絳心旌搖搖，難以自持了。

等他定了神來，只見春紅已在舉杯相敬。盧絳一飲而盡，照一照杯坐了下來；心裡在對自己說：要警覺！倘不檢點，今天非大醉不可。

因此，春紅再勸酒時，他就不肯乾杯了。好在劉澄亦並不想灌醉他；他醉了，反而不便談正經話。看客人酒到微醺，興致正好；覺得是時候了，便向春紅使個眼色，接著找個藉口，暫時退席。

這就顯得很不尋常了。雖說豪門貴族，以家伎陪客，就像韓熙載府中的情形那樣，不足為奇；但春紅是劉澄的寵妾，更何況孤男寡女，深堂酒後，自當別論。

這樣想著，心裡便有種異樣的感覺。盧絳早年放蕩無羈，是個有名的惡少，號為「廬山三害」之一；以後在白鹿洞書院下帷苦讀，改邪歸正，得有今日。真如九尾妖狐，修成正果；可是狐狸到底是狐狸，有時不免還會露一露尾巴。此時就是快露尾巴的時候了。

春紅心裡也有異樣的感覺。只是她及不上盧絳的沉著，心有所思，不自覺地現於顏色；自己伸手一摸，臉上好燙。

原來春紅說早知盧絳的威名，卻非虛語；如今見他溽暑中提兵來援，不肯貪圖安逸，移駐城內，寧願頓兵城外，抵禦敵軍，更覺欽佩。而筵前一拜，看他儀表雄偉，言語爽朗，恰恰符合心目中英雄的形象；不由得便起了愛慕之意。

於是想到劉澄的授意，將不利於此人，自然而然從心底浮起同情。三分敬仰、兩分春情、一分憐惜，併作十分傾心，一時間如餓如渴之感，都擺在臉上了。

盧絳看在眼裡，饞在心頭；一伸手去取酒壺，裝作不經心地，順便在她手腕上捏了一把。春紅急忙將手一縮，卻從桌子下面伸了過來，在他膝蓋上打了一下；盧絳向左右看了看，看出她伸手之處是個不虞人見的死角，便放心大膽地捏住了她那隻豐若有餘，柔若無骨的右手，輕揉細捏，心癢癢地不知道怎樣才好了。

「將軍那裡人？」春紅問道：「是萍鄉？」

「也差不多。還在萍鄉東面些。」

「這麼說，是宜春？」

「對了！」盧絳問道：「你呢？聽口音是湘江一帶。」

「是湘江下游，零陵。」

「與我那裡，一水可通，也不算太遠。」

「是的。將軍的家鄉，我小時候常去的。」

「想是有至親在宜春？」

「不是。」春紅停了一下說，「我父親原是船戶；我從小生長在船上，一條湘江不知走過多少遍？江西也去過十來回。」

「怪不得你這麼好的水色！」說著，盧絳將她的手平放在膝上，輕輕地撫摸著，輕憐蜜愛，都從他火熱的掌心中傳過去了。

於是春紅越發如中了酒似地，雙頰酡顏，鮮豔異常，「好熱！」她微微喘著氣，順手拉了拉領口，露出胸前羊脂般的一塊肌膚。

盧絳嚥了口唾沫，趕緊喝一口酒，潤一潤乾渴的喉頭；同時定一定神，想找一句什麼話說。他還不曾想出來，春紅卻又開口了，「這麼熱的天，毒日頭下面，怕連錫都晒得熔化了！將軍，」她說，「你宿營在野地裡，倒受得了？」

「沒奈何！王命在身，不由自主。」

「何不移到城裡來？」

「城裡也駐不下那麼多兵。沒的騷擾百姓！不移也罷。」

「我是說你一個人。」春紅一面說，一面拋過一個眼色來。

盧緯心中一動，湊臉過去問：「我一個人住在那裡？」

「你想住在那裡？」春紅反問一句。

盧緯不答，嘻嘻地笑了；桌子下面卻更捏緊了她的手。

春紅也不作聲。但時而低頭，時而抬眼看一看他；眼珠亂轉，睫毛不斷地一閃一閃，不知道是在打什麼主意？

盧緯大事不糊塗，立刻起了戒心；可是神色間卻愈顯得溫柔關切，鼓勵她將心裡的話說出來。

「將軍，」春紅終於開口了，「你看這局面如何？」

怎的問這話？盧緯更加謹慎，也更加沉著；想了一下，裝作抑鬱不歡地搖搖頭，「盡人事而後聽天命。」他用這樣一句成語作答。

春紅當然懂這句話的意思，局面是無可挽救的了。「將軍這麼說，豈不叫人著慌？」她說，「我倒要請教將軍，莫非就坐困在這裡，不想法子？」

「想什麼法子？」盧緯故意低頭喝酒，自語似地說：「誰能想得出一條活路，我姓盧的第一個跟著走。」

春紅不作聲；盧緯也不去看她，怕一看讓她警覺，識破心機。因而出現了難堪的沉默；盧緯發覺自己手心中出了許多汗，便慢慢地放開她的手。

春紅彷彿擺脫了束縛似地，長長地舒了一口氣，然後說道：「將軍，我倒有個拙見，你看使得使不得？」

「喔，」盧緯抬起頭，用殷切的眼色看著她：「請教！」

「我在想，死守無益，不如另作打算。」

這「死守無益」四字，便說盡了一切，盧絳知道她不會說這話，無非劉澄借她的口勸他同流合汙。心裡便忍不住火發；暗中冷笑：我教你劉澄偷雞不著蝕把米。你既不忠，便休怨我不義；好歹拿這個騷貨搭上了手，且先殺一殺火再作道理。

這樣拿定了主意，便裝得極其詭祕地，四下看了看，然後裝得神色凜然地問道：「你可是拿話來套我？」

春紅不知是計，陡然一驚，結結巴巴地問說：「將軍，你怎說這話？」

「你，」盧絳一本正經地，「你怎知道我在另作打算？沒有這話。你可不能胡猜亂說，傳到劉知州耳朵裡，教我吃不了兜著走。」

春紅聽他這一套話，只覺茫然愕然，慢慢細辨，漸漸領悟，終於大為高興，原來走在一條路上了！

到得此時，她變得十分從容，「將軍！」她微笑問道：「你作的是什麼打算？」

「莫問我！」盧絳接口便答，「問我，我也不說。除非——。」

除非什麼？春紅不問先想；想不透便看；看卻看出端倪來了，他一雙眼中，說得明明白白，除非自己許他點什麼「好處」，他是不會有所吐露的。

於是，她心頭驀地裡又掀起春潮。就許他「好處」又有何妨？只是礙著劉澄——他原來的授意是，不妨假以詞色，只要說動了盧絳，便讓他占些便宜也不礙。可是讓盧絳占便宜有個限度：絕不能賺一頂綠頭巾來戴。

這樣一想，頓覺心煩意躁；欲待撒手，卻又割捨不下。想來想去，從困境中隱約發現一條路；凝神細思，覺得這條路大可走得。

於是她輕聲問說：「你是真有打算，還是一時戲言？」細察神色，玩味語氣，盧綘知道大有文章，便用同樣的試測語氣反問：「真有打算如何？一時戲言又如何？」

「若是戲言，就不必談了。倘或真有打算，我們想走在一條路上。」春紅緊接著又說，「你和我！」這是對「我們」二字的解釋。

這明明是背棄劉澄的表示。然而疑問也很多，一個臨陣禦敵的武將，一個以色事人的侍姬，怎能「走在一條路上」？其中莫非藏著什麼陰謀詭計？

想是這樣想，卻絕不會退縮；相反地，盧綘好奇心熾，很興奮地答道：「我是真有打算。妳呢，妳的打算是什麼？說與我聽聽。看看能不能走在一條路上。」

「一定能！不過這時候沒法兒細談。」她略一沉吟，用低微而很清晰的聲音說：「回頭你看我的眼色行事。多舉杯，少入口；醉了莫睡著！」

說罷起身離席，一直來到劉澄的書齋，屏人密語。她說已經探明盧綘的意向，只要汴梁肯許以高官厚祿，他隨時可以拉著隊伍過江。不過，此事不可操之過急，否則他心生疑忌，反成隔膜。勸劉澄杯酒言歡，開懷暢飲，把感情拉近了；明天再談正事，自然水到渠成，一拍即合。

劉澄深以為然；很高興地隨著春紅，重返席間。

就只片刻之間，盧綘已差不多想通了，起初，他對春紅的話，深為不解，何以要「多舉杯，少入口」；又怎麼叫「醉了莫睡著」？語意顛三倒四，不近情理；不似出於春紅這樣聰明人之口。顯然的，她是故意這樣說法，好引起自己的注意，才會去細想。

細想一想，大致可懂，「少入口」是告誡莫喝醉；既然未喝醉，那末下一句的「醉了」便是假醉；假醉才不會「睡著」，那時候春紅必另有安排。可是又何以要「多舉杯」呢？

這唯一的一個疑團，一等劉澄回座，立刻便得到了解答；因為春紅一開口就說：「盧將軍好酒量，你陪他多喝幾杯！」

盧絳恍然大悟，「多舉杯」是暗示灌醉劉澄。於是裝得意興豪邁地說：「『酒逢知己千杯少！』請取大杯來。」

取來兩隻大可容拳的「粉定窯」酒鍾，主客二人歡然豪飲；起先是真實不欺的對酌，飲到第三杯春紅遞過眼色來，盧絳便出花樣了，趁劉澄仰面乾杯時，悄悄將自己的酒都潑了在地上。

「行了！不能再喝了！」春紅知道劉澄的酒量；看看夠了分數，故意這樣阻攔。

「那裡，那裡？」盧絳裝醉，站起身假作去奪酒壺；卻搖搖晃晃，終於立腳不住，摔倒在地上。

「盧將軍醉了。」春紅吩咐聽差，「且扶到相公書房裡去，讓盧將軍息一會。」

一語未畢，只聽鼾聲大作；可不是盧絳，而是劉澄由醉鄉入夢鄉了。

於是伴當丫鬟，齊來照料，攙的攙，扶的扶，將賓主二人分別送到前後兩座院子，中間只用一道粉牆隔開的書房與臥室。

盧絳是裝得爛醉如泥，所以前後動靜，無不明瞭。亂過一陣，人聲漸寂；聽牆外司更的梆鑼，打到二更三點，心裡在想，春紅要來也該來了。春宵苦短、夏夜更促，等她一來，就得同圓好夢，不然就會枉費一番心機。

這樣想著，心頭霍霍然地只是在思量春紅的婀娜腰肢，灼熱櫻唇；正在夢幻迷離，魂不守舍的當兒，只聽房門「呀」然開啟，影綽綽一條纖影。盧絳有些猴急了，一翻身下地，便待摟個滿懷，卻聽黑頭裡發聲：「盧將軍，請入浴！」

盧絳暗叫聲「慚愧！」差一點認錯了人；果然冒冒失失地下手，那丫鬟喊將起來，豈不鬧成笑話，掃了威風？

這一念警惕，頓覺心地清涼得多，「一身的臭汗，」他笑著說：「正想著怎麼得有涼水淋一淋才好；偏偏就能遂我的意，太妙了！」

「使涼水會受病，備的溫湯，在西廂。請吧！」

盧綸欣然答應，在西廂痛痛快快洗了個澡；披一件葛衫、趿著涼鞋，剛要出房門，想起一件事——回身入內，將那把鋒利非凡的小小匕首，仍舊帶著皮套子佩在腰際，方始到院子裡來納涼。

明月在天，清風入懷，一盞冰鎮的梅湯入口，沁入心脾。盧綸神清氣爽，思路又活潑了。回想春紅起初的暗示，原是「背夫偷情」的格局；如今卻是公然留賓，這化暗為明的轉變，是意味著什麼呢？

這是頗費沉吟的一件事。想想還是先打聽一下為妙，因而招招手將那個來請入浴的丫鬟喚了過來問道：「知州相公呢？可曾睡下？」

「知州相公醉得人事不知，早就睡下了。」

「喔，我也是醉得人事不知。」盧綸故意問道：「有二更天了吧？」

「三更都快到了。」

「啊！這麼晚，如何回營？」

「小夫人關照，盧將軍今夜回不得營，叫我們好生伺候。等一會，」那丫鬟略停一下才說下去：「等一會，小夫人也許來。」

盧綸有著爽然若失之感。這樣彰明較著地相會，雖在深夜，礙於耳目，不能不以禮相持；只怕說句私話都難，更何論同諧好夢？

「來了！」那丫鬟說道：「小夫人來了。」

定睛看去，果然是春紅；穿一件玄色衫子，月下看去，別具神祕，更能逗人綺思。

他改稱呼：「嫂子！」隨即起立相迎。

「酒醒了？」

「是！」盧絳笑道：「也不知怎麼醉的？從來吃酒，沒有像今天這麼醉過。」

春紅不答他的話，只問丫鬟：「這裡有幾個人？」

「就我和連翠；再有就是聾婆子，一共三個。」

「你們都睡去吧！不必在這裡伺候了。」

盧絳看得出來，這些丫鬟是她的心腹；而居然都遣走了，當然是已作了盤桓終宵的打算。只為欺劉澄沉醉酣眠，竟無所顧忌如此！看來這春紅不是個好對付的。

然而以盧絳的性情，越是不好對付，越有非拿她弄上手不可的欲望。這樣想著，越覺精神抖擻，而表面卻出奇地沉靜，就像獅子搏兔以前的蓄勢那樣。

令他不解的是，空庭相對，隔牆無耳，正該傾情細訴，而春紅卻久久無語。只見她仰望著天邊明月，長長的睫毛下，一雙眼珠，閃爍不定；一把羽扇捏在手裡，好久都不動一下。這不但無視於人，簡直入於忘我之境了。

「嫂子，」他終於忍不住開口問了，「想什麼，想得這麼出神？」

春紅收攏了目光，看著盧絳問道：「你是不是真的歡喜我？」

能這樣開門見山地問得出來，正是不易對付的明證；盧絳不敢輕忽，想一想答道：「只怕是空歡喜！」

「不然！如果你真的歡喜我，你應該帶我走。」

盧絳不知是驚是喜；料知她還有話，故意不作答覆，宕開一句：「你也歡喜我？」

「是的。不然我不會跟你說我心裡的話。」春紅有些激動了，「不管人家罵我淫賤也好，忘恩負義也好；或者你肯帶我走也好，辜負我的一片心也好，總而言之，我絕不姓劉了。他的行為，教我寒心，也教我惡心；在他身邊多待一天，多一天的痛苦！」

這個「他」當然是指劉澄。盧絳大為詫異，而且覺得她有些言過其實，「怎麼樣讓你寒心？」他問，「怎麼樣讓你惡心？」

「你知道的，官家待他很厚，如今不念舊恩，跟北軍勾結上了。我勸他：『你就不念國恩，也要想想親人！一家幾十口，都在金陵；如果你在這裡投降了北軍，豈不連累家人，一齊下在監獄裡？』你道他怎麼答我？他說：『我的親人只有你一個；有你就足可以娛老了。』盧將軍你倒想想，是這樣連至親骨肉都割捨得下的狠心人！『人老珠黃不值錢』，十年八年以後，我也一定不是他的親人了！能不教人寒心？」春紅略停一下又說：「未到潤州，他就心心念念在想汴梁；自從跟北軍搭上線以後，更像得了失心瘋似地，不是對著鏡子學宋朝的朝儀，便是一個人自言自語背履歷，表功勞。又怕趙家皇帝嫌他年紀大了，到處求烏鬚藥的方子。真是想起來我就惡心！」

盧絳隻字不遺地都聽入耳中；心中念頭一個接一個閃過，亂糟糟一團，以致好半晌作聲不得。而春紅卻又開口了。

「我在想，像他這樣的行為，趙家皇帝也未必看得起他；我就勉強跟他在一起，將來亦不會有一天稱心的日子，倒不如早作打算。我說，我們可以走在一條路上，就是這個意思。現在，要看你的了！請你說實話；我不會賴上你，你用不著敷衍我。」

盧絳見她言語俐落，姿態明爽，所謂剛健婀娜，兼而有之，益覺傾心；已打定了橫刀奪愛的主意，因而笑著答道：「我倒是唯恐你不賴上我！想來你還有好些議論，索性讓我領教、領教吧？」

春紅一笑，頓時收斂了近乎劍拔弩張的神色；溫柔地笑道：「我平常不是這樣的。已經說得太多了！只要你知道我的心；我一切都聽你安排。」

「是我們兩個人的事，當然商量著辦。你一定想過，我們倆可以走怎麼一條路？不妨說來我聽聽。」

春紅點點頭，斂眉垂眼，輕搖羽毛，想了好一會才說：「有兩條路隨你挑。第一條是，擺脫一切，找個山明水秀的地方，安安靜靜過日子。我有點積蓄，雖不多，可也夠我們粗茶淡飯，過一輩子了。」

「這，這是歸隱？」

「是的。」春紅答道，「這也是亂世常有的事。」

「話是不錯。廬山就是我們安安靜靜過日子的好地方。可是，我那八千兵怎麼辦？」

「交還給官家。」

盧絳不答。因為春紅說得太容易了；無從置答。

「如果不願意這麼辦，或者辦不到；那就遣散。」

「這更辦不到了。」盧絳搖搖頭，「賣刀買犢，解甲歸田；田在那裡，牛在那裡？」

「有錢就好辦。」春紅手往劉澄那面一指，「他帶了好些珠寶金銀，說是國勢如此，留之無益，要發散給士兵。何不取來一用？」

「是啊！」盧絳心中一動，別有意會，暫且不提，只催促著說：「你再談第二條。」

「第二條路，我不願意走，想來你更不願；不說也罷。」

「說說無妨。」

春紅遲疑了一會，畢竟開了口，「你看，潤州守得住，守不住？」她問。

「要看什麼人守。」

「你是說，你守得住？」

「是的。不過，要沒有人掣肘才行。」

「正就是這話。」春紅答說，「你把掣肘的人拋開；兵權歸一，運用由心，事情不就不一樣了嗎？」

盧絳倏然動容。想不到春紅竟有這樣的見識與決斷——「拋開」掣肘的人，容易得很；此時就能行動，開了中門直入劉澄臥室，用腰際的那把匕首，一刀便可了帳。

可是以後呢？盧絳繞庭徬徨，搔首踟躕。總覺得強敵當前，倘或沒有百分之百控制劉澄部下的把握，這樣做法是件很危險的事。

「這一條，倒是很好的路；不過，走起來不容易。」盧絳歉然答說，「讓我好好想一想。」

春紅不答，但臉色很平靜；因為這一回答，在她意料之中，所以重複她剛才說過的話：「我不願意這麼做；料你也絕不肯。就當我沒有說過，不必去想他了。」

「我之不願意這麼做，跟你的不願意不同，你必是想到與『他』幾年相處，不忍下此毒手；我可沒有這個顧慮，而況亂臣賊子，人人得而誅之。你看，」盧絳掀起輕衫，示以腰際的利刃，「傢伙都是現成的；這時候下手，除你以外不會有第二個人知道，豈非大好良機？我只是為大局著想。『他』的部下，未必肯聽我的指揮，倘或為主報仇，變成自相殘殺，我的罪孽就重了！」

「是的。」春紅答說，「這個主意原就不好。可是——。」

她沒有再說下去，但亦等於明說了。這個主意不好；可是好主意又在那裡？盧絳沉吟了一會說道：「我要問你一句話，是不是我到那裡，你都願意跟著我？」

「不錯。」春紅回答得極爽脆，但有一個限制，「如果你要過江，那是例外。」

「你知道我不會的。」盧絳第二度改變稱謂，以小名相呼：「春紅，我們怎麼走法？我總不能大動干戈，進城把你搶走吧？」

「我剛才想過了，有個機會。我前幾天跟他說，想到金山寺去燒香；你就從寺裡把我帶走，不乾脆嗎？」

「好！就這麼說了。等我定了日子，自會通知你。」盧絳很溫柔地說：「此刻，你就請回去吧！其實我捨不得你離開；不過，我們往遠處看，事情就要做得穩當；萬一他醒來發現你在這裡，總是件麻煩的事。」

春紅深深點頭，卻不即起身；只用那雙由靈活變為深沉的眼睛，緊瞅著盧絳，彷彿有說不盡的言語，而正在找個頭緒開端似地。

這使得盧絳又有些心旌搖搖了。正當綺念雜生，心浮氣躁之時，只聽笳角破風，遙遙從城頭上傳來；是士卒起身的時候了。

一想到士兵，盧絳心頭一凜；轉過臉去，不肯再看春紅，平靜地說道：「我快要出城了！一夜沒有回營，我不放心我的弟兄。」

春紅不答；也沒有別的聲息。盧絳不知道她是悄悄去了呢，還是坐在原處未動？等了好一會不見有何動靜，不免奇怪，正要回頭去望；突然有一雙溫軟的手將他抱住，接著是灼熱的嘴唇在吻他的右頰——既重且急亦促；等他定定神注視時，一條嬌俏的黑影子已沒入迴廊轉折之處了。

曉風殘月，依稀似夢，盧絳半生放蕩不羈，偎紅倚翠的逍遙日子也過得不少，但一說丟開，毫無顧戀；唯獨此一刻，有種說不出來的惘惘之情，似甘似辛，滋味並不美妙，卻偏偏要去咀嚼體會。這在他是從未有過的經驗。

早飯時分，劉澄對盧絳依舊以禮相敘，殷殷款待，看來毫未發覺春紅與盧絳，宵來曾有極不平常的私會。

但是言笑雖歡，盧絳卻看得出來，劉澄是在等待談「正事」的適當時機；這個時機唯有自己能給他。天氣這麼熱，何不早早結束了談話，趕緊出城回營，去幹自己的正經事？心中想到，口中隨即有了話，「劉公，」他放低了聲音說，「昨天晚上，小夫人已婉轉表達了尊意。朝綱不振，國事敗壞，由來已非一日；如今大局已不可為，識時務者為俊傑，劉公既有上策，千萬攜帶則個。」

他的眼神沉靜，聲音嘶啞而穩重，顯得異常誠懇；劉澄便徹底撤除了內心的戒備，「攜帶之說不敢當，原望將軍同心協力，共保富貴。」他說：「大宋天子寬大為懷，只要納土歸順，必蒙格外之恩。現時流火爍金的天氣，士卒勞苦；能夠及早釋甲休兵，必然歡聲雷動。」

盧絳暗暗齒冷，明明是貪圖富貴，賣主求榮，偏有這番體恤部下的冠冕堂皇之語。不過談到釋甲休兵，正好將計就計，借他的財寶犒賞弟兄，激勵士氣。

於是他點點頭答道：「劉公的意思，與我不謀而合，昨日後半夜，我一直不曾闔眼，在思索此事如何下手？我在想，既然歸順，自以孑身投到為宜，帶著上萬人馬，一起過去，沒的引人家猜疑！再說，萬一有些見識不明的弟兄，不願過江，鼓譟鬧事，那時甚難區處。劉公，你道是與不是？」

「正是，正是！」劉澄豈止傾服，竟是感激，「虧得盧將軍識見高超，這一層所關不細。想那大宋朝雄兵猛將多的是，也不稀罕我們這一兩萬隊伍。誠如尊見，倘或帶過去的人，有那不安分的，與北軍發生衝突，明理的人，只道我們約束不嚴，不明理的話就多了，或者會誣賴我們故意指使為敵。那時節，北固山前，滾滾東流，只怕也洗不清你我的嫌疑。」

「是囉，我也是這麼想。」

「然則如今呢？」劉澄張大了眼問道：「計將安出？」

「只有遣散。讓弟兄們各自回鄉，別謀生理。」

「這是好辦法！」劉澄大喜，但笑容一現即收，「就有一件為難，遣散不要錢嗎？」

盧絳緊接著說：「這筆錢，還不在少數。」

「只有動用庫款。不足之數，只好派在百姓頭上了。」

「是的。」盧絳淡淡地說，「只怕緩不濟急。」

「那可沒有法子了！」劉澄說道，「罄其所有，先遣散你的八千人再說。」

好啊！盧絳心想，原來劉澄打的是這個主意！且莫與他爭辯，好歹叫他有悔之莫及的日子。

於是深深點頭，表示同意；接著又問了句：「卻不知道士兵每人能得幾何？」

「這須細問庫吏才知。」劉澄想了一下又說，「每人總有四五兩銀子吧！」

「這數目，應該也不算少了。但只礙著劉公你有句話說得不好。」

劉澄微吃一驚，急急問道：「是那句話？」

「軍中盡人皆知，劉知州從金陵攜來大批金銀財寶，準備犒賞弟兄。劉公，你想，弟兄指望著你的犒賞，豈是四五兩銀子能打發得走的？」

劉澄彷彿當胸挨了一拳，臉色發白，雙唇緊閉，頹然倒在交椅上，好半天說不出話來。

這是緊要關頭，無須再旁敲側擊逼他自作出承諾；盧絳便作出很認真的神氣勸他：「劉公，辦大事須提得起，放得下；我公這等的身分，說出話去，要有著落。如今既然追隨左右，我不能不實言進諫。」

「言重，言重！」劉澄很吃力地說：「我也說實話吧，行囊中雖小小有些細軟，只以來日方長，不能不為我下半世打算打算。而況一旦渡河北上，京華冠蓋，少不得有一番酬酢，亦不便過於寒酸。」

「這話，言之差矣！劉公，你的下半世還發什麼愁，只要到了汴梁，富貴榮華，享用不盡。不過他日的收成，全在今日的耕耘，不下種子，何來嘉穀？如果劉公能看得開，慷慨解囊，皆大歡喜，成就大功一件；趙家天子激賞之下，一應恩賞，必定特別加厚。我說句很俗氣的話，劉公如今只當做一注買賣，先下本錢而已！」

最後這句話，打動了劉澄的心。默默思量有盧絳的八千人橫亙在城外，自己這面便與北軍合不到一起，曠日持久，絕非善策，倒不如依盧絳的話，就算做買賣下一筆本錢吧！

「好！」他慨然答說：「我就聽你的話，不過，我的人也很多，『好家當禁不起三股分』，只怕發散到各人手裡也有限了。」

「多寡不拘，只要弟兄們覺得劉知州說話算話，自然帖然翕服，歡歡喜喜地各自散去；安安靜靜，順順利利地讓北軍來接收了潤州去。劉公，這就不但弟兄，北軍亦必傾心拜服。」

劉澄聽得滿心歡喜，連連拱手，表示承教；接下來便是商量遣散的細節。

「這不須商量得。弟兄們思鄉的多，遣散不難；有那不願離營的，便收做家丁也好。如今我與劉公奉約，」盧絳提高了聲音說道：「劉公今日將遣散的銀兩及犒賞的珠寶送到，我明日便辦資遣；明日送到，就是後日辦。總而言之，頭一日發錢，第二日走路。」

這是暗示屏風後面裙幅掩映的春紅；行動之期，只看劉澄何日開庫發銀——這一層，春紅當然會知道，便好扣準日子，在金山寺中等待。

是第三天，春紅一早便帶著四名心腹丫鬟，兩個老蒼頭，來到金山寺中拈香；知州得寵的姨娘，和尚自然巴結，知客從頭山門迎接到方丈；春紅惦念著盧絳的密約，在方丈略坐一坐，便忙著到大雄寶殿上香禮佛，其實是守伺盧絳的動靜。

這金山寺本名澤心寺，是「南朝四百八十寺」中，有數的名剎。梁武帝曾詔令高僧在此編撰「水陸科儀」，宏開「金山大會」，所以規模極大。春紅代劉澄懺悔，為盧絳延福；各堂各殿不管菩薩大小，無不一炷清香，虔誠禮拜。跪起跪倒，著實勞累；加以天氣又熱，早就汗出不止，將一張粉臉薰蒸得白裡透紅，色如桃花。那四射的豔光，將遊客吸引攏來，蟻旋不去；寺中的知客僧，怕惹出事故，是知州的內眷，擔當不起，苦苦相勸，才得將她延入禪房暫避浮囂。禪房中已設下一席極精緻的素齋，然而春紅食慾全無。遙望窗外，一庭樹影，略為偏東；正午已過，盧絳猶無消息。金山在大江之中，坐船登岸，進城亦還有好一段路，須早早動身；不然就得宿山，卻又礙著是個僧寺，單身女子在此留宿，諸多不便。

去住兩難，計無所出，正在愁煩之時，有個專管奔走傳達的執事和尚來報：「知州相公特遣一位虞侯，帶著人來迎娶如夫人回衙。」

一聽這話，春紅喜上眉梢，「快喚他進來！」一面說，一面便站起身，撩起裙幅，迎了上去。伴隨前來的老蒼頭，卻看出事有蹊蹺，欲待阻攔，卻已不及；只見氣昂昂一員武官，帶著雄赳赳八名士兵，大踏步闖進院來，一見臺階上的春紅，躬身說道：「請夫人下船。」

「且慢！」老蒼頭橫身相隔，打量著那武官問道：「尊駕是何職稱，姓甚名誰？怎的我不認識你？」

「你不認識我，我還不認識你呢！趁早躲開，休來礙事。」原是盧絳教好了來的；若遇阻礙，不妨動武。所以那武官毫不客氣，指揮部下，拿老蒼頭推到一邊；同時連聲催促，將春紅與她的丫鬟，護送下船，立即解纜，逆水西上。

「盧將軍呢？」一等安頓下來，喘息略定，春紅便即問說。

「喏，那不是！」那武官舉起手向南岸一指。

春紅轉臉望去，但見南岸滾滾黃塵之中，旌旗翻捲，影影綽綽辨得出一個「盧」字；約莫三五里長的一隊人馬，正迎著金黃色的斜暉，往同一方向疾馳。

「我們要到那裡？」春紅又問。

「金陵！」那武官氣概昂然，「盧將軍要去救金陵。」

這是盧絳那夜等春紅翩然別去以後，輾轉思量打定的主意。照他的意願，恨不得先宰劉澄，後攻北軍。可是讀兵書多年，也帶兵多年，不能不瞻前顧後好好想一想；想到所部八千人的處境，前後皆敵，隨時有被夾攻的危險，頓覺不寒而慄。

細想一想只有兩條路好走。一條是照春紅所曾作過的建議，先除內賊，後禦外患；再一條是回師勤王，保衛金陵。

如果走前一條，劉澄的部下，是不是共具同仇敵愾之心，肯聽自己的指揮？固未可知。而潤州是不是能守得住，即會守得住，倘或金陵失陷，則皮之不存，毛將焉附？照此看來，自己有無必要取代劉澄守潤州，更成疑問。

事情很明白地擺在那裡，孤軍堅持到最後，無非「臨危一死報君王」，落個忠烈之名而已。盧絳雖具忠肝義膽，但他是九尾妖狐，修成正果，頭巾氣的傻事，不肯做，亦不屑做。既然危地不可居，三十六計，走為上計，全師西撤，是比較聰明的辦法。

因此，那天早晨跟劉澄虛與委蛇，裝得極像，一來是先穩住「內賊」，好爭取時間部署；再則一被劉澄的慳囊，在他看亦是取不傷廉。

等潤州城內將分外餉銀、分外犒賞運到，盧絳立即召集全軍，宣布開拔；同時遣派親信，駕舟迎娶春紅。動身以前，還留書作別，認為劉澄是地方官，守土有責，應該好自為之；又說為了免除劉澄的室家之累，特地護送春紅回金陵，無須惦念。

這封信送到劉澄面前，氣得他暴跳如雷；星夜派兵追趕，那敵得過盧絳回馬迎戰？剛一接仗便垮了下來。真個「賠了夫人又折兵」了。

但不論如何，總是消除了一大障礙；劉澄星夜遣派密使，與北軍約定，舉城投降。到了這一天早晨，召集諸將會議，他很緊張地說：「我守城多日，志不負國，無奈事勢如此；盧絳膽怯也逃走了。

如今要早日為計；各位看法如何？」

為首裨將，少年時也是一員猛將；如今望七之年，力不從心。聽劉澄的口氣，打算投降，實在心所不甘，同時也怕害了在金陵的眷屬。一急之下，竟爾放聲大哭。

這一哭哭得好悽慘，連帶別的將官也鼻子酸酸地，忍不住掉眼淚。這是劉澄萬萬意料不到的情況，一時手足無措，只是連聲高喊：「有話好說，有話好說，何必如此？」

「還說什麼？」有人厲聲答道：「頭可斷，志不可辱！」

「說得不錯！寧死不降！」有人附和。

劉澄大驚。看這樣子，自己將成眾矢之的，性命也且不保！於是很機警地擠出一副急淚，且哭且說：「我受恩深重，遠過於各位；且有父母在金陵，那有不知忠孝之理？現在各位感情激動，不是議事的時候，暫且各散，明天再從長計議。」

諸將不知是計，一個個拭淚散去；劉澄便悄悄派人，打開東門，丁德裕率領大隊，一擁而入，潤州就此不姓「李」了。

對李煜來說，這是個非常沉重的打擊。因為潤州的陷落，不僅使金陵失去了攻可以解圍，守亦可以牽制吳越軍隊的有力外援；而且亦意味著人心之不足恃，像劉澄這樣關係深厚得超越君臣名分，彷彿至親骨肉的人，都會背叛，那末還有什麼臣子能夠共患難，同生死的呢？

朝中的正人君子，當然亦憤慨異常。尤其是陳喬，切齒痛恨，態度激動得令人害怕；在廷議中，痛切陳詞，主張依照律法，從重處置劉澄的家屬，以昭炯戒。

照律法來說，劉澄的罪名，屬於「十惡」中的第三項「謀叛」，罪在不赦；父母、妻子、同產兄弟皆斬。李煜於心不忍，考慮了好久，嘆口氣說：「唉，算了吧！」

「時勢到此地步，官家還不肯申明綱紀？」陳喬厲聲抗議，「人臣受重寄而開門延敵，此可忍孰不可忍？官家果真置而不問，則忠君義士，莫不寒心；瓦解覆亡之禍，就在眼前了！」

看樣子爭不過陳喬，李煜無奈，只能說一聲：「也罷，就依律處置好了。」

於是陳喬以「輔政」的身分，行宰相的職權，下令收捕劉澄的家屬；法司議罪，認為劉澄有個已許未嫁的女兒，說來已是別家的人了，似乎可以原情免死。

「不然！」陳喬說道：「當年朱元的故事，應援以為例。」

當年壽州的守將朱元叛國，元宗震怒，處以抄家滅族的重刑。朱元的岳父是先宗的寵臣查文徽，上表要求赦免他的女兒，也就是朱元的妻子；元宗在原表上批了八個字：「只知元妻，不知查女。」拒絕了查文徽的請求。

陳喬的意思，便是「只知劉女」，不知為誰之妻？援例應斬。法司不以為然，卻因陳喬引用了先帝的批示，不敢駁他，只好奏請上裁。李煜毫不考慮地批准赦免。可是劉澄的女兒卻寧願就刑；自道：「叛逆之餘，生世何顏？」

當劉澄的家屬駢首就戮之日，也正是盧絳回師勤王，兵到石頭城下之時。不幸的是，金陵已為曹彬的大軍，層層包圍；盧絳的八千人，成了遊離的孤軍，四面受敵，時時有被北軍襲擊的危險。看看不是路，盧絳只好轉戰而南，直到宣城，方能站住腳步，稍作喘息，再定行止。

金陵的被圍，即是潤州不守所生的惡果。內外隔絕之後，首先所感受到的威脅，更是糧食缺乏；以致人心惶惶，不可終日，好些人家在作破城以後的打算了。宮中亦復如此。但竊竊私議，莫衷一是，因為始終不知道國主的最後打算是什麼？甚至連嘉敏亦摸不清他的意思；終於不能不開口相問。

「重光，有句話，我怕你心煩，真不忍說；不說又不可。」她斂眉垂眼，很吃力地說：「果然竟到了那一天，大家怎麼辦？」

「那一天！」李煜有些茫然；細想一想才明白她意何所指？頓時神色沮喪，也低著頭沉默了。

嘉敏覺得一顆心如落在冰窖中那樣。一國之主，到今日之下，依然這樣懦弱無用，大局還有什麼希望？

但也因為李煜的不足恃，使得嘉敏深深警惕，必得硬起頭皮，拿出膽量來說個明白，「重光，」她忍淚說道：「『覆巢之下，必無完卵』；萬一城破，什麼悲慘的境遇都會出現。那時候再作打算，只怕求生不得、求死不能，一切都晚了！」

聽得這話，李煜的神色越發慘沮，「一切都晚了！是的，一切都晚了！」他低下頭去，喃喃自語；聲音越到後來越低，只見他緊閉著嘴，而下頷不斷抖動，而且格格作響，不知是在咬牙切齒，準備作出有魄力的決斷，還是害怕得發抖？

嘉敏很注意地等待著；她當然希望他作出像個男子漢的大決斷，可是，她失望了。

「局勢還不至於壞到那樣地步。」他說，「還有朱全斌的一支兵，不日就可以到了；應該可以解圍。」

「哼！」嘉敏微微冷笑，「你是在安慰我，還是安慰你自己？」

「不要這樣說！」李煜用一種乞求寬恕的痛苦眼光看著她，「我們總要朝好的地方去想。」

「我不是這樣想。」嘉敏近乎負氣地回答他：「我不能不作打算。」

「你是怎樣打算？」

「我不想步花蕊夫人的後塵。」

這句話又刺痛了李煜的心，勉強笑道：「何至於如此！」

嘉敏可真的忍不住了，「事到如今，你還要自己騙自己！不肯挺起胸來，看得稍微遠些？」

發洩了憤怒，她立即變得很沉著了，「我不管你是怎麼想法，我只管我自己，管我自己做我該做的事！」

說完，她頭也不回地走了。

當天夜裡，所有的宮眷都奉召到柔儀殿集中；說是國后有大事宣布。誰也不知道所謂「大事」是什麼？相互探詢，不得要領；只知道嘉敏從下午就找了黃保儀在密談，一直未散。如果她們所談的就是將要宣布的「大事」；那末，這件大事一定非常麻煩。

這個推測不錯。嘉敏與黃保儀所談的是有關宮眷生死榮辱的大事，當然麻煩。北軍破城之日，唯死可以免辱；但如何死法，是自裁還是預先安排得有人來下手？若是決定自裁，而臨危忽又貪生，為之奈何？這些重重的疑問，嘉敏與黃保儀都無法解答；卻又非有一個結論不可，麻煩便大了。

「時候不早了，如果今天沒有定論，可以留到明天再說。」黃保儀建議，「或者，請國后自作裁斷。在我，無論如何必遵懿旨。」

「別人未見得能跟你一樣。」

「那，那就不妨先聽聽大家的想見。」

「這倒也使得。」嘉敏站起身來，「就這樣吧！」

於是嘉敏與黃保儀相偕出殿。殿庭雖然寬敞，但這一夜鬱悶無風，人數又多；加以燭火燁燁，亦使人覺得熱不可當，也更增添了心頭的煩躁。

行過了繁複的儀禮，嘉敏命人為先朝的幾位老妃設座；所要宣示的大事，亦以請教先朝老妃開始，「國家遭難，情形非常不好，勤王之師，雖然已在路上；可是救不救得了金陵，實在難說得很。萬一北軍攻進城來，只怕沒有逃處——。」

話還只說到此處，嘉敏卻已有難以為繼之苦；因為人叢中已有嚶嚶啜泣的聲音，此起彼落，聽得十分清楚。她自己也是心酸酸地想哭，就更不知道如何才能勸大家暫抑悲懷，商議大事？

「這會兒不是傷心的時候。」黃保儀站出來為嘉敏代言，「婦人家最要緊的是名節，何況我們身受深恩，義無受辱；到那最後關頭，應該如何自處？請老妃們教導！」

七位老妃面面相覷，愁眉苦臉；獨獨最末一位，本為宮女，因得元宗寵幸，為李煜尊封為貞妃，慨然表示：「這又何須教導？婦人家既然名節為重，到那最後關頭，自然一死！」說著，她從懷中掏出一個小紙包，高舉一揚：「我是早就預備好了的！果真北軍凌逼，這包鶴頂紅，便是我報恩全節的憑藉。」

「我也是！」人叢中有高亢的聲音，「我死也要死在宮裡！東池也就是我葬身之處。」於是一個接一個明志誓死；一片義烈之氣瀰漫，反倒沒有人再覺得煩躁鬱悶。嘉敏十分感動，卻只是不斷垂淚，並無任何慰勉激勵的話。

倒是黃保儀冷靜，到底也讀過書，古來節婦貞女的故事，很裝了些在肚子裡，深知戎馬倉皇之際，欲保清白，有時會力不從心；更莫說從容盡節，死得體面。

這樣想著，心裡得了個計較，自覺可行，便悄悄說與嘉敏，嘉敏深以為然，隨即揮一揮手，讓大家安靜下來，靜聽她發言。

「我想，大局或者亦不至於壞到那樣的地步。不過，既都有了最後的打算，心安理得，亦是好事；官家必定成全大家的志向。就怕雖存必死之心，偏偏不容你死；落在北軍手裡，身不由主。那時便又如何？」

這一問，問得大家悚然變色；貞妃看著手中的鶴頂紅，點點頭說：「國后開示得是！不管一包毒藥，三尺白綾，不能說死就死；總得有個自己料理自己的機會。」

「正是，我想這個機會要預先安排。」嘉敏停了一下，環視著說：「我想到一個地方，可以暫避；淨德尼院。北軍果真破城逼宮，自然會有信息；那時候在淨德尼院就可以自己料理自己了！」

「這樣好！」貞妃首先附和，「我要去。」

「我也要去！」

附和的人很不少；而嘉敏反倒搖手阻止，「不忙，不忙！」她大聲說道：「大家回去好好想一想；想停當了，明天通知黃保儀。」

在嘉敏和黃保儀的想法，此時慷慨自誓，作不得準；是人，誰不戀生畏死？一夜過去，激動的情緒消失，想想好死不如惡活，多半會改變初衷。那知事出意外，第二天向黃保儀聲明，願赴淨德尼院準備「殉國」的，竟有八十餘人之多。

其實，這八十多宮眷，具必死之心的，不到三分之一，其餘的各有打算，有的認為北軍一破城，首先就會搜宮，避入淨德尼院，比較安全；有的覺得一離了宮，便等於恢復了一半的自由，將來或是回鄉，或是擇人而事，不妨見機行事；有的倒是向佛心虔，打算著一到淨德尼院，便即長齋修行，發願心念十萬卷經，必能得菩薩庇佑，免除刀兵血光之災；再有的是根本沒有拿這件事放在心上，只覺得宮裡也住得厭了，正不妨湊湊熱鬧，到淨德尼院去玩一陣子再說。

這些心思是嘉敏再也想像不到的；她只為有如許貞烈的宮眷而欣慰、而哀傷、而驚異！同時因為人數太多，覺得茲事體大，還是應該取得李煜的同意才是。

「難得，難得！」李煜噙著淚讚嘆，「可敬之至！但願菩薩保佑，北軍師老自退；那時我親自到淨德尼院，迎接她們回宮。」

「但願有此一天。」嘉敏很吃力地說，「不過，總也要有個約定才好。」

「約定？」李煜有些困惑。

「我是說，真到無可為的時候，應該通知她們，好讓她們成全自己的志向。」

「你是說要給她們一個信息？」李煜遲疑久久，頓一頓足說：「召黃保儀！有件事，我盤算很久了；今天一起辦吧！」

這件盤算很久的事，不關國計民生，但在讀書人眼中，是件頭等大事——宮中圖籍無數，孤本、善本即有萬卷之多；最珍貴的是鍾繇和王羲之的墨蹟。鍾繇的親筆，傳世本就不多；王羲之的真跡，自唐太宗遺命，殉葬昭陵以後，更為罕見，但元宗一朝還搜羅得數十本，真成人間瑰寶。李煜當然不願落入北軍之手，卻又不忍毀棄；所以翻覆思量，始終猶豫，直到此刻才算下定了決心。

「你所典守的圖籍墨帖，是先帝一生心血所聚。金陵如果不守，我授權你全部焚燬，絕不可落入敵人手中！」

黃保儀一聽這話，心如刀絞，顏色大變；但一時想不出保全這些文物的善策，唯有狠著心應一聲：「是！」

「只看黃保儀，便是玉石俱焚之時！」李煜對嘉敏說道：「這就是一個信息，你告訴大家好了。」

嘉敏黯然答應，隨即轉達；同時設宴與辭宮的妃嬪話別。離筵猶如生祭，舉箸無不含淚。到得第二天，香車轆轆，次第出宮，都到淨德尼院帶髮修行去了。

這一來宮禁一空，分外寂寞。有幾個常在眼前的人，平日從未縈懷不去，此時聲容笑貌，都浮現在李煜眼前；一種悵惘不甘之情，使得他坐立不安，必得到她們的住處去看一看。

不看還罷，看了更覺得傷感；斷釵遺舄，零脂殘粉，那種人去樓空的淒涼，令人腸斷。李煜的腳步越來越遲滯，臉色越來越蒼白；裴穀已勸了幾回，他不肯回去，這時便忍不住動手來硬拉了。

「官家，請回吧！秋風厲害得很，著了寒可不是當要的。」

秋風初起，又當黃昏，別有一種蕭瑟的意趣，倒正符合他的心境；李煜刻意自虐，說什麼也不聽，搖搖頭，甩著袖子，一個人穿越花徑，向西而去。

花徑盡處，粉牆中矗起一座高樓。那是流珠與秋水的住處；李煜只記得秋水喜歡簪異種名花，春來芳香拂鬢，以致有蝴蝶繞髮不去，此外就沒有什麼印象了。

但對流珠不同。她是昭惠后在日，唯一不甚禁制李煜親近的一位妃嬪；因為她是昭惠后的知音，彈得極好的琵琶。李煜曾經寫過一首詞，調名「念家山破」；昭惠后譜成兩首舞曲，題名「邀醉舞」、「恨來遲」。從昭惠后病歿，舊曲無人整理，後起的樂工，多不甚了了；唯獨流珠能夠追憶手彈，毫無錯失，因此，李煜對她另眼相看，常背著嘉敏，到這西樓來看流珠。

而如今聲影俱渺，只有一庭黃葉，為西風捲得沙沙作響，彷彿幽靈將至。李煜揮揮手讓裴穀留在下面，一個人悄悄上樓，憑窗遙望；但見暮靄沉沉，不知淨德尼院隱在何處？

李煜忽然覺得倦怠了，腳如鉛重，一步都移動不得；只覺得一顆心不斷地往下沉。想起笙歌鼎沸，玉笑珠香的日子，不知是悵惘，還是嚮往？

「唉！」他嘆口氣；望出去燈影模糊，然後才發覺眼眶發熱，淚水已流了一臉。

「官家！」裴穀跪下來抱著腿說：「請回宮吧！」

李煜點點頭，走了幾步，卻又回頭去望；但見新月如鉤，高掛疏桐，好一片清秋；無奈太寂寞了些！

便這一點感觸，很快地在他心頭衍化為一首詞；慢慢吟道：「無言獨上西樓，月如鉤。寂寞梧桐深院鎖清秋。」寫景只得這三句；體味自己的心境，千迴百折，多少話也說不盡，只有直抒胸臆了：「剪不斷，理還亂，是離愁。別是一般滋味在心頭！」回到澄心堂，將這首〈烏夜啼〉寫了下來，抑鬱一吐，心中好過得多。不過想想國破家亡，已在眼前，而居然還有些這兒女閒愁拋撇不開，未免內愧。

這一念之轉，使得他又振作了。召集近臣，商議如何打開困境？大家的看法，或是說希望是一致的，都寄託在朱全斌身上；不過所期待於朱全斌發生的作用，卻並不相同。陳喬是真的指望朱全斌能夠解金陵之圍，而張洎卻不計勝負，只要朱全斌能在上游發動攻勢——當然，他的想法只能找機會向李煜密陳，不便在廷議中有何表示。

「勤王之詔，下達已久；朱全斌何以竟無動靜？」李煜問道：「莫非亦如劉澄那樣，心懷異志？」

「不會！」陳喬應聲答說，「朱全斌血性男兒，絕不致坐視君父之難。勤王之詔雖已下達，但道路干戈，或者未曾奉到；即或奉到，或者從通盤大局著眼，不知待援之急。語云：『將在外，君命有所不受』，將略奧妙，非可遙測。臣以為局勢至此，非朱全斌不能救；請官家特遣親信忠藎之臣，齎帶御書，面遞朱全斌細敘危急之情。朱全斌定會大興勤王之師，有善策以解金陵之圍。」

「如果沒有善策呢？」

陳喬倏地抬眼，以一種凜凜然的寒光看著李煜；然後斂手答道：「臣不知其他，但知臣節未墮！」

李煜默然。低著頭想了想說：「陳審已或者不憚此行！」

「但盡臣節，難報君恩。」張洎裝出痛心而失悔莫及的聲色，「臣一錯再錯，至於今日，斷斷不忍再誤恩主；知臣罪臣，在所不計，只請官家鑒臣微衷。」

李煜為張洎聲淚俱下的神情所感動，急忙撫著他的肩安慰：「你說，你說！我絕不怪你。」

「臣、臣不忍說陳喬誤國、誤官家。」張洎越發做作得滿腔孤憤，哽塞難言似地，「只是事到如今，臣實不忍自欺欺君。若如陳喬的打算，無非葬送了朱全斌這個血性男兒，於大局毫無裨益。」

「這，這話我就不懂了！」李煜問道，「莫非坐困危城，束手待斃？」

「官家亦至今不悟！」張洎俯倒在地，且哭且訴：「官家忍一日之辱，全九廟之祀，保百年之身，續萬姓之命。如何至今不悟？」說著，索性撒賴似地，滾翻在地，放聲大哭。

這一哭將嘉敏都驚動了，掀幃張望，但見李煜站在涼的磚地上索索發抖。頓時大驚失色，顧不得體制身分，急急閃身出帷，奔到李煜面前，握著他的手問：「你，你是怎麼了？」

李煜閉眼搖頭，兩滴眼淚，受擠下流；卻忽然顯得堅強了，拭一拭眼淚，倏地張眼喊道：「裴穀！」

「裴穀在！」裴穀在廊上應聲，隨即疾趨而進。

「扶張學士去歇一歇。回頭，」李煜略停一下，很有決斷地說，「回頭我還有話。」

等裴穀將張洎扶掖出殿，嘉敏方始指著他的背影動問：「何故這等痛哭流涕？」

「誠乎中，形乎外。倒難為他！」

「他說了些什麼？」

「他勸我『忍一日之辱，全九廟之祀，保百年之身，續萬姓之命！』」李煜倏地抬眼，很認真地問：「你以為如何？」

嘉敏心頭一震！因為這是她第一次聽到投降的主張；同時也立即浮起一陣厭惡的感覺。可是她也知道，這絕不是可以輕率論斷的事；而且在作任何表示之前，必須先看一看李煜的態度，這不僅因為他是一國之主，也因為自己是他的妻子。

細看李煜的臉色，一片蒼白，有些憂愁，也有些困惑；可以確定的是，對張洎的話並不以為忤。這臉色使嘉敏覺得背脊發冷；她提醒他說：「恐怕不止一日之辱！」

李煜不答，不斷地繞室彷徨，口中念念有詞。嘉敏凝神靜聽，聽出他反復在吟哦的，始終只是這兩句：四十年來家國，三千里地山河！卿命從間道去宣召朱全斌出兵的陳審己，一路上不斷在思量李煜的話——實在是張洎的話：與北軍對敵太久，如今即便想和，汴梁未必接受；就使接受，城下之盟，條件一定相當苛刻。唯有靠朱全斌出兵攻北軍的後路，以戰迫和，最為上策。

這不是上策！陳審己在想，就算是上策，在朱全斌亦未見得樂從。因為作戰是為求勝、為爭光；倘或拚死力戰的結果是卸甲投降，則不特師出無名，而且在疆場上死得不明不白，不成名堂。試問有那一個士兵心甘情願？

就這樣一再考慮，陳審己終於作了決定，不說實話；「朱將軍，」他在湖口向朱全斌說，「金陵被圍，糧盡援絕，百姓奄奄一息，幾無生氣；得知官家遣我來敦促朱將軍提兵入援，說也奇怪，無不精神一振，額手相慶，都說：阿彌陀佛，這一下可有救了！朱將軍，你不可辜負官家的倚畀，百姓的期望！」

「這、這、」朱全斌搓著手，顯得異常不安，「只怕我力薄難勝，讓官家與金陵父老失望，九死不足以蔽其辜。」

「嗐！朱將軍，」陳審己不以為然地，「誰不知『朱深眼』的威名！你如何未曾接戰，先折了自己的銳氣。」

「實在是難。」朱全斌說，「我如今腹背受敵，倘或一離湖口，西面的北軍，斷我後路；糧道一絕，不戰而潰，什麼都談不上了。」

「那末，」陳審己問道，「朱將軍，你困守在湖口，等金陵一失，所謂『皮之不存，毛將焉附』，那時又何以自處？」

朱全斌聽得這話，顏色一變；以為陳審己起疑心，疑心他只待金陵一失守，便將投降。為明心跡，絕不能再屯兵觀變了！

於是朱全斌頓一頓足，用決絕的語氣，表現了不計利害，破釜沉舟的最後態度：「好！我遵詔令，亦聽閣下的意思，帶兵東下。不過，後路非確保不可；我只有走一著險棋。總得十天以下，方能出發。」

「是！是！」陳審己聽他答應出師，便什麼都好說了，所以忙不迭地應聲；可是有件事不能不問：「將軍所說的險棋是怎麼回事？」

「我本來請南都留守劉克貞專守南昌，防備吳越，如今只有調他來守湖口，保護我的後路。可是，這一來，南昌就空虛了，豈非一著險棋？」

「將軍深謀遠慮，見得極是。不過事有緩急輕重，看來這著險棋，竟是非走不可。」

朱全斌無心與他扯這些閒白，只說：「事情就這麼決定了。請閣下回金陵覆命吧！」

「不！我隨大軍一同出發。」

陳審己倒是好意，朱全斌卻誤會了，以為他必得看勤王之師真個開拔了，才能放心；因而忿然作色，厲聲答道：「我朱全斌的腦袋賣與李家了！言出必行，絕無反悔；閣下何必非要親眼得見，才能甘心？跟你說實話吧，這一去全軍覆沒都不算意外；到危急的時候，沒有人能顧得了你！你又何苦葬送在裡頭？」

陳審己聽他這番話，唯有付之苦笑。本待略作解釋，再想想大可不必；倒不如聽他的勸，先趕回金陵覆命。有朱全斌不日提兵東下這個喜信帶去，民心士氣，得以振作，亦是一件很要緊的事。

等陳審己一走，朱全斌召集水師指揮官「戰櫂都虞侯」王暉通宵密議，籌劃出很毒辣的一計，在鄱陽湖編造上百的大筏；另外徵集可容千人的大戰船，順流東下。時值隆冬，長江水淺，固然行動不便；但水不暢而風順，連朝西風勁急，吹送大木筏和戰船東下，以雷霆萬鈞之勢，一下子就可以衝斷采石的浮橋，將北軍斷成南北兩截，首尾不能相顧，或者還有個別擊破的可能。

計議既定，朱全斌一面飛檄劉克貞即日進軍湖口；一面下令採伐巨木，徵集工匠，編製木筏。這些行動，自然無法保密，很快地有諜報到了曹彬那裡。

「這是打算同歸於盡了！」曹彬暗暗吃驚。而表面卻很從容，「計將安出？請諸公直言無隱。」

「容易得緊！」劉遇答道，「從來一物降一物，兵法上從無萬全之計。只要消息靈通，就可以制敵機先。我想，編造木筏，不是三五天能夠完事的；我們亦不妨從容採木，在江中打樁，擋他的去路。」

計倒是好計，無奈江中打樁，談何容易，劉遇的話雖動聽，看來只是紙上談兵。不過，他的想法對曹彬仍有貢獻；因為啟發了他的靈感。

曹彬已有破敵之計，但這一計如果說破了，分文不值。在座諸將當然能夠保守機密，但多一人知總不如少一人知，所以會中不再提及此事，只就一般戰守應該提高警覺的事項，提示了一遍，隨即宣布散會；卻留下了兩個人。

這兩員大將，一個是劉遇，一個是新來不久的「戰櫂都部署」，也就是與王暉地位、職掌全相同的水師指揮官王明。屏人密談，面授機宜；劉、王二人心領神會，接受命令，欣欣然退出，各自去祕密部署。

朱全斌亦部署完成了，選取了一個黃道吉日，率師東下，兵力總計七萬，虛張聲勢，加了一倍有餘，號稱十五萬眾。朱全斌的坐艦是一艘可容千人的大號樓船，特建大將旗鼓，旌旗耀日，甲冑鮮明，軍容極壯。

順風吹送，走了兩天，到了一處名為虎蹲洲的地方，離采石只有十來里路，忽然發現異狀；但見洲渚沙草之間，露出許多桅杆樣的木柱，情況極為可疑。朱全斌便召王暉來商議。兩人在樓船上遙望了半天，所見相同；北軍有重兵埋伏在前，雖然偃旗歇鼓，可是矗立的桅杆是掩飾不了的。

「且先頓兵。」朱全斌說，「好在我們還有『火油機』，只看風向一轉，便用火攻。」

所謂「火油機」是一艘內襯鐵皮的船；船中滿載葦草；草中灌足了油。接戰之時，點燃了油草，衝入敵陣，自然所向披靡，尤其是風向最關緊要，倘或不順，則縱火適足以自焚，受害無窮。

這虎蹲洲的江面不巧，乃是西南、東北的方向，如果颳西風，火燄斜掃北軍，便可克敵致果；而連朝颳的卻是北風，所以朱全斌要等風向。

一夜過去，風勢果然轉了。不但是西風，而且略微偏南，正好將北軍置於下風，是用火攻的絕佳時機。因而他毫不遲疑地下令進攻；士兵們刀出鞘，箭上弦，在擂得震天價響的戰鼓聲中，精神抖擻地都朝前看。

宋軍亦不示弱，無數小舟，逆風迎戰；拿建了旗鼓的大船作目標，矢飛如雨，無奈以下向上仰攻，又為風勢所阻，箭都落入江中，即有少數附到船上的，亦如強弩之末，輕易可用盾牌擋掉。

朱全斌看看時機已到，親自拿起一面大鑼「鏜鏜」地敲了起來。鳴金則收兵，宋軍正弄不清楚是怎麼回事，只見朱全斌的坐艦已經閃開，一條著火的大船，由西南風推送，飛快地撲了過來；風助火勢，很快地烈燄飛捲，照得江面通紅。不過王明原是受了曹彬的密令，有準備的；急急下令，將小船分向兩岸躲避，讓出一條水路，希望火油機很快地過去。

誰知火油忽然慢了，而且火燄亂舞，由前向後；王明定一定神才發覺，風向突變，西南風變成北風了。

而且因為火油機本就在方興未艾之際，加以北風又遠比西南風來得強勁，所以反撲的火勢，更見熾烈。朱全斌這面，帆檣如雲，木筏梗阻，不但沒有迴旋的餘地，真是動彈不得。而水戰用火攻，乃是赤壁鏖兵以來，兵家必守的定則；曹彬亦早已指示王明，在港汊中埋伏下數十艘滿載柴草的小船，此時一齊推出，乘風而下，朱全斌陣中，越發成了不可收拾之勢，只見江上漫天覆水濃密黑煙中，捲舞著無數橘紅色的火燄。「咇咇剝剝」木材爆裂的聲音，加上震駭呼叫的人聲，一條長江出現了如天崩地拆般的騷動混亂。

大火由江面延燒到岸上，餘燄三天方息。傷心慘目，從來未見，獲勝的一方與失敗的一方，同樣地垂淚不止。當然，曹彬的眼淚，不會比李煜、陳喬流得多。

「大勢去矣！」陳喬拭一拭眼淚，一臉堅毅之色，「朱全斌投火而死，足徵臣節未墮。自古無不亡之國，投降亦不見得能夠保全，徒取其辱。臣請背城一戰而死；乞官家為臣後盾。」

李煜很明白，陳喬是要他一起殉國，只是口不忍言。然而他雖體會得陳喬的意思，卻是怎麼樣也下不了一死的決心；唯有執住陳喬的雙手，頓足涕泣而已。

「請官家收拾涕淚，處分大事。官家既然決意投降，臣請效死，以為翼護。」陳喬緊接著說，「請官家即時誅臣，歸臣以逆命之罪；庶幾汴梁君臣，憤有所洩。」

這是勸李煜諉過於陳喬，以為自解之地——南漢劉鋹就是這樣做法，將一切抗命不從的「罪過」，都推了在龔澄樞頭上，竟說「臣是臣下，龔澄樞是國主」；結果龔澄樞被斬，而劉鋹得以苟活。

李煜當然不是劉鋹，不但不肯聽從，而且感動得越發泣不可仰。陳喬看看無法，掙脫了手，頭也不回地走了。

一走走回光政院，進門便問：「張副使可在？」

張副使就是張洎，正在翻閱兵籍，想看看還有什麼兵馬可調？聽得陳喬的聲音，便走出來招呼；然而亦只是叫得一聲，別無他語。

「師闇！」陳喬問道：「可記得三個月前的約定？」

張洎一楞；隨即一驚。三個月前當張洎奉調為光政院副使，與陳喬一同掌管軍政時，曾經相約；萬一金陵不守，一起殉國。陳喬這一問，自是要求他同踐宿諾。

張洎早就把這個約定拋到九霄雲外了；這時候想起來，才知當初輕諾之不智。不過，他的機警很快，當即拱手低眉，裝出一副嚴肅而哀苦的顏色答道：「不敢忘！」

「好極！」陳喬欣然，「固知臣節不墮！師闇，請隨我來！」

「是！」張洎跟在他後面，卻不知陳喬要走到什麼地方？

默默地繞出政事堂後院，迎面一帶粉牆；牆內一座高閣，是光政院最機要的所在——光政院就是樞密院；一切兵要圖籍，都度藏在這座高閣之中，是一大禁地，官員吏役，不奉呼喚，不准登閣。

等陳喬一踏進門，張洎恍然大悟；同時一顆心往下一沉，腳步不由得就落後了。

陳喬回頭看了一下。自臺階下視，且又偏著身子，眼光自然成斜睨之勢；而張洎心中有病，便起了誤會，以為陳喬已發覺他怕死而看他不起。不由得既慚且恨，狠著心打了個主意。

於是他挺一挺胸，搶先拾級而登；從腰帶上取下鑰匙，開了閣門。等陳喬一上來，他指著梁間說道：「這就是我與陳公報國盡節之處？」

陳喬點點頭，問一聲：「如何？」

「得陪杖履於泉下，固所願也！」

張洎一面說，一面張目四顧，屋角有綑紮文件的繩子，取兩條在手；現成有便於在書架上層收檢圖籍的活動梯級，移兩架過來；踏上去將繩子一甩，繞道梁間，相準長度，結成環首的圈套，一東一西，共兩個。

「有勞了！」陳喬打了一個躬致謝；然後轉身向北，恭恭敬敬拜了下去，口中說道：「臣粉身碎骨，莫報深恩；畢命今日，聊存臣節，亦為天地間稍留正氣。所憾者有負先帝託付之重，雖死猶慚。」望闕謝恩既罷，陳喬顫巍巍地走向梯級；很艱難地踏上頂端，雙手執住圈套，將頭往前一伸。張洎看他已上圈套，更不怠慢，將梯級往後一拉；陳喬雙腳懸空，再也不得活了。

張洎長長地舒了口氣，定一定神，悄悄下閣；走到樓梯口，想起一件事，不由得驚出一身冷汗，「差點露了馬腳！」他在心中自語；很快地折回原處，取下未用的一個圈套，也移走一架梯級，掩沒了他曾願陪陳喬同死的形跡。

再次檢點了一番，又望一望窗外，真正神不知，鬼不覺，做得乾淨而隱祕，自覺十分滿意。

可是剛一下閣卻發現有個打雜的小吏，在門口窺探。

「相公在閣子裡處理緊要公務，說不定有所呼喚，你在下面小心伺候著。」

「是！」小吏躬身答應。

張洎從容自在地出了光政院，隨即上馬入宮。

「張學士來得正好！」裴穀迎著他說，「官家正吩咐宣召。快請進去吧！」

進得澄心堂一看，李煜居中而坐，左右是兩對徐氏兄弟——徐遼、徐遊和徐鉉、徐鍇，以及陳喬等七八個李煜寵信的近臣，個個面色凝重，一望而知是遭遇了極大的難題。

等張洎行完了禮，李煜將手中的一封信，遞了給他，「你看，」他說，「曹彬也來逼我了！」

張洎見信上寫的是：「事勢如此，所惜者一城生聚耳！若能歸命，策之上也。不然，半月之內城必破；宜早自為計。」言簡而意重，尤其是最後一句話，弦外有音；彷彿在進忠告：如果不肯歸命投誠，便當殉國，張洎不知道李煜可理會得這層意思？只覺得事態嚴重，真正到了圖窮而匕首見，非判死活不可的時候了。

「你說呢？」李煜問道：「該怎麼答覆他？」

「臣愚昧，」張洎不肯在稠人廣眾中表示態度，「此是宗社大計，唯憑宸斷！」

聽語氣是不敢妄作主張；其實亦包括著建議，勸李煜自己作主，不必聽群臣的議論。不過李煜並不能領會他的意思，環視群臣，用澀啞的聲音說道：「但有一線之路，我都要走。如果你們以為還能拖一段日子，就不必理會曹彬的信了。」

「這不是辦法。」徐遊答道，「就拖也只得半個月。」

李煜點點頭，反問一句：「這樣說，你是贊成投降的囉？」

這話問得太率直，徐遊不敢承投降之名，急忙答道：「臣無意於此。只是就事論事，以為官家宜早作裁斷。」

李煜默然。就這君臣相顧無言的當兒，裴穀氣急敗壞地奔了進來，一直走到李煜身邊，彎著腰奏報：「光政院來報：陳院使自盡了！」

自李煜以下，一座皆驚；張洎亦不例外，只是他們驚陳喬之死，而張洎驚陳喬死訊來得太快，不知道自己可會忙中有錯，留下了什麼漏洞。因此，他人驚得目瞪口呆，唯獨張洎的一雙眼珠，骨溜溜亂轉，只是打量裴穀，希望從他臉上看出什麼消息來。

「是吊死在閣子上。」裴穀繼續轉奏光政院來人的報告：「先還跟張學士一起在閣子上；前後不過一盞茶功夫，陳院使就氣絕了。」

「是的。」張洎搶著開口，「陳院使與臣在閣子上檢閱兵馬冊籍；打算飛調劉克貞入衛。陳院使命臣進宮請旨，誰知是有意遣臣離閣，以便自裁。」說著，擠出一副急淚，流得滿臉皆是。

「是忠臣！」李煜頓一頓足，掩面哽咽，「死了也好！」說完，起身走了。

「陳子喬也太心拙了！」徐遊不勝煩惱地說，「偏偏在這緊要當口自盡！這一來，曹彬的書信該如何處置，豈不是就此耽擱了下來？」

「那也無法！」徐遼答說，「只有先替陳子喬辦喪事。」

「這可以不必了！」勤政殿學士鍾倩慢吞吞地答道：「國破家亡在即，何有哀榮可言？喪事辦得再體面，亦不能安慰陳子喬於泉下。」

已是大廈將傾的局面，誰也沒有心思替陳喬好好辦喪事；徐氏兄弟也不過說說門面話，如今為鍾倩所阻，正好借勢收篷，誰也不管；只是張洎不同，但也並非因為陳喬是死在他手裡，內疚於心，想有所彌補，無非身為光政院副使，責無旁貸而已。

貓哭耗子似地忙了一天，草草料理了陳喬的身後之事；張洎急著要去探問曹彬那封信的動靜——沒想到陳喬一死還真發生了作用；李煜向徐氏兄弟表示：陳喬的屍骨未寒，不忍相責，且過些日子再說。

日子不多，充其量只有十二三天，便到了曹彬所定的限期。徐氏兄弟的看法是，李煜如俗語所說的「不到黃河心不死」；北軍一發動攻城，他的態度就會改變。大家不妨早自為計。

張洎深以為然。回家收拾細軟，遣散僮僕；到得深夜，一個人在書房裡檢點文書，凡是對宋朝「逆命」的文字，盡皆銷毀。已打算隨主投降，攜家北行了！

半個月過去，未見北軍攻城；敵對的雙方，同感困惑──困惑最深的是宋軍將領；在這半個月之中，不但未見曹彬下達攻擊的命令，甚至見他一面都難。到最後，索性說是病了。

「事有蹊蹺！」曹翰向潘美說，「元帥到底是什麼意思？要請副元帥問一問明白才好。」

「我亦見不著他。」潘美報以苦笑，「且耐心等待。」

「等到什麼時候？」田欽祚憤憤地說，「再等下去，銳氣都磨光了！我營裡天天有人開小差，就為的受不了這種不死不活的日子。副帥，我可聲明在先，軍心苦悶，士氣低落，萬一鬧營譁變，我不能負責。」

潘美當然不喜聽這話，可是不能不承認田欽祚所說的，多少是實情。因而改變了原來的想法；決定約會諸將，到中軍大帳去見曹彬，當面請示，究竟要到什麼時候，才會下令攻城？

「元帥用兵之妙，是大家知道的；如今出此玄妙莫測的態度，必有道理在內。」潘美看一看田欽祚又說，「如果能夠見著元帥，話不可說得太急，或不然，即使元帥不加責備，但恐不會有什麼結果。」

「是的！」曹翰接口說道：「我們只說去探病。主帥違和，理當探問；曹公不能不接見。那時看是真病，還是假病，再作道理。」

「對！正宜如此。」

曹彬是真病還是假病，竟看不出來。說沒有病，他額上紮一塊綢帕，躺在床上；說他有病，卻又面色紅潤，毫無病容。

「我確是有病。」曹彬皺著眉說，「此病非藥石所能治；說明白一點，是心病。」

諸將面面相覷，不知如何接口？最後是曹翰比較機警，針鋒相對地問道：「心病還須心藥醫。就不知道元帥要怎麼樣的一味心藥？」

「這味心藥現成，不過必得諸公親自相賜。」

「元帥言重！」潘美代表所有的將領答說：「但請吩咐，無不遵從。」

曹彬很嚴肅地點點頭，環視滿座，用很清楚的聲音說：「只要諸公誠心自誓，克城之日，絕不妄殺一人，我的病，即時可癒。」

原來如此！潘美望一望高供在上的御賜寶劍，想起出師之前，與曹彬同受皇帝的告誡：切勿暴掠生民，副將以下不用命者，以此劍斬！不由得打了個寒噤，首先答道：「遵元帥的軍令。有違令者，請元帥依聖旨行事。」

「那一來就不美了。我心裡的病就在此！一般都是同生共死的好弟兄，萬一違犯官家的話，豈不是讓我為難？」

曹翰已領悟到曹彬的意思，深恐有人如田欽祚之類，陽奉陰違，最好此時加重保證，深深警惕，因而倡議：「為教元帥放心，不如擺設香案，對天盟誓。諸公以為如何？」

「好！」劉遇應聲而答。

一應十和，包括田欽祚在內，都願設誓；曹彬亦表示不願例外。於是陳設香案，擬定誓詞，由主帥帶頭下跪起誓：「金陵城破之後，絕不妄殺一人。倘或背誓，天誅地滅。」

盟誓既罷，接著便商議攻城的策略，任務的分配。曹彬認為江南士兵的戰技，士氣都不足為敵；加以圍城日久，糧食不足，體力衰憊的飢卒，更不堪一擊。但如力攻硬逼，則困獸猶鬥，彼此都會有極大的傷亡。所以攻城的策略，提出一個「嚇」字。

「我們要想個大張聲勢的辦法，拿江南士兵嚇倒；這就是『不戰而屈人之兵』。請大家朝這方面去設想。」

「我倒有個主意。我們有樣武器，還沒有用過；不妨拿出來亮亮相，準能拿他們嚇倒。」

說這話的是田欽祚，他一向有些奇奇怪怪的名堂；這回又不知要出什麼花樣？所以都好奇的望著他，亟於知道，是何武器，能將敵人嚇倒？

「床子弩！」

這一聲出口，大家不約而同地現出恍然大悟的表情。「床子弩」確實是樣威力強大的武器；曹彬因為它殺傷力太大，出師以來，一直禁用，因而大家一時都想不起。

「也好！」曹彬點點頭說，「就用一用床子弩。」

於是主管甲帳兵器的幹當官，將四十架床子弩都搬了出來，細加檢點──宋朝最講究射遠的弓弩，床子弩更是別出心裁的創製，分為「雙弓」、「三弓」兩種；以棗木作架，用兩張或三張弓合在一起，然後用轉軸絞緊，這是很大的力量，所以雙弓的床子弩，亦需十來個健卒，合力轉動後架，方能將強勁的雙弓拉滿，用一根手指般粗的牛筋，扣在絞架的「牙」上，木榫頭楔住，便可安箭發射了。

床子弩所用的箭有兩種，一種是火箭；另一種一發數十枝，從空而降，恍如寒鴉投林，所以有個很雅致的名稱：「寒鴉箭」。

不過寒鴉箭宜於兩軍對陣，或者防守之用。尤其是敵軍大舉攻城時，有十餘架床子弩居高臨下，次第發射，出箭既勁且密，足令對方卻步；如今反其道而行之，城上守軍，比較易於趨避，也就不易顯出寒鴉箭的奇用。

因此，田欽祚極力主張使用火箭；而曹彬不肯，怕引起一城大火，玉石俱焚，大違皇帝的本意。然而不此之圖，卻又不足以「嚇」人。於是再三斟酌，決定折衷辦理，火箭與寒鴉箭併用；而火箭射的鵠的，只是城上供守卒輪替休息的戰棚，儘量避免落入城廂之內。

當然，雲梯、鉤索之類的攻城工具，還是要準備的；此外，又特地置辦了十幾枝「撞木」，用來撞開城門。這些部署，不過一晝夜的功夫，便已就緒。

於是，第三天辰牌時分，曹彬下令攻城；這天彤雲密布，天色晦冥，而戰鼓隆隆，倒彷彿驚蟄將近，春雷初動似地。這金革之聲，傳入宮中時，李煜正在做詞。烽火萬里，手足情深；雖在危城之中，不忘從善，一首〈采桑子〉，但以音問不通為憾，寫的是：

> 轆轤金井梧桐晚，幾樹驚秋。晝雨新愁，百尺蝦鬚在玉鉤。
> 瓊窗夢斷雙蛾皺，回首邊頭。欲寄鱗游，九曲寒波不泝流。

此時此地而有此閒情逸致，在嘉敏看，真有欲哭無淚之感。可是望著臉色蒼白，雙眼失神，而四肢不自覺地在戰慄的李煜，她實在不忍說一句埋怨的話；只問裴穀：「情形到底怎麼樣？」

「這一次來勢凶險。城頭上的戰棚都著火了；也沒有人敢伸頭張望，北軍的箭，密得像陣頭雨似地。」

「怎麼？」嘉敏驚詫不止，「你是說，守城的人不敢伸頭張望？那還守的什麼？」

「實在，」裴穀很吃力地說，「看樣子實在難守了！」

嘉敏的一顆心不斷往下沉，幾乎支持不住；很勉強地問道：「那班文武大臣呢？」

「來得不少，都在待命。」

「啊！」李煜如夢方醒般地茫然四顧，「都在那裡？」

「在殿外。」裴穀問道：「請官家的旨，在何處召見？」

「就，就在這裡。」

聽得這一說，嘉敏不便再留在那裡。定定神細想，還是得去找黃保儀商議；剛一移步，李煜喚住了她。

「你到那裡去？」

「我找黃保儀去！到此地步，不能再耽誤了！」

李煜黯然嘆息，接著眼角出現了兩滴晶瑩的淚珠，轉過臉去，揮一揮手說：「國破家亡，也顧不得兩世的心血了！都燒光了吧！」

嘉敏不答，悄悄地走了。一直來到黃保儀宮中，許多妃嬪都在她那裡探聽消息；一見國后，依然如常行禮。

當一群妃嬪裙幅綷縩，盈盈下拜，嘉敏卻以感動與感傷相兼而起的激動心情，搖晃出滿眶的熱淚。感動的是宮眷在此生死榮辱，判於俄頃的危急關頭，依然不廢應盡的禮節；感傷的是「國后」的尊榮，將委塵土，而且前途茫茫，不知如何了局？

想求得個善了也不難，縱身一躍，東池正好埋藏清白之軀，轉念到此，怦怦心動；但一想到李煜，便如兜頭一盆冷水，知道獨善其身是件辦不到的事。

不說李煜，便眼前就得承擔起統攝六宮的責任。望著那許許多多驚憂期待的眼光，嘉敏只有安慰的話好說：「大家不必著慌！官家必有妥當的辦法，應付危難。各人回自己的地方，檢點檢點緊要東西，放在手邊；不管官家和我到那裡，一定帶著大家一起走！」

宮眷們所需要的，就是這樣的一個保證。因而緊張的氣氛，頓見消滅；紛紛辭散。偌大的廳堂，只剩下嘉敏與黃保儀二人，越發顯得陰冷。

「你準備吧！看來，」嘉敏指著插架琳琅的精槧名帖，悽然說道：「這些無價之寶都保不住了！」

黃保儀面現悽惶之色；接著低下頭去，閉眼垂淚，不斷自語似地說：「劫、劫！」

嘉敏可以想像得到她的痛心，但卻沒有話也沒有時間去安慰她。除卻圖籍以外，還有好些庫藏的古玩、珠寶、金銀要處理。

等嘉敏一走，黃保儀喪神落魄似地在書架中打轉，一回檢點一回哭。一名得力的宮女，知道有此緊急處置，看她捨不得這些不屬於她的身外之物，遲遲不肯動手，便無法為自己收拾細軟，安排逃生之計，因而不由分說，召集姊妹，照黃保儀平時談過的處置辦法，將預先堆存著的木柴，移植到後院；然後一籮筐、一籮筐地將圖書法帖，亂堆在木柴上面，用火種點燃，拉拉雜雜地燒了起來。天乾物燥風大，霎時間烈燄騰空，里把路以外都望得見了。

淨德尼院的地勢甚高，看得更為清楚。約定殉節的時間到了！十來位秉性最節烈的先朝老妃，毫不猶豫地閉戶懸梁。及至得知消息，國主決定率領親貴勳臣，肉袒赴曹彬大營投降；殉節無名，可以不死時，屍體早已僵冷。

名為肉袒，其實只是不穿長袍；一隊君臣，全是青衣短裝，頭戴小帽，垂頭喪氣地到了曹彬大營，聽候發落。

「我們要存李煜的體面！」曹彬向一起焚香盟誓，絕不妄殺的將領說道：「入朝以後，李煜不失侯封，祿位在我們之上；要多留將來相見的餘地。」

「是！」潘美代表大家回答：「但憑元帥處置。」

「來！」曹彬吩咐：「取我的錦袍，請江南國主穿了，以賓禮相見。」

這一襲錦袍披到李煜身上，他的感覺不知是溫暖還是寒冷；在心頭更不辨是感激還是感慨？

但不論如何，他一直惴惴然，以為很難避免的「一日之辱」，看來縱不能完全消除，亦必不致過分難堪。

就這唯一的些微寬慰，使得原本面無人色的李煜，望過去有些生氣了；等營門大開，曹彬出迎時，他亦能抬眼平視了。

但化敵為友的那片刻，局面仍然非常尷尬。因為整個安排，十分匆促，從中缺少一個夠分量的，可為雙方引見的人。張洎與曹彬是舊識，倒可以充任這一職司，只是他身穿短裝，亦為待罪之身，自慚形穢，不敢出列，幸好曹彬沉著，面帶微笑，站向主位，看著李煜從容問道：「閣下想來就是李六郎了！」

這個用於士庶的稱呼，入耳令李煜一震！他生來就是王子，以後自己也封了王，為人稱作「大王」或者「殿下」，從未聽人喚過「李六郎」。因此，在驚覺於自己失位以外，仍有些茫惑，要細辨一辨，曹彬所叫的是不是自己？

「請答話！」有人在他耳際說，並且還拉了他的衣服。

李煜被提醒了，咬一咬牙拋開心中的悲苦痛悔，定定神，異常吃力地答道：「李煜率親屬臣僚共四十五人，待罪軍門。」

「言重，言重！」曹彬伸手作個肅容的姿式，「請！」

於是李煜隨著曹彬入門，升階登堂，與他的臣子在東面客位一字排開；賓主相向行禮。曹彬將潘美以下的將領，一一為李煜引見；然後落坐待茶，開始交談。

交談當然起於寒暄。李煜是賓也是主——以地主的身分，少不得對「遠客」應有所慰勞，便泛泛地說了句：「將軍辛苦！」

「百姓受驚！」

彼此都是信口而道；但李煜聽曹彬的答語，似乎針鋒相對，而且只提「百姓受驚」，不說他所受的熬煎痛苦，彷彿以為他咎由自取，罪有應得似地，便有話不投機之感。

事實上他也那裡有心情來應酬敷衍？請降的形式總算做過了，何必久留？這樣想著，便拿最要緊的一句話問了出來：「李煜今後行止如何？請將軍指教！」

「官家已飭有司，在汴河風景勝處，置備大宅一所，專待閣下安居。」曹彬略停一下，一字一句地說：「不過，歸朝以後，俸祿有限；閣下宜乎多多準備，行裝中能帶多少，就帶多少。歸有司接收，載入冊籍，可就絲毫都動不得了！」

因為他說得很慢，而且不斷用眼色示意；所以李煜不但聽得很清楚，而且能夠逐句逐字，細細體味，知道這是曹彬寬厚體恤。感激之心，油然而生；連連點頭答說：「將軍見教極是！」

「府上共有多少眷口？」曹彬又問。

李煜想了想答說：「三百多人。」

「那，我派一百條船，五百軍士；專供閣下輸運輜重。只是回朝覆命在即，不容多作稽留；請回去辦正事吧！儘明天一天裝船，後天一早就走！」

於是李煜稱謝告辭，曹彬仍依賓禮，親送出營，送客歸來，只見諸將聚訟紛紜，似乎對曹彬的處置，不以為然。

「怎麼？」曹彬安詳地問道：「有何不妥？」

「元帥，」田欽祚抗聲質問：「何以不拿李煜扣留？這放他一走，倘或出了變故怎麼辦？」

「你是說他會自殺？」曹彬搖搖頭：「絕不會！他如果肯死，又何必投降？」

「是！」曹翰支持他的看法：「李煜不是性情剛烈的人，死不了。」

「不過，也要我們善待他才好。仲詢，」曹彬喚著潘美的別號說：「請你代我執掌帥印，我要去一個地方！」

「元帥要到那裡去？」

「不遠！就在李煜宮門口。」

曹彬帶領兩百名衛士，親自為李煜守衛：只在宮門以外。不但下令嚴禁所屬，入宮騷擾；連他自己亦不入宮門一步。

這一天半，李煜仍是他宮內的國主；而唯一需要行使職權的，是處分宮內的庫藏——依照曹彬的暗示，行裝中儘量多帶奇珍異寶，帶不了的分賜近臣和留下不走的內侍、宮女。

當然，這只不過他交代一句話；一切處置，有嘉敏主持、黃保儀協助，而由裴穀奔走調派總其成。李煜只是閒坐垂淚；回想生平，恍如一場大夢。思前想後，幾次要在三尺白綾上求個解脫，卻總是下不了手。這樣悠悠晃晃，魂夢迷離，不知此身何屬地度過了兩天兩夜，終於要啟程北上了。五更三點，景陽鐘響；霜空清韻中，隨風吹送著來自四面八方的異聲，若隱若現，似斷似續，如秋聲在樹，又如棄婦私訴，嘉敏一聽那聲音就哭了！

嘉敏哭，李煜也哭；夫婦倆一直哭到太廟，更是一片漫天蓋地的哭聲。宗廟靜肅之地，硬心腸的糾禮御史，忍聲呼叱，止住宮女的哭聲，勉強讓李煜行了禮。教坊奏完「終獻」、「送神」的大樂；悽悽惻惻地吹打起驪歌為李煜與嘉敏送行。這一下，潑翻了宮女眼中傾江倒海的淚；而嘉敏未哭，她的淚水早就流乾了。

更增人愁緒的是，天氣突變。先是霏微雨絲，俄頃之間，如傾如注，白茫茫一片；鳳閣龍樓都模模糊糊，不甚分明，在李煜的淚眼中，咫尺之近如隔天涯。

倉皇辭廟，冒雨登舟；回望漸行漸遠漸小的城廓，李煜心如刀絞般痛悔，不該殺了林仁肇和潘佑。然而，一切都晚了！

高陽作品集・世情小說系列

金縷鞋 新校版

2023年5月三版　　定價：平裝新臺幣350元　精裝新臺幣650元

著　　者　高　　陽
叢書編輯　杜 芳 琪
校　　對　吳 美 滿
　　　　　吳 浩 宇
封面設計　兒　　日

出 版 者　聯經出版事業股份有限公司
地　　址　新北市汐止區大同路一段369號1樓
叢書編輯電話　(02)86925588轉5394
台北聯經書房　台北市新生南路三段94號
電　　話　(02)23620308
郵政劃撥帳戶第0100559-3號
郵撥電話　(02)23620308
印 刷 者　世和印製企業有限公司
總 經 銷　聯合發行股份有限公司
發 行 所　新北市新店區寶橋路235巷6弄6號2樓
電　　話　(02)29178022

副總編輯　陳 逸 華
總 編 輯　涂 豐 恩
總 經 理　陳 芝 宇
社　　長　羅 國 俊
發 行 人　林 載 爵

行政院新聞局出版事業登記證局版臺業字第0130號

本書如有缺頁，破損，倒裝請寄回台北聯經書房更換。
ISBN 978-957-08-6879-1 (平裝)
ISBN 978-957-08-6880-7 (精裝)
聯經網址：www.linkingbooks.com.tw
電子信箱：linking@udngroup.com

國家圖書館出版品預行編目資料

金縷鞋 新校版/高陽著．三版．新北市．聯經．2023年5月．
416面．14.8×21公分（高陽作品集・世情小說系列）
ISBN 978-957-08-6879-1（平裝）
ISBN 978-957-08-6880-7（精裝）

863.57 112004608